夜行仙 著

弥天记

MI TIAN JI

②

浙江文艺出版社
Zhejiang Literature & Art Publishing House

目录

第二十六章 —— 情窦初开 /001

第二十七章 —— 送你一场雪 /015

第二十八章 —— 新年快乐 /027

第二十九章 —— 你是她的情哥哥 /040

第 三 十 章 —— 深夜访客 /054

第三十一章 —— 南扶摇的质问 /060

第三十二章 —— 地球新家园 /069

第三十三章 —— 要命的高考 /078

第三十四章 —— 狭窄的车厢 /087

第三十五章 —— 追捕 /101

第三十六章 —— 狱司 /111

第三十七章 —— 连坐 /124

第三十八章 —— 狼族来袭 /136

第三十九章 —— 辽地潜行 /149

第 四 十 章 —— 莫多莉 /161

第四十一章 —— 西番小姐 /173

第四十二章 —— 中毒 /187

第四十三章 —— 胡轻轻 /197

第四十四章 —— 解毒 /205

第四十五章 —— 东华 /217

第四十六章 —— 军政部急奏 /225

第四十七章 —— 梵音出征 /237

第四十八章 —— 塔吉村男孩 /249

第四十九章 —— 蛇藤 /259

第 五 十 章 —— 以命抵命 /271

第二十六章
情窦初开

如今地球上的梵音只有十七岁，残缺的记忆让她时晕时醒。然而，一切记忆都在她身体里悄然无息地生长着，一丝一毫，慢慢恢复。那一年，在东菱，在新年的晚宴上，北唐北冥十七岁，第五梵音十九岁。

话说那一日，北冥从北境返回菱都参加新年晚宴，梵音正打算拉他去给他找点热乎的吃食暖暖胃，姬菱霄从背后叫住了他。

"北冥哥哥。"一个娇柔的声音在北冥和梵音身后响起。随着姬菱霄和北冥简短的对话，梵音想起姬菱霄刚才对自己毫不遮掩地道出想念北冥的心情，她便觉着自己不方便待在这里碍着他们说话，先前拉着北冥的手也早就放开。梵音悄然撤步，身法迅捷，恍若魅影。

"北冥哥哥，你好久没回来，我都想……"姬菱霄继续说道，并不在乎梵音的存在。正在她身体稍撤之时，一只闪影簌簌的手瞬间拉住了梵音的去势，对方动作之快，竟连梵音的鹰眼也未看清，使得她踉跄站住。幸得她身法好，不然这一撤一拉间，她定然要撞到北冥身上。梵音怔在那里，还未来得及开口。

"你要去哪儿？"北冥转头问向被自己拉住手腕的梵音，语气淡淡。

梵音怔怔看着北冥，语塞道："我？我去给你找点吃的。""那为什么不和我一起？"北冥继续着他的话题。梵音愣在当下看着他，乖乖道："你不是要和姬小姐说话吗？我就先走开一下。"样子像个被北冥质问的部下，一丝不苟，认认真真。看着梵音一脸听话的样子，北冥手上的力道稍稍轻了些，但没打算放开。梵音则是完全不在状况，不知道该怎么办，她想着要回避一下的。

北冥这时才回过身，看向站在他对面的姬菱霄说道："姬小姐找我有事吗？"

姬菱霄完全没想到自己刚才被晾在了一边,她看着北冥和梵音,要说的话生生被忽略掉了,面子都冷掉一半,可她还是笑盈盈地开了口:"北冥哥哥好久都没回来了,菱霄都好久没见到哥哥了,菱霄都想哥哥了。"姬菱霄翻转着媚眼儿,娇羞地看着北冥,情意溢于言表。

梵音呆在当下,心里只进出一个念头,那就是:"我得赶紧回避!"她迅速扭动着被北冥攥住的手腕,只觉北冥手心突然加力,攥得更死了。梵音顿时有些不高兴,心里想着:这是要干什么?你们哥哥妹妹间的事,我杵在这里算干什么的!我又没兴趣听你们哥哥妹妹间的话!我又不是你们的哥哥妹妹!即便是姐姐,现在也不方便啊!梵音心里乱糟糟的,面上倒还算平静。

"谢谢。"在听到姬菱霄毫不避讳地说出想念自己后,北冥寥寥回道。

谢谢?什么谢谢?空气骤然凝住。随着北冥这两个不痛不痒的字清晰地说了出来,不要说姬菱霄,就连梵音也是一时蒙在原地,她怪异地看着北冥,心想:"谢谢,谢什么?这个家伙心里想什么呢?"盯了他一会儿,梵音方觉不妥,赶紧又看向别处。

"还有别的事吗?没有的话我们先走了。"在这冷得要冻住的时候,北冥又开了口。

"哥哥这段日子都会待在菱都了吧?"姬菱霄好像丝毫不在意北冥刚才这般冷漠的态度,从容道。

"应该是。"

"那我可以去找哥哥玩了。"姬菱霄顿时喜上眉梢。

"军政部工作繁忙。"

"我又没说去军政部找哥哥,我可以等哥哥不忙的时候,不在军政部的时候找你呀,你总有要回家的时候吧。这样我也可以去看看晓风阿姨了,哥哥不在的时候,我自己总不好打扰阿姨。难不成哥哥不想我去?"姬菱霄打断了北冥的话,自己连珠炮似的说着,最后竟噘起了粉嘟嘟的小嘴。

"没有,只是我平日比较忙,回家多数就是休息。"

"那我就在一旁陪着你,不说话还不行?"姬菱霄娇嗔道。

"好。"北冥应道。

姬菱霄万没想到北冥会这般痛快地答应,心里先是一怔,后又得意起来。这些年她倾慕北冥,早就时时刻刻注意着他,对他的脾气秉性自然了若指掌。北冥平日话不多说,不像他弟弟天阔好相处,所以她也只得这样卖乖缠着北冥,不然他永远只会做他自己的事,鲜少在意外人。

谁知北冥现在想的是如果不痛快应了她,还不知她要和自己扯东扯西聊到什么时候。

"北冥哥哥,我现在陪你去吃东西好不好?"说着,姬菱霄开心地往北冥身前走来,看样子要拉他的手臂。

北冥带着梵音稍稍侧身,说道:"我和梵音单独还有话说,就不麻烦你了。谢谢,新年快乐。我们先走了。"话落,北冥礼貌地向姬菱霄点点头,转身离开。姬菱霄被晾在了原地,看着两人离去的背影,狠狠跺了一脚,才转身离开,往正厅走去。

北冥拉着梵音的手腕一直没有松开,梵音也凭他拉着没有说话,其实她是忘了北冥还拉着自己,自顾自心里搅扰着。北冥拉着梵音走了一段,见她不说话,便停了下来,松开了手。

"怎么不说话?"北冥低头看着梵音。梵音的脑子还在转着圈圈,没听进去。北冥又问了一句:"怎么不说话?"梵音木讷地站在一旁,平日里她除了军政部还是军政部,再没别的事可做可想,今天这一出,她脑袋有些吃不消了,不知自己在闷着什么还是气着什么。看见北冥和她说话,她仍旧没有接茬,也不想说。

"我在和你说话呢,看到了吗?"北冥平平淡淡地问着,好像不曾发生什么。

"我又不是瞎子,当然看得到!"梵音看见北冥若无其事的脸,瞬间来了气。梵音从来不曾这样和北冥说话,冷不丁的一句把北冥呛在了一边。

刚才还稀松平常的北冥瞬间抖擞起来:"我不是那个意思。"

"那你什么意思!"梵音显然在找茬,仰着脸看着北冥。"我以为你没注意到我说话,所以多问了一句。"北冥解释道。

梵音哼了一声,她平日不喜欢别人区别对待自己。北冥看见梵音这样,顿时后背寒意四起,抱歉道:"我没有,我……"

"饿了没有!"

"啊?"

"我问你饿了没有?"看见北冥歉疚的模样,梵音努力收了不善的态度,缓下声道。

"饿了。"

"我带你去找吃的,去那边吧,那边人多,东西肯定都是刚做好的、热乎的。"梵音独自决定着。

北冥看着她,应了声:"好。"

"那走吧。"梵音走在北冥前面,没再看他。

"走那么快干吗?"

"晚了就没了。"梵音随口应道。

"还在生我气?"

"没有。"

"我不喜欢姬菱霄。"

"啊?"梵音停下来,回过头看着他。

"我说,我不喜欢姬菱霄。"北冥看着梵音的眼睛,郑重道。

梵音没有想到北冥会对自己说这样的话,她愣在原地,看着他。忽然,她举起双手,一下子捂住了自己的耳朵,好像自己能听见一样,嗔道:"那是你们两个自己的事情,和我没关系,我可什么都没听到啊。"

"我的事情没有什么是你不可以知道的。"北冥上去就扶住梵音的手臂。

梵音无措,赶忙道:"行了行了。"她慌张地看着周围的人,还好没什么人注意他们,大家都在成群结队地玩着。

"所以你要给我听清楚,我不喜……"还没等北冥说话,梵音嗖的一下冲到北冥面前用手心捂住了他的嘴,还比着一根手指在自己嘴巴,拈着声音,蹙眉严肃道:"我知道了,我听到了,不用再说第二遍。这里这么多人,说这个不好。"她还是习惯和普通人一样,常说"听到了"。说完瞪着眼睛看着北冥,等待他的确认。北冥点点头,梵音这才赶忙收回手。

"我只是不想你误会我。"

"我没误会你,我只是觉得那是你们两个人的私事,我当时不好站在旁边,你不应该强留下我。"梵音中肯地说着。

"我和她没有私事。"北冥板起脸来,"我刚才之所以同意她去找我,是因为如果我不这样说,她一定会一直纠缠下去。我没那个闲情陪她说话,所以才应下的。"

梵音显然不知道北冥是这番用意,过了片刻才勉强道:"这样啊。"

"是的,所以不管是因为什么,我都不想你再为这些无谓的事与我生气了。至于刚才我留你在我身边,我就是想留你在我身边。如果这让你不自在,那下次我和你一起走就好了。"北冥认真地看着梵音说道。

梵音看着北冥,看着他一脸严肃的样子,一时语塞,半晌才不好意思道:"我,我没有生气。"

"你那个样子还不算生气?"

梵音顿时被北冥质问得没了脾气,倒是自己不应该了一样。夜光下,两人四目相对,梵音把眼神瞥到一边,忽又道:

"那你现在到底要不要吃东西了,'北冥哥哥'?"梵音突然挑起清透的杏核眼,故意哄北冥开心道。每次见北冥严肃,梵音就很局促,正巧今天她学了个新词,准备缓解一下气氛。

"北冥哥哥。"梵音又玩笑地叫了他一声,说完自己吐了吐小舌头,耸了耸肩膀。北冥被她逗笑了,柔声道:"梵音妹妹。""胡说!叫姐姐!"梵音嗔道,眉毛也皱了起来,"没大没小!"话不过两秒,只见她菱角般的小嘴向上翘了起来,北冥也随着笑得开心。

"看来你还挺喜欢北冥哥哥这个称呼嘛。"梵音打趣道。

"之前很反感,但是听你这么一叫,是不错,以后你就这样叫我吧。"

"呸,臭小子,叫姐姐!"

"想得美。"

"我看你这次出去一趟,别的没长进,这嘴皮子倒是练得和天阔一样溜了。"梵音甜甜地笑着。

两人嬉闹着说了好一会儿话,才慢悠悠往热食的铺面走去。穿过金丝绒面橘子灯笼海,人也多了起来,不少人认出了北冥,更有一大半人不识得他。北冥平日鲜少在国正厅露面,又经常去都城外的三大军政分部勘察,留在菱都的时间自然就少,各司职部长以下的官员都不曾有太多机会见到他。

"那个年轻的男孩儿是谁啊?"有些女孩站在一旁悄声问道。

"不知道啊,以前没见过,站在他旁边的是第五部长吧。"

"那个男孩长得可真俊啊。"有些女孩脸红着说道。然而在看到北冥后,她们赶忙又把眼神移了去,像是有些怕他。

"长得可真帅啊,以前在军政部也没见过这位指挥官啊,是第五部长的属下吗?"一个胆子大的女孩道。

"不是吧,那不是冷队长。"女孩小声道。

"我当然知道那不是冷队长,可是他是谁呢?我可以上去和他说话吗?"大胆的女孩有些按捺不住了。

"你没看他在和第五部长说话吗?怎么过去?"朋友拉着她的手道,有些胆怯,眼睛却时不时偷偷瞟向北冥,下一秒又赶紧躲了回来。

"我待会儿可以邀请他跳舞吧,反正第五部长也不会去跳舞的。"大胆女孩道。

"他到底是谁啊?"有些不常参加晚宴的各部门年轻女孩叽叽喳喳兴奋地讨论着。

北冥目不斜视地走着,旁边的梵音轻轻咳嗽了一声:"咳咳。"眉开眼笑,她的眼睛水灵得像星星。

"怎么了?你笑什么?"北冥道。

"没什么。"梵音自己还在一旁乐着,北冥蹙了下眉毛,问道:"怎么了?"梵音笑着说:"你知道她们为什么不认得你吗?""为何要认得我?"梵音还在笑,笑得北冥不明所以:"你在笑什么呀?"

"她们认得我,却不认得你,你说为什么呀?"梵音打趣道。

北冥稍想了一下道:"都是女孩,所以认得你?"

"不是因为这个,不是因为这个。"梵音忙摆手道。"不是因为这个?那是因为什么?"北冥低着头,侧脸看着梵音,看着她一副乐不可支的样子,奇怪极了。"是因为你长高了。"梵音一说完,哈哈地乐出声来,"你以前还是个小不点。"她用手比画着北冥的身高,刚认识时两人差不多一般高。

"现在一年比一年高,都已经超过冷羿了,这张脸也变了。"梵音又把手抬高了许多,够着北冥的头顶,她自己的个子现在勉强只过北冥的下巴。梵音只觉得拿北冥这种不苟言笑的人开玩笑很是有趣,兀自在那儿高兴,没发觉北冥正在用一副无所谓的表情看着她。

"是啊,她们认识你是因为你这些年都没有长个子,还是个小不点。"北冥说完,淡淡地看着梵音。梵音正笑得高兴,听他这么一说,立马回过头来,板着脸说:"讨厌!"现在轮到北冥在一旁哈哈大笑了,而且笑的声音一点都不收敛,笑得梵音脸上红一阵白一阵。

两人正说着话,只见一个灵枢司的年轻女孩向北冥的方向冲了过来。正是刚才胆子最大,说要邀请北冥跳舞的女孩。她先是对着梵音礼貌道:"第五部长好。"

"你好。"梵音点了点头。

随即,女孩转过头大胆地看向北冥,俏美地说道:"你好……"然而话到一半,女孩猛然噎住了。

只见北冥目视着前方,似乎没有察觉或在意她的到来。一股强烈的距离感瞬间隔断了女孩的勇气。

忽而,女孩身后有一人喊道:"好久不见了,本部长。"说话的正是灵枢司一分部部长林聪,他恰好和属下在这边闲聊。

"林部长。"北冥道。

"第五部长也在啊。"林聪道。

"您好。"梵音道。

"您两位还有事我就不打扰了,我属下莽撞,您别见怪。"林聪说话客气。他心思甚微,知北冥不喜社交,便不打扰。

"哪里,您言重了。"北冥道。

说完,林聪给属下使了个眼神。女孩有些不舍地离开,再回头看北冥时叹了口气。原看着他与梵音闲话时和颜悦色,谁知生人靠近,却全然不一,只觉相隔千里,拒人之外。

"本部长……"在北冥走后,身后的人们才缓缓道,语气已然变得礼重有加,不敢轻言。

他走开后好久,女孩还望着他的背影,和旁边的许多女孩一样。

梵音笑眯眯地往前走着。"干吗呢?还在笑。"北冥问道。"没什么。"梵音说着,她想着刚才那个女孩的模样,又不由自主地想到了姬菱霄,想起了北冥没回来前姬菱霄和自己说过的话。

姬菱霄看似扭捏地不让梵音告诉北冥她想他,可转过头来又当着自己的面毫不遮掩地对北冥亲口说了同样的话。像姬菱霄这般翻来覆去的心思,还真没有刚才那个女孩来得直接。梵音平时虽不想这些个女孩家的事情,可她毕竟心思敏捷,细致聪颖,有些事三下两下也就想明白了。

梵音回过头道:"没想到我们本部长原来这么受欢迎呢。前有姬小姐,后有仰慕者。看来军政部第一美男子的称号该换人了,冷羿是坐不住了。"梵音乐滋滋道。

北冥在听到"姬菱霄"三个字后,脸色瞬间冷了下来,继续往前走着。他今天十分不愿意再听到任何有关他和不相干的女孩的话题。梵音正拿他取趣得得意,全然不知北冥现在所想,可她还惦记着北冥的肚子,于是跟在他身边道:"我去给你拿点糕点?"北冥没有说话,梵音又道:"你想吃什么味道的,松子的、麻薯的,还是青果的?"北冥继续往前走,梵音大声道:"那我去给你拿洋葱味道的。"她故意这样说,因为北冥最不喜欢洋葱。"我不要,我要青果的。"北冥终于开了口。"说晚了,没有了。"随即,梵音先他一步走进糕点铺位,那里有很多人,多得北冥不会想进去。

梵音一边拿吃的,一边想:这个家伙,年纪渐长,脾气也渐长,随便和他开个玩笑都不行。其实北冥只在梵音面前才这样,像个大男孩一样偶尔"闹脾气"。而梵音平日哪里会哄人,只有对着北冥,她整个人才柔软起来。

北冥站在铺面外等着梵音,想着刚才梵音对他说过的话。她拒绝在这人声喧闹的地方听他说他与姬菱霄的事情,当时他着急解释也没管那么多,现在想来梵音说得也对,不过解释清楚后终归自己心里踏实。转念又一想:是啊,现在还不是和她说这些的时候,她的心还没办法装下那么多事,她平时连自己都顾不得多想一下,何况我呢。北冥悠悠想着自己的心事,不觉出了神。

"想什么呢?我给你拿了一碗黑米粥,一个肉松团子。"梵音在北冥眼前说着话,手里端着净是给他拿的吃食。她抬头看着北冥,发觉他想事情想得正出神。北冥低头看着她,刚才还不安的一颗心慢慢放松了下来,他知道她对自己很好。

北冥道:"没什么。"顺手拿过梵音手里的粥碗,轻轻吹了吹,一股脑儿喝了下去,然后反手一送,把粥碗凌空掷到了回收餐食的桌面上,不偏不倚。

"哎,"梵音想出声制止,可北冥已经喝完了,"你喝那么快干什么呢,烫不烫啊?"

"不烫,刚好。"话没说完,北冥又接过梵音手上用油纸包的饭团子,三下两下就咽了下去。"你吃那么快干什么?"梵音道,"真饿了对吧?那我再给你拿点。"说罢梵音转头就要回去,北冥伸手拉住了她的手腕道:"不用,饱了。"说着他带梵音走出了人群。

"吃那么快,还说饱了,真不饿了?"梵音在北冥身侧问道。

"真不饿了。"北冥道。

北冥悠闲地往前走着,手已松开了梵音的手腕。两人漫无目的地在庭院里走着,偶尔看看火焰术士的戏法,北冥和梵音都不会用火之灵法;时不时又猜猜灯谜,他俩猜字猜词的本事也不好;摆歌弄舞的梵音也不会,北冥便压根儿不往那边走。

跟在北冥身边,梵音整个脑子都是放空的,只管跟着他走,优哉游哉的,很舒服。突然,梵音想起一件事情。本来没见到北冥前她就想去看看的,只是中途被打断了,现在想了起来,她赶忙道:"你还有没有想去的地方?"

"什么?"北冥问道。

"我是说你要不要找贺拔他们再喝些东西去,我想先去别处看一下。"

"去哪儿?"

"我就是随便看看,找个人。"

"找谁?我不能和你一起吗?"

梵音想了一下:"可以倒是可以,不过,你别乱想啊,我只是去看看。"

北冥完全摸不着头脑梵音要干什么,不过她刚才那一句明显是要把自己支开:"我能乱想什么?"

"总之你别乱想就对了,那样我就带着你一起去。"

"我不乱想,走吧。"

"等等,我先看看他在哪儿。"话落,梵音瞬间幻出三枚凌镜,绕在自己头顶,眨眼工夫又收了两枚,开口道:"看见了,走吧。"梵音幻用凌镜的灵法已经炉火纯青,就连北冥这样比她灵法高出许多的人,也是看不清她是如何办到的,普通人更别想发现这个大秘密了。

两人穿过庭院,回到正厅附近的回廊上,那里自然也是张灯结彩,人流不息。梵音停下脚步,抬眼看了过去,一个玉树临风的男人正站在回廊边独自饮啜,没与旁人搭话,周围也净是些不认识的人。

梵音停在不远处，看着他，时不时地往厅内看去。

"你在看谁？"北冥问道。

"冷羿。"

只见原本去哪儿都无所谓的北冥听见冷羿这个名字后就不再那般悠闲，顺着梵音的目光看了过去，发现冷羿正背对着大厅独自喝着酒。一个大男人对另一个大男人自然毫无兴趣，看了一眼北冥便不再多瞧，回过头看向梵音。谁料梵音正目不转睛地看着冷羿，这让北冥心里瞬间不是滋味起来。

"你来看他干什么？"

"看看他在干什么，有没有和人跳舞或者说话。"梵音答着，眼睛没有看过来，还是望着冷羿。北冥虽对冷羿没兴趣，可也知道他是军政部出了名的美男子。"你说冷羿长得好看不好看？"梵音不假思索地问了出来，她现在的心思完全就是在看亲哥哥一般，哪里顾忌自己说的话在外人耳里是不是妥当。

北冥被这一问，心里不爽，却也照实答了："军政部出了名的美男子，能不好看吗？"语气寡淡无味。

"你也觉着，是吧？"梵音说着，喜上眉梢，跟自己被夸了一样高兴，"那你说他的女人缘怎么样？"梵音饶有兴致地继续问着。她从冷彻那里得知冷羿是自己的哥哥以后还没有和任何人提起过，现在北冥站在一旁，就忍不住想和他多探究一下自己的哥哥。

"我怎么知道？"北冥不满地说着，而梵音完全没有在乎他的语气和表情，仍旧看着冷羿，自然不知道北冥已经不太高兴了。

"你没注意过吗，每次参加宴会或者什么的，就有不少女孩来和冷羿搭话啊，你没看见过吗？"梵音自从到了这里第一次转过头看向北冥，而且还是质问的口吻。"我注意他干什么？"北冥不满的情绪几乎要溢出表面。"这样啊。"梵音竟毫无察觉，又转回头去，北冥盯着她的背影。"贺拔都注意到了，那肯定没错，冷羿就是讨女孩子喜欢。"梵音笃定道。

"那你说，冷羿为什么不交女朋友？他也不小了，可是自打我来了军政部就没看到他交往过女孩子，是不是？"梵音问道，其实她根本没看见过任何人交往过什么男女朋友，她没留意过那些，只是说到冷羿就顺口提了。"你从小在军政部，你有没有看到过？"梵音说了半天终于正眼看了北冥一次，还是因为冷羿。

"没有！"北冥顿声道。身边刚好走过来礼仪部的人，那女孩手里端着托盘，上面摆着不一样的酒饮，北冥顺手拿了最烈的一杯白酒，一干而尽。没等礼仪部的女孩错眼，他已经把空酒杯放回原处，又拿了一杯。女孩看着北冥的脸，犹豫了一下没有离开,见他没有回头的意思,最后还是不舍地走了。

"你猜他为什么没有交女朋友,会不会是因为……"梵音继续自说自话,完全没留意北冥已经生气了。

"你那么在乎他?"北冥努力压制自己的情绪,沉声道。

梵音不识趣地点了点头,眼神始终没离开冷羿。

北冥此时面色阴沉,重重问道:"为什么!"北冥说话的声音不大,周围的人也根本听不见,可是梵音听到这一句还是猛地回过身来。她突然感觉到北冥压制般的灵力扑向自己,那灵力控制得分毫不差,霍地攥住自己一人,不碍旁的。

梵音看见北冥这个样子,瞬间像个做错事的孩子一样,不敢回避,脱口而出:"他像我爸……"

"噗!"北冥听到这里险些把自己刚喝下的整杯烈酒吐出来,狂咳不止。梵音站在一边不敢动,她想着北冥生气肯定是因为自己窥探别人隐私。

"他,他像……你……"北冥结巴道。

"他像我爸爸。"梵音说道。北冥看着她,语气也变得缓和下来:"他像第五叔叔?""嗯。"梵音应着。"他年纪看上去不显大啊……"北冥晕乎乎道。梵音听着,笑了出来:"我说的不是这个。"她又看着冷羿,说道,"我是说他的样貌和性格有些像我父亲,倒也不全是。"

"第五叔叔长得可真好啊。"北冥有些词不达意,他刚才没收敛,对梵音发了脾气,心中还在忐忑,不过还好她没有在意。

"我爸爸是长得很好看的,不过单论长相,冷羿和他倒不是很像。冷羿长得更美些,大概是像他妈妈吧。"梵音自说自话,她总觉着冷羿长得过于美俏,真有五分女孩眉眼。北冥在一边听着,她转过头来,看向北冥:"要说长相,我父亲更像你这种类型。"北冥看着她,没想到梵音会这样形容自己,"你们长得都好俊俏。"她眯起眼睛看着北冥,笑得像个糖果,毫不避讳,北冥被她看得痴了,"不过,你和我爸爸的性格不太一样,你比他严肃好多,冷羿更像些。"

"这样啊。"北冥有些不好意思。

"所以你别生气了。"梵音小声道。

"我没有啊,我没有……"北冥心虚道。

"你刚才不是在生我的气吗?"梵音低着头,"我不应该这样……但是我没有要特别偷看他的意思,我只是……"她还在保持认错的态度。

北冥赶忙道:"我没有我没有,是我不好,是我不对,是我弄错了。你别生我气就好。"

"这样吗,你不怪我了?"梵音抬起头试探地看着北冥。"我没有,你别生我气就好。"北冥连连道。"那你别凶巴巴地对我了。"梵音道,以前她这个撒娇的模样只对着爸爸妈妈才做得出来,现在不知不觉对着北冥也做了出来。

看着梵音这般模样,北冥哪里还会说一个"不"字:"我不凶你,我没有。对不起,我再不这样了。"

"那就好了。"梵音道,"那我能再去看看他吗?"梵音像个孩子似的在征求北冥的同意。

"还看冷羿?"他心里想着,难不成她真的喜欢冷羿,不觉心里凉透大半。但他也没有权利阻止梵音,还是咬牙开了口:"可以。"

"咱们先去看看扶摇姐。"梵音眼珠一转,笑了。

"扶摇姐?"北冥诧异。

说着,梵音和北冥进了正厅,在人群嬉闹中找了个安静的角落站着,正好可以看到跳舞的圆场。不少男孩女孩都在场中,现在正是一首圆舞曲,场中人们舞姿优雅,快慢相宜。南扶摇却不在。

"你找扶摇姐做什么?"北冥不解道。

"之前你说你对冷羿不了解,但是扶摇姐你总是熟的。"梵音说着,北冥点点头。"扶摇姐性格爽朗,喜欢热闹,总会与你喝两杯,对不对?"北冥赞同。"人呢,又是个大美人,喜欢她的人早就排至巷尾了。"

"有那么夸张吗?"北冥说道。

"当然有了,你看不出这场上多少人想邀请扶摇姐姐跳舞吗?"北冥的心思从不放在这些事上,哪里会注意。

"不过这场上确实还有一个人和扶摇姐一样受欢迎,可是……"梵音从凌镜里看到很多男士的目光还投向一个地方。

"可是什么?"北冥问道。

"可是这个人怕是比扶摇姐还难请些。"

"谁?"北冥随口一问。只见梵音突然在他眼前晃了一晃,默默走到他左边,一会儿又慢慢走到他右边,不时又拐了个弯儿,到他身后去拿点饮料。"你在干吗?"北冥问道。"别回头看我。"北冥刚想看向梵音就被她在身后阻止了。"为什么?""我在看一个人。""谁?"

"莫副总司。"

北冥听完梵音的话,目光往主宾席上看去。果然,莫多莉坐在那边,她正向北冥这个方向看来,两人目光交错之际,莫多莉转头看向了跳舞的人群。梵音站在北冥身后一时无言。

"你在干吗?"北冥问道。

"没什么。"梵音从后面走了过来。

"你刚才说谁比扶摇姐难请?"北冥也不禁好奇道。

"莫副总司。"

"她?"

"你们也很熟悉了吧?"梵音问着。

"熟悉谈不上,但是我当部长时她已经是礼仪部的副总司了,花婆很器重她,公共场合我偶尔会遇到她。"莫多莉比北冥大了整整十二岁,但她相貌妖娆明艳,完全显不出年纪。要说五年前北冥十二岁,和她站在一起还像个孩子,可现在十七岁的北冥与其并肩就几乎看不出年龄的差别了,加之北冥任职甚早,对这些总司部长只当同僚,少有辈分之别,唯一有的便是花婆。

"这样啊。"梵音道。

"怎么了?"

"没什么。"梵音正在怀疑自己刚才是否看错了,她一向对自己的眼力十分笃定,对她来说,这双眼睛远比一切都可靠。

"那你刚才转来转去看什么呢?"北冥说道。

"你怎么知道?"梵音张大着眼睛看向北冥。北冥笑笑:"你什么样子我会不知道吗?"北冥平时少见梵音这样认真地观察一件事情,照理说她随便一瞥就知分晓了。

"我觉着莫副总司刚才在看你。"梵音道。

"我?看我干什么?"

"不知道。"梵音话落,收了凌镜。她方才觉得有一道炽烈的目光向他们这边看来,而这看过来的人就是莫多莉,可当梵音再次确认时,那道目光消失了。

为了弄清楚冷羿的事,她今天无意间看到了很多"闲事",想来与她无关,唯独这个莫多莉让梵音忍不住在北冥身边换了好几次位置,看看那人是否真的在看北冥。不知怎的,梵音心里有些说不出道不明的感觉,按说刚才的姬菱霄、灵枢司的美丽女孩,还有沿路过来这许多仰慕北冥的目光都未曾让她在意,唯这莫多莉实在与人不同,她当真是个出类拔萃、万里挑一的主儿。不仅如此,她身上有着别具一格的魅力吸引着周围的人,不要说男士们对她青睐有加,就连梵音自己也十分欣赏这个副总司。

在外人眼中,莫多莉不是个好相与的人,可偏偏梵音觉着她身上那般"肆无忌惮"的样子最是让人中意。许多年前的她性子与莫多莉有些相似。梵音虽不是个妩媚的女孩，可也是个洒脱的性子，然而这些年她自知自己早已换了模样，这内心事又能与何人说呢，只凭她一人慢慢习惯罢了。

"你觉得莫副总司是个怎样的人？"梵音忍不住开口问了北冥，她想知道他是怎么看对方的。

北冥被问得莫名，自然不知道梵音心里所想，照实说道："虽然我和她交道不多，不过就行事作风来说，我很欣赏，是个干脆利落的人。怎么了？""很欣赏吗？"梵音心里默念着。

"你今天怎么难得关心起别人的事了？冷羿、扶摇、莫多莉，看到的人还真不少呢。"北冥闲来无事说道。

梵音顿时觉得尴尬起来，心中的念头一下被北冥说没了："我那个，我就是关心一下下属。"

"你很关心冷羿？"现在换作北冥目光炽烈地看着梵音了，而梵音没想到北冥会问得这么直接。她心想先不要露出马脚，先不让人们知道她和冷羿的关系，这样她才能旁观者清，冷羿也不会"有所防范"。对于冷彻之前提到过的那个女孩，梵音实在很感兴趣。

"我这不是看他老大不小的了，条件也不错，该是找个女朋友的时候了嘛。"梵音倒是心怀坦荡。

"这是他的私事！"北冥面色难看，没好气道。梵音耷拉着脑袋，觉得很尴尬，心想北冥一定是觉得自己很"八婆"。

梵音眼睛一瞄，看到不远处有送酒水的礼仪员，纤手一张，两个酒杯瞬间握在她手。她递了一杯给北冥，想缓解尴尬，剩下一杯自己咕嘟咕嘟喝了。

"我不喝！"北冥没有接过杯子。

"哦……"梵音看着自己手上的"水杯"，张口就往自己嘴里送。北冥反手扣住杯口说道："这杯是酒。"

"啊！是吗？我没看清。"梵音尴尬道，"那还是给你吧。"随即挤出一个笑容。北冥接过酒杯，没有说话，看着厅里人们唱着歌，跳着舞。梵音站在一旁冷了场，想了半天，小声道："你说，"她停顿了一下，心想这种事偷偷问问北冥也是可以的，"冷羿和扶摇姐，好不好？"到后面几个字时，梵音几乎没发出声音。

北冥怎会想到梵音会这么问，疑惑地回过头来，心里刚才的郁闷一下子轻了几许。

"他们两个？"

"嗯，"梵音轻轻点点头，她知道自己这样很不对劲，可她还是忍不住想问问北冥意见,"你说他们两个看上去是不是很配?"梵音边说边高兴起来。

"原来你是这么想的。"北冥道。

"你小声点,我就是这么一说,你别那么大声。"梵音紧张地忙摆手。"我没大声,你别紧张。"北冥看着梵音着急忙慌的样子实在可爱。"我没紧张,我哪里紧张了,我就是说说。"梵音的声音赶紧又小了下去,"我就是觉得他俩挺好的。"

"没看出来啊。"北冥道。

"没看出来吗?你没看出来吗?"听北冥这么一说,梵音立马精神起来,"那是我自己看错了?不应该啊。"梵音自己在一旁小声嘀咕,准备趁南扶摇留在菱都这段日子好好观察一下这二人。北冥觉着在厅里待得无聊,便和梵音一起走了出去。

正当梵音跟在北冥身侧向外走时,猛地,她看向北冥手腕,出声道:"你手上是什么?"

第二十七章
送你一场雪

只见一个小东西在北冥手腕上浮动起来。

"它是,"没等北冥解释,小东西忽闪忽闪飞到北冥面前,对着北冥的脸说道:"你手上拿的是什么?"

"酒。"北冥手上端着梵音刚刚递给他的酒,还没顾上喝。"你为什么不喝?"小家伙眼睛直勾勾地看着酒杯里的酒。"不渴。"北冥道。"那你把它端到一边嘛,这么拿着都把我香醒了。"聆龙假装嫌弃道,眼里尽是不舍,一个劲儿瞄着酒杯。

原来刚才聆龙一直化作一个腕饰系在北冥手腕上,怕的是当作耳饰太过扎眼,而且北冥想当作惊喜把聆龙介绍给梵音,只是一直没机会开口,加上一路奔波,聆龙跟着北冥累了,就一直睡着。他甚至还没来得及询问聆龙是否愿意认识梵音这个新朋友,毕竟灵兽们的脾气都很古怪,就像红鸾,来了军政部后,它待见的人也是屈指可数。

"我看你刚才睡得可香了。"北冥道。

"是挺香,打离开母亲后就没睡得这么安稳过,不知不觉就睡着了。你之前说要介绍给我认识的朋友呢,他在哪儿?"

"你身后。"

"身后?"聆龙在空中扑扇着小翅膀,转了个身,看见了站在北冥对面的梵音,梵音也正好奇地看着它。

两个人眼睁睁盯着对方,半天才开口道:"你是谁呀?"异口同声。

"我叫梵音。"梵音笑眯眯地看着聆龙,她觉得这个小家伙好可爱。聆龙则是一直悬在半空,目不转睛地看着梵音不说话,梵音随它看,她也有趣地看着聆龙。那双漂亮的晶丝耳廓、银麟龙翼,天下无双,橙月般的大眼睛正认真地望着她。

"你是龙族?"梵音笑着问道。突然,聆龙朝梵音面门飞来,霍地扑在了她的鼻子上,张开双翼扑在梵音脸上,让她猝不及防。

"我喜欢你!"聆龙抱着梵音的脸,兴奋地说着。梵音被它的举动吓了一跳,张开双手往前面乱抓着,北冥握住了她的手,她才安定下来。"我喜欢你!"聆龙抱着梵音尖叫道,在梵音脸上磨蹭。

"你好,你糊住我的脸了,我不能呼吸了。"梵音支支吾吾道。

"哦!对不起!我不是故意的,失礼了。"聆龙从梵音脸上飞下来,彬彬有礼道。北冥瞪着眼看着它,它什么时候说话变得这样文绉绉了?

"你,你会讲话?"梵音惊叹道,难以置信。

"是的,我不仅会讲话,还通世上万灵之语。"聆龙礼数有加道。

"你好厉害呀,你叫什么名字呢?"梵音惊奇地看着它。

"我叫聆龙。"

"聆龙,好漂亮的名字,我以为这是远古时代才有的灵兽,没想到真的存在,真是太意外了。你是北冥的朋友吗?"梵音开心地问道。

"你是他的朋友吗?"聆龙反问。

"我是啊。"

"那我也是。"聆龙喜滋滋道。

"嗯?"梵音笑眯眯地不解,不知道眼前这个小家伙在想什么。

"我喜欢你。"聆龙对着梵音又郑重其事地说了一遍。

"我也喜欢你。"梵音看着这个小家伙实在有趣,笑道。聆龙听她这么一说,激动地直接扎进梵音怀里,抱着她问道:"真的吗?""真的呀。"梵音笑着回道。

"那我们结婚吧!"聆龙大声道。

"啊?"北冥和梵音一起惊叹。看着聆龙对梵音一副肆无忌惮的爱怜样子,北冥真想一把把它揪回来。可是它趴在梵音胸口,北冥根本下不去手。只见梵音轻轻抚着聆龙的背脊,说道:"你不要总抱着我啦,我想跟你说说话。"梵音也不太习惯聆龙和她这般缠腻。

平时红鸾只在她肩膀或头顶停留,而且这两个灵兽性子截然相反,红鸾甚少撒娇。北冥看着,瞬间后悔把这个家伙带回来给梵音认识了,没想到它是这么个心性。要知道灵兽和一般生物可是不一样的,它们的七情六欲和人相似,只是眼下梵音只把它当个"宠物"一样。

"你想跟我说话吗?想和我说什么,我都听得到,你说吧。"聆龙激动地从梵音身上蹦下来，扑扇着翅膀，兴奋地看着她。

梵音求助般地看看北冥。果然，聆龙话痨一般的性子，梵音初识有些应付不来。只见北冥从聆龙背后盯着它，气势汹汹。聆龙猛地又飞近了梵音一寸，转个身看着北冥，对梵音道："他这个人脾气不好，你怎么会和他做朋友？"北冥听着，顿时脸都绿了。

"他哪里不好了，他很好啊，你不是也很喜欢他吗？"梵音笑着。

"我哪里喜欢他了！"聆龙反对道。

"你不喜欢他，怎么会和他一起来了菱都？"

"我打不过他，他把我绑架来的。"聆龙张口就来，得意地看着北冥，北冥气得伸手就要去揪它的耳朵。

"撒谎可不是好孩子。"梵音笑道，哪里会相信它的话。

"我不是小孩子，我已二十几岁了，你大概只有十几岁吧？"

"我十九岁了，马上也二十了。"

"那我现在就可以娶你了！"聆龙道，听得北冥猛地打了个激灵。梵音突然大笑起来，二人看着梵音倒是不解了，呆在一旁。"你这个小家伙，和谁学的说话，这样乱讲话可不好。"说着梵音刮了一下聆龙的鼻子，"什么娶不娶的，哪有和女孩子这样乱讲话的，小心以后别人不喜欢你。"

"不要！"聆龙忙晃动着尾巴，表示拒绝。"那你以后要好好讲话。"梵音道。"我在好好讲话啊，我真的喜欢你，不信你问他，我这一路上和他过来，有没有说过喜欢别人。北冥，你说我有没有说过。"聆龙用尾巴尖指着北冥问道。"这倒是没有。"北冥不会撒谎，聆龙一路上确实没说过喜欢任何一个人类。

"我真荣幸，谢谢你。"梵音笑着说。"不客气。"聆龙还难为情起来，低着头，用爪子胡噜着自己肚皮上的龙鳞，想着把它们理顺一些，那样看起来更好看。梵音咯咯咯地笑着。

"那你是不是就可以嫁给我了？"聆龙腼腆地说着，两只前爪不知所措地相互挠着，北冥只觉自己头脑发胀。

"当然不可以啦。"梵音温柔道。

"为什么？难道你有喜欢的人了！"聆龙惊慌道，北冥也瞬间提了口气，认真地听了起来。

"那倒不是。"梵音轻松地回答着，聆龙松了口气，北冥却没觉着好到哪里去，怏怏无力。"那是为什么？"聆龙道。

"你喜欢我，我也喜欢你，我们可以做朋友啊。姐姐喜欢妹妹，哥哥喜欢弟弟，总不能都娶了吧。"

"是这样吗?"聆龙纳闷道,它似乎还不太懂人类错综复杂的感情,有些模棱两可。"不是喜欢就要结婚吗?"聆龙问道。

"不是啊。"梵音又刮了一下它的小鼻子。"我以为你们人类说喜欢,就是要结婚呢。"聆龙虽说通万物之语,可从未和人类生活过,许多事情还弄不太明白。

梵音笑着看着它,没再多言。聆龙看着她的眼睛只觉很美,它从未见过这般清澈的眼睛,好像银河边流下的清泉,这世间万物,璀璨夜空,都映在里面。聆龙橙月般的眼睛倒映在她曜石般的瞳孔里,当真像那天边的夜色。聆龙看得醉了,像喝了酒。

"你,是听不到吗?"聆龙轻轻地说着,怕扰了她。

梵音静静地看着它,回道:"是的,北冥告诉你的吗?"

"现在你听到我的声音了吗?"

聆龙低缓地说着,霎时间,一股潺流泉涌般的清鸣绕进梵音耳廓,久久盘旋,余音未消。只见梵音呆在原地,双眸出神,空旷一片。

"听到冬天的风声了吗?"聆龙轻轻唤着梵音,北冥惊讶地看着聆龙。它是在照常说着话,梵音却站在那里,小嘴微张,瞳孔涣散。她不知发生了什么,她见了,她听见了聆龙在和她说话,她听见了风声,萧萧瑟瑟,呼呼而鸣。

"这是风声吗? 今天的风声?"她缓缓道。

"是。"聆龙在她耳边轻轻说着。

"我听见了。"梵音缥缈地说着,看着空旷的天空。"我听见了。"她叹着,说话的音量若有似无。

北冥见状还不知发生了什么,只觉梵音面色有异,连忙轻唤:"梵音?"

"还想听到什么声音呢?"聆龙陪着她,说着。

"我,我……"梵音觉得一切都那么不真实,那么虚幻,她来不及反应,只有那莫名的感动涌上心头。由于惊叹过度,她吁喘着,内心一时无法平静:"我,我……"

"想听到雨声吗?"聆龙温暖地问着。梵音轻轻摇了摇头。聆龙想等着她适应刚才那突如其来的变化,没再追问。

北冥问聆龙它把梵音怎么了,聆龙轻声说,它可以传递世间万物的声音给梵音听。北冥听后同样震惊,聆龙并未和他提过自己有这般本领。只是因为聆龙见到梵音便喜欢上了她,于是无所保留地相助于她,就好像它的灵耳与梵音的灵眸是天生一对。

梵音看着天空,过了好久,才转过身来,轻声道:"我可以听听北冥的声音吗?"她慌乱的眼神望着聆龙。"当然可以啊。"聆龙欢快地转过身对着北冥道:"赶紧说两句话给小音,你一开口,我就能让她听到了。"

北冥也同样震惊地看着梵音,一时不知道要说什么好。还没等他张口,梵音突然出声阻止:"等等。"听着有些紧张。"怎么了?"聆龙问道。

梵音慌张地看着北冥,眸光闪烁,颤颤说道:"我想听你对我说'我是北唐北冥,今年十二岁。'"说完,梵音嘴角轻启,笑而又合,合而又笑,不知道怎样是好。北冥看她这般喜中带泣的模样,顿时想冲过去抱住她。

"我是北唐北冥,今年十七岁,十二岁时认识了你第五梵音。很高兴我能认识你。"北冥说着,伸出了手。梵音怔在那里,听着北冥和她说的话,眼眶不觉湿了。她看着北冥伸出的手,也伸了过去,就像两人初次见面一样,握在一起。

梵音笑了,开心的眼泪顺着脸颊淌了下来:"我叫第五梵音,今年十九岁,十四岁时认得你,我比你大两岁,应该是你姐姐。"梵音笑着,看着北冥,想起他把她从游人村背回来时满头大汗,一脸花猫的样子;想起他在岸边救起她时,一脸严肃的样子。

北冥轻抬手指,拭去了她脸上的泪花,也和那时一模一样,只是现在的眼神和动作更加温柔。梵音的脸和丝缎一样,柔滑绵绵,一抬指便滑了上去。

梵音自己低着头,擦干净了剩下的眼泪,高兴地看着聆龙和北冥,眼睛里还是湿润的:"谢谢你,谢谢你们。"

"我这个新年礼物好不好?"聆龙得意地在空中转着圈,尾巴一甩一甩的。

"好!"梵音笑着看着它,开心、激动万分。

"你以后还想听见什么声音尽管跟我说,我都可以传递给你!"

"不用了,谢谢你,怎么好意思总是麻烦你呢。"

"不麻烦不麻烦!哪里麻烦了!"梵音笑着,没做声。"听他一个人的声音就够了吗?"聆龙用尾巴指着北冥,梵音和北冥相互望了一眼。"我……"梵音突然觉着有些害羞,忙把目光撇开,只是北冥一直盯着她看,看得她脸发烫。

"回头我再给你学学雨声好不好,还有雷声,轰隆隆的,好不好?"聆龙尽管自己开心地说着,脑袋冲下,倒挂在空中,耷拉着爪子和耳朵,自己和自己玩着。

"好。"梵音小声应着,没敢看北冥。

"那你要送给我什么礼物呢?"北冥看着梵音,开口道。

"什么?"梵音看了他一下,发现他的目光还是那样热烈,她不好意思,转过头又看向聆龙,轻咳了一下。

"你这个人怎么这样,礼物是我送给小音的,你和人家要什么?"聆龙愤愤地挡在了梵音和北冥中间,梵音一下子笑了出来。

"我……"北冥被聆龙怼了一句,也顾不上看梵音了。"你刚见了她一面,就小音小音的,你和人家很熟吗?"

"那当然了,小音失聪后第一个听见的声音就是我的声音,我叫她小音怎么了,有本事你也叫。"

聆龙吱溜一下攀上了梵音的耳廓,变作了她的耳饰。

"以后我就哪里也不去了,天天陪着你,好不好?"聆龙撒娇道。

"好。"梵音开心道。

"小音,我的声音好不好听?""好听。"梵音一直笑着。"他的声音呢?"聆龙随口一问,梵音看向北冥,北冥也看着她。"也好听。"她对北冥笑了,没再躲开他的目光。"我的声音呢?"梵音问着聆龙。

"好听。"聆龙和北冥一齐答着。梵音望着北冥:"你想要什么礼物?""我想想啊。"聆龙自顾自地接茬道,从梵音耳朵上飞下来,梵音被聆龙逗得合不拢嘴。

"今天菱都没下雪,可以下场雪吗?"北冥道。"你当小音会变法术啊,你怎么要求那么高?"聆龙扭个身,对梵音道,"小音别理他,礼物是我送给你的,不用管他,你给我找杯酒就好了。"

聆龙想到有酒喝,北冥又在身边,它也不怕醉倒被人抓,瞬间兴奋起来,使劲摇摆着尾巴。"好吗好吗?"它扑扇着双翼紧着问。

"喝酒当然没问题,你跟着他还怕没酒喝吗?"梵音道,"聆龙,你也是从北境来的吗?""是啊。""那你喜欢下雪吗?""喜欢啊。""那我就送你们两个一场雪可好!"梵音朗声道。

"好是好,不过……"聆龙话音未落。

只见梵音环手一拢,捧住聆龙,左手拽住北冥衣袖,瞬间移动到空旷的广场上。梵音松开北冥,反手一挥,霎时间一把七尺长弓亮在梵音身侧,高过她的头顶。只见梵音右脚踏在长弓一端,侧身展弓,右手拉弦,反手张弓划过身前,待纤手一开,嗖嗖嗖,三支破空长箭直冲云霄。箭响空明,悦耳清脆,正在这时新年的礼花也一齐迸放。人们禁不住被梵音这寒霜破空长箭所引,纷纷往天空望去。

礼花亮满天际,繁美似锦,闪耀夜空。正当无数璀璨星火坠落之时,天空忽而亮起银光点点,悄然落下。人们瞪大着眼睛看着夜空上的美景。只听有人说道:

"下雪了吗?"

聆龙站在梵音掌心,早已屏息凝望夜空:"下雪了吗?小音。"它不可思议地悄声说道。

"下雪了。"梵音说着。

只见那晶亮随着星火一同落下,星火散了,晶亮却仍然坠落。人们纷纷伸出手来,一点点雪末落在手中,转眼化了。

"小雪。"有人开心地喊着,"下雪了,小雪。"

"够吗?"梵音笑着看向聆龙。

"你真的会变魔术!"聆龙看着自己龙翼上的晶莹,不可思议道,左右忽闪着,扭摆着,看着那漂亮的点点。

梵音看向夜空。渐渐地,礼花越来越多,花火愈燃愈美,而那天边的雪却没有就此隐去,而是越下越密,随着花火变多,它们渐渐变成了一张雪白的网,衬得那多彩的颜色更加艳丽空灵。一片片雪花落了下来,人们可以看到它们的形状。

"雪,下大了。"聆龙目不转睛地望着夜空。

广场上的男孩女孩们开心地笑着说:"下雪了,真的下雪了!"

梵音看看北冥,笑而不语,待她再次望向天空时,簌簌的雪已经大了起来,鹅毛般的绒花忽忽而落,浮在掌心,片刻也不见化去。此时满天的大雪被漫天的花火点亮,宛若白昼,如在画中,美得惊心动魄。人们早已停止了赞美,只留艳羡。大厅里的宾客们也纷纷走了出来,看见这一景致,众人皆是惊叹连连。

梵音笑着看向天空,满眼暖色。这还是爸爸教她的,小时候她只能幻化出一点点小雪,连个雪球也堆不起来。后来她慢慢大了,灵法也好了,就能堆个雪人送给崖雅和雷落了。现在崖雅和青山叔在家里一定也看到了,一定会很喜欢。城里的孩子们开心地嬉戏玩闹着,有的甚至在雪地上打起了滚儿,那厚雪已经没过了脚面。大人们也高兴地踩着,和孩子们一样。

"好看吗?"梵音开心地说着,转过头看向北冥。

"好看。"北冥望着前面,不知道是望着她还是望着雪。

梵音笑容满面,低头捧着聆龙,用手指轻轻摸着它的头顶:"我送给你的礼物好看吗?聆龙。"

"好看……"聆龙木然地看着天空,忽而开心道,"长这么大,除了妈妈送给过我一块麋鹿的腿肉,就再也没有人送给过我礼物了。后来我离开了妈妈,也就没有礼物了。"聆龙说到动情处,不禁抽动了一下鼻子。梵音用手摸着它的鼻子,帮它把鼻水擦掉了。聆龙回过头,看着梵音,呆呆地看了好久。

"你以后还想要什么礼物,我都可以送给你。"梵音温柔地看着它。聆龙只觉自己眼眶怪怪的,它不知道那里出来了什么东西,用爪子胡噜着眼睛。

突然,梵音的手心一轻,聆龙不见了。

还未等梵音回过神来,只见一张大翼把她挥向空中。梵音惊呼一声,没等喘息,她已是"跃"向半空,被一劲力冲了起来。她双手乱舞,在空中够着,可是已经什么都够不到了,她"飞"了起来。身下像是坐着什么东西,光滑冰凉,梵音想抓住什么,但是没有"把手"给她扶。又是两个急跃上扬,梵音只觉忽悠悠被抛了起来,惊得她小声"嗯"道,半口气憋在胸口,忍着没发出声。

正在梵音仓促之际,只见一只长臂穿过她的腰身,把她揽进怀里,吓得梵音猛地抓住那只手臂,像是看到了救命稻草。她小声哼着,回过头来,看到北冥正在她的身后。她紧紧抓着北冥的手臂没敢放手。

"这是,怎么,怎么回事?"梵音磕磕巴巴地说着。

"聆龙会幻形,它把自己变大了。"北冥笑着低着头,看着坐在他前面的梵音,满眼透着不可思议的神情。

"小音,我带你溜达一圈可好?"聆龙开心地说着,飞向天空。

"溜达一圈?"梵音问道,"在、在、在天上吗?"晕乎乎的。

"当然啦,你不知道我会飞吗?而且这才是我真正的样子!是不是很威风!我好不好看!"聆龙得意地说着,越飞越快。

"好看。"梵音经过一番起跃,已经适应了。聆龙的龙翼巨大,张开来竟有数米,晶莹的龙鳞,熠熠生辉,那两只晶莹的龙耳更是华美异常,胜过世上一切耀眼的华服。梵音望着前方,他们已经离开地面好远。梵音心里越发激动,这是她第一次离开地面"飞起来",她哪里会想到一只远古灵兽会愿意带着自己飞向天空。她兴奋的心情越来越盛,竟然不由自主地笑了出来。

"聆龙,你竟然会幻形!还是这般庞然大物!这真是太神奇了!"梵音大笑着,抱着聆龙,这时她已经可以大着胆子趴在聆龙身上了,"真的太谢谢你了,愿意带着我一起飞翔。"

经这一抱,聆龙顿时受到了极大的鼓舞。它霍地冲向天空,笔直地钻入夜色,龙鸣声震彻长空。只听梵音"空"的一声撞进北冥怀里,原本她已经离开了北冥的保护,自己轻松地伏在聆龙的背脊上,谁料聆龙一兴奋,又来了这么一招。由于北冥之前和聆龙斗过一次,自然知道它的本领不可小觑,忽张忽收,随着野性,没个定数。聆龙的速度急放不减,似这寒夜冷风对它毫无影响,不受片刻阻力,直奔云端。

国正厅里的人早被这聆龙幻化一幕惊得叹为观止,不仅如此,就连国正厅外广场上的人们也是看到了这庞然大物,听到了这破空龙吟。所有人怔望着那夜色,起先是震惊害怕,随即变成欢呼雀跃,人声沸腾,大呼:"龙!龙!是龙!"

国正厅内的官员无一不为之震撼。即便是身为国主的姬仲亦是没见过这般神幻的上古灵兽,眼放金光。胡妹儿先是吓了一跳,缩在一边,后又从姬仲怀里探出头来,待看清这一幕后,嘴巴都合不拢。

端镜泊和端倪两父子的长眉渐渐皱了起来,本想不屑一顾收回的目光却也定住了。

"这小子!"北唐穆仁站在场院外,喝了一声,随即笑了出来,毫不遮掩。穆西在一旁淡淡笑起。

"哪里来的聆龙!穆仁,怎么回事?"整个国正厅上下认出聆龙的只有花婆一人。她伸出纤细润白的手指,不禁微颤着指向天空。

"谁知道那小子从哪里寻来了人家上古神兽,竟还带回来了。"穆仁自然而然地与花婆说着话。端镜泊吸了口气,转身往大厅走去。

"你是说,是冥小子把聆龙带回来的!"花婆毫不遮掩惊叹之色。

"八成是,那小子也没和我说。"穆仁笑道,"好了,大姐,回屋吧,外面雪大,当心冷。"北唐穆仁见花婆穿的和莫多莉一般少,恨不能像夏天的少女一样,便出口道。

"我再看一会儿!你别在一旁磨叨我!回头让冥小子带我也飞一圈!"花婆嫌弃完又开心道。

穆仁见状,摇头笑笑,随着南鲲一起返回厅内。

莫多莉看着天空,遥遥望着,出了神。她的一袭暗红色鱼尾束身长裙修饰出她无可比拟的多姿风情,和今日军政部的盛装是那样相得益彰。花婆回头看了看莫多莉,眼眸稍闪,垂了下来:"走吗?"

"什么?"莫多莉恍惚间没听清。

"进去吗?"

"啊,我再看一会儿。"莫多莉道。她不想回去就不会回去,不将就,不遮掩。

"好。"花婆笑道,转身离开。

姬菱霄盯着夜空,那眼神恨不得在天上划出上百道口子,撕碎了才算称心。人群渐渐散去。

天空中,梵音伏在北冥胸口,一时间直不起身。大雪浩瀚,她靠在北冥身上,看着遥遥天际,不觉出了神。好久,梵音开口道:"谢谢你北冥,谢谢你五年前救我回来。"北冥看着怀里的梵音,没想到她会如此一说。梵音接着道:"虽然那时我已是命在旦夕,但我知道是你背着我、抱着我四天四夜,才返回菱都的。"说到这里,梵音窘迫地笑了,继续道:"真是麻烦你了。"

此前梵音从没就这事和北冥道过谢,北冥自然也没提过。那时的梵音神志全无,只会拉着北冥不撒手,想来也记不得当时的状况了。

"别说是四天,四十天、四百天我也会把你带回来的。"北冥稳稳地抱着怀里的梵音说道。

"谢谢。"梵音靠在北冥怀里,一时无话。半晌,她把头扬了起来,离开北冥胸口,她习惯了聆龙的飞行,可以自己坐稳。当她刚要起身时,只觉北冥手臂加力,又把她揽回自己怀中,她再一次撞进他的胸口。梵音抬头望去,北冥柔声道:"你自己挺着身板不累吗?为什么不靠着我了?"同样温柔地看向梵音,眸光全部洒在她脸上。梵音望着他,良久,她把头又靠在他的胸口,微微笑了起来。在这夜色的迷雾里,北冥拨开她混沌的光,慢慢照在梵音身上,透进梵音心底。

两人安静地都没有说话,她倚得更沉了些,轻轻张了口,道:"还好我当时不太重。"梵音嘴角带着笑意。

"现在也不重。"北冥回道。

梵音咯咯咯地笑了起来:"现在哪里不重了,那是因为你没背过我了。只是这么靠着,你当然不觉得了。"

"我可以背起来试试。"北冥道。

梵音笑得更欢了:"那可不行。"

"为什么?"北冥忙问道。

"因为我现在不是男孩了呀。"

北冥想了片刻,两个人随即一齐笑了起来。那年,梵音衣衫褴褛,身形消瘦,北冥把她救回时都以为她是个男孩。此时两人想起幼时的情形,开心地笑作一团,心念无瑕。

"你们笑什么呢?我都不知道。"聆龙突然开口道。

"在笑我们两个人小时候的事情。"梵音回道。

"我都不知道,我也要听听。"聆龙道。

"那可有好多,我可说不过来。"北冥玩笑着故意逗它。谁料聆龙是个不禁逗的家伙,瞬间调皮起来:"不告诉我是吧,好的!"

骤然间,聆龙急转直下,从云端俯冲下来,梵音"啊"的一声尖叫出来!北冥立刻收紧了抱着她的手臂,梵音尖叫一路,随即精神振奋,北冥更是笑意上扬,赞叹聆龙好本领。"我可厉害着呢!"聆龙和二人玩得开心,彻底撒开了欢,肆无忌惮地在天际洒脱。只见聆龙忽地收了羽翼,分空划夜,速降不停,浩瀚天际只是它的玩伴,任它挥霍。突然,它抖擞身体,像个风陀螺般急速旋转起来,那力道好似龙卷狂风,梵音顾不得那许多,张开双手,一把抱住北冥,再不敢松开。天旋地转,梵音高兴得又哭又笑,不知道怎的是好。

"聆龙!"梵音禁不住叫出声来,"你真是太厉害了!"随即大笑起来,心中畅快淋漓。

聆龙龙鸣声四起,振奋雄心,忽地又带梵音他们再次冲上云霄。"我想喝杯酒!"聆龙开心道。下一瞬间,聆龙软了身体卸了力道,直直往地面坠去,冷风呼啸,猎猎作响。北冥霎时张开防御术,阻挡了下降的风力,聆龙的垂势也有所减缓。

"冷吗?"北冥问道。

"不冷。"梵音应道。

"这个家伙,一高兴起来就没个样子,现在更像是个泼皮耍赖的孩子。"北冥话落,笑了起来。

"你笑什么呢?"梵音不解。

"聆龙在哼哼调子呢,不知道是有多高兴。"

"我也想听听。"梵音听北冥这么一说,也跟着笑了起来。

"它现在估计没工夫搭理我们了,想着回去喝酒呢。"

"好吧,回去你给它找点好喝的,这回你可碰见知己了。"梵音笑着北冥。

"一半一半吧。"

"怎么说?"

"聆龙这个家伙一点就倒,虽说喜欢酒,但是一点酒量也没有。"

"是吗?"梵音大笑起来,"那另一半知己就是我喽。"

"没错!"北冥道,此时他们已经可以看清地面,马上就要降落了。"你今天怎么穿得这样少,不冷吗?"北冥关心道,尽量把梵音护在自己怀里。

"我没有啊。"梵音支吾一声。她今天没有穿军政部的军装大衣,像此时北冥身上这件,为了晓风阿姨的兴致,她"特意"挑选了一件类似裙子的"军装"。由于裙子下摆是皮质流苏,她不方便再穿平时的军裤,只得搭配着穿了一条薄薄的靴裤,上身也是一件精致的皮衣小装,简单整洁,却不保暖。原想着只是来参加新年晚宴,冷不到哪里去,谁料来了这一出,飞天遁地,大雪倾城,确实有些意料之外。"晓风阿姨喜欢这件衣服,我才穿的。"梵音小声道,也不知北冥听见没有。她知道北冥不喜欢她穿裙子的样子,想稍微解释一下,不是她自己要穿成这样的。

"聆龙!下面的人太多了,不要这样俯冲下去!"北冥突然大声道,胸口起伏,梵音吓了一跳,也跟着忙往前看去。此时聆龙马上就要到国正厅前面的广场上了,那里大人孩子众多,都在看天上的烟花和飞雪,忽然见到这庞然大物,不禁有些不知所措。有的大人护住了孩子,有的人则认为神兽降临了,正兴奋地往天空望去。

"哦!"聆龙迷迷糊糊应了一声,正飞得高兴呢,懒洋洋地也顾不上那许多。

忽然,聆龙消失了!梵音和北冥被腾空撂在天上几十米高的地方。梵音也再不像先前一般靠着北冥,机警的反应能力让她瞬间张开了自己的灵力,银霜划过发间,脚踝冰层而至。两人身手干练地轻踏落地,几个闪身,隐没在人群里,没人发现。

"欸?爸爸,刚才天上的那只大鸟呢?"有些胆子大的孩子,询问着父母,"怎么不见了?"

"不知道啊,估计是没了。"

"那是火焰术士变的吗?"

"好像不是啊。我看怎么像龙呢。"大人们也无法解答。人们都在东张西望地瞧着。

梵音笑呵呵地站在北冥身旁,聆龙已经不知何时攀附在她耳间了。"你这个家伙,真是由着性子。"梵音说道。

聆龙在她耳朵上甩着小尾巴,不时打了个滚儿,翻了个身,仰面躺在梵音耳廓上,鼓着圆滚滚的小肚皮,懒洋洋道:"小音,咱们去喝酒吧,我都饿了,背着你飞了半天呢。"

"那好吧,我带你回去吃点东西,好不好?你爱吃什么呢?"梵音笑着问道,聆龙"嗯"声想着:"牛肉。""好的,走吧,一定把你喂饱。"

"走啊,北冥,还站着干什么呢?"梵音往国正厅的方向走了两步,发现北冥还站在原地,回头望去。

北冥顿了一声,道:"好。"随即跟上。

两人刚刚下落之时,北冥不由自主地拉住了梵音的手,可落地以后梵音净顾着和聆龙讲话,完全没感觉自己被他拉着,现在更是大踏步带着聆龙往前走去,手已滑出了北冥掌心。梵音的手很凉,和她的灵法有关,只是北冥以前从没拉过梵音的手,也不知她的温度竟这样低。其实北冥不知,梵音自从受过冷彻的指导,灵法进步不少,而且都是按着适合第五一家的要领方法修习的,当她们施展灵法之时,体温就会随之降低。

北冥走在梵音身侧,攥着手心。刚才他除了感觉到梵音体温颇低以外,还发现她的手很薄很瘦,不加使力便能握到她细骨分明的手指。他本想稍微使力地握住她,可当他微微用力时便发现,梵音的指骨竟那样柔软,好像绵绵易折,完全不像长年修习灵法之人。他便下意识地松了手劲儿,怕握疼了她。梵音则是和聆龙玩得开心,没注意到这些,一握一松,指尖流走。

第二十八章
新年快乐

"坏了。"梵音小声道。

"怎么了?"北冥问道。

"宴会散了,主将已经出来了,还有副将,还有花婆、国主他们。"两人现在和国正厅大门还有些距离,而且隔着高台,但梵音已经看到了高台上的情形,"我们这么过去是不是不合适?"梵音回头看看北冥,"宴会没结束,咱们先出了国正厅,怕是不好吧?"

"没事,现在过去不就好了。"北冥倒是坦然,梵音觉得礼数欠佳,有失周到,可既然北冥说了,她自当跟上。两人瞬步一闪便到了国正厅露台之上。

"父亲。""主将。"两人同声道。

"回来啦。"北唐穆仁笑意盈盈,没有要责备的意思。

北冥应道,不再多说。

"国主,那我们先走了,您还要招呼里面的宾客,不要送我们了。"穆仁道,国正厅里还有些远道而来的客人,有些就留宿在此。众人寒暄几句也就散了。

此时一个娇柔的声音从国主身侧传来:"北冥哥哥。"

北冥往那个方向看去,说话的正是姬菱霄。看到北冥看向她,姬菱霄立刻红了脸颊,害羞道:"哥哥你要是有空的话,就、就来国正厅玩。"说完她赶紧低下头去,拈着自己的手指。

"你这个傻丫头,你北冥哥哥哪里有那些闲工夫和你玩,倒是你成天除了功课也没什么事做,还不如趁着你北冥哥哥在东菱,常去看看他才好。"胡妹儿在姬菱霄一旁嗔怪道。

"嗯。"姬菱霄乖巧地点点头，腼腆地看向北冥。

"北冥。"胡妹儿开口。

"夫人。"北冥道。

"菱霄年纪小，不过还是乖巧得很，她成天闷在国正厅也没什么朋友，现在好了，你回来了，有空就让她去看看你，你也好带她一起见见世面。刚才，刚才，那是龙吗？"说到这儿，胡妹儿前后左右探着脖子找着，"你抓的？"她还是止不住想要询问。

"不是，聆龙是我的朋友。"北冥道。

"你朋友？你和龙做朋友！"胡妹儿不可思议地惊呼道，"菱霄！快看看你北冥哥哥多有本事！你平时还不赶紧和你北冥哥哥多学习学习，好让他带带你这个小丫头。北冥啊，你们要多出去走走逛逛，别成天只顾着工作，说来你到底也没多大年纪，还没满十八呢，不是吗？主将您说是不是？"胡妹儿道。穆仁礼貌地点点头。"别把咱们北冥累坏了，有什么工作就让大一点年纪的人去办不就好了，咱又不是缺人了，您说是不是？自家孩子，您也太严格了些。"胡妹儿说着话，稍稍斜眼瞥了一下站在北冥身旁的梵音。

"穆仁，你看，我夫人都比你体谅北冥，赶上晓风了。"姬仲满面红光道。

"谢谢夫人关心，北冥自当注意。"北冥接过话来。

"还是我们北冥懂事，不愧是早早就当上咱们军政部本部长的人呢。"胡妹儿笑着道，缓缓走到北冥身边，抬起手来替北冥掸了掸肩膀上的雪花，"瞧这孩子，也不嫌冷，在外面待了多长时间这是？"正当北冥不知如何接话时，花婆在一旁："赶紧散了吧，大冷的天，在这里杵着干什么？还得回家守岁呢。你当冥小子是绣花枕头呢，就这点雪花能把他怎么着？一路奔波回来，就当是提神儿了。"说罢，花婆就往外走去。国主和夫人自当跟上相送。

"花婆，您慢走。"北冥礼貌跟上。

"你就不知道送送花婆？"花婆瞥了北冥一眼。

"我这就送您回部里。"北冥道。

"行了行了，知道你对花婆好，赶紧回去看晓风吧。瞅瞅回家你妈怎么说你，一路跑回来还带着天阔，你没事，不怕把天阔累着。"

"他没事，应该锻炼锻炼。"北冥笑道。

"花婆，您偏心了啊，我可不比我哥差啊。"天阔在旁边不服道。

"知道你厉害。"花婆伸手拧了一下天阔的鼻子，甚是亲昵。自从北冥当上本部长，她就再未对北冥这样过，怕损了他的威严。"行了，不说了，我可困了，回家了啊。"花婆对众人摆着手，"冥小子，改天你也带我飞一圈！"

北冥慢笑道:"好！您慢走,莫总司慢走。"

莫多莉回过头来,看着北冥,北冥再次冲她微笑道:"您慢走,新年快乐。"

"新年快乐。"莫多莉应道,回以微笑。玄花跟在莫多莉身旁也是礼貌地对北冥点点头,没有多说。随即,礼仪部众人离开,国主和夫人自当上前送客。北唐穆仁协同部属也稍后离开。南鲲和几个菱都的老相熟还聊着天,倒没着急离开,南扶摇自然恭敬地陪在父亲身旁。

回去的路上梵音走到主将身侧说了几句话:"叔叔,今晚我就不回部里了,先回去陪青山叔和崖雅过年了。您路上回去慢些,祝您和阿姨新年快乐。穆西叔,也祝您和阿姨新年快乐。"梵音笑盈盈地看着两位叔叔。也只有在这种私下的时候,梵音才会称呼面前的两位为叔叔。

"让北冥送你回去吧。"北唐穆仁说道。

"不用了叔叔,北冥辛苦一路了,赶紧让他回去休息吧,晓风阿姨还在家等着呢。明早我去家里给您拜年。"

"让他送一下吧。"穆仁又道。

"不用了叔叔,放心吧。"

"这样啊。"北唐穆仁想了想,又不知该怎么说,就只能由着梵音自己回家去了。北唐穆西在身旁笑着,没有开口。

梵音和几位部长打了招呼,又和赤鲁他们道了别,最后向北冥和天阔挥挥手便离开了。她独自走在热闹的街上,心情欢悦,开口道:"聆龙,你要不要和北冥一起回去？我家里没有酒喝,青山叔也不爱喝酒,只有药酒。"

"啊？"聆龙耷拉在梵音耳朵上,疲疲沓沓的,没了半点精致的样子。其实主将他们早就看到了聆龙,可是聆龙对他们好像没什么兴趣,彼此也就没打招呼。"没有酒吗？"梵音点点头。"一点都没有吗？""一点都没有,要回去吗？他们还没走远,我送你回去？"梵音体贴地问道。"不要。"聆龙软趴趴地说着。

"怎么了？"

"反正我以后也能常喝到酒,所以不用了,我还是想和你待在一起。"梵音没想到聆龙会这么黏自己,心里也被融化了。"谢谢你。""不谢,我喜欢你,你谢我干什么？"聆龙开心道。梵音又咯咯笑着,这一晚她被这个小家伙逗笑了好多次。

"梵音？"聆龙飞到梵音面前,一边倒着飞,一边和梵音聊天。

"嗯？"

"你不喝酒的,是吗？"

"是的,我不太会喝酒,一滴就醉。"

"原来是这样,怪不得我喜欢你。"

"你不是喜欢北冥吗？他可是你的酒友。"

"我不喜欢他,他一个大男人我喜欢他干什么？我喜欢你。"聆龙转着圈儿地飞着,它总是能为喜欢梵音找到各种理由。"和你在一起,我就有安全感,你和我一样,都没酒量,咱们可要互相监督呢。"它羞羞答答地说着。"好的,放心吧。"聆龙一路自说自话,梵音只管听着,少有插嘴。

"你这小子,怎么过来了？"梵音走着,突然来了这么一句。"欸？"聆龙纳闷道,"小音,你在和我说话吗？"

"梵音,你眼睛也太尖了。"梵音背后的一个男孩开口道。

"都看你跟了一路了。"话落,男孩已经走到梵音旁边了,正是天阔,"你怎么跑过来了？不赶紧回家陪叔叔阿姨过年？"

"下回我试试瞬步或者藏身术,看看你还能不能看到我。"

"那我可能看不到了。"

"是吧？"

"你都用藏身术跟着我了,不被我发现还好,万一被我发现了,误会了攻击你怎么办？"

"你在跟我开玩笑吗？"

"是啊。"

"一点都不好笑,你和我哥都不会讲笑话。"天阔讽刺着梵音,梵音笑笑,没搭话。

"这么晚了去看崖雅？她没准都睡了。"

"睡了？不会吧,今天还守岁呢。"

"你告诉她你回来了吗？"梵音问道。

"没有。"

"那可就怪不得她了,她这丫头是个瞌睡虫。"

"我这不是想着给她惊喜嘛。"天阔抱怨道。

梵音扑哧一下笑了出来。"你笑什么？"天阔纳闷道,"你回来了,她有什么可惊喜的？在部里总也见着你。"天阔斜着眼看着梵音,以前他觉着自己哥哥是个不解风情的主儿,现在看着梵音,他连话都不想说了,也懒得数落她。他们几个一起长大,谁也不外道,只在一边撇撇嘴。"怎么啦？"梵音看着他鄙视自己的样子,问道。

"没事。合适。"天阔嫌弃地说道。

"什么合适？"梵音问道。

"我说你和我哥……"天阔想继续说下去,可是梵音往前一看,打断他道:"到家了,我去喊崖雅起来。"她回头看看天阔:"你刚才要说什么?"天阔看着一脸心无旁骛的梵音,无味道:"没事没事,赶紧进去吧,怪冷的。"

"青山叔,我回来啦!都睡了吗?"梵音用钥匙打开房门,里面黑洞洞的。

"不会真的都睡了吧?"天阔泄气道。

"新年快乐!"突然,青山家楼上楼下的灯都亮了,崖雅和崖青山从屋子的角落里跑出来。崖雅穿着可爱的火红色毛绒蓬蓬裙,腿上配着纯白棉线长袜,脚上踩着一双亮红色小皮鞋,手里捧着一只毛茸茸的奇怪玩偶,开心地冲梵音跑过来,边跑边说:"小音,新年快乐,这是我送给你的礼物。"她正说着,忽然觉得梵音身后还有一个人影,探头望了过去。"你,你怎么回来了!"崖雅瞬间停住了脚步,原本要递给梵音的玩偶也被她一下抱回怀里,眨着眼睛看着天阔。

"新年快乐啊!"天阔笑着看着面前打扮俏皮的崖雅,喜悦满溢。崖雅看着他,神情恍了三秒,大声说道:"你回来啦!"言语里透着说不出的高兴和兴奋。梵音呆在一旁,心想:"原来真的这么高兴呀!"天阔似乎看穿了梵音的心事,回了她一个得意的眼神。梵音暗自揣摩,反应比往常慢了好多。

"吃东西了吗?什么时候回来的?外面冷不冷?"崖雅抱着怀里的玩偶,开心地对天阔道,一时忘了眼前的梵音。

"不冷不冷,刚回来,就跑过来看你了。"天阔憨笑着,又转过头对崖青山道,"青山叔,新年快乐。"随即傻笑着。

"新年快乐,天阔。别在那儿愣着了,赶紧把门关上,怪冷的。我给你俩煮点热甜汤去。"崖青山也分外高兴道。

崖雅和天阔热络地聊着天,坐在暖和的沙发上,崖雅抱着怀里原本要送给梵音的玩偶不撒手。梵音知道那个玩偶最后也会落到崖雅的床头,崖雅每年都会送给她一个奇怪模样的玩偶,然后摆在自己床头,就是这样。听说那些玩偶都是崖雅千辛万苦找到的宝贝,全是梵音叫不出名字的珍奇异兽——大概是用来入药一类的"宝贝"。梵音看两人大概也不用自己招呼了,便准备上楼换件衣服,脱掉这件"裙子"。

"那个……"梵音本来想问问红鸾去哪里了,回来半天也没看到它。照理说红鸾知道她今天不留在军政部过夜,一般是会随她一起回来住的,不过偶尔红鸾也会自己出去玩上几天,或者在军政部周围的树林海边闲逛。看样子,红鸾今天没回家。梵音见崖雅和天阔聊得开心,她也没去插话,抬脚便准备往楼上走去,正在这时,她看到门外来了人。

梵音往门口走去,天阔他们显然还没有发现门外的动静。她打开门,惊讶道:"扶摇姐?"

这时坐在沙发上的崖雅和天阔也注意过来。

"这么晚了,你……"梵音话到一半,看到扶摇身后还站着一个人,"你怎么也来了?"梵音探身话头一转,对着北冥道。

"丫头!"还没等北冥开口,扶摇一只手臂已经搭在梵音肩膀上,她比梵音高出很多,嗔怪道,"姐姐好不容易来菱都过一次年,你就不能陪陪姐姐? 姐姐自己一个女孩子家家在军政部过夜,多无聊啊!"扶摇嗓门不小,梵音看出来了。

"扶摇姐,你快进来,外面太冷了。"梵音看着扶摇还穿着方才在国正厅的一身轻薄礼服,连个外套都没有,真怕她冻着。虽说他们灵法深厚,但毕竟是常人之躯,只是比普通人身体结实硬朗些罢了,同样经不起无缘无故的折腾。"你怎么也不穿上外套呢?"梵音说她。

"我觉得衣服好看,不想穿外套。"扶摇手叉着腰肢说道。

"知道了知道了,先进来吧。"梵音催促道。

"不要,你要随我回部里过年。"扶摇娇嗔道。

"谁在外面啊,小音?"青山叔在屋里说道。

"是扶摇姐,青山叔,还有北冥。"梵音大声回道。崖青山已经端着热汤出来了。

"您好,初次见面,我是南扶摇,经常听梵音说起您,青山叔叔。"扶摇看见崖青山,立即站好,恭敬礼貌道。

"你是小音说过的扶摇啊,快进来吧,外面冷。"

"青山叔。"北冥在扶摇身侧说道。

"北冥也回来啦,快都进来吧。"崖青山一脸笑意,让着众人。梵音把他二人让了进来,随手关上了门。

"你也好久没来过我家了,北冥。"青山道,北冥平日很少来崖青山家找梵音,这些年来的次数也是数得清的。崖青山是个喜欢安静的人,除了逢年过节,北冥便不来打扰。而崖青山家里的事,往往他和梵音两个人就办妥了,也不需要旁人来帮忙。

"是的,平时您忙,我也不便过来打扰您。今天大年夜,我和扶摇姐过来,还是唐突了些,祝您新年快乐。"北冥说道。以往那些年,他在部里的时候,也从来没有留过梵音在部里过年,他知道她要回来的。

"这孩子,说的哪里话呢,你们过来我高兴还来不及呢,哪里会唐突呢。"青山道。

"就是说呢,青山叔,北冥这孩子,这些年越来越老成了,我都快受不了他了。"扶摇在一边打趣道,"你说是不是,梵音?"

"还好呢。"梵音说着,随即笑道。

"这两个人怎么一样?"扶摇看着梵音和北冥道。

"青山叔,祝您新年快乐。"扶摇突然道。

"也祝你新年快乐,替我向你爸爸问好。"

"不用替了,青山叔,今天您和梵音还有崖雅随我们一起去部里过年吧。"扶摇笑道,"您也知道我难得来一次东菱,自己一个人实在无聊,让梵音陪陪我好不好?"

"青山叔,这样也好啊,您和我们一起去部里过年好不好?"天阔突然道,他对崖青山显然比北冥要放得开许多,两人平日热络得很。"这样您还可以看到一个宝贝。"天阔眼里放出诱惑的光彩。

"什么宝贝?"崖青山和崖雅一齐道。

"回到部里再给你们看吧。"天阔道,他本来是迫不及待想今天就把水腥草送给崖雅当新年礼物的,所以才跟着梵音一路过来,可还没等他拿出水腥草,南扶摇和北冥已经进了门,"总之是一件你们做梦都想见到的草药。"

扶摇也期待地看着崖青山,希望他同意。

"小音,你现在返回去会不会太累了呀?"崖青山道。

"我没事的,叔叔。倒是您,天寒地冻的,夜路也不好走。"两人父女般地关心着对方。

"我没事,随着你们一起去吧,和你们热闹热闹也好。"崖青山知道他不过去,梵音一定会惦记他的,他也不想这大过年的好日子煞了风景,而且眼下这几个孩子又都可爱得很,他怎么忍心拒绝呢。

"青山叔,我带了豹羚来,咱们一起坐车回部里就好,不用担心。"北冥开口道。

"你什么时候取的豹羚?"梵音问道。

"刚刚回了趟家,让颜童把我妈妈和婶婶先送到了部里,然后又从家里带了另一只豹羚来接你们。"北冥道。刚才南扶摇和南鲲从后面追上了主将他们的队伍,南扶摇发现梵音不在了,便央求着北冥带她来找梵音,北冥被她磨得没办法。主将一早就想到今夜有南鲲在便不回家去了,就让北冥从家中接了晓风和天阔妈妈仲夏来到部里。那对妯娌平日就常在一起,关系亲密得很,知道儿子回来了,都高兴得不得了,欢天喜地随颜童先回了军政部。

"两位阿姨都过去了啊?"梵音问道。

"是的。"北冥道。

"那我们也快点收拾收拾走吧,小音,崖雅,你们有什么要拿的东西吗?不要让人家等着我们了。"崖青山道。他本是个不愿与人相处的乖僻性格,可随着在东菱住下的这些年,他想着办法要照顾好这两个女儿,梵音又是早早到了军政部工作,他也自然得让自己变得与人活络一些。

崖雅听声应道,快步走进自己房间,换上一身方便的冬装。

"那我先去车上等你们了,好冷的。"南扶摇两手抱着自己的胳膊,来回搓着,白缎纱纹一般的衣服实在不保暖,何况她还光着脚踝,穿着水晶鞋。

"扶摇姐,我去给你拿件外套。"梵音说着。

"不用了,我不穿的。"扶摇边说边往车上走去。一只器宇轩昂的豹羚已经停在那里了,棕亮的皮毛,矫健的四肢,豹纹身段,高挑羚角,精锐的夜色眸子,看上去就骄傲得很。"豹羚,你这个帅家伙,那就麻烦你带我们回军政部了,辛苦你了。"说着,扶摇抱了抱这只豹羚的身子,豹羚鼻子里喷着气,显然接受了扶摇的恭敬对待。这是北冥家以宾对待的精良豹羚,晓风平时都很少麻烦它,不过它很喜欢晓风。

"我还是上去给她拿一件吧。"梵音道。天阔这时也往车上走去,崖青山回屋收拾几件礼物,准备带给部里的朋友们。

"扶摇姐说不穿,就肯定不会穿的。"北冥站在门口道,他还在等着他们。

"那好吧。"梵音说完,准备继续往楼上走去。

"还上去干吗?"北冥问道。

"我去把衣服换一下。"梵音道。

"怎么了? 不喜欢这件吗?"

"那倒没有,阿姨给我挑的衣服都很好看。"梵音道。

"好看就穿着嘛,换下来干吗?"北冥问道。

梵音看着他,也不知道该说什么,她原想着北冥不喜欢她穿裙子的样子,干脆就把它换下来,反正她都无所谓的。"是吗?"梵音说,"我可能不太适合穿裙子,就想换一件普通衣服。"梵音低头看看自己的第一件裙子。在她眼里,大概只有扶摇姐、莫多莉、崖雅还有姬菱霄这些女孩喜欢穿裙子,反正不会是她。她用手胡乱摆弄着裙子上的流苏。

"很好看啊,你穿这个很好看。"

梵音抬起头,不确定地看看他:"是吗?"

"是的,你今天穿这个裙子很好看。"北冥认真道。

梵音瞬间不自在:"也没有啦,也没有好看的,其实这个也算不得什么裙子的,就是几根布条条而已,我还穿着裤子呢。"她脸上害羞得已经红了起来。北冥笑着看着她,说道:"嗯,就是一些布条条。"梵音使劲点了点头,努力化解着自己心中的忐忑。

很快,一行人收拾完毕,坐车去向军政部。

北冥家的这只豹羚拉着一辆样式庄重考究的木厢车,里面足以容纳十人不止,中间还摆放着茶几水杯。这个车厢以及里面的摆设都是由铸灵冶炼术师锻造而成的,大可实用小可随身,任意变换,手法高明。人们坐在车里如席地而歇,平稳安静。可想而知,这只豹羚无论是灵力还是体健都非同凡响。

扶摇坐在最里面,温暖的车厢让她有些困意,懒懒地把头靠在了梵音身上。梵音见状,轻轻叫了一声对面的北冥:"北冥,把你的披风给我,我给扶摇姐盖上点。"北冥随手把自己的暗红色厚缎披风递给了梵音,梵音替扶摇盖在了身上。不多时,一行人到了军政部。北冥收了车厢,放在身上,又让豹羚随意,想留在部里休息或者回家都可以。豹羚点了点头,示意自己要去找军政部里其他的豹羚。

一行人正往部里走着,忽地,梵音感到一阵烈焰戾气袭面而来,方向正是从军政部大院内部而来!

没等喘息,戾气将至,直冲梵音耳朵,翻滚袭来!还好她躲闪及时,不然一定会被烧焦不可。梵音身法迅捷,两闪三闪躲过追击。前面走的人已经停下脚步,回头看来。此时梵音已展开灵力,前面的几人竟已是看不清她的身法。

南扶摇顿时清醒过来,此前她还未见过梵音如此迅猛的身法,不由为之一叹,暗想换成自己未必赢得过她。从前,她总是认为梵音和北唐家有些交情,主将也就是照拂着这个孤苦伶仃的小姑娘,今日一见,万没料到竟是这般景象。

梵音身如雷霆,引着这股灵力远离大家的视线,往场院一角闪去,大门的守卫也已开始警觉,只听梵音沉声道:

"无妨,你们继续站岗守夜,不用理会。"一声令下,众人皆是立正归于原位,此间气度再不是扶摇之前认得的那个"妹妹"。

忽地,梵音只觉耳间一轻,聆龙飞了出来。只见两股戾气腾空而撞,都是不甘示弱。

"红鸾。"梵音大声道。

只见那股赤炎戾气没有一丝减弱的意思,冲着聆龙奔腾而去。梵音站在聆龙身旁,可红鸾一点收敛的态势都没有,似要不管不顾就算波及梵音也无所谓。一道烈焰哧哧,直袭梵音面部,梵音抬手一挡,一层寒霜融于掌心,抵了红鸾的灵力。聆龙也挥起羽翼,猛然挡了这一招。

"小音,这个小笨鸟是你的朋友吗,怎么这么凶?"聆龙在空中翻了个囫囵个儿,问道。

"它是我的朋友。"梵音回道,"它不是……"梵音想说它不是"小笨鸟",可话还没出,她就知道为时已晚!红鸾的怒火已经满溢而出,"轰"的一声,方圆百里,半个军政部的墙院都被红鸾口中喷出的赤焰烈火燃亮了。径长数十米的火球惊得周边守卫纷纷看了过来,映得众人身前火红一片。

"我的天啊,这个小笨鸟怎么这么厉害!它是谁啊?"聆龙边跑边问着。红鸾鼓着腮帮子一路追着它。"它为什么一直跟着我!你们不是朋友吗?我也是小音的朋友,你好,我叫聆龙,你为什么总是追着我?"聆龙绕着场院直飞,大喊大叫着。

"红鸾,不要这样,红鸾!"梵音追着它们两个,可是她飞不起来,只能在地上干着急,三个人你追我赶的,看得人不知所措,忍俊不禁。别看红鸾这些年体态没变,可性子和灵力与日俱增。这一个火球喷出去,定会让外人以为军政部发生了什么大事。

梵音从小最疼红鸾,按说拦住它不是什么难事,可当真动用了灵法,红鸾定会不高兴,到时候还不知道怎么收场呢。

"红鸾,你听我说话嘛,怎么我一回来你就发脾气呢?红鸾,红鸾!"梵音一路叫喊着,哪里还有刚才部长的派头。

士兵们也是难得看见第五部长这般不顾形象的样子,活脱脱一个天真烂漫的小女孩儿。要说崖雅有可能这样,梵音平日是绝对不会的。

"红鸾!哎呀!这是怎么了!"梵音仰着头,一边跑,一边抱怨,"你乐什么?快帮忙啊!"梵音对着空气大声道,其实这话她是对着北冥说的。她从凌镜里面看到众人惊愕的表情,都盯着红鸾和聆龙,哪里还敢插手,只有北冥刚从守门外进来,站在一旁,双手插着兜,看着她笑着。"这家伙今天是怎么了,火气那么大,追着聆龙咬!"梵音纳闷道。

只听军政部楼门被推开了,眼看有人要出来,九成是被刚才红鸾的动静惊着了,出来瞧瞧状况。梵音见状不妙,不能再由着红鸾耍性子。

只见梵音抬手往天空挥去,"噌"的一下,一片冰层出现在半空。梵音双脚用力,一个闪身就踏到空中的冰层上,脚尖轻点,冰层即逝。接二连三,梵音霎时挥出数个冰层,节节高去,送至半空,她也转瞬即至,霍地来到红鸾身边,红鸾还在气鼓鼓地追着聆龙。梵音一把握住红鸾,轻轻地不敢使力,凌空落下,来到地面上。红鸾则是在她手中挣扎着,不过它也不再放出灵力,想着也是怕伤到梵音。梵音这才稍稍宽心道:"今天这是怎么了?生了这么大气,把大家都吓到了。"红鸾别着头,不去看梵音。"我……"梵音话没说完,"哎呀"一下便松了手。红鸾刚刚用嘴啄了一下梵音手背,让她松开了手,自己往北冥身边飞去,落在北冥肩膀上。

"你这个家伙,我从外面回来两天都不见你影子,现在怎么飞到北冥身边去了?"梵音问道。谁知红鸾看了梵音一眼,一下子又往北冥脖颈处挪了挪,撇着头不理她。除了梵音,红鸾再没对别人这般亲近过。梵音纳闷,可也说不出个所以然,看见红鸾安静了,她放了心,也不恼它,随它开心去。

"这个小胖鸟真是厉害,它是什么来头?"聆龙一副事不关己的样子问道。

"它是红鸾。"梵音道。

"红鸾?"聆龙想了想,即刻惊道,"红鸾!你是说它是红鸾?"

"是啊,刚才我就告诉你了。"

"我以为那是你给这个小胖鸟起的绰号,你的意思是它就是红鸾灵兽?"

"是的。"

聆龙张大了嘴,像是要吞了自己。可它张着张着突然向后骨碌一下翻了过去,显然是用力过了头,紧接着,就听到聆龙仰面哈哈大笑起来。

"你怎么了?"梵音道。

"哎哟哎哟,"聆龙笑得肚子疼,跟跄着说道,"我虽然没见过红鸾,但也早有耳闻,据说它们的形态可比我们聆龙张狂得多,今天一看,原来全是它们自己吹牛的。"随即,聆龙又大笑起来。

"红鸾,别气。"只见红鸾听了聆龙这一说,又要发作,可北冥轻声道了一句,红鸾竟收了已经耸起来的膀子,晃了三晃,伏在北冥肩膀上,略显乖巧。

"聆龙,红鸾个子小,那是因为它小时候受过伤,险些命不保,才变成今天这样的。真正的红鸾,个子身形要比你大上十倍不止。"梵音在一旁稳声解释道,"我是说,和你幻形以后相比。"

聆龙听着,顿时打了个嗝,翻了起来,不可置信道:"什么!十倍!"

"是的。"梵音道。

聆龙顿在一旁,它知道自己幻形以后身形大过雄鹰数倍不止,那红鸾岂不是苍天猛兽了!而且聆龙真实的样子就是现在这般大小,幻形只为声威,如此比来,它自然是要忌惮眼前这只"小笨鸟"的。再者,它刚才已经见识过红鸾的灵力,绝不是一般灵兽可以比拟的,当下打了个冷战,晃晃悠悠飞到梵音身旁。

"那个,这个小胖鸟,脾气不太好啊。"聆龙心虚地说道。

"是不太好。"

"这样啊,"聆龙琢磨着,自言自语,"那我得想办法和它搞好关系,毕竟以后就是一家人了。"

梵音笑着道:"好啊。"

聆龙缓缓转过身,试探地飞到北冥身前,小声说道:"你好,我叫聆龙,以后我们就是朋友啦,要相互照顾呢。"跟着自己傻笑起来,又看着一旁的北冥,嘘嘘道:"是不是应该这么说?"北冥没理它,聆龙"啧"了一声,又偷偷瞄了一眼红鸾,说道:"你这个小女孩,今年也没几岁吧?怎么脾气这么不好呢,可没有你朋友梵音好哦,倒是和这个家伙有点像,不好相处。"聆龙用翅膀尖戳着北冥。

"女孩?"北冥和梵音一同道,这时梵音已来到北冥身旁。"你说红鸾是女孩?"梵音问道。

"是啊,你们不知道吗?"

"不知道。"两人一起道。"你怎么知道的?"梵音问道。

"北冥是男孩还是女孩?"聆龙问道。

"男孩啊。"梵音答着。

"这不完了,你们人看人一眼就能看出男女,我们灵兽也可以啊。"

"这样啊。"梵音奇道。虽说这些年红鸾和梵音心意相通,灵性相融,可有关红鸾性别,梵音倒是第一次知道,也觉得有趣。

"哎。"聆龙叫着梵音道。

"怎么了?"梵音问着。

"这个小胖鸟不理我,她到底是你的朋友,还是北冥的?"

"是我先认识红鸾的,不过现在是我们的朋友。"梵音解释道。

"哦,"聆龙点着头,"那我就明白了,她和我一样。"

"什么一样?"梵音问道。

"我也先认识的北冥,不过我喜欢你。小胖鸟也是一样,先认识的你,不过人家现在喜欢北冥。"

"什么?"梵音不解。听到这里,红鸾突然扑棱扑棱飞了起来,离开了北冥身边,来到了梵音脖颈处。

"你看,我说什么来着,她还害羞了。"聆龙道。

"啊?"梵音一脸疑惑,完全搞不清楚状况,只问,"为什么?"在她心里自始至终都认为红鸾只"爱"她一个人,蓦地被聆龙这样一说,顿感不太舒服。"红鸾,是这样吗?"梵音又问红鸾道,"你喜欢北冥啊?"她还认真起来,就像朋友般询问着红鸾。

红鸾抖搂了一下羽毛,歪着头瞥了北冥一眼,一股脑儿把身子埋进了梵音颈窝处。紧接着,她浑身上下的红羽忽明忽暗,闪着熠熠火光,好似一团绒焰。

"她在害羞吗?"梵音木讷地问着北冥。北冥撇撇嘴笑,没言语。梵音蹙了下眉头,转过身,往军政部走去,把聆龙和北冥晾在了身后,红鸾应该最喜欢自己才对,她竟不自觉地吃味起来。

想来,红鸾前几日是因为自己不在菱都才去了别处玩耍,而今天她在家中没有找到红鸾,原来是因为一早察觉北冥从城外归来,这个小家伙便跑到部里去看他了。至于刚才那番火气,则是因为红鸾看见聆龙与梵音交好,心里吃醋才会一发不可收拾。这样想来,梵音心中也不禁觉着好笑起来。

崖雅看着一切平静了才敢凑上前来,她今晚第一次看清聆龙的样子,甚觉可爱,南扶摇也一样,两个女孩围着聆龙玩耍。本来南扶摇想亲近一下红鸾的,可是看它那个乖僻的眼神,识时务地放弃了,红鸾的圆滚样子完全和它的性格背道而驰。聆龙第一次见到这么多女孩,欢天喜地地应答着。

院中安静下来,几人往部里走去。梵音跟在崖雅身后,进了军政部。军政部里自然一派红火热闹,由下至上,布着通天红烛灯笼火,直达明顶,墙壁四周燃着金色铜灯,暖意盎然。此时的二、三、四层大厅聚满了各个分部的指挥官和士兵,大家正在庆祝年夜,一层的值班守卫仍然井井有序,等待着两小时后的换班。

聆龙在空中欢快地飞着,崖雅和南扶摇随着它一起往楼上走去。白槐知道崖青山来了,连忙到楼下迎接。这两人关系不错,崖青山也与白槐十分聊得来,只不过两人聊着聊着就容易吵起来。别看他们面上都是温和的人,可一谈到医理药意,两人就容易争得面红耳赤。

梵音在一层和自己分部的值班士兵简单交代。聆龙此时早就弃她而去了,红鸾还乖乖地卧在她的颈窝里。

"你怎么回来了?"一个略带轻浮的充满柔声磁性的声音传了过来。

第二十九章
你是她的情哥哥

梵音回过头,冷羿正站在她的对面。

"回来过年啊,不好吗?"梵音随口道,甚是热络。

"你不老老实实在家歇着,来回折腾什么?"冷羿嗔道。这次去夏滔的六分部,冷羿一直跟在梵音左右,自然知道路途辛苦,而且梵音中途还去了游人村,又耽搁了许多时日,直到新年前一天才回菱都,连个喘息的时候都没有。冷羿不自觉地流露出关怀之意。

"不要紧,难得这次部里的人都回来了,我也跟着大家一起热闹热闹。"

"热闹热闹?你天天在部里待着还没热闹够吗?"

"听你这意思是不欢迎我回来啊?"

"我是想让你在家好好休息,难得有个假期,你还真想天天守在部里啊,真当自己是铜皮铁骨怎么着?"

梵音嗤笑一声:"你当我是二两棉花吗?这么不禁弹。北冥这不也刚从北境回来,还不是好好的?"

"你和他比什么,他一个大老爷们,你就不能自己照顾好自己些?"冷羿话语中带出责备。不知怎的,梵音从冷羿的模样里看到了叔叔的影子,当真是个兄长的样子,只是冷羿自己还没察觉。而且梵音还发现,冷羿虽平日对北冥尊敬有礼,像个对部长的样子,可态度里总是透着么一股淡淡傲气,真是自家人越看越像。

"我这不是想你了嘛。"梵音由着性子张口就来,似是在对哥哥撒娇。她之前对冷彻也是这般态度。

冷羿听着这话,挑起眉毛,怀疑地扫视着梵音,嘴角轻斜,笑道:"算你还有点良心。"两人一来一回间，亲密无间。

北冥从两人身旁走过，冷羿随口道了句："新年快乐，本部长。""新年快乐。"北冥回道，径自往楼上走去。

梵音继续和冷羿道："当然，我还给你买了礼物呢。"她并没有要和北冥一起上楼的打算。

"哟！难得啊！让我看看是什么东西。"冷羿也和梵音聊得高兴，没在乎其他。

梵音翻着自己的口袋，她从家离开时特地为冷羿拿了礼物过来。"这是我特地给你准备的。"梵音笑着说道，"喏，给你。"一副漂亮的银色耳钉，梵音递到冷羿手里，衬得他性格更加冷僻。

"好看，我喜欢。"冷羿不吝言辞，喜上眉梢。他从小就喜欢耳环、耳钉一类的饰品。

梵音笑眯眯地看着他，就知道哥哥会喜欢。冷羿已经动手摘下了自己现在佩戴的一副耳饰，换上了梵音送的。

"上去吧。"梵音道。

"去哪儿？"

"楼上啊，大家不都在吗？"

此时北冥已经走上二楼棕木楼梯，先前梵音和冷羿的对话他都尽数听在耳里。他往楼上走着，抬头看见一个人站在前面，正是南扶摇。顺着南扶摇的眼光看去，发现她目不斜视地盯着楼下的梵音和冷羿二人。北冥驻足，说道：

"还不上去吗？"

"啊？"南扶摇慌神一答，才发现是北冥来到了面前，愣了愣，随后道，"好，好，上去吧。"一副心不在焉的样子。自从进了军政部，温度早已回暖，可南扶摇一时还没有脱下刚才在车上披着的北冥的披风。他二人皆是没再多言，并排往楼上走去。

冷羿看到北冥和南扶摇二人在前面的身影，迟疑了下，道了一声"好"。他两人也动身往楼上热闹的大厅走去。二层、三层多是士兵们在庆祝，指挥官和部长大都在四层。走到三层时，冷羿对梵音说："你上去吧，我在这里看看。"

"一起上去。"梵音道。冷羿看了梵音一眼："好吧。"他不想驳她的意愿。到了四层大厅，一派热闹景象，大家早就三五成群地聚在一起，或吃喝饮酒或闲谈打趣或下棋游戏，好不热闹，一换往日军政部严谨一派的作风，众人均欢快清闲。

天阔已经把水腥草送给了崖雅，崖雅开心地在地上转了好几个圈，她从不知道世界上真的有这种灵草存在。崖青山也赶了过来，同白棋一道啧啧称赞。三个人也顾不上什么大年夜了，直接一头扎进灵枢部的制剂室，叮叮当当研究起来。

天阔本想和崖雅再说上两句,可是发现自己根本插不上嘴,只得站在旁边看他们几个研究。满屋子的草药味道,瓶瓶罐罐里装着数不尽的古怪东西。硕大的透明蟾蜍在玻璃缸里呱呱地叫着;鱼肺脱离了本体还在水箱里自由地呼吸着,听说是一只虎鲸的;崖雅最喜欢的海老鼠看见崖雅回来,欢蹦乱跳地从箱子里跑出来,想让她抱抱,可是崖雅现在没有工夫管它。海老鼠回头看了看天阔,灰眼珠骨碌转了一圈,似乎在想着要不要找天阔玩一会儿。

天阔赶忙对崖雅道:"崖雅,我先出去了,你们忙吧。"

"好的!"崖雅欢快地说着,连看都没看他一眼。

天阔心情失落,犹豫着要不要出去时,海老鼠已经爬到了他的脚踝处。天阔顿时撒腿就跑,来到四层大厅,百般无聊。

"崖雅呢?"梵音的声音在天阔耳边响起。

"在药剂室呢。"天阔无精打采道。

"你送给她什么宝贝了?我见青山叔和白部长也不在了。"

天阔叹了口气:"唉,早知道不送了。"

梵音见他无聊,便说:"咱俩下会儿棋去,怎么样?"平日里,梵音经常和天阔切磋"棋艺"。除了黑白棋,他们常玩的就是子棋。子棋,也是简化版的黑白棋,没有那许多复杂的军事要地和屏幕参详,单独留下棋盘和棋子。双方下棋时,棋盘会根据对弈状况,随时更改盘中局势,瞬息万变。

"我哥呢?"

"在那边和南部长说话呢,还有主将他们。"

"真不知道酒有什么好喝的。"天阔往屋子另一头瞟了一眼,正见他们几个在举杯。说罢,两个人找了个相对安静的桌子,坐了下来,拿出棋子便下了起来。

起初两人闲谈碎语,慢慢下着。慢慢地不再出声,身旁的茶也不再喝,周围的嘈杂声渐渐被二人隔断。围绕着他二人的空气也变得越发宁静。

棋速时快时慢,双方交替,机巧四伏。随着棋入佳境,渐渐多起来的观者也默了声音,全神贯注地看着。

这些年梵音的棋艺大都是跟着以前父亲教过自己的方法慢慢摸索,可终究长进不大。后来她知道天阔很爱下棋,得空时便找他切磋两盘。果然,她发现天阔的棋艺精湛,出类拔萃,想来是穆西教导的。军法策略上,梵音经常会和穆西副将学习,但副将终究是忙碌,她不好麻烦。一来二去,梵音和天阔就成了交好的棋友,两人下得彻夜不眠也是有的,崖雅通常都会倒在梵音身旁睡到天亮。

天阔阅读书籍的速度和布阵的军法要快过梵音许多,两人相较,最后往往是北唐家的军法和第五家的军法互相融合,相得益彰。要说前些年,梵音与天阔下棋还算得上是旗鼓相当,到了这两年梵音则越感吃力,赢下天阔的次数亦是越来越少。

此时的梵音一言不发,转动着手中的棋子,天阔耐心等待。一刻钟过去,两人都未动一下。天阔安静地看着棋盘,不露声色。要说北冥是个凝练的性子,梵音心智淡然,而这天阔天生就是聪颖机智、好言好动的。可这些年梵音亦是发现,天阔下棋愈来愈沉、愈来愈深,深到她竟是探不下去了。要不是她生性如此,常人坐在天阔对面怕是早已胆战心惊,不知何时就会葬送他手。

梵音不慌不躁,围观的人却是为她捏把冷汗,大气都不敢喘。忽听梵音淡淡道:"你说,我这盘还赢得了吗?"

"难。"天阔道出一字。

"要是我找个帮手呢?"

天阔撩眉看了梵音一眼,缓缓道:"帮手?"下棋之人最是知道,人棋合一,用兵用法亦是一样。先不说能不能足够信任对方,就算是信任有了,想心意相通,取长补短,天衣无缝也是难。天阔倒也想看看梵音能找谁当帮手:"好啊。"欣然同意。

"冷羿。"梵音对着大厅另一桌席喊道。冷羿正离她不远,回头看来。

"干吗?"

"帮个忙,怎么样?"

冷羿奇道,走了过来,看着一群围观的人说道:"怎么了?"

"这盘棋,我要输,帮我个忙。"梵音毫不遮掩,技不如人,不怕当面承认。她知道冷羿平常不爱下棋,但作为她二分部一纵队的队长,冷羿那清醒的脑袋可比任何一个人都强。关键,她还想借机看看冷羿其他本事。

冷羿皱了下眉头说道:"我对下棋没什么心得。"

"我知道,可万一咱们两个联手,能赢了天阔呢。"

"你就那么确定你会输?"冷羿正经道。

"赢不了。"梵音笑道,她自己的斤两她知道,要赢天阔,实在是难事。

"那就试试。"冷羿已经站到梵音背后。

梵音笑着看着天阔说道:"别算我以多欺少啊。"

"不会。"天阔严肃道。

三人你来我往,战况愈演愈烈,正如梵音开始所想,冷羿下棋的着数和她非常相近,九成都是叔叔教的。冷羿心思缜密胜过梵音,二人处世之道又十分相近,此时对弈起来,竟是默契十足。面对天阔的攻势,他们连何时防守何时驻足都分毫不差,棋到难处,两人一同摇头,竟连冷漠的神情都颇有几分相似。

冷羿善策,梵音善守,一来二去,盘中局势悄然扭转。天阔心思深沉,棋路微动,却不露声色,心想他二人之力果然超出预期,更令人称奇的是他二人竟可合作至此,二分部的实力不容小觑。父亲早就对天阔说过,二分部将士不多,却各个精明能干,尤其单兵实力,若不是一个足够优秀的指挥官来担任他们的部长,他们必定会人心不稳,心口不服。而梵音以女儿身的身份,几乎不费吹灰之力就悄然化解了这一难题,即便是北冥也未必有这般容易。

其实天阔不知道,上阵父子兵,打虎亲兄弟,对面二人正是这样的状况。梵音此刻也明了了,冷羿从叔叔那里学到的军法战策怕是比她要多上许多,这些年下来融会贯通,两人合作起来自然是行云流水。

可要赢天阔,梵音和冷羿心里都明白,绝非易事。这是梵音和冷羿第一次下棋,也是唯一一次合作,二人对视一眼,气度更沉三分,想着即便不赢,却也要拼个平分秋色。二人默契之至,天阔看在眼里,原本一颗安定的心竟也波动起来。要说以天阔的实力,即便梵音和冷羿联手,也是难。可奈何人家兄妹同仇敌忾,气势凛然,他一个少年心性,还是难以对抗,不禁孤单落荒起来。

天阔的棋越下越浮,梵音自然看出,依着她的君子气度,自然要带着天阔慢中求稳。只见天阔不禁闭上眼来,这是他以往从来没有过的,他一来是要让自己冷静,二来是对自己的表现多有不满。本来天阔对自己的能力颇有几分自负,可现下,他有些懊恼,能够装作面色如常,已是难得。

梵音和冷羿盯着棋盘,不敢有丝毫松懈。这一战她志在必得,不为别的,就因着她兄妹联手还赢不过天阔一人,那她第五家的声势未免弱了些。想到这里,她抬头给了冷羿一个眼色,冷羿自然会意,他也正有此意。三人剑拔弩张,刻不容缓。

天阔睁开双眼,神采明亮至极,梵音与其对视,从容安静。天阔忽地开口道:"梵音,你这样可不好啊。"他笑着看着梵音,一脸轻松,刚才的深沉顿时减了几分。

"怎么?"梵音问道。

"我不知你和冷羿竟然会如此默契,是我轻敌了。"

"哪里。"梵音笑着看着他,想着他定有什么鬼主意。

"我刚才心下烦乱,怕是要输。"天阔张口就来,梵音始料未及。

"所以你想怎样?"

"你有帮手,我自然也得找一个不是?何况你是部长,我可不是。"天阔自知平时松散惯了,这毛病怕是要好好历练几年才能收得回来。他凡事都解得开,不认死扣。

梵音笑笑,爽朗道:"好!"心想,这棋是越下越带劲了。"你又找谁呢? 让我也开开眼界,看看和你心意合一的人是谁。"要知道,在这军政部里,除了北唐天阔,可没有第二人说自己聪明有脑,当然除了他的父亲。梵音也很想知道,能跟上天阔脑速的还有谁,他这样自负的人,又能找谁。

"哥,咱俩试试。"天阔轻松道。此时北冥正站在天阔背后,其实他已经来了好久,只是下棋这三人没有一人看到他而已。

梵音向对面看去,果然,北冥站在那里。她表情一僵,面色不善。她怎么把他给忘了,他们兄弟联手,这可不好办了。她赶忙回头看了冷羿一眼,只见冷羿也是盯着北冥。梵音心想:坏了,今天这家伙定是要分出个胜负才肯罢休。

看着冷羿的眼神锋芒外露,梵音倒是莫名了。她又转过头对上北冥,只见北冥的眸中平静如常,可那神情让梵音不自觉地坐直了身板,就像北冥御下时,无人妄动一般。北冥看了冷羿一眼,又把目光投向梵音,一转不转。梵音被他盯得头皮发紧,心想:怎么呢?定要比比?北冥看出梵音心思,神情稍缓,刚才那股敌意自然不是对着她的。

这场景好像和梵音一开始预料的不太一样,她又往四周扫了一圈,才发现原来身边已围着那么多人。一分部颜童和徐英都在北冥身侧,就连副参谋长和那个个头不高的温吞唐西也站到天阔旁边。她再一细看,不知何时赤鲁和钟离也站到了她的身后,这样一来,二分部的人算是齐了。

而正在这时,对面一道亮光引起了梵音的注意。南扶摇站在北冥身旁,身上依旧穿着那件漂亮的礼服,怀里拦着北冥的披风。原本看见扶摇,梵音也不出奇,只是这时她发现扶摇的眼睛正在看着冷羿,眼神便在扶摇脸上稍作停留,即刻便被扶摇敏锐地察觉到了。她回过神来看着梵音,脸上少了一些笑容,反倒有些落寞。梵音一怔,还没想出所以然,就听冷羿道了一句:"该我们了。"

两人便再次入了棋局。各自冥想七八分钟有余,甚是小心。随后两人同时抬手,把一黑色棋子同时放在同一位置,棋子叠摞,掌掌相合,冷羿恰好把手心扶在梵音手背上,默契之至。围观人不由点头赞叹。这兄妹二人心无旁骛,自是不在乎这些。冷羿抬手就把自己手中多余的棋子掷回盒中,干净利落,面色清冷。

不料,下一刻北冥瞬间掷出一棋,不容对方和缓,棋局已是变了态势。天阔眉眼轻放,要说自己料事深沉,那哥哥则是在他策略之上再纵横三分,夺势而走。梵音和冷羿是心意相通,那北冥和天阔则是愈战愈强,此增彼长。毕竟他兄弟二人自小便在一起,脾气秉性,头脑心事,可说天然契合。梵音和冷羿瞬间倍感棘手。

就这样一来二去,棋局十分胶着。几个人算是深陷其中。而梵音却偷了个空当,有意无意地瞄向对面的南扶摇。果然,在这人群里,南扶摇似乎格外"大方"地看着冷羿,可奇的是冷羿像从没看见一样,继续认真地下着棋。

梵音心思稍恍,她和冷羿的配合便有了间隙,梵音按着冷羿的想法,抬手撤去了自己的棋子。仅这一下,他二人便稍走下风,梵音却并不在意,而是抬起头看了南扶摇一眼。谁知南扶摇略略转身,从北冥身边轻轻离开。梵音不解,只见冷羿又下一棋,她方知自己又走神了。

正在这时,从众人背后传来一句朗声:"你们年轻人都围在这里干什么呢?也不去外面热闹热闹。"说话的正是主将北唐穆仁。

主将话音刚落,天阔又掷出一子,梵音本想继续,只见冷羿眸光看向了别处。她随即望去,发现是楼梯处,那边也没什么人,主将和木沧刚刚一同上来。

"不下了吗?"梵音随着他的意,问道。

"嗯。"冷羿回了一句,却没看她。

"好。"梵音点点头,没再多说。

"欸?怎么这样,马上分胜负了,你们二分部怎么不下了?"天阔笑道,颇有挑逗的意味。

"看来今天我们赢不了你们哥俩儿了。不下了,认输还不行?"梵音随意道,面带笑容,转头看着旁边的北冥,然而北冥脸上并没什么笑意。

"怎么,赢了我还不高兴?"

"北冥,陪我喝点酒去。"话是北冥身后的南鲲说的,他刚才跟在主将背后,现在主将已经和木沧离开了,往主桌方向走去。

"好。"北冥转身离开。

一时间,北冥走了,而冷羿比他还早走一步,就在方才主将和木沧离开之时,冷羿便往反方向的楼下走去。梵音和天阔面面相觑,随即各自离开。梵音来到楼梯边,看着冷羿已经走到一层,往大门外走去。她又瞅了几眼,便转身往主桌走去。过年了,怎么都要敬上主将一杯才是,虽说在军政部里大家都知道梵音一滴就醉,但以茶代酒还是要的。

梵音来到桌前,看主将、副将和几位部长喝得正欢,晓风阿姨和仲夏阿姨已经回房间休息了。她端起茶杯道:"主将,我敬您一杯,祝您新年快乐。"她笑着,很开心。

"看看我们梵音是不是越来越漂亮了!"主将开心地大声道,他从来都把梵音当女儿一样看待,酒劲上来了便高兴多说几句。

"您快别这么说,该让南部长笑话了,扶摇姐还在旁边呢。"梵音摇摇头,知道主将性情,自己倒也坦然无碍,只面带微笑。

"知道你和你扶摇姐姐好,我又没让你和她比。"主将直言道。梵音笑着,没再多语,一个个敬去后,她也准备先去休息了。

谁料,扶摇突然站了起来,大步走到梵音身边,梵音想着这姐姐喝得高兴,是要和自己多聊一会儿,她也就再多陪陪。

"扶摇姐,"梵音正开口道,扶摇已举起鱼骨琉璃盏。那是一种由深海透明鱼骨一起合成打磨而成的酒盏,通体玲珑剔透加上里面的白酒摇曳出柔和的酒光,仿佛薄雾一般丝滑迷人,整个军政部这样的酒杯不过百个,是专门为女士预备的。南扶摇拦住了梵音的话:"陪我喝一杯。"目不转睛地看着梵音,似乎不容她躲避一样。

梵音疑惑,这姐姐今天怎么了,要我喝酒干什么?

"扶摇姐,我……"没等梵音话落,扶摇又接一句:"不陪我吗?"梵音看着扶摇面色有异,便不再驳她,亲切朗声道:"扶摇姐,新年快乐。"

只见梵音抬手一扬,一杯白酒便下了肚。这让南扶摇全没想到,她自然知道梵音不谙酒性。她也不知自己怎么了,一时心口不顺,便成了刁难。

不单是扶摇,在座的各位也都是没有想到,纷纷看着梵音。

北冥更是愣怔住了,瞧着梵音。上次梵音喝酒还是她刚来军政部的时候,为了迎合大家意气,她便喝了一杯,顿时醉得一塌糊涂,还是他把她抱到床上安顿好的。自此以后,军政部便无人再让梵音饮酒。

"梵音我……"南扶摇看梵音这般,顿时不知如何是好。

"你还不喝?"梵音笑道,没了姐妹称呼,倒像是相互照应的同伴。南扶摇一时僵住,反倒像个无措的女孩,梵音见状,继续道:"该你祝我新年快乐了,扶摇。"

"新年快乐,梵音。"南扶摇心中顿感温热,仰头便把杯中酒喝光。梵音看她面色稍霁,便打算离去。

谁料南扶摇上前拉住梵音手腕和缓道:"再陪我一会儿吧。"

其实南扶摇和北冥的关系,比跟梵音亲得多,但眼下看她眉目流转,梵音便站了下来,道了一声:"好。"南扶摇心下宽慰,拉着梵音坐在自己身旁,北冥坐在她的另一侧。

起初梵音还能应对,可只小半刻过去,梵音的酒力便发作了,堪堪用灵力镇着,看扶摇说话也是越来越恍惚。一直关切着的北冥自然看出梵音不对劲,便想让她回去休息。但几次都被扶摇拦住,拉着梵音的手臂不让她走。

梵音此时愈感眼前缭乱,正在北冥和南鲲说话之际,南扶摇酒意兴起,拉着梵音又喂了她一杯白酒下肚,梵音本就手脚发软,迷糊不堪,全没挡住扶摇这般热情。当北冥回过头来时,梵音已是喝了下去,北冥再也忍不住叫道:"梵音!"

只看梵音站起身来,没理北冥,对着南扶摇道:"我真的陪不了你了,我不行了,要回房间了,你和北冥喝吧。"说罢,梵音脚下一瞬,霎时消失。

"等等,等等我,"南扶摇也摇摇晃晃着起来,话中充满醉意,"梵音的灵法竟这般好,我竟然不知道。"说罢,要去追梵音。

"这丫头今天喝得真不少,北冥,你帮我看着点扶摇,别让她进不去房间。"南鲲细心道。

"好。"北冥应着,他本想上去看看梵音。

他陪南扶摇来到六层客房后,南扶摇转身并没有进去,而是对着空气说:"我不想自己睡。"

"什么?"

"我要去找梵音睡。"扶摇嗓门又大了些,没等北冥阻拦,她已经往十五层梵音的住处快步走去。

梵音正在努力开门,忽地,南扶摇一把把她抱住,她双腿一软差点没站住。

南扶摇开口道:"梵音,我今天要和你一起睡。"

"什么?"梵音惊道。

"我要和你一起睡,我要和你一起睡,好不好?"南扶摇借着酒劲儿竟和梵音撒起娇来。

"可是我……"梵音本想拒绝,她实在不习惯和别人同住,总是自己一个人惯了,平日即便是崖雅,她也没有这般行为上的亲近。但她现在酒劲儿太浓,根本坚持不住,只得说道:"那好吧,你和我进来。你喝得太多了,醉了,慢点。"

她转动着房门,自己都站不稳了,还将将扶着快要醉倒的南扶摇。北冥站在门外想帮她,可是又无从下手。梵音拖住南扶摇,现在她已是完全趴在梵音身上了,看着北冥站在外面,梵音二话没说,一把把门关上了。

北冥站在门口,怏怏的。

梵音拖着南扶摇来到里屋,谁知这姐姐丝毫不见外,大方地一股脑儿脱光衣服,进了浴室,洗了起来,边洗边醉态可掬地说:"我先洗澡喽,梵音。"

此时梵音自己也是要醉倒了,幸亏这些年灵力渐长,压制酒力的时间也就长了些。忽然想起了什么,她摇摇晃晃地翻弄着自己的羊皮包,这是她外出时一直带着的。

不一会儿,她从里面拿出好几条花时,这是在游人村时从叔叔冷彻那里拿来的,她想着作为礼物送给大家。可这两天一直忙碌,她也没顾上。她把花时一排排摆好,挑出来一个,便顾自走出房间。

此时的北冥在房间里洗着澡,心中闷闷不快,想着刚才下棋时梵音和冷羿默契的样子,他就懊恼。他胡乱地冲洗着头发,听到外面有敲门声,只道是天阔来了。

这大半夜的,他也累得想要休息,便懒得第一时间去给他开门。只听敲门声再次响起,他关了花洒的水,把白毛巾扣在头上,穿好裤子,上身的水珠还未擦干,便走过来开门。

打开门,习惯性地转过身继续擦着头发,准备去沙发上坐下。可他刚迈出一步,便觉不对,猛地转过身来,只见梵音睁大着眼睛看着他,水珠般透润的脸上此时已绯红一片,不知是喝了酒的缘故还是因为看到北冥不着上衣的性感身材。两人四目相对,均是一惊,没等北冥说话,梵音抬手就把房门砰的一声给他狠狠关上了。

北冥被震得顿时清醒,立刻套上一件白色上衣,未待喘息,马上过去再开了门。幸好梵音还没走!心里顿时松了口气。急忙开口道:"我刚才以为是天阔,你今天身上带着酒气,我一时没细分辨。"

梵音闷着头,不吭声。

北冥又道:"要进来坐吗?"

梵音还是不说话。

"怎么了,有什么事吗?"

"没事!"梵音应道,抬手把花时按到北冥胸口,"这个给你,我送给你的新年礼物。"

北冥低头看着,梵音已经把手撤了回去。他接住花时,看梵音抬腿要走,忙一把拽住梵音,把她扯回自己房间,关了房门。看着眼前的梵音,北冥却不知如何开口了,只是低头看着她,梵音也不抬眼看他。正当北冥想说些什么的时候,梵音嘴里咕哝道:"你今天为什么不高兴?"因为喝了酒的缘故,讲话含糊不清。

"我?我没有啊。"北冥不知该如何回答。

"你今天为什么不高兴?"梵音又问了一句,语气亦是有些不高兴了。他二人朝夕相处,对方言行情绪藏不住分毫。

"我……"

"那你为什么不理我?"梵音顿了一下,见北冥不开口,她猛地把头扬起来,瞪着北冥的脸,瞬间,她又倔强地别过头去,不去看他。

只这一下,北冥便确定梵音喝多了,行为举止和往常大不相同。而梵音也正是因为酒意,放大了自己的感情。平时别人对她的态度她都不在意,唯独北冥。今天她明显感觉到北冥对自己不高兴,原本也没什么大事,平常也不会介意,但因为喝了酒,心里的感觉就越发明显起来,甚至有些难过。

"我哪里有不理你,只是我以为,你和别人聊得更开心些。"北冥感情直接,不像天阔那样委婉周到,却不知这样容易伤了女孩子的心思。

"回到部里开始,你就没再和我说过话。"梵音眸光失落,北冥却没看见,只沉声问着:"你和冷羿很要好吗?"

"嗯。"梵音开始神志恍惚,随心答着。

"你,"北冥下定决心,问了出来,"喜欢他?"

"喜欢。"梵音身体发飘了,脚跟也站不稳了。

北冥只觉整个人瞬间坠入冰窖,愣在那里,也顾不得梵音已在他面前摇晃。正在愣怔之际,梵音砰的一声向他倒来,醉靠在他怀里,他赶忙搂住她。

"那你喜欢姬菱霄吗?"梵音醉醺醺地胡乱说着。

"不喜欢。"北冥面如土灰。

"你为什么不喜欢她?"

"不喜欢就是不喜欢!哪有为什么!"北冥心情烦躁,却也忍着。

"可是她喜欢你啊。"梵音低声道。

"就像你喜欢冷羿一样?"北冥压着火问道,这下反应倒快。

梵音突然不出声了,像是睡着在北冥怀里。忽然,她直起身子,脱离了北冥的怀抱,红着脸,僵直着身子说道:"你说什么!"

"我说,就像你喜欢冷羿一样。"北冥道。

"胡说八道!"梵音突然提高嗓门,大声道,吓了北冥一跳,"你不能这么胡说八道。"梵音听了着了急,可醉醺醺的分辩不利落,只得自己踱着小碎步,嘴里焦急地小声哼唧着。

"你自己说的。"北冥心虚道,显然是被她吓着了。

"我没有!"梵音着急得想要哭出来一般,人发着酒劲儿,情绪也明显了起来,"我没有!我不是那个意思!"

"那你是什么意思?你别着急。"北冥也不知如何是好,手还慌乱地轻扶着她,生怕她再倒下,又不好太逾矩。

"你不能胡说,我真的要生气了!"梵音突然踮起脚贴到北冥面前,即便这样她也够不到北冥。她只得一把薅住北冥胸口的衣服,把他扯到自己面前,嗔道:"我怎么可能喜欢冷羿呢!"

梵音温柔的呵气喷在北冥颈间,北冥只觉由颈到耳顿时蹿红,心跳加速,热得发烫,任由梵音拉着。虽说梵音醉着,可她还是清楚地知道冷羿是哥哥,说她"喜欢"哥哥,那成什么了,怎能不着急。

"那好,我告诉你,你可不能告诉别人!"梵音咬牙道。

"什么?"北冥硬着头皮坚持着。

"我和冷羿,就像你和天阔一样,懂了吗?"梵音忽地又像个小朋友一样,用手捂着嘴巴小声地和北冥念着,生怕被旁人听了去。虽然醉着,但说话仍坚持记得有所保留。

北冥迟疑片刻,问道:"你的意思是,你把他当哥哥?"

"是。"梵音点着头,眯缝着眼睛,嘟囔着嘴道,"所以,你不可以那样说我。"她心里忽而感到很委屈,明明找到哥哥是件开心的事情,可是她不明白为什么北冥对她这般态度,又斥又责。

看着梵音这般醉着的委屈模样,一改往日性情,北冥心里又怜又爱,忙缓声道:"我还以为你刚才说喜欢冷羿,是……女孩喜欢男孩那样,我,我误会了,对不起。"

"我没有!"梵音跺着脚,再次着急道。

北冥忽感心潮狂涌,热血澎湃,道:"好!我知道了,对不起。"

"我们和你与姬菱霄可不一样。"梵音突然冒出这么一句。北冥费解:"什么?"

"你可不是她的亲哥哥……你是她的情哥哥……"

梵音好似神来之笔,张口就来。北冥听得当下脑袋炸裂,精神悚然!他哪里知道现在的梵音已经彻底醉得不像样子,说的话也都是毫不节制,但偏偏这"亲""情"两个字,吐字极为标准,刺耳难当。

"梵音,你乱说什么呢!"北冥的双手立刻抓紧她的手臂,把她扳正过来,面对着自己。

"没说什么……"梵音声音渐渐低了下去,情绪也跟着落了下去。

"我没有,我不是,我跟你解释过的!我和姬菱霄一点关系都没有!你说过你相信我的!"北冥顾不上梵音听不听得到,万分焦急地对她讲着,惊得发根都立了起来。

梵音的头一点一点的,像个瞌睡虫,摇摇晃晃。就在这压制般的寂静之时,梵音从鼻腔中轻轻嗯了一声,像是听懂了北冥的话一样。

"你听到啦,听清啦?梵音你不要睡!你听清我和你说什么了吗?我再跟你解释一遍,我和姬菱霄没有任何关系,我心里喜欢的是……我心里喜欢的是……我……"北冥实在想说"我心里喜欢的是你",可看到梵音现在醉得像一摊泥一样,他就不得不把这句话咽了回去!他从没打算在这种状况下表白。"梵音?你醒醒。"

"嗯……"梵音轻吟着,片刻,梵音从嘴里缓缓吐出一句话。

"那我也跟你解释过了……"声音轻轻柔柔的,"你别,你别……不理我……"最后几个字,梵音几乎是含在嘴里说的,随即再也支撑不住地闭上了眼睛。

北冥听过,一时间愣在那里,看着她合上的眼,看着她红着的脸,看着她有点委屈的样子,突然间心中一颤,他好像明白了。

"梵音,我……梵音,我……"

北冥的心剧烈地跳动着。他望着她,心里想着今天发生的一切,这才惊觉,冷羿和梵音一向要好,却并非男女间的亲昵,就像刚才,冷羿也是独自离开,并未多待片刻。

她在跟他解释,她刚刚在跟他解释!一时间北冥恍然大悟!喜不自胜!一把抱住梵音,开心地咧嘴直笑。忽又觉得自己今天实在小气,平白无故和梵音计较这些干什么,当真是在乎她多了,冒了傻气。为了她,他的一颗心起起落落,想来都觉得自己好笑。忽而他又觉得,梵音醉着,自己这样抱着她实在不好,他又赶忙放开她,看着她,躬下身来,柔声道:"梵音……"

梵音此刻没了一点动静,他用手指轻轻地在梵音手臂上点了几下,这是军政部特有的传递讯息时用的指语,其他各部也有各自的指语,互不相通。北冥点着:"梵音。"

梵音似乎嗯了一声,随即又安静下去。

北冥就这么看着她,突然不想叫醒她,也不想让她走,看着她细长分明的睫毛和水润的脸颊,抬起手想要抚上去,可手指停在半空中,又收住了,接着对自己道:"你这是干吗呢?"

北冥又轻轻指语着:"梵音,今天是我不好,对不起,我保证我以后再也不这样对你了,好吗?你别难过。"北冥面色诚恳,等着梵音回应他。可过了好久,梵音都没有动静,北冥就有些着急,又道:"梵音,你听到我说话了吗?梵音?"梵音依旧没有动静。北冥情急握住了梵音的手,边说边用手指点道:"梵音你醒醒,你听到我说话了吗?"

少时,梵音轻柔地"嗯"了一声,似乎还点了点头。北冥只觉心中发烫,握着她柔软的手,再也不愿撒开。

这些年北冥知道梵音心里有劫,他想陪她渡过那个劫,再论其他。今天梵音糊里糊涂地醉了酒,话赶话,却是情真意切,让他知道她的心里有他。

良久,北冥想,她这个样子是根本醒不过来的,抱她回去,外面还有许多人,干脆让她睡在自己房间吧,他去客房就好。

正想着,北冥已经把手环到梵音身后。忽地,房门被重重敲响。这脉脉的气氛顿时被打破,害得他吓了一跳,险些栽到梵音身上。此时门外传来了一个清脆的声音,欢快道:"小音,你在里面吗,小音?"是崖雅。

房门被打开,门外站着崖雅和天阔,只见崖雅一脸兴奋地往北冥房间里瞄着。平时崖雅可没这般活泼,大都是腼腆害羞的,今日因为得了水腥草的缘故,她异常雀跃,举止也放开了很多。

"北冥,小音在你房间里吗？我刚才去她房间没有找到她,扶摇姐姐在洗澡,也说不知道小音去哪里了。"崖雅笑着说。

"在。"

"哦,那我叫她出来。"说着崖雅也不见外,就往北冥房间走去,"小音,你站在这干吗？小音？"崖雅看着梵音背影,快步上去问道,"小音,小音你……小音你怎么了？"崖雅看着梵音合着眼,不对劲,"小音你怎么了？小音你喝酒了！"崖雅惊道,"小音？"崖雅晃着小音,梵音冷不防就向后倒去。

北冥一个瞬步,接住了梵音。梵音被这一扰,醒了。她在北冥怀里喘了口气,看样子是醉得难受。

"没事吧？"北冥关心道。

"没事。"梵音强撑着睁开眼,摁住北冥手臂,从他怀里站了起来。

"小音,我今天想和你一起睡,好不好？"崖雅一把挽住梵音胳膊。北冥站在一旁,没离太远,怕她再倒下,梵音道了一声:"好。"随即走出北冥房间,走到门口处,她回过头来对着眼中无法聚焦的北冥道了一句:"新年快乐,晚安。"

"哥,你们刚才干什么呢？"天阔打趣道。

"没干什么。"

"梵音喝得那么醉,她在你房间那么久,你干什么了？"

北冥回过头来,看着天阔,眉间轻蹙:"我能干什么？"

"我看你的样子很高兴呢。"

这话倒是说到北冥心坎里,他道:"陪我下去喝两杯。"

"啊？"天阔的眉毛瞬间皱成了一个圈,"我可不了,我要回去睡觉,这几天在路上,你扛得住,我可扛不住。"

"随你,那我陪鲲叔喝几杯去。"说罢,北冥悠闲地往楼下走去。天阔看着哥哥高兴的背影,挑了挑眉毛,嘴角上扬,转身走向自己房间。

第三十章
深夜访客

年夜过半,国正厅的灯还是通明的。

一个身着银灰色过膝皮风衣的男人出现在国正厅国主姬仲宅邸的大门前。男人不单单这一身行头是银灰色的,就连头发也是银灰色的,夜光下,阴郁森然。他来到守卫前,守卫一震,喝道:

"什么人!"

"你好,我是来拜访国主姬仲的。"男人开口道,嗓音带着撕裂感,好像是个从未开过口说过话的人喉咙都长在了一起,听得让人恶心。

"国主这个时候不见客,如果有事,明天一早等待通传吧。"

"我有这个。"只见男人从身上拿出一物。

此时国主姬仲偕夫人胡妹儿送走了所有门客,准备回厅内休息。有个守卫来到姬仲耳边密语了几句,姬仲听罢,说道:"夫人,你先回去休息,我还有些事情。"

"这大过年的有什么事情?"胡妹儿挑着眉,挽着姬仲的手道。别看姬仲快到六旬,可面对这个容颜俏丽的娇妻,还是无法招架,随即在她臀间捏了一把,道:"我马上回来。"胡妹儿扭着腰肢,笑盈盈地离开了。

姬仲来到会客室,只见里面沙发上已经坐着一位男士,背对着门,喝着茶。姬仲回身掩住房门,顿了一下,跟着手上加力,彻底把房门关了个紧。现在就连外面的守卫也是听不到房中声音的。

姬仲稳步来到这男人面前,和声道:"请问,阁下是?"

只见男人不慌不忙抬起了头,盯着姬仲的眼睛。霎时,一道凛人绿光从男人眼里射了出来,像是仅凭这眸光就能取人性命一样。姬仲浑身一颤,道:"你!"

"怎么,国主大人认出我来了?"这下说话,比方才的嗓音稍好了一些,不知是不是喝了茶的缘故。

"你到底是谁!"姬仲愠火中带着怒意。

"也是,您没见过我,应当不知道我是谁,即便我和我父亲在你们人的眼里长得一模一样。"男人面带笑意,想笑,可是肉皮发紧,咧得脸疼,随即收住了。

"你是,狼!"姬仲压着嗓子,从喉咙里震道。

"您这话说得可就不对了,在这里,人称您一声国主。那在我的地界,您也得喊我一声王。"男人似笑非笑,齿间带阴。姬仲看着他,半晌说不出话。

"当然,狼王是我父亲,他还没死。"说着男人又森森地看着国主,咧嘴高兴,利牙错落,似能绞烂万物血肉,"只不过,我们和你们不一样,只能有一个国主,我父亲是狼王,而我现在也是。"

"你怎么变得这副模样?"姬仲缓了心神,张口问道,看不出惊怒。反而是男人一顿,眉间稍停,片刻道:"您好像和我父亲之前形容的不大一样啊。"男人眼中莹莹绿光闪烁,笑着道。

"你父亲怎么没来?"姬仲显然没理会男人的话。

"凡事由我来办就好,怎能劳烦我父王?"

姬仲听到,心中一刺,想起了自己不争气的儿子姬世贤,不由心中添堵。

"怎么?您的儿子不能替您办事吗?"

"你今天过来找我什么事?"

"怎么没见嫂夫人呢?哦,不对!按着你们这里的辈分乱了,不能叫嫂夫人,得叫夫人才合适。"

姬仲听着怒气渐盛,寒芒显露。

"我既然能这样堂而皇之地走进来,你觉得我会怕你吗?姬仲?"男人换了口气,弥漫在空气中的血腥气让姬仲胆寒。那男人恨不得牙缝里都渗着血,轻蔑地哼了一声。

"你来,不会是和我聊天的吧?"姬仲当先前的对峙全不存在,缓声道。

男人闭嘴笑着,脸颊和眼尾两侧已挤出数条纹路,憋紧鼻孔,面目可憎。显然,他不太会笑。

"看来,这身皮囊你还穿不习惯。"姬仲问道。

"我觉得也是,不过,挺有意思的,我喜欢。"

"你叫什么名字?"

"修弥。"

"修罗是你的父亲?"

"是的。"

"怎么,他突然兴起想当人来试试了。"

修弥看着姬仲,没说话,只是笑,笑得姬仲浑身发寒。他想问出修弥何以化得这身人形,可修弥迟迟不答,他渐感压抑。

"不知道我变成这样,会不会也像你们人一样,控制不住自己。"

"什么意思。"

"像你们人类男人一样,控制不住自己啊……像您一样……"说到最后,修弥的眼神几乎穿透了姬仲的心,"您不会不懂吧,我父亲都和我说过了。"姬仲听得眼睛几乎要暴瞪而出。

"闭嘴!"姬仲呵斥道。

"您别生气啊,我这不什么都没说嘛。我父王告诉我了,这事当年只有他看见,当然现在多了一个我,不过不会再多了。"

"修罗让你来到底为了什么?"

"说了半天,我还没见到夫人呢,小侄我也是百般好奇呢,想一睹夫人尊容,再给她拜个年。"

"我让你出去,你出得去,我不让你出去,你今天半步都动不了!"姬仲怒道。

修弥即刻森然一笑,霎时间,狼族的杀意四溢,绞肉的味道顷刻间堵住姬仲咽喉,浑浊的液体在他眼内滚动。少时,修弥撤了杀气,姬仲大口呼吸着。

"我胜不胜得过我父王,您现在应该知道了。当年您年轻力壮,尚且忌惮我父王,现在您已老矣,何苦跟我较量? 不过,叫您儿子出来,我倒可以见见。"

"说了半天,你且说说你的来意吧。"姬仲正坐到修弥对面,咽了眼中的浊水。

修弥眸眼微合,暗自揣度,他父王修罗果然说得不错,这个姬仲,不可小觑。原本被他的狼族嗜血杀气吓得半条命都去了,现在又好像没事人一样,坐了下来谈起了交易,姬仲本人当真是心思诡谲得很。他当年掩盖那桩事,不惜用族徽抵押,绝不是一时慌错。

"叔叔,我父亲当年替您掩盖那件事,您也送了我们族徽,说起来,咱们算是有交情的。"修弥忽然客气道,对姬仲用了尊称。

"算是。"

"今天小侄来,是想让您记一下这个人情,帮个小忙。"

"什么忙?"

"我想见个人。"

"谁?"

"您知道的,十几年前,也是您透的口风,告诉我们他们一家的去处。"

"这个忙我已经帮过了。是你们自己没本事,让他们跑了。"

"没错,是我们大意了。"

"既然你们现在已经知道他人在我这里,还来找我干什么,自己去不就好了。"

"您不拦我?"

"我拦得住吗?"

"刚才是小侄多有冒犯了,还请您大人大量,别和我计较。"修弥谦卑道,"不过……"他看着姬仲,欲言又止。

"不过什么?"

"虽说小侄抓个人易如反掌,但是这毕竟是在菱都,您的脚下。但凡您通知了某个部所,小侄我还有活命吗?只怕我前脚抓了人,后脚自己就被抓了。"

"那你今天就是多此一举了,如果你不登我的门,我自然不知道,也通知不得别人。"

"据我所知,军政部的那两位今天都在部里,我没十足的把握能走。"

"那你就换个时候再来。"

"这种事,等不得。我们已经等了那么多年,先是有第五逍遥,后又有你们军政部,再等下去,恐怕人没杀,东西却做出来了。"

"军政部?你怕他们?"姬仲眼神一恍,被修弥逮个正着。

"这北唐一家比起第五逍遥那个散人,我怎么会不忌惮。"

"你确定要明天动手?"

"大年初一,人气闲散,最是没防备的时候。就明天。"

"你想让我怎么帮你?"

"就等您这一句话,其实也不会劳烦到您什么,我就是想知道这东菱还是您说的算吧?不是那个军政部吧?"

"当然。"姬仲气定神闲道。

"如果我失手被擒,是会被关在军政部还是狱司?"

"犯人当然是狱司,军政部还没那个权力。"

"那就好,如果我有个万一,还请叔叔帮忙放了我。我听说你们那个狱司也是瘆人得很,我就怕我招架不住,说出个一二三来。"修弥说着,眼睛有意无意地瞟到了姬仲办公桌上的一盆长信草身上,淡淡道,"那个人死了,还有人能种出那样好的长信草吗?"

姬仲猛然一怔,浑身汗毛立起,倏地回过头来看向修弥道:"你说什么!"

"我说那个人死了,还有人能种出那么好的叶子吗?"

"你把嘴给我闭上!不许再提'叶'这个字!你父亲说,只要我不干涉你们狼族作为,他就永不再提此事!他想不认账?"

"看您说的,人都死了十几年了,我们是没再提过啊。"

姬仲呼吸急促,脑中飞旋,当年是他沉不住气,受了狼族要挟,可现在想来,他们当时根本没有证据,他怕什么,于是道:"你们有证据吗?"

只见修弥缓缓抬起右手,打开掌心,里面似乎趴着一只灰色蛾子,有手掌么大,翅膀中间有只黑茸茸的"眼睛",看着让人恶心,汗毛战战。

姬仲一个哆嗦,胃中翻滚,紧接着他伸出手去要抓住那只"蛾子"。修弥忽然撤手,笑道:"这里面都记着呢,和当年一样,我父亲看得清清楚楚。"

"你,你!"姬仲无法抑制住恐惧与激动道。

"好了好了,只要您和以前一样,愿意施以援手,帮帮我们,我们是不会说出去的。更何况,我父亲可从来没麻烦过您。"

姬仲急喘着,眼中的暴怒收在了瞳孔之后,道:"好。"

修弥听罢,眉间抖蹙,应了一声:"既然这样,我就先谢过叔叔了。"

"这次我又帮了你,你把族徽还予我。"

"不忙,等我平安出了您的东菱界,再还。"说罢,起身便走。

他来到房门前,伸手打开房门,刚要迈步,却看到一人站在他面前,身材纤细,柔弱无骨,正是姬菱霄。

姬菱霄也看着他,两人目光交错,修弥没作停留,提步便走。

"这位是父亲的朋友吗?"听这话是问向修弥的,修弥顿住,笑盈盈道:"请问您是?""我是菱霄,国主的女儿。""幸会,小姐您好。"姬菱霄欲再言,只听屋中传来姬仲的声音:"菱霄吗?进来,不要耽误客人回去休息。""好的,父亲。"姬菱霄听着,便往屋中走去。她刚走两步,不禁回过身,看到修弥未走,还定在原地笑盈盈地看着自己。她对修弥点了点头,随即进了房门。修弥见此,转身离开。

"父亲,刚才那人是谁?"

"一个客人。"

"叫什么?"

"你问那么多干什么?不相干的。"

"我见这个人气度不凡,胜过好多东菱人,想来不是咱们国的人吧?"

"你眼睛倒尖,还看出他气度不凡了,比起你的北冥哥哥呢?"

"不差!"

姬仲脸色稍沉,姬菱霄又道:"自然还是我的北冥哥哥更好。"

"回去休息吧,不早了。"

"好,我就是来看看父亲,妈妈不放心,让我喊您回去休息。"

"知道了,乖。"姬仲和姬菱霄一起离开房间。

姬菱霄回到房间,泡在浴缸里,想着刚才修弥的样子。这是她第一次见到除北冥外让自己心动的人,她感觉到那人的眼神会摄人心魄,更胜北冥,只是气息流转间少了人气。姬菱霄笑意盈盈,把脸埋进了泡泡浴缸里。

姬仲回到卧房,胡妹儿还没睡,等他躺下,胡妹儿一股脑儿钻到他怀里,可半天不见他动静,便起身侧躺在他怀里,露出大半个胸脯问道:"干什么呢,还不睡,刚才见了谁?"

姬仲一直暗自揣度着,眼下这个修弥的杀气远胜他父亲修罗,当真棘手。可要说他厉害,细想却也不然,否则他为何还要登门求助,实在也是个胆小的主儿,没他父亲那般狠绝。想到这里,姬仲略放宽心。

可他随即又想到:那个混蛋无时无刻不在恐吓我族徽还在他们手里,我随时都被拿捏在他们手中!混蛋!更难办的是,当年那件事,狼族竟然也留下了证据!

这样一来,姬仲不得不再一次替狼族瞒住那些害人的勾当,又落下一个把柄!他想着要不要借此机会干脆告诉北唐穆仁狼族入境,借北唐穆仁的手除了修弥,可这个想法很快就被姬仲打消了。修弥此次前来带着自己的族徽,一旦束手就擒,族徽之事也就曝光,到时候他如何搪塞?姬仲思来想去,竟是拿狼族没有一点办法。

姬仲越想越乱,越乱越烦!最后想到修弥是因为忌惮军政部,忌惮北唐穆仁才来找自己打招呼的,一股陈年老火便在心底动荡。

"老爷。"胡妹儿忽而娇嗔地喊了一句。

姬仲回过神来,侧过头看了胡妹儿半晌道:"你当真看上北冥了?想让他做咱们女婿?"

"那个北冥,"胡妹儿眼圈一翻,想了个轮回,魅道,"当真是好。"眼下的胡妹儿四十出头,比姬仲小了将近二十岁,面容姣好,竟不显得比她女儿大上许多。姬仲看到她这番样子,禁不住在她肩膀上咬了一口,道:"你要和你女儿抢?"随即把她压翻在床。

第三十一章
南扶摇的质问

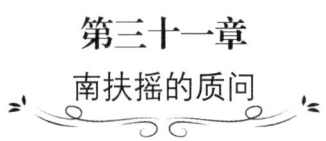

年夜将过,天光稍暗。崖雅的药剂室里传出响动,海老鼠在屋子里上蹿下跳,围着墙根转了好几个圈,又吱溜一下钻回自己的软绵窝,瑟瑟发抖起来。屋子里的海鸟和鲇鱼被它吵得不得安静,鸣叫的鸣叫,打水的打水,稍后,屋子又静了下去。

崖雅在梵音床上睡得正香,旁边躺着南扶摇,昨晚她们姐俩聊到很晚,梵音早就不省人事,独自睡在沙发上。这时她翻了个身,谁知旁边没有床铺,咕咚一下,摔到地上。梵音睡得沉,没醒。忽然,她睁开双眼,看着天花板,腾地把手甩向一边,跟着"哎哟"一声,手背刚好甩到沙发腿上,疼得她眼泪直流。过了半天她才醒悟过来,自己是在地上。

梵音迷迷糊糊地从地上爬起来,看看花时,已经早上八点了。她赶忙去浴室冲洗,出来时,看到南扶摇和崖雅也醒了。

"梵音,你起这么早干什么?"南扶摇穿着性感的睡衣,半卧在梵音床上道。

"今天部里的人都在,我还是早点起吧。扶摇,你要是想睡就再睡一会儿吧,没事的。"梵音边穿着短靴,边和扶摇说话。她已经不再叫南扶摇姐姐,反而显得更亲密不少。

"不用,我和你一起下去,你等等我。"

"好。"

"小音,我还有点困。"崖雅在一旁窝在被子里。

"那你就再睡会儿。"

"算了,咱们今天还要回家呢,我还是起来吧。"

"好的,我等你们。"

在她们两个洗漱的时候,梵音翻弄着自己的背包,可是她找了个遍,也没有找到要送给北冥的花时。她此时已经完全忘了昨天醉酒时发生的事,说过的话。她焦急地翻找着,嘴里不停咕哝着:"到底去哪儿了?"

还没等崖雅她们出来,梵音便大声道:"扶摇,我先出去一下,在餐厅等你们。"一枚凌镜飞进浴室,从浴室里传递出信息,外面的另一枚凌镜接收着里面的状况。

梵音的凌镜,似水波动,任何缝隙都能钻进钻出。所以即使在不同房间,梵音只要放出一枚凌镜,便能反射传递出该地的讯息给她身边的凌镜。然而此时女儿家在洗澡,梵音也没再多看,瞟了一眼应答的扶摇,便出了房间。

她一路找来,也没找到要送给北冥的花时。她又匆匆跑到一层大门外,进进出出,也没发现。守卫问她是不是在找东西,她忙说没事。守卫一想,连第五部长都找不到看不见的东西,他们也帮不上什么忙,随即一个个便站好。

北冥此时正来到五层餐厅,他一夜没睡,不过这点消耗对他来说完全无碍,反倒是南鲲站在他旁边,有些倦意。北冥劝他回去休息,他却逞强不肯。北冥看见梵音在楼下低着头转圈圈,也不知她在干什么,只是看着有趣,便一直盯着她看。冷羿刚好从外面进来,看到梵音道:"干什么呢?"

"没什么,找东西呢。"梵音也不抬头。

"找什么呢?"

"一个花时。"

"我帮你找找?算了,你都找不到,我也帮不上什么忙。我饿了,先上去吃饭了啊。"

"好。"说罢,梵音继续找,从东头找到西头,连自己平时不常去的地方也找了。

冷羿往餐厅走着,看到栏杆旁站着的北冥,抬手招呼道:"早啊。"

"早。"北冥应道,语气显然比昨天温和许多,"梵音在下面干什么呢?"

"说是找东西呢,一大早的,她也不嫌累,从夏滔那里回来,她就没闲着,真把自己和你比了。"

"什么?"北冥不懂。

"没什么,昨天我让她休息,她说你也奔波,你也没事啊。整了半天,她和你比呢。回头你劝劝她,傻丫头。"

不知怎的,也许是听了梵音昨天的话,此时北冥也觉得冷羿说话实足实地像哥哥。

"好。"北冥笑道。

两人还没说完话,只见梵音已经上来了,可见她视物的速度。眨眼工夫,军政部各个楼层的角落已经被她查了个遍。方才她连崖雅的药剂室都去过了,看到海老鼠在乱蹿,她参着胆子把它放进了笼子里。要说崖雅平时喜欢的东西,是个人都会怕三分。她看到北冥和冷羿二人,简单打了个招呼,有些垂头丧气:"早啊。"

"怎么了?"北冥道。

"我想送给你的礼物找不到了。"梵音也没顾着冷羿在身边,开口说道。"哎!"她随即一把抓住北冥的手腕,抬起来道,"怎么在你手上?!"她看着他。

"你昨天给我的呀。"北冥温柔地看着她。

"嗯?"梵音皱着眉头,一脸费解,"我昨天给你的?我昨天什么时候给你的?我怎么不记得了?"

"你昨天喝多了,忘了。"北冥笑道。

"你这丫头昨天喝酒了?你还学什么都学他,是吧?"冷羿听到,忍不住斥道。

"我没有我没有。"梵音忙摆手,可转头一想,不对啊,自己是部长,怎么被他"丫头"般呼来喝去的,她还没认哥哥呢。"你喊谁丫头丫头呢!"梵音假装一本正经道。

"喊你啊。"冷羿翻了个白眼,不屑地瞅了她一眼。梵音愣在那里,心想这是怎么了,一天没过,怎么每个人对她的态度都不太对。"你送他花时,怎么没送我啊?"冷羿补了一句,有时候自家哥哥就是爱和妹妹计较这些有的没的。

"我不是给你耳钉了嘛。"梵音愠声道。

"但我看他的花时好一点!"冷羿嘴上绝不认输。

"那咱俩换。"北冥半路插上一句,兄妹两人一起怪异地看向北冥,他平时没有爱插话的习惯啊。

"换什么!你又没有耳洞!"梵音一大早被这两个人弄得莫名其妙。

"对啊。"冷羿也瞅着北冥。

"对什么对!"梵音回过头来又冲着冷羿斥道,"大半夜的你不睡觉,出去瞎跑什么,都有黑眼圈了。"

"这丫头今天吃了枪药啦?这么凶。"冷羿看着北冥道。

"酒喝多了,没醒呢。"北冥跟着打趣。

"我不管她了,我得吃点东西然后回去睡觉了。你看着她吧。"冷羿道。

"看着我干什么?"梵音简直莫名其妙。北冥倒是高兴得很。梵音又看看北冥,也觉得怪怪的,又道:"都怪扶摇,不是为了她,我也不喝。"话落,北冥和梵音下意识地齐齐看向冷羿,只见冷羿眉目稍顿,便往餐厅走去。随后二人对视一眼,也走了进去。

梵音坐在冷羿旁边,北冥习惯性地坐到她对面。

"北冥,早啊。"几人刚一坐下,就听一个声音从旁边传来,正是南扶摇。

"早,扶摇姐。"

冷羿自顾自吃着饭,没搭话,南扶摇坐在了他对面。梵音悄悄抬起头,看了他们一眼,余光看到了北冥正看着自己。她转过来,看着北冥,耸耸肩,觉得这中间气氛有些尴尬。经过梵音的提醒,北冥也感觉到了,他对梵音眨眨眼,示意她赶紧吃饭。梵音便听话,闷着头吃起来,不敢出声。

渐渐地,餐厅的人多了,各个分部的部长队长也都来了。只听一个憨实的男声道:"老大,你醒啦!昨天没喝多呀!"

梵音被他呛得险些卡住:"你哪来这么多话!还不赶紧吃饭!"

"你看,我这不是关心你嘛,我说你,你还不乐意了。你不能喝酒,就别逞强嘛。"赤鲁大刺刺地走了过来,顺势坐在梵音的另一边,"本部长早啊,扶摇姐早。"后面那句绵绵软软,听得梵音立刻皱起脸,斜眼看着他那副无耻的嘴脸。北冥看着对面三人,不由想笑,想笑自己昨天小气,也为了梵音想笑。

"昨天是我不好,让梵音喝酒了。"南扶摇突然道。

赤鲁和梵音均是一愣,赶忙齐声道:

"没没没,我不是那个意思。"

"没没没,他不是那个意思。"

南扶摇看着他二人,笑道:"你们俩关系还真好。"

"还行还行。"两个人又是同声道,脸上同样挂着尴尬的笑。

"能不能喝酒自己不知道吗?别人让你喝你就喝?傻子不成?"冷羿冷不丁冒出这么一句,听得梵音一个激灵,汗毛直立,猛地抬头看向北冥。北冥知道她紧张什么,原本气氛就够尴尬了,现在冷羿这样更是让人不知所措。

只见梵音眼睛里大写着"怎么办!怎么办!",只要北冥在她身边,她但凡遇到慌乱就会不自觉地想要求助北冥。北冥刚想开口说话,缓解一下气氛,就见主将和夫人一起走了过来,旁边还跟着南鲲和副将一家。梵音忙站起来行礼问候。

"行了行了,别叫了,挨个叫过去,你得叫到什么时候。"晓风笑着走到梵音身边,仲夏也跟在旁边。仲夏是天阔的妈妈,北唐穆西的夫人,年纪比晓风轻两岁,看上去是个可爱的甜姐儿。圆圆的眼睛和天阔一样,性格有些孩子气,天阔就随了妈妈这些。

"小音,你叫我阿姨都把我叫老了。"仲夏孩子气道。

梵音笑笑,她很喜欢这两个阿姨,她们待她总是很亲,颇多喜爱。

"得,这么一说,我们小音又不会接话了。"晓风道,两个妯娌总是这样玩笑,关系好得很。

"赶紧坐下来吃饭吧。"仲夏摸着梵音的头顶,开心道。

"天阔不吃吗?"梵音道。

"他睡着呢。"仲夏道。

渐渐地,长条餐桌上坐满了人,大家偶尔聊聊,主将坐得远,也不介意。

这样一来,刚才尴尬的气氛终于得以缓解,梵音踏实地坐了下来,继续吃饭。赤鲁和她有一搭无一搭地闲聊。

"本部长,你昨天什么时候回来的?"赤鲁问道。

"晚上。"北冥说。

"那条龙是你的朋友吗?我想见识见识呢,可怎么没看见它呢?"

"和红鸾出去了。"

"这样啊,您也太厉害了,连龙都给找回来了!"赤鲁不住夸赞着北冥。

"用不着你这么关心我们部长,你关心好第五部长就好了。"说话的正是颜童,他刚坐在北冥旁边。他没事就调侃赤鲁两句,这些年颜童的气场也是越来越盛。

"哟,看来昨天跳舞没跳累啊。"赤鲁道。

"还行吧。"

"礼仪部哪个部长好看啊?"

"我可不像你,看那么多。"颜童笑道。

"老大,你觉得玄花怎么样?"赤鲁问着梵音,他压根儿把她当哥们儿,女孩好不好看,也问梵音。不要说男女审美本就有偏颇,梵音平时哪注意这些。

"玄花?谁啊?"梵音道。

"老大,你能不能注意一下舞会上的女孩?人家都懂得打扮打扮。"赤鲁的话中之意不言而喻。

梵音回过头,抿着嘴,深吸一口气,道:"你昨天跳成舞了吗?你昨天想约谁来着?你别以为我……"话没说完,赤鲁就一把捂住了梵音的嘴,根本不管在座有多少人,想也知道他俩私下关系有多近。梵音被他闷得支支吾吾。

赤鲁掐着嗓子,小声道:"老大,咱俩是一拨的,我不说你了还不行!"

"梵音部长,贺拔想约谁啊?"颜童八卦道。

梵音还被捂着嘴,说不了话。赤鲁冲梵音狠狠眨了一下眼睛,梵音白了他一眼,他才松手。

"我想起来了,玄花是礼仪部一分部的新部长,是吧,颜童?"梵音笑着看过去。

颜童待在一边,又转头看看自己的部长,知道北冥这种时候也帮不上什么忙。

二对一,他要输!

"梵音部长,没想到您还挺关心我的。"

"没有的事,谁让你那么爱出风头,第一支舞的第一个人,不就是玄花邀请的你嘛,想不记住都难。我老大可没空看你。"赤鲁帮腔。

"那部长看谁呢?待着么无聊,时间那么长?"颜童道。

"是啊老大,你说你也不跳舞,干看着,你看谁呢?是挺无聊的啊。"赤鲁想来也是,跟着问道。

"可不是,您都看谁呢?谁能入得了您的鹰眼?"颜童机灵,忙接茬。

梵音腹诽,赤鲁这个笨蛋,颜童这个机智的家伙。"我不告诉你们。"梵音窃笑道,对付这样的家伙就得无声胜有声,无中生有。

"还真有啊!"赤鲁大出意外。

"谁啊?"颜童也惊道。

梵音心中得意,耍了个机灵,逗了他们两个一下:"我不告诉你们。"

"部长,你就没兴趣知道?"颜童推搡着北冥,他也是难得对一件事好奇,关键这个人是一向彪悍的第五梵音。她的手下,有哪个不赞服她的身手个性,当真是比男人还强百倍。

北冥不由得抬起头看向梵音,其实他也想知道。

"我不告诉你。"梵音坏笑地对北冥说道。北冥望着她,笑了。

颜童和赤鲁心下着急,真想弄个明白。

"梵音,你不会真有喜欢的人吧?"南扶摇突然开了口,问道。

"啊?"梵音一愣,看向扶摇。

"你喜欢的那个人,我认识对不对?"

"什么?"梵音被南扶摇彻底问蒙了。不少人听见南扶摇这样说,都好奇地看了过来。

"我觉得他也喜欢你。"南扶摇继续道。

"谁啊?"梵音好像不是在听和自己有关的话题,跟个旁观者一般问了出口。

"梵音。"南扶摇叫道。

"嗯?"梵音还是一脸茫然地看着南扶摇。

"你是不是喜欢冷羿?"南扶摇没有给梵音一点缓冲,甚至没有在乎旁边还坐着那么多人听着看着。她不是不在乎,她是在乎不了,她心里难受。自从看到冷羿对梵音那样细心,她就难过得要命。她就是想知道,他们是不是在一起了。

"噗!"梵音听到这里再也忍不住了,一口气喷了出去,强烈地咳嗽起来。边咳嗽,边疯狂摆手,身体还止不住地颤抖。

"这,这,这种话……咳咳咳……"梵音话都说不完整了,咳得她胸腔直疼。赤鲁见状赶忙给她拍着背,真怕她背过气去,也顾不得什么八卦了。要不是男女有别,赤鲁早就给她胡噜胡噜胸口了。

"哎哟,老大,你慢点。"赤鲁关心道。

"这种话,你不能乱说!"梵音憋着一口气终于大声说了出来,"扶摇……扶摇……这种话你不能乱说!"梵音咳得眼泪都流出来了,喘着粗气,看得北冥也直想过去给她拍拍。"我怎么可能喜欢冷羿!"梵音大声证明道,也顾不得周围的人都在看着她了。

原本气定神闲、不为所动的冷羿,这时也看向了梵音,他只是觉得她话中带刺。

"谁会喜欢他这个大男人!"梵音气愤道。

冷羿这么一听就不高兴了,梵音喜不喜欢自己,他本都是无所谓的,喜欢他的人多了去了,他只当她是个小不点。可是今天这个小不点口气不小,出言不逊,他就要说上她两句了。"谁会喜欢你这个小不点。"冷羿冷声道。

"什么?"梵音愤愤地看着冷羿,周围人的目光彻底被吸引了过来。"你说谁是小不点呢?"梵音只觉自己今天颜面扫地,当着这么多同僚的面,被南扶摇说喜欢冷羿,又被冷羿甩脸子挤对,这两人当真是要害死她了。

"说你。"冷羿语气冷漠,一点面子不给梵音留。其实听了南扶摇的无端揣测,冷羿也是起了一股无名大火,跟着就撒了出来,只怪梵音倒霉,无故中招。

"哈哈,我没说你是老男人,你倒先说上我了。"说到这儿,梵音的气也就不压着了,誓要扳回一城,挽回她部长说一不二的颜面!

"你说谁是老男人呢!"冷羿顿时惊诧道,猛地转过头看向梵音。

"说你啊!"梵音最是知道,冷羿高傲到了极点,第五家的人骨子里就带着自负,对面容更是自信之至。从前爸爸是这样,现在叔叔也是,冷羿更甚。要抓痛楚弱点,自然是自家人最清楚。

"你再说一遍!"

"你比我大了整整八岁,我不说你说谁啊。"

"第五梵音!"

"叫我干吗!"

冷羿毕竟是男孩,吵架怎会吵过女孩,而梵音今天才发现,自己的嘴巴也可以这么狠,自负高傲的性格不禁带了出来,连说话都有点苛刻,像极了叔叔。

"冷羿。"梵音突然低声道。

"干吗!"冷羿火气还没有消。

"你别生气了,皱纹出来了怎么办,年纪也不小了。"梵音神情寡淡地看着冷羿,冷羿看着她这傲慢的神情似曾相识,简直忘了自己平日里就是这样。

忽然,冷羿回身端坐好,继续吃着碗里的粥,梵音心下觉得不对,冷羿这个家伙绝不会这般认输。果不其然,只见他悠悠开口道:"快吃饭吧,部长。"梵音盯着他,没出声。"多吃点,兴许你还能再长点个。都二十的人了,这部里除了崖雅,应该没人比你矮了吧。同样都是女孩子,礼仪部的你就更比不了了吧。"说罢,冷羿竟然抬头看向颜童,颜童也是一惊。冷羿继续道:"是吧,颜童?我记得那个玄部长就高挑得很呢。算了,你是我们部长,我肯定也不嫌弃,就是走出去容易看不见你这个人。"冷羿说完,笑眯眯地看向梵音。

梵音只觉自己快要背过气去了,叔叔和冷羿诟病起她的身高来,都是不遗余力啊。

战事一触即发,就连刚刚发问的南扶摇也是不敢再插嘴,北冥更是觉得昨天自己肯定瞎了,怎么会吃冷羿的醋。赤鲁想,再不拦着,这两个人肯定得掐起来。他平时就和冷羿掐得厉害,但部长和冷羿还真是头一遭。赤鲁暂时按兵不动,准备一个起势,就把冷羿按住,绝不让梵音吃亏。

谁料,梵音这时竟然轻笑了起来:"也不知道谁会喜欢你?"

"怎么?"冷羿答。

"那得多惨啊,还不得被你这个大男人欺负死。"

"不敢当,彼此彼此。谁要是娶了你,那也是要命的事,毕竟女人彪悍如你的不多!"

梵音被他气得不再说话,心想着,自己的嘴上功夫真该练练了!南扶摇只觉得内疚,不该由着性子这样当着面问女孩家的私事,可她现在又不好再说什么。

梵音闷着头,不再和大家说话。不多时,就见冷羿拿过梵音的碗,给她舀了一勺米粥,端到她面前道:"快喝了吧,不能喝酒还陪别人喝,昨天难受了吧。"梵音怔住,转过头看着冷羿,冷羿温柔地看着她道:"喝粥,看我干吗?"梵音盯着冷羿,只觉眼中一片酸涩,随即低下了头,喝着粥。

"我吃完了,你慢慢吃吧。吃完回家好好休息,别乱溜达了。"冷羿站起身来。

梵音轻声"嗯"了一声。

只见冷羿把手轻轻放在梵音头上,抓了两下,温声道:"长那么高干吗,他们都没你好看。你这个小不点儿才最惹人爱。"

梵音只顾点着头,没敢抬起来。她不敢看冷羿,怕哭出来。"他们也都没你好看。"梵音小声道。

冷羿笑着,又在她头上抓了两下,转身准备离开。

"对不起,昨天是我让梵音喝了酒。"南扶摇开口道,这是她来菱都这么久第一次主动开口和冷羿说话。

"没事,你看她和我吵架不是挺有力气的。"冷羿看着南扶摇道,随即转身离开。

梵音含着半口粥,也不想哭了,只看了看冷羿,又看了看南扶摇,脑袋转了一圈,不再多想。随他们吧。

"梵音。"南扶摇又对梵音道。

"嗯?"梵音看着她。

"今天对不起了,我不该……"

梵音打断道:"我不喜欢冷羿,他也不喜欢我。你放心吧,没事。"她自己倒是大方坦诚,说完还笑笑,自己哥哥没什么好害羞的。

别人只当这第五部长豪爽性情超过男儿,但她这样一说,南扶摇瞬间红了脸,张了张口,没再讲话。梵音看着她,也不好再多说,就又习惯性地看向一旁的北冥,突然,她觉得自己刚才那番话似曾说过。

"扶摇姐,"此时赤鲁又开了口,南扶摇看过来,"我们家老大这双眼睛好用得很,她怎么可能看得上冷羿那种人呢?她又不瞎,你不用替她担心了。我们老大兴许不喜欢男的,你看她自己壮的,连我她都能顶个跟头。"赤鲁说完自己在那边乐了。

梵音只觉得自己的脸已经垮到汤碗里了。今天一早上,二分部是来给大家表演节目的吗?就连对面的北冥听了赤鲁的话,也是禁不住乐了起来。梵音瞥了他一眼,他也是没忍住。

"吃饭吃饭吃饭,哪里就那么多话了!"梵音说着赤鲁,心里嘀咕着。等她吃完饭,便和崖青山、崖雅一起离开了。

第三十二章
地球新家园

军政部的生活让梵音感到踏实、安稳。如果不出意外,她从没想过有一天她会离开东菱、离开军政部、离开她所有喜欢的人,来到一个陌生的世界,开始她的另一段人生。

此时的梵音靠在床上,崖雅和天阔在她身边,往事鱼贯涌入她的脑海。她醒了,第五梵音的生命彻底回归她的身体。莫小白好像一段插曲,闯进了她的人生,然而生命还在继续,她不过是多了一个身份、名字。过往的一切都在慢慢恢复,终将连接起来。

"崖雅,这是哪里?"梵音向房屋四周看着。一个不大的地方简单整洁,书柜里摆满了各类杂志,有医学、动物、植物、药剂相关的,还有课本。

"这是我在地球上的家,小音。"崖雅轻声道。

"你也在这里生活了十七年。"梵音道,说不出的感慨。

"嗯。"崖雅微笑着,点着头,眼眶里不禁再次蓄满泪水。

"张一凡?"梵音向崖雅看去,捏了捏她瘦弱的小手,"这是你在地球的名字。原来你和我这么近,我们却十七年没见了。"话落,崖雅扑进梵音怀里,她是真的想她了。先前的压抑,她不想再克制了。她的小音回来了。

"这些年你是怎么过的?有人照顾你吗?"梵音关心道,还是像她以前的样子,习惯于保护呵护身边的一切,尤其是崖雅。

"有……"崖雅哽咽道。

咔嚓,客厅外的房门开了,一个女人走了进来,干净的白色麻布手提袋里装着青菜。就在她放下手中钥匙的一刹那,她在外面尖声道:"谁?"声音警惕又惊慌。

"妈,是我！您别怕。"崖雅说着,立刻跑出卧室。只见一个身形消瘦、头发有些干涩枯黄的女人站在门口,窥探着屋里的状况。

"一凡！你怎么回来了？你不是在上学吗？"女人开口道。

"今天出了点状况,我就先回来了,妈,你别担心,我没事。"崖雅急忙道。

"出状况？出什么状况了！"女人突然神经紧绷,一把攥住崖雅,"不会,不会是有……"

"没事,妈,没事。您别怕,先坐下。"

崖雅和女人在外面说着话,梵音在卧室内疑惑地看向天阔。说话的女人名叫龙三三,是地球上照看崖雅的人,张一凡这个名字就是龙三三给崖雅起的。然而与收养梵音的双亲不同,龙三三并不是地球人,而是来自弥天大陆。原来十七年前的那次祸事,不仅让梵音、崖雅、天阔三人来到了地球,另外还有四人也一同被卷了进来。

不一会儿,梵音从卧室走了出来。龙三三看见她,眼神忽然一躲,往崖雅身旁看去。此人骨瘦如柴,两颊下凹,眼眶深邃,唇色发灰,像有病态,极好辨认。天阔告诉梵音,这个人是当年来拜访东菱军政部的朋友。然而在梵音的记忆里,却从未见过此人。

"您好,谢谢您这些年帮忙照顾崖雅,辛苦了。"梵音上前主动道。龙三三看上去四十有余,据天阔说,十几年前,梵音一行人被卷入时空隧道变回婴孩模样,但与他们同行的另外四人,由于年纪过长,在时间倒流停止的那一刻,年龄随之暂停增长。之后,那四人迅速找到了分散在南阳市附近的崖雅和天阔二人,而那时梵音灵力全失,搜寻多时未果。再等他们找到梵音时,发现梵音已经被一户地球人家收养。归途无门的情况下,四人只能在地球上暂住下来,等待时机。这个叫龙三三的主动担当起看护崖雅的事。

梵音原本想在今天同时见过天阔口中提起的另外三人,可就在这时,她的手机响了。

"妈妈！"手机上突然亮起"妈妈"二字,梵音诧道。由于梵音听力不佳的缘故,她在地球上的父母几乎从不给她打电话,平时只用信息联络。然而此时,电话无缘无故地响起了。梵音二话不说,即刻接了起来,只听那边传来一串急迫的问讯。

"小白！你在哪儿呢？宝贝！你在哪儿？"夜雨的声音从里面传了出来。

梵音努力听着,然而于事无补,她听不到:"妈！妈！是你吗？妈！"一阵惊慌,梵音下意识地喊了出来。

"小白！小白你在哪儿呢？是妈妈！是妈妈！"夜雨在听到梵音的声音后,喊叫的音调都变了,尖细而颤抖。

梵音急忙向天阔看去,寻求帮助。天阔唇语道:"是你妈妈,问你在哪儿。"

"妈!我在同学家,你别着急,我这就回去!"梵音急迫道。

"你在哪儿?妈妈去接你!"夜雨道。

梵音再次看向天阔。"妈,没事的,我这就回去了,很快。你不用出来,我很快到家。"说罢,梵音转身就往门外跑。什么都不重要了,她脑海中只有一个念头,要赶紧赶回妈妈身边!临走时,她撂下一句话"明天上学时分,崖雅家会合",跟着一溜烟儿赶回家去了。

梵音一路急跑,方才觉醒时的虚弱疲惫一扫而空,她只想赶快赶回母亲身边!天色已暗,梵音不知不觉在崖雅家浑噩了一整天。眼见到了家门口,她却顿住了。八九级石头垒的石阶,上面是梵音生活了十七年的庭院。不,她还有一个名字,莫小白,那是妈妈取的。院子里除了他们一家三口,还有姥爷、姥姥和小姨夜清一家。

前尘往事,如梦似幻,梵音竟一时不敢踏上去了。

这时,只见石阶上的铁门吱呀一声从里面被打开了,梵音猛然抬起头来,嘴巴一张一合茫然道:"妈妈……"那么熟悉的两个字,以前天天念着的两个字,此时竟让梵音有些口中发干。

一个漂亮的中年女子站在石阶上,微微带弯的干练短发衬出她高雅的气质。只见女子看到莫小白的一霎,身形一颤,险些晃倒。莫小白见况,一个箭步冲上台阶,扶住女人,惊得一声喊了出来:"妈!"

夜雨稍显慌乱地看着小白,却极力克制,她冰凉的双手抓住小白的手道:"小白!你去哪儿了!你急死妈妈了!"说着,隐隐的泪水将要溢出。

"妈!我去了同学家!同学生病了,家里没人,我帮忙去照顾。"梵音赶忙道。夜雨不顾梵音说话,前前后后、上上下下地打量着她,用手摸来摸去,好像在找什么东西。

"妈?妈……你怎么突然给我打电话了?"梵音试探道。

"啊?"夜雨一愣,"你们老师跟我说你今天没有去上学,我,我着急地出去找你,前前后后没找到,所以就给你打电话了。"

听到夜雨如此说,梵音放下心来,家里无事便好。

"小白!"突然,一声粗喊从院里传来。只见一个像不倒翁似的胖乎乎的矮老头从屋里跑了出来,平滑圆滚的脑袋上面蓄着半寸花白短发,正是梵音的姥爷夜昼。老爷子呼哧带喘地朝梵音冲了过来。

"姥爷!"梵音大叫道,再没片刻迟疑。莫小白的身份再次清醒地回到梵音身上,她就是莫小白,夜昼的外孙女,夜雨的女儿,如假包换,与梵音共同成长,只此一人。

"小白!伤到没有!"夜昼大声道。

"什么?"梵音道。

"伤到没有?"夜昼急道。梵音一头雾水地站在一旁,不知姥爷何意。

夜雨忽道:"爸!说什么呢?"

老爷子脾气暴躁,女儿打断了他的话,他立刻怒视过来。忽然,夜昼眉宇一皱,话头一转,道:"你们老师说你今天没到学校!全家人找你找疯了!我以为你被车撞了呢!"夜昼没好气道。他平时在家一向霸道,唯独对两个外孙女疼爱有加,一个是莫小白,一个是小白的表妹,夜家二女儿夜清的女儿奇奇。

"姥爷……你就不能盼我点好吗……"原本紧张的梵音听到老头这么冲地一说,抖动了两下眉毛,紧张全无,平日莫小白那副懒散的脸换了回来。

"小白!"又见一个人从远处跑了过来。一个身材略显单薄的男人,文质彬彬却跑得满头大汗。

"爸!"梵音只觉背后来人,回头看去,正是父亲莫清扬。这一世耳力虽然不曾恢复,可灵力的增长让梵音五感倍增,身后有人这等凡事难不倒她。

"闺女!你跑哪儿去了!爸爸沿路接你怎么没接到?"莫清扬急道。

梵音心下一怔,她方才急着赶回家,调动了许久未用的灵力,瞬间移动速度极快,没留心沿途路人,而且路人也根本捕捉不到她的身影。

"那个,我跑回来的。车子坏了,在同学家,可能爸爸没看到。"梵音搪塞道。莫清扬还想唠叨,就见夜雨打断了他,道:"行了行了!闺女回来了,赶紧进屋!大冷的天!欸?小白,你的眼镜呢?"

梵音一愣,眼镜在杀死噜噜的时候化作利器用掉了。

"啊,那个,落了同学家了!忘了拿!"梵音赶忙道,"反正大晚上的,戴不戴眼镜都一样,无所谓的,妈。"原来戴在莫小白脸上的那副啤酒瓶底厚的眼镜,当然不是用来视物的近视镜,而是特地帮她阻挡外界干扰的。

梵音天生灵眸,即便时光倒流,重生一回,她的灵眸依旧没变。只是,这一世,她灵力渐浅,无法驾驭灵眸的能力,无数繁杂的信息一股脑地涌入她的瞳孔,梵音难挡其苦,父母便想办法给她配了一副大眼镜,为的是帮她格挡外界多余的信息。现下,梵音灵力渐醒,控制灵眸不再是问题,她便忘了眼镜的存在。

随后,一家人草草吃了晚饭,夜雨便让梵音早早睡下了。灵力的恢复确实让梵音疲乏不堪,她没再多言。

就在梵音准备进入梦乡的时候,忽然,一股强烈的味道冲进梵音的鼻子,火烧火燎!她噌地蹿出房门,直奔小姨和表妹的卧室,霍地推开她们的房门,神情焦急。

只见小姨夜清正胡乱向空中挥舞着双手,看见梵音进来,吓了一跳,忙说道:"你怎么还不睡啊!"夜清轻斥着梵音,她今年刚刚三十岁,平日里和梵音就像姐妹俩般相处。

梵音对着屋子快速扫视一周,夜清无从察觉。她开口道:"我好像闻见家里有什么东西烧焦了,就起来看看。"

"哪有?我怎么没闻到。"小姨用鼻子轻轻嗅着,突然眼眉一横,对着梵音身后的方向嗔道,"肯定是你又抽了很多烟才回来!"

梵音回过头去,看见姨夫正站在门口,对着自己的妻子憨笑着。"姨夫回来啦。"梵音道。

"嗯。"姨夫笑眯眯粗声应着。梵音的姨夫熔百是个一米九几的壮汉,眼睛不大,嘴唇很厚,是个憨厚正直的消防员。

"你刚才闻见的烟味肯定是这个讨厌鬼身上的!"小姨没好气道,连着又添了一句,"你明天不上课啦!赶紧回屋睡觉去!"

"哦!知道了,晚安。"梵音赶忙离开屋子,她觉出小姨要和姨夫发脾气了。

走在回屋的路上,梵音心里打鼓,她刚刚闻到的强烈烟火味明明不是姨夫身上带来的。由于之前和噜噜打过一架,她总是惴惴不安。回到家中,更是怕自己的事情波及家人的安全。方才她明明感觉到了异样就是从小姨房间传来的,可到了小姨房间后,异样又消失了。

梵音即刻给天阔发了信息。无论如何,她不能再拖了,感情用事只会让危险逼近。若是噜噜再来,凭她现在的能力绝无可能保护这一家老小周全。想到这里,梵音不禁身形战栗。

第二天一早,三人如约在崖雅家楼下见面。因为这次会面的人数颇多,天阔临时把相聚地点换成了自己家。

到了天阔家,发现屋里已经坐着四个人。除了前一天他们见过面的龙三三,剩下的三人就是天阔之前提到的,一起被时空隧道吸引而来的弥天的同伴。梵音原本以为这三人她也未必记得,就像龙三三那样。然而,一席人中,有一人让梵音眼前一怔。

突然,一个少妇模样的女人站了起来,挡住了她的视线,热情地冲梵音"跳"了过来,姿态更像是个十五六岁的青春少女。那人一把握住梵音手,道:

"梵音!你可算来了,早就想和你见面了呢!"天空,北唐天阔在这异世的姐姐,同样从弥天大陆而来。十七年来,天空照看天阔长大,两人以姐弟相称,关系甚为亲近。火红色的凌乱波浪短发简练,刚好垂到肩膀,大方开朗的性情没有丝毫刻意和收敛,甚至有点活泼聒噪。

"您好。"梵音礼貌地说着。

"是不是还记不起我们这些人呢?"天空毫不掩饰地询问着,让人觉得这本就不是一件什么大事一样,"没事没事,以后见面多了,慢慢就好了。你看天阔,现在不是已经鬼精鬼精的了,前些年和你一样,晕晕乎乎的。"天空唠家常般地想着什么就说什么。

"咳咳。"天阔的姐夫景阳在一边咳嗽着。他的头发有些稀疏并且理得很短,圆圆的脑袋,短粗的身材,憨厚老实的样子。

"你咳嗽我干吗?我又没说错,我的意思是告诉梵音没什么要紧事,慢慢就好了。"天空看了景阳一眼,"反正咱们都凑到一起了,多好的事。是不是,梵音?"天空转回脸又问着梵音。

"是的。"梵音觉着眼前这个女孩真是有趣,怪不得在这里一直充当天阔的姐姐,两人还真有不少相似之处,例如话痨。

"你看,我说什么来着,部长就是部长,还是当年的样子,处变不惊!"天空得意道,梵音笑着摇了摇头。

天空和景阳是一对年轻夫妇,十七年来负责照看天阔。在天空挡都挡不住的热情寒暄后,梵音终于抽身走到第四人面前,道:

"佐领,好久不见。"

"第五部长,好久不见。"说话这人头发虚白,络腮青面,脸上的沟壑显出深沉的年纪。正是北唐穆仁的佐领,铸灵师木沧。

梵音清清楚楚地记得此人身份,全不像对先前三人那样,一片空白。然而木沧的年纪看上去比在东菱时苍老了许多,但依旧强壮。

"您也在。"梵音道。

木沧看向梵音,对她这一句听上去似问非答:"这些年本想去看望你,但总不是时候,现在终于见了,你还记得我。"

"这哪里能忘。"梵音的贴身所佩重剑就是木沧所制,即便北冥也是没有的。

"看来第五部长已经恢复许多了。"木沧道。

"还没有。"梵音道。

几人坐下,龙三三帮忙倒着茶水,安静清瘦的她话不多说,所有心思都在崖雅身上,看得出她有多疼这个女儿。一瞬间,梵音想着,也许她真的没有见过这样一个女人。在她看来,龙三三不会和军政部有任何关联。

"噜噜的出现让我们不得不提早见面,做出撤离南阳的打算。"天阔率先开了口,直入主题,"我原本的计划是两年后,等你身体彻底适应灵能力后,再去找你。"他看向梵音。

"你早就开始监视我了?"梵音道。

"这话怎么说的,是我早就开始关心你了。"天阔调皮地笑道。

"浑小子,"梵音抖动着眉毛,"怪不得你对我父母的情况了如指掌。"

"切!"崖雅在天阔旁边嗤了一声,"油嘴滑舌!"

"呃……"天阔脸面一红,不敢再皮,笑嘻嘻挨着崖雅,崖雅离他远了去,坐到梵音身旁。天阔不乐意。

"天阔,你知道这次时空隧道为何会再次打开吗?"梵音道。

"目前还不清楚。"天阔道。

"会不会是北冥?你之前说过,北冥会想法把我们带回东菱。"梵音道。

"不会,如果是我哥,不会这么不谨慎,放了噜噜进来。而且……"天阔迟疑道。

"怎么?"梵音道。

天阔看着梵音,谨慎道:"我不认为他目前手中的时空术士有这个能力把我们从地球带回去……"

"还能有谁呢?"梵音道。

"还不清楚……"天阔答着,有些懊恼,一时间他确实想不到还有谁有这个实力打开时空隧道。

梵音看出了天阔的难处,不再追问:"我听你的,副参谋长。当务之急是我们怎么离开南阳,我不能让我父母一家因为我有半点闪失。"

天阔从思虑中抽了回来,忽而一笑道:"我昨天不是告诉你方法了吗,高考啊。"

梵音嘴角猛然一动,道:"你能不能不皮?没有你哥,我还管不住你了吗?"

"我是一本正经的啊,莫小白同学。为了你可以时常回来探望父母,为了你有正当理由可以离开南阳,我可是动了半天脑筋才想出的答案啊!"天阔发自肺腑道。

梵音看着他那副调皮模样,真想点他的脑门儿。

"就没有别的办法吗!"梵音有些焦躁,突然让高二的她去参加高考,哪个高中生能淡定。

"你有吗?"天阔问。

"没有。可是我可以再想想!"梵音挣扎道。

天阔突然大笑起来:"好了,不跟你开玩笑了。我怎么可能无缘无故想出这么个主意呢,当然是有我的道理。除了给你一个合理离开家的理由,更重要的是,在大学里面可以隐藏我们的灵力,掩护我们。"

噜噜之所以能轻而易举地找到梵音,是因为他们天生嗅觉敏锐,胜过猫狗万倍,更胜过人类万倍,这其中不仅包括对食物的嗅觉,更是对灵力的嗅觉。噜噜天生对灵力极其敏感。方圆百里,人过无痕,噜噜都能靠嗅觉找出灵力的动向,从而确定目标方位。

在地球生活的这些年,天阔不停探寻新世界的秘密,这对他来说比什么都有趣。果不其然,让他发现了有意思的事。地球人虽无灵力,但他们身上自带一种被天阔称之为"场"的东西。越是大脑活跃的人,他们身上自带的"场"就越是强,而这种"场"似乎和灵力有着一种莫名的共通之处,越是强大的"场"就越是能掩盖灵力的存在。最终天阔得出结论,这个世界上拥有最强大"场"的地方就是大学,并且,越是优异的大学,它们的学生自带的"场"就越是强大,这正是天阔他们安身的最好地方。不用躲避,就有了天然的保护屏障。

天阔在一旁解说着,梵音等人听得叹为观止。脑子好使不好使就是不一样,到哪里都一样。即便来了地球上,北唐天阔的脑子还是最灵光的。

"所以,还有别的办法吗?"梵音张着小嘴,呆呆问道,她想垂死挣扎一下。

天阔嗤笑一声,道:"有倒是有,因为我发现地球上还有两个地方的'场',有时比大学里面还要强盛。"

"哪里?"梵音有些精神道。

"监狱和精神病院,这两个地方的'场'极端活跃,他们是比……"天阔还在继续解说。

"好了……可以了……"梵音垂头丧气道,只觉一阵脑壳疼,"我们还是考大学吧……"无奈妥协。

自从天阔开始解说,崖雅就一脸崇拜地看着他,眼放金光,现在她激动道:"那我们去考哪个大学?"

"京平的翰林大学。"天阔道。

只听一声急喘,梵音险些背过气去。翰林大学……国内最好的大学,扒了梵音的皮,她也是考不上的。

"是吗?我也喜欢那里!"崖雅兴奋道,"没有觉醒之前,我的愿望就是翰林大学医学部!现在正好,你们可以陪我去了!太好了!"梵音瞥了一眼崖雅,一句话也不想和她说,药痴!

"我和你们一起去。"木沧站在屋中一角,开了口。若不是他发言,梵音几乎感觉不到他的存在。

"佐领,您和我姐姐、姐夫,还有龙姨留在南阳,不用和我们同往。"天阔道。

"为什么?"木沧禁不住蹙眉道。梵音亦是不解。

"你们难道没有发现吗,在这十七年里,你们四人的灵力早就与地球的环境暗暗相融,浑然天成,几乎不会被人察觉。而我和梵音、崖雅三人,由于近期相继觉醒,灵力躁动不安,激发动荡,才会如此招眼。所以避开南阳的,只需我们三个,你们按兵不动即可,"天阔道,"而且,我们的灵能本就会互相影响,人越多越不安全,所以你们留下。"

"天阔,距离高考还有半年时间,这段时间安全吗?"梵音警醒道。

"没关系,时空隧道再次合上了,看来对方也是能力有限……"天阔低沉道。

梵音听过稍作舒心,而后她又没精神地道:"我该怎么办……"

"小音!你一定没问题的!你那么聪明!"崖雅胸有成竹道。

"谁告诉你的……"梵音无力道。

天阔转而一笑道:"你放心,一切交给我吧。"

之后的几个月里,梵音的学习成绩突飞猛进,简直令人匪夷所思。这一日,她蔫蔫地走到夜雨身旁,小声道:

"妈,我想和你说件事。"

第三十三章
要命的高考

"什么?"夜雨没有回头,眼睛还盯着电视机。

"我想今年去考大学。"

"考大学?你今年不是刚高二吗?"夜雨疑惑道。

"是……就是我想提前一年去上大学?"

"为什么呢?"夜雨不明白了。

"因为,因为我想趁年轻别浪费时间……"

夜雨转过头来,狐疑地看着女儿。一向吊儿郎当的丫头什么时候说过这种话,如此上进。

梵音被妈妈看得发毛,清了清嗓子道:"不是,嗯,我最近脑袋开窍了,突飞猛进嘛,我想着干脆试试算了,万一考上了,还能少受一年罪。"

突然,夜雨大叫道:"清扬!你过来一下!你看看小白最近是不是脑袋又不好用了!怎么总一惊一乍的!"

"啊呀呀!"梵音慌忙阻拦道,"妈你喊什么?什么叫我脑子又不好用了,我那是最近太好用了。"

"但是你好用得过了头了,我怕有问题!"夜雨道。

"哎呀!有这么说自己闺女的吗?还是亲妈吗?"梵音随口道。

夜雨的笑容突然凝固在了脸上,把头转了过去,道:"那,那你想考就考吧……我……我没意见,你高兴就好。"她的声音有些颤抖。

"妈——"梵音拖长音地叫道,赶忙跑到了自己妈妈跟前,哄着道,"妈,怎么了,刚才还好好的呢,我说着玩的。"她当然知道夜雨为何突然换了这样一副表情。梵音隐约觉着,父母收养她的这件事在夜雨心里还是个疙瘩,一旦听到些风吹草动,她还是会怕。然而这种感觉,梵音以前不曾察觉,但最近,夜雨的情绪好像变得敏感起来。

"没事,我这不是看电视嘛。"夜雨嘴硬道,一副无关紧要的样子,梵音看在眼里忍不住心疼。

"妈,"梵音扑在夜雨怀里,亲了她一口,拖长音撒娇道,"以后我到哪里都带着你,好不好?"梵音闻着妈妈身上的味道,开心极了。她总是喜欢穿妈妈的睡衣,因为她觉得那上面有妈妈的味道,为此还被夜雨数落过好多次。她知道,她深深地眷恋着这个母亲。

夜雨的身子在梵音怀里不禁一颤。

"你说真的?"夜雨小心翼翼地问着,像一个胆小的孩子般在试探。

"当然了。我去哪儿,就带着妈妈去哪儿。"梵音冲着夜雨笑着,那笑容里的力量让夜雨一时恍惚了,眼前的小白还是她十七岁的宝贝吗?为何那从容坚定的表情,她从未见过。这让她心里不禁得到了保护一般,她没那么怕了。

"你说的啊。"夜雨的声音大了些。

"我说的。"梵音认真地点点头。其实这些日子里,梵音不是没有想过今后的打算,而是无时无刻不在思考着。眼下妈妈是无论如何不能失去她的,她也是如此。

"那你上大学,我和你一起去!"夜雨激灵一声道,好像想出了个好主意。

"哎哟!"梵音被呛到了,卡住了嗓子眼儿。

"行不行?"夜雨追问道。

"不行!"梵音严厉道,"哪有上大学带着妈的!"

"你刚才还说去哪里都带着我的!"夜雨生气道。

"我那是……"

"你那是随便说说的,是不是!"夜雨生气道。

"我不是……"

"就是!你就是骗我的!"夜雨完全像个孩子一样在发脾气。

"我没有!"

"那你为什么不带我去?"夜雨完全不让梵音说完整一句话。

"我,我……"梵音一时想不出一个合适的理由。

"为什么!哦,哦……"夜雨把双手交叉到胸前,故意道,"就是不想带我去,觉得我碍事了,是不是!"

"我什么时候说你碍事了!我没有!"

"那我就要和你一起去!"夜雨在胡搅蛮缠,梵音发现了。

"不可以!"

"为什么!"

"碍事了!"

"什么事!"

"找男朋友啊!"梵音大声道,"上学带着妈,谁敢跟我好?"理直气壮。

话音一落,全家四面八方传来了无数个"哦,哦"声。小姨、小姨夫、姥爷、姥姥不知道什么时候都站在了门口,一个个探出了脑袋。

"什么?"大家齐声道,眼睛都眯成了一条缝。

"不可以!"这时两个洪亮的声音从众人身后传来,正是梵音的爸爸莫清扬和姥爷夜昼。爸爸一向是个温和的人,听到梵音这一句,却整个人孬了毛。"我要和你妈一起陪你上大学。"爸爸大声道,全家人拼命点头。

"我也想去。"胖墩墩的老头儿在身后也跟着说,平滑圆滚的脑袋上面蓄着半寸花白短发。

"姥爷,这个点儿您不是应该睡觉了吗?跟着出来添什么乱……"梵音吭哧道。

"我也想去。"胖老头儿好像没听见梵音的话一样,重复道。

梵音耷拉个脑袋,垂头丧气,转身要离开客厅,对众人说道:"我要睡觉了,大家晚安。从今天开始我要备战高考了,不要打扰我。"这和她预料的完全不一样,妈妈没有因为她要提前一年考学而吃惊,反倒是要黏着她陪她去上学,全家人还跟着起哄。这一家子都是磨人的小妖精,叫人暖烘烘的。

梵音躺在床上,跷个二郎腿,小腿一弹一弹的,想着以后要不要干脆把全家都带回东菱去,或者她留下来。突然,一道心酸穿过梵音心房,让人猝不及防。

"你在哪儿呢?一个人吗?什么时候会来找我呢……"梵音自己在房间里小声嘀咕着,翻了几个身,浅浅地睡了过去。

正当梵音睡得迷糊的时候,忽然感觉门缝里透过一丝光亮。她霍地睁开眼睛,转过头往门口处看去,发现一个小影子正在吃力地推着房门。

"奇奇?"梵音小声道,随手打开了台灯,看看手机还不到晚上十一点。她大概刚刚睡着。

"姐……"奇奇在外面吭哧吭哧用力地推着房门。

梵音走下地去,打开门,抱起妹妹道:"你怎么还不睡觉,都这么晚了,小姨呢?"

奇奇见姐姐抱起了自己,立马乐呵呵地看着她,苹果似的小脸红扑扑的。"姐姐!"奇奇兴奋地叫道。

"哎,"梵音含糊地应着,她还是很困,"我抱你回去睡觉好不好?姐姐要睡了,可不能陪你玩了。"小孩子精力旺盛,自己是比不了的。

梵音抱着奇奇,穿过走廊,往小姨的房间走去。

"姐姐!"奇奇仍然兴奋地叫着。

"嗯嗯嗯,快去睡觉了。"梵音在妹妹脸上亲了一口,平日她最疼的就是自己这个小妹妹。

穿过走廊,路过书房时,奇奇使劲扭动着身体,开心地叫道:"狗……"

梵音顿时一个激灵,困意全散!

"什么!"她猛地停住脚步,往书房里面看去。那里黑着灯,她快步上前,打开房灯。

里面空空如也,梵音还是不放心,刚抱着奇奇往里走了两步,便停住了。她心下惦记着怀里的妹妹,不能贸然行事。她快速把屋子看了个遍,没发现什么可疑的东西,虽说梵音现在的灵力不足,但那双鹰眼是与生俱来的,即便没有灵力加持,也是无所匹敌。梵音稍微放心,看着妹妹道:"你刚才说什么?"

奇奇看见姐姐一脸严肃的样子,顿时有些害怕了,脸上的笑容也没有了,吧嗒着小嘴,不敢开口。

"告诉姐姐刚才你看见什么了?"

"狗……"奇奇含糊道,小孩子的发音本就模糊,通过唇语就更难辨别了。

"狗?"梵音疑惑道,"狗狗?"

"嗯。"妹妹点点头。

"奇奇看见狗狗了?"梵音问道。

"你们两个在这里干什么呢?奇奇,赶紧回来跟我睡觉!"小姨从房间里走出来,凶奇奇道。

"妈妈。"看见妈妈,奇奇立刻张着手要妈妈抱。

"刚才奇奇说看见狗狗了,在这个书房里,是不是?"梵音对着奇奇道。

"哪里有什么狗狗,快睡觉啦。"小姨催促道。

梵音还是不放心,可是想着奇奇方才高兴的样子,应该不是害怕才对,那样的话就应该不是"噜噜"。噜噜能幻化成猫狗的本领,一时让梵音心惊。梵音准备转身离开的时候,又回过头问了一句:"奇奇,喜欢狗狗?"

"嗯!"奇奇瞬间又笑了出来,开心地点着头。"这样啊。"梵音自说自话。

"快别说小狗了,奇奇这几天看见邻居家养了小狗,天天喊着要。"小姨转身走回房间。

梵音回到房间,还是有些担心,又走出来绕着家里前前后后看了个遍,如果不是怕影响到大家休息,她一定会到外面再看看。第二天一早她就从床上爬了起来,说实话,她一晚上也没有睡安稳,走出家,绕着院子里里外外搜索了个底朝天,仍然没有什么可疑的发现。

在家吃过早饭,她便来找天阔,和天阔说了事情大概。天阔道:"不会的,你难道忘了,咱们上次见到噜噜的时候,你都有所感应的。虽说咱们不像噜噜那般对灵力有着极强的嗅觉,但还是可以敏锐地察觉到,不是吗?你昨天在家里感觉到异样了吗?"

梵音想了想道:"没有。"

"那就是了,不用自己吓唬自己。它们一旦出现,我们一定会有所察觉的。"天阔安慰道。

"好吧,可能是我自己太紧张了。"

"放心吧,木沧会照应好你的家人,你现在需要准备的是高考。"

高考转眼来临。

第一门是语文,梵音和天阔早早答完卷子在校外等着崖雅。崖雅出场后惊讶地看着二人,不晓得他们为何会这么快。

第二门,英语。

考试开始,梵音双目闲哉,她靠着窗,坐在教室中间的位置,门口在她斜前方,中间隔着八行座位,不近。教室的门关得很严,只有门上方有个玻璃窗,上午的监考老师是把门打开的,而现在的这三位老师似乎没这个打算。

英语听力题很快播放完毕,梵音闭着眼睛,旁若无人。老师走过她身边时,停了下来,轻声说道:

"同学,记得答题,不要睡觉哦。"

"好。"梵音简单回了一句,继续闭上眼睛。老师的影子从她身旁晃过,似乎有些无奈,却也没再多说。

四十五分钟过去了,梵音睁开了眼睛,用手轻轻揉了两下,抬头看了一眼门口。果然,门是紧闭的。她看着桌子上的手表,距离开考马上到五十分钟了。她屏息凝视,向门口看了一眼。

嗒嗒两声,如蜻蜓点水。一个棒球被抛向空中,连续两下,门玻璃上似乎划过一道影子,还是两道,没人看清。天阔迈着悠闲的步子,来到教学楼一层,转身进了洗手间,十分钟后,他离开了教学楼。他刚迈出教学楼第一步,一个轻稳的脚步声从他身后传来。

"答完啦?"天阔笑道。

"嗯。"梵音应道。

"还行吗?"天阔道。

"回家睡一觉就好了。"

"出去等崖雅吧。"

"好啊,顺便喝点糖水。"梵音拍了一下肩膀。

两个小时过去了,梵音和天阔依旧在大门外等着崖雅,崖雅不敢置信地看着两个人。

"你们两个又早早交了卷子? 不检查检查吗?"

"没有,刚才我们老师在清场,所以让我们快些出来了。"天阔道。

"是这样吗?"崖雅不太相信。

"你在五楼没关系,我们下面几层的要收拾得快一点。"天阔十分诚恳地说道。

"好吧。"崖雅半信半疑。

第二天,最后一门。三个人无须多言,一个眼神,彼此加油。梵音看着理综考试卷,三大张,密密麻麻。这次与上两次不同,她没再恍神,而是不紧不慢地作答。半个小时后,按照规定,考生已经可以自愿交卷离开了。梵音看着自己的考卷,已经答出了三分之一,她的速度很慢,如果努力点,也许一半已经做完了。不做了,她要留下精力,她需要满分。梵音再一次放下了手中的笔,她用手支着额头,休息了一会儿。又是开考后五十分钟,教室的门依然关着。理综的每一道大题都需要不少篇幅才能答完。

梵音轻揉着额头,她在等待。忽然,一阵急促的灵力从走廊另一头袭来,迅猛且不加收敛。梵音轻抬额头,左手还微扶着额角,看向房门处。

砰,玻璃啤酒瓶被撬开瓶盖时的声音,闷响、短促,不会惊扰到别人。房门就这样被打开了。大概是从走廊的窗户外吹进来的风,监考老师这样认为着,轻缓地走向房门处,预备关上。门外没有一个人。

这时,梵音把灵力骤然凝聚于眼眸上,一张、两张、三张! 一次、两次、三次! 门外的灵力瞬间撤去,房门被老师关上的那一刻,门外依旧空无一人。梵音一鼓作气,飞速地在试卷上作答,十分钟后,所有题目作答完毕。她坐在座位上,深吸一口气,好像刚刚结束了一段长跑,体力需要缓和。两三秒后,梵音站了起来,身法无声,走到讲台前把试卷递给了老师。老师看见她交卷的全过程,落笔、起身、离开,虽有惊讶,却无多言,毕竟还有其他考生在安静作答。只是监考老师们并不知道,除了他们三位以外,余下的同学们丝毫没有察觉已经有人答完了,梵音不想影响到任何一个人,这场考试对他们至关重要。她安静地离开教室,房门似乎都不曾被开启过,教室里的人按部就班地继续着。

梵音来到一楼,开考时间刚刚过去一个小时。天阔从洗手间出来,他脸上都是清水,面色微红。

"还撑得住吗?"梵音走上前,让天阔把手臂搭在她的肩膀上。天阔也不客套,顺势扶了上去,这样他可以省力些。

"同学,"楼门口负责警戒工作的老师喊住了他们,"没事吧,要不要去医务室?"老师看见两人搀扶着出来,赶忙过来询问。

"没事,老师。我同学就是有点累了,我先扶他回家,谢谢您。"梵音道。

"真的没事吗?不用我们帮忙吗?"

"不用了,谢谢。"梵音头也没回地带着天阔离开了。

"你也真够拼命的,刚才又去看崖雅了吧?她没问题的。"梵音一边扶着天阔,一边说道。

"我还是不太放心,就过去看了一下。"天阔此时有些发白的脸上,挤出笑容。

"喏,巧克力。赶紧吃了,不然等一下我得背你回家了。"

梵音笑着:"傻小子!"

其实这些天天阔都奔走于梵音和崖雅的考场之间,只是一人知道,一人不知罢了。第一场语文考试,梵音不需要天阔帮忙,两人都很快答完,交了试卷后在校外碰面。第二场英语,梵音是不可能答出任何一道听力题的,而想考上翰林大学,天阔要求她有十成十的把握,那就是满分。当考试开场时,她就在等待天阔,等天阔答完试题,悠闲地走在走廊上,发现梵音的教室是关着门的,于是他向空中随即连续抛了两次棒球,所有答案按照顺序都写在上面。梵音霎时灵力全开,瞬间洞彻并记住了所有答案。

他二人一早定下计划,如果教室的门是开着的,在棒球抛向上空时,梵音将有足够的时间看到并记住一切。一旦门是关着的,天阔就会抛出两次棒球,并且在他离开后,去一楼的洗手间内逗留片刻。如果在约定时间内梵音没有出现,那就证明她没能看到全部答案。这时天阔就必须开动全部灵力再次返回梵音的教室,只是返回时不能让任何一个人看到,因为考生是绝不允许在考场内逗留的。还好,第二场考试非常顺利,天阔没有为此消耗灵力。

可第三场,他二人是无论如何都要全力以赴的。不管以往梵音的理科成绩有多优秀,那都是高二年级的水平,要想万无一失地考上翰林大学,天阔对梵音的要求仍然是满分,这个梵音凭一己之力就无法实现了,但天阔可以。天阔要让梵音看到自己的全部答案,以防混乱,他还按照科目顺序写在了三张草稿纸上。这对他来说轻而易举,问题就是他要怎样让梵音清楚地看到这大量的解题信息,同时不被任何老师同学乃至监控看到。这不像扔棒球那样简单,只要把灵力附在棒球上,控制球速即可,大部分需要梵音自己的灵力和眼力。这最后一场准备几乎用掉了天阔的全部能力。以往在东菱,这些对于他来讲如探囊取物,可现在无论是他还是梵音灵力都万分有限,他只得豁出去,搏一把。

当天阔离开第三场考场,来到梵音所在楼层,走在摄像头的死角处时,他"消失了",仅仅三秒钟。就在这三秒钟里,天阔顷刻间调动出全部灵力,以电光石火之速来到梵音的考场前,用灵力冲开了房门,三张卷纸光影飞梭,来回三下,神鬼之手,如若无人,很快又销声匿迹。梵音灵力全开,尽收眼底,秒读于心。这二人一来一回间,只用得三秒。天阔自是体力难持,梵音也消耗极大。转身,天阔走出走廊监视死角,恍若无事,直到他们在约定好的时间里碰了面。

梵音看他现在脱力的样子,就猜到这小子肯定又冒险去看了崖雅。

"崖雅那边怎么样?"梵音一边问着一边把三明治递给天阔,还有一杯热牛奶。此时二人已经出了学校,来到街对面的咖啡厅坐下。

"挺好的,答题的速度也很快,我简单看了前面的题目,也都正确。"天阔已经趴在了桌子上。

"真拿你没办法,看来我以后可以彻底不管崖雅了。"梵音笑着。天阔挠挠头,梵音继续道:"你小子操的心比我都多。"待天阔咕嘟咕嘟喝完了一大杯热牛奶后,梵音又道:"我再去给你买一杯。"

"好。"天阔开心道。

其实这几天,天阔不仅来给梵音传递答案,也偷偷去看了崖雅,只是崖雅自己不知道而已。他同样用了电光石火之速来到崖雅的考场门外,只是这次他不是站在门口,而是直接"走"了进去。天阔展开了防御术的其中一种——藏身术,这让旁人都看不到他。施展此灵法之人是让周身裹在一面无形之盾中,掩盖其行踪,但切不能与人相撞,否则会暴露行踪。以天阔现在的灵力施展此法本就是强弩之末,可连续三场下来,他都去看了崖雅,加之今日给梵音传递了大量信息,导致现在严重脱力。

"你也真是厉害,不仅咱们两个的科目全部搞定,连崖雅的试卷你也是了然于胸。"梵音又买了一杯热牛奶给天阔。

"这些年别的没干,就是书读得多。"

"嗯,不然白瞎你这个灵活的脑子了,好点没有?"

"我想回去喝崖雅熬的苦药汤。"天阔难过道,显然,他的体力早已不支。

"唉,"梵音叹了口气,"看来不是我,你也会是一个样子。等过了这一关,找个大学'藏起来',咱们可不能这样没分寸地滥用灵力了。"

天阔哼唧着应着,几乎没了声音,昏睡过去。

最后一门考试结束,梵音一人在校门口等着崖雅,崖雅老远看见了她有些不高兴,一路小跑过来说道:"你们两个又早早交了卷子,是就我一个人笨吗?"腔调里有些委屈。"天阔呢?"她倒什么时候都不忘了找天阔,左顾右盼的。

"你快回家给他熬药吧。"梵音笑着,随后对崖雅说了这几天的事。

梵音把天阔送回家,崖雅陪着他,见天阔并无大碍,梵音早早赶回自己家去了。毕竟这种大日子,家人也等着呢。

临出门之前,梵音看见崖雅对天阔说:"赶紧回屋躺着!不要坐在这里!"崖雅一脸着急地看着坐在客厅沙发上的天阔,"你再不回屋躺着,我要生气了!快点过去!你躺好了,我去给你熬点药!"看见天阔泛白的脸,崖雅着急地攥着小拳头。

"我没什么大事,休息一会儿就好了。"天阔冲崖雅乐着,露出他的小虎牙,一边逞强一边往卧室走去,再不过去他怕崖雅会哭出来。两个人叽叽喳喳的,梵音轻轻地掩上了房门,嘴角向上翘着。

天阔这小子从第一次见到崖雅起就十分关心她,他看她每天黏着梵音的样子十分有趣。明明对外人有些认生,可是为了跟着梵音来军政部,崖雅豁出了稚嫩的脸皮,不顾一切,这让机灵鬼一般的天阔怎么都没有想到,崖雅会有这番决心和胆量。来到军政部以后天阔更是发现,崖雅每日泡在堆积如山的草药、汤本、制剂中兴奋得不愿抽身,有些动植物甚至连他这个大男孩都不愿去触碰的。可在崖雅眼里什么耗子、蟑螂、毛毛虫、水蛭、毒蛇、大蚯蚓,都是上好的药材宝贝,捧在手里视若珍宝都来不及,哪里会害怕。

天阔越发觉着以前对崖雅的看法是有偏颇的,一般女孩子怕的小虫子、小东西在崖雅眼里都百无禁忌,可以说崖雅根本没有害怕的东西。有一次崖雅抱着一只十几斤重的海老鼠跑到天阔面前,开心地告诉他这是她让渔夫帮忙捕的,等了一个多月才捞上来这么一只。这种海老鼠对骨折后的再生修复有极大的作用,她准备拿它做个试验。

天阔还记得当时那只抱在崖雅怀里的海老鼠一直惊恐地攒动着,水珠从它黏腻的深灰色毛发下滴到崖雅的脚面上,她还高兴地欢蹦乱跳着,想让天阔也抱一抱她的海老鼠。从那以后,一连几天天阔都没有吃饭,也不敢去崖雅的灵枢配剂室找她。崖雅以为天阔生病了,还特地熬了药粥去看他,只见天阔裹着被子打开一道门缝,说是不方便让崖雅进来,崖雅乖乖地把药粥递给天阔,嘱咐了半晌才离开。这让一旁的北冥和梵音纳闷了好久。

要命的高考总算结束了,放榜的日子很快到了,梵音悠闲地待在家里等待成绩。夜雨却变得有些紧张兮兮的。

第三十四章
狭窄的车厢

"妈,成绩出来了,我考上了。"梵音在电脑上查着高考成绩。

"是吗?考上了?"夜雨在隔壁房间听到了梵音的话,应答得有些漫不经心。

"妈?"

"嗯?"

"我考上翰林大学你不高兴吗?不激动吗?"梵音回过头看着妈妈。

"高兴啊,高兴。"夜雨脸上勉力维持的笑容被梵音一眼看穿。

"怎么了妈妈,有什么事吗?"

"没事啊,我打个电话告诉你爸爸去,还要告诉你姥姥姥爷一声去。"夜雨转身走出梵音房间。

晚饭时全家都在庆祝梵音考上大学的事情,中间崖雅想约梵音出来玩,被梵音推掉了,她想在家好好陪陪妈妈。毕竟对于梵音来说前路有着那么多不确定,而妈妈和家人还一无所知,她心中暗暗忧虑,如果她"走掉"了,这一家人要怎么办呢?

"妈,干什么呢?"晚饭后梵音走进父母的卧室,看到妈妈正在翻箱倒柜。

"没干什么,就是想收拾收拾衣服。待会儿我也去帮你收拾一下上学要准备的行李。"夜雨强打着精神说着。

"着什么急呢,还有好久才开学呢。你也别忙乎了,陪我聊会儿天吧。"梵音语气轻松。

"你说吧,我听着呢,边收拾边听,不耽误。"夜雨还闷头在衣柜中。

"妈,你陪我待一会儿,好不好?我想让你陪着我。"梵音撒娇道。夜雨听着一阵心暖,赶忙走到梵音身旁,坐了下来。夜雨用手捋着梵音额角边的碎发,指尖温柔。

"妈,你可长得真好看,哪里像四十多岁的人,我看也就和我差不多大。妈妈,你是不是有什么法术?"

夜雨指尖微停,留在梵音脸上,看着她漂亮的杏核眼,一时没有说话。

"妈妈,你说你是不是有法术?"梵音扑在了夜雨怀里,抱着她,像个小孩子在撒娇。

"小白,你说你长得像谁呢?眼睛这么漂亮,嘴巴这么漂亮,鼻子也这么漂亮。"夜雨喃喃地说着。

"像妈妈呀,妈妈为什么最后一个说鼻子?"梵音认真地看着夜雨。

"因为鼻子没有嘴巴漂亮呀。"

"哈哈。"梵音被夜雨逗笑了,夜雨也跟着笑。

"我的小白这么好看,是像妈妈吗?"夜雨问着,心思飘忽。

"对呀,像我面前这个妈妈呀。"梵音笑着对夜雨说道,目光温暖且肯定。

夜雨眸光闪烁,看着面前的梵音,嘴巴张张合合,发不出声音。

"我长得当然像我的妈妈呀,像你呀,夜雨啊。眼睛、鼻子、嘴,都像啊,我鼻子也好看得很呢。"梵音秀挺的小鼻子故意抽动了两下,"妈,你没听说过夫妻相吗?夫妻两个人在一起时间久了,就越来越像。我和妈妈从小就在一起,我长得当然像妈妈了,不然还能像谁呢?"

"嗯。"夜雨小声应着,嗓音酸涩。

"妈,你别担心。我现在是你的女儿,我这辈子都是你的女儿。"梵音紧紧握着夜雨的手,用保护者的姿态看着自己的母亲。

夜雨的心猛烈地抽动着。

"妈,别怕。我这辈子都只有你一个母亲,我哪里也不会去的。"梵音紧紧抱住夜雨,夜雨在颤抖,眼泪从她的面颊止不住地落下。

"真的吗?"夜雨啜泣道,"你哪儿都不去,都不离开我?"

"绝不离开。"

"你答应我的,就不能反悔。"夜雨反过来紧紧攥着梵音的手,生怕她一溜烟儿就跑没了。

"绝不反悔,不过……"

"不过什么!"夜雨警醒道。

"妈你别紧张,我的意思是,我长大了,会去外地上学,可能也会在外地工作,"看着夜雨惊慌的眼神,梵音赶紧补充道,"我是说可能,如果!"

"你去哪儿妈都跟着！不管你去哪儿！去月球妈妈也得跟着！"夜雨打断了梵音的话。

"这样啊,那好吧。"梵音笑着。其实她不是没有想过,如果妈妈留在这里,那自己会不会也陪妈妈留在这里。如果没有那个人,她肯定会的,义无反顾地留下。只是北冥还不能让她放心,至于自己亲生父母的仇,她看着眼前的夜雨,心早就变得柔软摇摆,她只想这世间的爸爸妈妈健健康康,安安乐乐,她甚至不再像以往那般执着了。

"哎呀,这不用你操心,反正到时候你去哪里,爸爸妈妈跟着你就行了。如果姥姥姥爷也想去就也带上,小姨他们也想去,就一起带着吧。"

"啊？"梵音恍惚一下,没想到夜雨的情绪转变得那样快。"这,这么多人吗？"梵音很认真地在思考这个问题。

"对啊,怎么了？有什么问题吗？"

"没,没有,倒是没有啦。"梵音心里盘算着一家子的人数,时空术士办得到吗？她突然有些惆怅,看来不是一件小工程。

"妈,谢谢你照顾了我这么多年,谢谢你。"夜雨搂着梵音,亲着她的额头,梵音悠悠道,"妈,我也替我的生身父母谢谢你照顾了我这么多年。"有些话夜雨不说,终究是个结,梵音便替她开了口。

"他们,他们……"夜雨说着,不知道怎样处理这个问题,梵音却平静地念着:"他们走了,很多年了……"

"我把你接回家的时候,你那样小。"夜雨摸着梵音的头发。

"你知道,我的记性很好,别看我小小的,却也记得他们的事,他们走了。"梵音的眼睛里闪烁着已经被封藏许多年的忧伤。夜雨点点头,没再多说。母女俩互相依偎着,幸福而温存。

高中最后的一个假期结束了,梵音一行三人准备离开南阳市到距离八百多公里外的京平上大学。本想买飞机票的,谁知道上学高峰期机票那么紧俏,三个人最后只抢到了三张火车卧铺票,要一天一夜才能到达京平。

夜雨本来为梵音大包小包地准备了一堆行李,可临走前又反悔了

"小白,我本来给你准备了五个行李箱,可是现在想想还是算了吧。"梵音在一边拼命点头,这样再好不过了。

"妈妈给你银行卡里存了钱,你到时候需要什么就买什么吧,省得大包小包的拿那么些东西把你累坏了。"

"累倒不怕,妈妈,就是东西太多了,我也用不到,万一再在车上弄丢了呢?"

"没错,那就先这样吧,就带四个行李箱吧。"听完妈妈的话,梵音的笑容瞬间僵固在脸上。

"妈——"梵音拉长音地哀鸣了一声。

"哎呀,喊我干吗!要不就让我陪你一起去,你自己选吧!"自从母女俩敞开心扉以后,夜雨就喜欢黏着梵音,一改往日的利落做派。

"妈!我这就把行李打包带走!你放心吧!我会照看好它们,比照看我自己还仔细!"

"我们一起送你去火车站,走吧!"夜雨说道,吆喝着家里的大大小小。梵音只感觉自己身上背着千斤重的蜜罐。

到了车站,夜雨没完没了地对梵音嘱咐着,说要是有个头疼脑热的要第一时间告诉家里。

"一凡。"夜雨看见远处走来的崖雅开心地招呼道。高考的这段日子里,梵音与崖雅、天阔来往密切,夜雨自然认识了他们,不过她只当他们是梵音的高中同学。"小白在这边。一凡可真棒,考上医学系了,真是厉害的丫头。"夜雨和一凡妈妈龙三三说着话,两个小姐妹站在一旁。

"小白,你的行李可真多。"崖雅对着梵音窃笑。

"呵呵。"梵音瞪了她一眼。

天阔最后一个到了火车站,夜雨和龙三三都忍不住叮嘱天阔要照顾好他们的女儿。天阔与阿姨谈话倒是游刃有余,亲切热络得很。

"妈,我们差不多该上车了,你们回去吧。"梵音说道。

"好吧,路上慢点啊。哎!等等!还有句话我得嘱咐你!"

"什么?"

"到了大学不许交男朋友!"夜雨严肃地说道,只见梵音的脸噌的一下由下到上红了个遍。

"妈,你……"梵音的话卡在喉咙里,崖雅和天阔兴奋地看着这对母女对话。"这么多人,不是说这个的时候……"梵音压着嗓子和母亲说道。

"你上次明明说不让我跟着是因为怕我妨碍你交男朋友。"夜雨也故意压低嗓门和梵音交头接耳道,样子十分滑稽。

"我那是……"梵音卡住了后半句话。

"随口一说?"夜雨激灵一下,瞪眼看着女儿。

"不是……我是认真的……"梵音咬着舌头回答了妈妈的话。

"一凡,天阔,你们两个帮我盯着点她,有什么风吹草动就第一时间告诉阿姨哦。"夜雨根本没听梵音废话,而是转头对着旁边偷笑的两个人说着。

"好的,阿姨,您放心吧,我会看紧小白的。"崖雅自告奋勇道。

"妈!我不用他们两个看着!再说我……我的事我自己能做主,他们两个小不点儿……"梵音开始语无伦次起来,她想表达的是自己不是小孩子了,对面那两个才是,可是她要怎么说呢。

"行了行了,我知道,我的意思不是不让你交男朋友,而是不让你乱交男朋友,万一不是我喜欢的呢!对不对?"夜雨还振振有词。梵音已经要抓狂了,只觉心中万马奔腾,什么跟什么嘛,怎么就成了乱交男朋友了?

崖雅在旁边开心得合不拢嘴,梵音看着气不打一处来,什么时候轮到他们这两个家伙看她的笑话了!

"你顺便也应该关照一下他们,妈!"

"谁?哦,他们两个啊,他们两个不用,人家两个就挺般配的。"夜雨张口就来。

"啊?妈,你什么意思?"梵音搭茬道。

"我说一凡和天阔本来就挺合适的呀,他们两个在一起挺好的,不用他们家长再操心了啊。"

梵音在一旁大笑起来,崖雅忙手舞足蹈道:"阿姨,阿姨,我没有,我没有。"

"一凡,你和天阔已经在一起了吗?怎么没和妈妈说呢?"龙三三问着,话里倒也不惊讶,只是略显仓促。

"我没有啊,妈,我没有!我没有!我们就是朋友而已!"崖雅红着脸,忙摆手解释。天阔在一边自在地笑嘻嘻。

"你笑什么!"崖雅生气地看着天阔。

火车已经开始鸣笛了,几家人欢喜笑闹着与孩子们告了别。梵音他们找到了自己的软卧车厢,每四个床铺一间屋子,环境很不错,还有独立的推拉门。长途旅客的列车环境越来越优越了。梵音看着三个人的床铺,两个在下面,一个在上面,还有一个目前是空着的,没有人来。

"你想睡哪里?"梵音和天阔异口同声地问道,两人不约而同地看着崖雅。

崖雅的目光落在天阔身上,小脸轰的一下又红了,刚才梵音妈妈的话一直在她心里乱绕,弄得她有些浮想联翩。天阔倒是个厚脸皮,从小就这样,看见崖雅慌乱的模样,他开心地笑着。梵音的目光在两个人脸上来回游走了一遍,说道:

"我睡上面吧,你们两个睡下面。"

"我要睡上面!"崖雅跺脚赌气道,也不知道在和谁赌气。

"确定吗?"梵音又问了一遍。

"讨厌!"崖雅开始收拾自己的小提包,一屁股坐在左边的下铺上。梵音眨着眼睛看着她,顺势坐到了她对面的床铺上。

"讨厌!"崖雅看着梵音没和自己坐在一边,心里又使起小性子来。

"啊?"梵音一脸蒙圈。

天阔这时候帮崖雅把她的一个书包放在了上铺,顺带坐在了她的旁边。

"讨厌!"崖雅红着小脸,噌地站了起来,咣当一下把脑袋磕到了上铺的床板上,疼得她瞬间迸出了泪花。天阔赶忙用手捂住了她的头顶,给她按着揉着,说道:"干吗呢,讨厌讨厌的,看,磕着自己了吧?"

"讨厌!"崖雅酸着鼻尖,哼哼道。

"好啦,讨厌讨厌。我给你揉揉啊,别动。"天阔温暖地对崖雅说着。梵音看着这两个人,笑容满面。

过了正午,列车在山中隧道穿梭着,马上要到下一个城市中转站,距离南阳市约两百公里的金陵。金陵是南阳到京平中间最大的一个城市,列车在这里停靠的时间也最长,约莫有一个小时,中途上车下车换乘的人很多。梵音他们也趁着换乘的时间下车走走,下次再下车就要等到明日一早到达首都京平了。

梵音下车闲逛着,崖雅想去礼品店看看,天阔陪着她。梵音独自一人走在来往的人群中,看着他们穿梭,她觉着很有意思,人再多,她也觉着是一个人清净。她用眼睛看着旅客游人们的穿着打扮、言谈话语,理着千百条信息,游刃有余。瞳术恢复得差不多了,可以随心所欲地控制摄取需要的讯息,不再像以前一样无法阻挡繁杂的消息,眼镜可以彻底去掉了,梵音心里暗自高兴着。她走在轨道边,数着上下车厢的人数。

"夫妻、母女、朋友、姐妹、兄弟、父子、情侣、兄妹……"梵音心里默念着,推断出身边走过人的关系,好久没这样认真地看过人群了。高高低低的人从梵音身边走过,谁都没留下印记。

一个面容清俊、干净利落、身姿挺拔的男孩儿从梵音身后走来,她是从列车窗的反影上看到的。他的身旁跟着一个漂亮的女生,高挑婀娜,头顶约在男孩笔直高挺的鼻骨位置。两个人只有一个行李箱,由男孩推着,女孩背着一个淡粉色毛绒挎包,样式小巧可爱。梵音没再多看,情侣的事情她总不好一直盯着。

"哥哥,19号车厢在这里。"女孩对男孩说着,两人在梵音身后一寸的位置停下,梵音从玻璃反光中看见女孩在说话,声音娇柔。男孩停下脚步,回头看看车厢号码,转身走了进去。

梵音继续往前走着,很快碰见了崖雅和天阔。"该上去了。""嗯。"崖雅应着,手里拿着一本刚买的植物花鸟图鉴册。三个人转身走进了19号车厢。

"这一站上的人真多啊。"崖雅说道,她走在梵音身后,梵音没有应话。"是挺多的。"走在最后的天阔说道。

"小音,我买了几串葡萄,待会儿洗给你吃好不好?"

"哎,怎么停下了?"崖雅光顾着低头看自己手中塑料袋里的葡萄,一时没有止步,撞在了梵音的后背上。

梵音对面来了一个男孩,利落挺拔的高挑身材,样貌俊朗,细碎温顺的短发挡住了他的额头,眉毛也挡住了些,若隐若现能看到一点。男孩看到对面走过来的梵音也停住了脚步。19号车厢,两人分别站在这间卧铺房间的两边。男孩看着梵音,说道:

"你也是这间卧铺?"

"啊?"梵音一愣,她不认识这个男孩啊,可听他这话像是之前见过一样。

"还是说你要过去?"男孩又追问了一句。

"哦,不,我们就在这间卧铺,不用过去了。"

男孩点了点头,让梵音先进去,温文有礼。梵音道了声谢谢,又往前走了一步,和男孩离得很近,她的身高只到男孩的下巴。转身,梵音走了进去,崖雅和天阔也跟着走了进去。

梵音坐在下面的卧铺上,崖雅和天阔还是坐在对面。"小音,等车开动了,过道上的人少了,我就去给你洗葡萄。"梵音笑着看着崖雅,没说话。她又转过头去,看着那个站在门口的陌生男孩,他恰巧也正低着头看着她,他还没有走进来。四目相视,梵音对他笑了笑。

"哥,我在你隔壁,不是和你一间。"一个娇俏的声音从门外传来。天阔和崖雅也一同回过头去,三个人看向外面,发现那人正是梵音刚才在站台上看到的女孩。他们两个和自己是一节车厢,梵音想了想。

男孩回过头,看着女孩道:"你的行李箱我都帮你放好了,这边的位置也满了,你先过去休息吧。"

"啊?"女孩有些不愿意,却也不好意思继续磨蹭男孩,只小声说了一句,"要是和哥哥一间就好了。"女孩低着头,有些失落,捏着自己的毛绒挎包,"可以和他们商量一下吗?哥哥。"女孩不好意思地往梵音这间卧铺室里看了一下,当她看到梵音的时候愣住了,跟着轻轻闭了口气,可眼睛就是无法从梵音身上挪开。她费了好大的力气才把头转向对面,却见崖雅和天阔也在看着自己,她突然又低下头,贴着男孩站着。

梵音看了看门外的男孩,又看了看崖雅和天阔,开口说道:"我和你换吧。"她估计男孩是不好意思开口,反正她睡在哪里都无所谓,所以干脆成人之美吧。随即她站了起来,门外的男孩没有说话,而是看着她。

"小音,我想和你睡在一起。"崖雅立刻站了起来,抓住了梵音的胳膊。"多大了,还和我睡在一起?再说我也没有和你睡在一起啊。"梵音看了看他们两个人斜上方的上下铺说道,"天阔不是陪着你吗?"

"你过去吧,人家也是一起的。"门外的男孩对女孩道,眼睛却没有看她。而女孩的眼神任谁看都是不情愿的。

"还是我和你换吧。"天阔站了起来,看着门外的男孩。既然人家都说到这个份上了,还是他过去吧,让梵音留下来陪崖雅比较好,天阔想着。"这是我的床铺。"他对男孩指了指自己的位置。崖雅已经和梵音坐到了一起,虽然她也不想让天阔走,不过毕竟也不是有那么多小性子的女孩,只是对着天阔吐了吐舌头:"我待会儿把葡萄给你们拿过去。"

"真的不用我过去?"梵音难得调笑了一下天阔,天阔轻笑着摇摇头说道:"不用啦,我先过去了啊。"

很快地,女孩把行李挪了过来,并和天阔道了谢。站在门外的男孩却没什么表示,只是等女孩都收拾好了他才进来坐在了梵音对面,刚才天阔的床铺上。崖雅捏着梵音想和她说悄悄话,可是看见对面的一男一女,突然又不想说了。随即,她翻弄着靠窗的桌子上的葡萄,准备去洗一下。

"哥,我去洗点水果。"

"小音,我去洗点水果。"女孩和崖雅几乎异口同声地说道。女孩在上铺略带诧异地看着下面的崖雅,然后对她笑了笑,崖雅则是扭过脸,没有搭理她。就是因为她天阔才去那边的,崖雅心里老大不乐意了。以前崖雅的性格就是认生的,旁人对她来说更是没什么相干,反正她只和自己喜欢的人说话。

"去吧。"男孩和梵音一个调门儿一个模子地同时说了出来。梵音抬头看了看对面的男孩,脑袋稍微转了一圈。她在金陵没有认识的人,对面的两个年轻人也完全不认识。崖雅和女孩一前一后地走了出去,卧铺间里只剩下梵音和那个男孩。

梵音玩着手机,觉着没什么意思,于是想看看书。她和天阔都被哲学系录取了,说是想提高一下自己的人生修为。崖雅则是如愿以偿被临床医学系录取了。天阔和梵音都很佩服她这种甘于吃苦受累的精神。书都放在崖雅的背包里,背包在她斜对面的上铺,也就是现在那个男孩的上面。

梵音站了起来,准备去把书拿下来,男孩坐在卧铺的另一头,倒是不碍事。梵音踮起脚够了半天,发现自己个子有点矮,够不着,背包被崖雅放在太靠里的位置了。梵音心里抱怨道:放那么靠里干吗?又没什么值钱的东西。

"要帮忙吗?"

梵音回过头来,男孩已经站了起来,几乎高出她一个脑袋的身位,正低头看着她。前额细碎的头发倒是没有挡住他的眼睛,看目光是个温和的人,鼻子又直又挺,看上去是个很有主见的人。他看着梵音,等待着她的回答。

"好的,谢谢啊。"梵音也没客气,心里想着现在的年轻人还都挺有礼貌。不知怎的,她总觉得自己比身旁的小鬼们年长些。偶尔算算,两世下来自己快四十了!随即起了一身鸡皮疙瘩,告诉自己,不是的不是的,之前的那十七年都是白活的。男孩把背包拿下来递给梵音,梵音抱着背包坐在床铺上随手翻腾着。

崖雅洗完水果回来,给天阔拿过去了一部分,其实一半都给他了,省得他自己在那边无聊,谁知人家早就呼呼大睡了。她和梵音窝在床铺上吃着东西,心里高兴极了。

"小音,你看得懂这些书吗?"

"看不懂。"随即,两个人开心地大笑起来。对面的女孩也坐在下铺,和男孩一起,没再上去。

"小音,你说他俩是男女朋友吗?"崖雅挡着自己的脸,唇语道,没发出声音。她从小就喜欢这样和梵音说话,觉得这是她俩的小秘密。"是吧。"梵音倒是说出了声,崖雅很高兴,因为只有她才知道这是怎么一回事,别人看见梵音这样自言自语的一定觉得很奇怪。

"我也觉得是。"崖雅继续开心地这样说着,她觉得是在和梵音做游戏一样。"要不要我叫天阔过来?"梵音突然坏笑道。"讨厌!"崖雅说出了声。两个人就这样开心地闲聊了一路,他们猜对面的人大概觉得小音是个"有问题"的家伙,因为她看上去一直在自言自语。

晚上,检票的列车员过来清点人数。天阔也从隔壁走了进来。三个人挤在一个床铺上,倒也热络,梵音偶尔问问天阔哲学书上一些晦涩难懂的理论,天阔很乐意为她"翻译"着。梵音甚至想让崖雅研究一下天阔的脑子,为什么他什么都看得懂?对面的男孩女孩几乎没说过话,各自坐在一端。

"吵架啦?"崖雅兴致勃勃地问着梵音,没有出声。"可能是。"梵音也闲得无聊打趣着。"你说呢?"崖雅又对着天阔唇语,可是天阔没看懂,她就贴着天阔的耳朵问了一句。天阔摇了摇头,说不知道。崖雅没了兴致再和他八卦,男孩儿对这种事就是不关注。

"天阔、莫小白、张一凡在吗?"列车员走了过来。

"在。"三个人齐声道,顺便把车票递给了列车员检查。

"凌野?"列车员继续问道。

"这里。"对面的男孩应了一声,也递上了自己的票。列车员转身准备离开。

"等等,"坐在对面的女孩出声叫住了列车员,她原本不是这个卧铺间的,怕错过检票,"这是我的票。"女孩递了过去,没有说出名字。"凌烟吗?"列车员看着票面的名字问了出来。"是的。"女孩乖巧地回答着。

"搞错了?"崖雅猛地回过头看着梵音,嘴巴张得大大的,做着滑稽的表情。"是的。"梵音出声回答,皱皱鼻子,做了个鬼脸。"尴尬了。"崖雅笑嘻嘻地说出了声。"你俩说什么呢?什么尴尬了?"天阔精神头来了,问道。"不告诉你。"崖雅转过头看着天阔,吐了吐舌头。

"凌野,凌野。"梵音只觉这个名字好像在哪里见过,可就是想不起来,大概是报纸一类的地方。

"哦!"崖雅突然大声惊呼了出来,"哦!哦!哦!是你啊!"她兴奋地看向对面的男孩。对面的女孩看着崖雅这样激动,也好奇地抬起头看向她。

"你认识啊?"梵音奇怪地问着崖雅,又看看男孩。

"认识啊,认识。哦,不不不,不认识。哎呀,凌野嘛,你不认识吗?"崖雅在梵音和男孩之间看来看去。

"不认识。"梵音说道。

"哎呀,咱们省的状元啊,报纸上不都登出来了吗?再说学校网站上也有放榜啊,你没看吗?"崖雅对学习优秀的人从来都是崇拜的,到哪里都一样。梵音给崖雅使了个眼神,意思是让她矜持些,毕竟他们还不认识对面的同学。何况在梵音眼里,这世上没有比天阔更聪明的人,他是全省的第二名,可他答题的时间却只用了别人的四分之一。所以即便是什么全省状元全国状元的,在梵音眼里也没什么大不了。

"我一直想知道比天阔还聪明的人是谁。"崖雅说道,梵音隔着崖雅看向天阔,心想也就是天阔心大不在意这些,不然听崖雅这样没心没肺的话,真是容易不高兴。于是她用胳膊肘撞了一下崖雅。崖雅其实想和对面的同学聊聊天,可是她发现自己不怎么会和陌生人说话,于是连忙转过头去看向天阔,寻求帮助。

"你好,我叫天阔,我们应该是大学同学。"天阔主动开了口对男孩说道。

"你好,我叫凌野。"

"真的是你吗?咱们是同学?"崖雅破天荒地主动开口和陌生人说话,反正有天阔在她身边,她就什么都不担心。

"翰林大学吗?"男孩问道。崖雅点点头:"是的。"男孩也对崖雅笑了笑。"那你们是朋友吗?"崖雅今天似乎饶有兴致,看着坐在凌野旁边的女孩,问他道。

"她是我妹妹凌烟。"凌野解释道。"这样啊,那我们刚才弄错了,我们以为你们是男女朋友呢。"崖雅若无其事地说着,梵音心里充满了巴拉巴拉声,心想这个丫头就是这样,说话没个大脑,自己想什么就说出来了,也不管人家对方爱不爱听。凌烟听到这里,看了自己哥哥一眼,倒是笑得甜蜜。

"你们?"男孩反问道。"我和我朋友都猜错了。"崖雅大方地指着一旁不搭话的梵音,梵音顿时汗流浃背,心里只骂崖雅,这个多嘴的丫头,和天阔时间久了话也多。她抱歉地看着男孩说道:"不好意思啊。"并报以生疏的微笑,想显得不那么尴尬。男孩没接话,眼中却划过一丝厌恶。梵音心里立马不高兴起来,想着:"这个男孩怎么这样,没礼貌的家伙!"

"你们一起来上学吗?"天阔问道。

"是的。"凌野顿了一会儿,转头看向天阔,回答着。

"你和你妹妹一起考上大学了吗?"崖雅说。

"是的。"凌野继续道。

"你和你妹妹是双胞胎吗?"崖雅说。

"什么?"男孩显然没明白崖雅是什么意思,或者说没想到她会这样问。

"我说你和你妹妹是双胞胎吗?"

"不是。"

"我以为你俩是异卵龙凤双胞胎呢,因为你们长得一点都不像。"语气里竟然是满满的失望,梵音回头看着崖雅,不明白这丫头脑子里想什么呢,看医学书是不是看傻了。男孩突然笑了,一路上也没见他说话或者干什么,崖雅也对他笑了笑。梵音想着,这丫头一定是吃错药了,没见她对天阔以外的男生这样友好过。

"咳咳。"梵音在一边清了清嗓子,提醒崖雅天阔还在旁边呢,你多少收敛一下。显然,上车前妈妈的话一语点醒了梵音,她还真是稍微认真地想了一下,发现崖雅和天阔关系是不错,以前她没留意过这些。

"小音你渴啦?桌子上有水。"崖雅习惯性地关心梵音道。梵音一赌气,不去理她了。"笨脑子。"她自己心里想着。男孩看了看梵音,她已经扭脸去角落看书了。

崖雅、天阔、凌野三个人简单地聊着天,话语间三人得知凌烟是比凌野小一岁的妹妹,兄妹两人一起参加了今年的高考,并且都考上了翰林大学。梵音倒没什么兴致和他们说话,对面的女生凌烟偶尔和大家说笑两句,时不时望向自己的哥哥,看得出她很喜欢自己的哥哥。想来也是,有这么一个优秀的哥哥保驾护航,哪个妹妹会不开心骄傲呢。现在得知对面三人都是自己的同校,又知道哥哥的名字,心里更是高兴呢。

天色暗了,梵音觉着有些犯困,身上也有些疲倦。天阔回到了隔壁。列车也差不多要熄灯了,旅客们熙熙攘攘地开始洗漱。

"哥哥,我想去洗洗脸,你要去吗?"凌烟温柔地和哥哥说着话。

"你先去吧。"凌野回答着,语气有些冷漠。

"那我先去了。"一晚上过去了,凌烟第一次从哥哥的床铺上站起来。来到对面梵音的上铺找自己洗漱的东西。她身形高挑,腰肢纤细,皮肤白皙,穿着乳白色的小短裙,微微踮脚就能够到上铺的书包。这时候崖雅也爬到了自己的床铺上,翻弄洗漱的东西。

"哥,能帮我拿一下书包吗?我够不到。"凌烟说着。

梵音侧身躺在床上,脸冲着外面,想借点光看看书。男孩稍有停顿,随后站了起来,走到妹妹身边。两个修长的人妥妥地挡住了梵音的光线。她把书从自己脸上拿开,看着两兄妹。她只能看见人家的脖子。

这时,梵音看见对面上铺的崖雅在对她比手画脚,嘴里念着:"她妹妹在和哥哥撒娇,好肉麻。他妹妹明明那么高,怎么可能够不到?那身材都可以去当模特了。"

"就你眼尖,小矮子。"梵音笑嘻嘻地看着上铺的崖雅,张着小嘴说着,没敢出声,可"小矮子"这句话崖雅是听得清清楚楚的。她们两个身高差不多,崖雅鼓起小脸,不认输道:"彼此彼此。"随即,两个人脸上都笑出花来。"我就没这么个好哥哥可以撒娇。"崖雅继续道,准备从上铺下来。"你有天阔呀。"梵音赶紧补上一句。

"讨厌!"崖雅红着脸对梵音说出了声。梵音赶紧用书盖住了脸,咯咯咯地笑了起来,她就是喜欢逗这个脸皮薄的小丫头。等她把书从脸上拿开,崖雅已经走出了卧铺间。她一抬头,看到男孩正巧低头看着自己,她突然不好意思起来,把目光移开了。凌烟拿到了东西,也准备出去,不过她又和哥哥说了几句话,好像在书包里面找着什么东西,耽误了一会儿。她问男孩要不要先去,男孩说不用。

此时卧铺间里就剩下梵音和凌野。本来侧躺着的梵音坐了起来,面对陌生男孩她觉得这样有些不妥,想等熄灯后再休息吧。

"你也是哲学系吗?"男孩主动开口对梵音说了话。

"是的,我和天阔都是。你呢?"

"我也是。"

梵音点点头:"你妹妹呢?"

"也是。"一晚上两人第一次正式对话。

"你成绩那么好,怎么选了哲学系呢?"

"可能懒得再学其他了吧,看看书挺好。"

梵音突然对他有了好感,因为她也是这么想的。梵音冲他友好地笑了,说着:"我也是这么想的。"

"是吗?"凌野也对梵音这样笑着。虽然一整晚梵音都没有参与他们之间的对话,可余光还是看到,这个男孩一整晚好像都没有这样笑过,对自己的妹妹也是如此。

突然,梵音的心底划过一丝酸涩,她想北冥了。眼前这个男孩和北冥没有一丝相似的地方,却让梵音在这狭小的卧铺间里想念北冥了。她突然觉着自己心里空落落的,想着和一个陌生人有什么可笑的,她开始莫名地跟自己生气,表情也淡了下去,没再说话。

梵音不想在这卧铺间里再待下去了,她不想和这个陌生男孩独处,眼前反反复复都是北冥的影子,灯光晃得她有些烦闷。她噌的一下站起来,谁料对面的男孩也同时站了起来,在这狭窄的卧铺间里两人贴近,容不下一拳。她微低的头刚好到男孩的胸口。等她刚想皱起眉头时,卧铺间里的灯熄了。

方才焦躁的情绪随着黑暗的到来,似乎得到了片刻的舒缓。她站在那里一动不动,沉沉地呼吸着。对面的男孩也一动没动,似是怕惊扰到她。梵音闭着眼,不知何时攥紧的拳头还没有松开,男孩身上淡淡的味道夹杂着水洗过的清新味道,她不像刚才那样反感了。梵音不自觉地用手捂住自己的眼睛,手背已经碰到了男孩的胸口,她没在意。

"唰啦",房门被推开了,一道光打了进来,凌烟走了进来。借着过道的光,凌烟看清了卧铺间里站着的两个人,那样靠近。她待在原地,半天才出了声:"哥?"

凌野没有理她,只是一心低着头看着身前的梵音。凌烟攥紧了手中的毛巾,本来已经拧干了,现在泛白的指缝里又渗了些水出来。

"小音?怎么了?"崖雅站在凌烟背后,她刚刚洗漱回来,看见这一幕,也不知道两人在干什么。梵音虽然没有睁开眼睛,却也知道崖雅回来了,她的灵力在这次旅途中不知不觉快速提升。

梵音猛然转身,走出房间。没等凌烟回神,她已越过她去,来到崖雅身边,顺手拿走了崖雅的毛巾,往洗漱间走去。门外的两个女孩愣在那里,她们根本没有看见梵音的动作,任凭她消失在这里。凌烟更是惊得松开了手中的毛巾,眼珠一转不转。

"这是怎么了?"崖雅嘴里念叨着,想去看看梵音,刚一迈步却听见卧铺间内的凌野开口说了话:"她去洗漱了,怕太晚灯都灭了。""这样啊……"崖雅犹豫了一下,凌野的话像是在告知她又像是在阻止她,她竟然没再上前去找梵音,而是"听话"地走了进来。

梵音一个人在水池边站了很久,洗了一把脸,觉着有些乏了。灵力的增长让她的身体有些不适,她准备回去休息,明天问问天阔是否也有这种感觉。打开卧铺间的门,发现凌野没有躺在床铺上,梵音下意识地看了一眼他妹妹的床铺,凌烟倒是一个人在玩着手机。她重重地敲了一下自己的脑壳!人家是兄妹,想什么呢!随即走进卧铺间,在轻轻关上门的那一刻,她停了下来,留了一道缝隙。

凌野站在卧铺间的另一头,看着梵音刚刚使劲敲了自己的脑袋,本来一脸严肃,突然笑了出来。等他来到卧铺间门口,看到那条细缝,心里瞬间有了暖意,眼神温柔一荡,轻轻走了进去。

不多时,几人都安静地睡下了。临合眼前凌野轻轻地看向梵音,见她呼吸深沉,自己方才合眼。

梵音在梦里,再次回到了东菱。

第三十五章
追捕

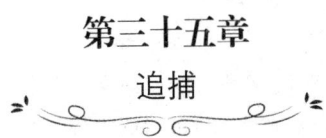

新年过后,梵音与崖雅父女离开军政部,返回城中的家。

来到街上时,崖雅说想买点新年礼物什么的。前几个月梵音一直不在,也没有人陪她逛街。今天好了,大年初一,街上人还不少,有卖烟花爆竹的,有卖糕点年货的。崖雅在街上看得开心,梵音和崖青山也就跟着她。她一直惦记着要买个毛腿儿,因为每次从军政部返回家里都要走上大半日(她那是夸张说法)。她总是抱怨自己的灵法可没梵音那样好,跑个百十来里跟遛弯儿似的,脚力也不行,所以这些年她攒钱一直想买个毛腿儿代步。忽然,她又看见隔壁有卖长信草的,家里的长信草早就想换了,每次结出来的叶片上面的字越来越不清楚。不过主要还是因为那家长信草专卖店推出了新品种,粉红色团绒的,平时挂在包包上好看极了,展开来便可以传信,更像皮草质地,排队的女孩子都到街尾了。

"小音,你带钱了吗?"崖雅突然道。

"啊?"梵音被问得蒙了一下,"带了啊,怎么了?"

"你借我一点,我想去买一块岩火石。"

"干吗?"梵音突然谨慎道。

"家里那块不好用了,这不是有火匠新炼的嘛,我想买一块回去。"火匠拥有火焰系灵力,通过自己的灵力打造炉壁、灶台、水炉等家用品出来贩卖。岩火石是一种冬天取暖时用的石头,乍一看上去是白灰色岩石,可剧烫无比,放在家中可以暖和一冬天。火匠会用自己打造的透明石篓用来隔热,不会烫到人,看上去和透明玻璃竹筒一样,里面放上岩火石很漂亮。

"你自己的钱呢?"梵音咕哝道。

"我自己的不是要留着给咱俩买一个毛腿儿吗!"崖雅挑起眼睛道,意思是你还不信我。

"可是我想买个长信草挂件。"梵音道。

"什么!"崖雅大声道,满脸讶异,看着梵音嘟囔着,"你办公室有那么多信卡,要长信草挂件干什么?你也喜欢粉红色团绒的?"

"我想要那个绿毛怪的……"

崖雅犹豫了一会儿,往噜噜聚集的摊位走去。那里有伐木噜噜、采矿噜噜和驯兽噜噜,嘈杂声漫天呼噜呼噜地大声叫卖。"那我待会儿再来买岩火石吧,你先去看看长信草。"崖雅说道,重点在"看看"上。

毛腿儿们在金丝兽笼里飞快地奔跑着。它们天生就喜欢奔跑,因为没人驯化跑到了没有食物的地方活生生饿死的都有。每天二十四小时,毛腿儿要跑二十三个小时。没有兽笼的话它们会变成野豹羚,不安全,所以毛腿儿非常喜欢被饲养。

崖雅站在摊位前认真挑选着,忽然在一个摊位前停住了脚步,站在那里一动不动。梵音和崖青山正在稍远的地方,没太注意她,崖雅说道:"小,小音……"梵音没有看到,正和崖青山商量着买什么好。

"小,小音,你在吗?"崖雅的声音越来越不对劲,整个人僵直在那里,身体也动弹不得。

"小,小音,你在吗?我害怕。"崖雅的声音已经颤抖起来,身体也开始打战。周围的人太多,她的声音和身影早就被淹没在人群里。此时只有崖雅自己闻见了那股连睡梦中都记得清的恶心的血肉味,那味道越来越近!悄然间,一个利爪朝崖雅的腰间挖来,没人看到。她瞪直了双眼,准备等死,恐惧魔住了她。

只一厘,尖刺便会穿进来。

"小音……"崖雅绝望地喊道。

一个回转!崖雅觉得自己腰间传来温热,有个强劲的力道挽住了她,一把把她拖到了自己身后。顷刻间,兵刃未接,对方已撤了身手。梵音心下只道:"好快!"只见梵音凌眸峭立,低压灵力,数枚凌镜倏然间蹿到半空,空中尘埃,十里方圆,尽在眼里。她左手略按崖雅掌心,让她安心,崖雅攥着她的手,不住发抖。崖青山也赶上前,抱住自己的女儿。

梵音深知这是在闹市之中,切不能伤及无辜,便不敢大动作搜查。只是透过凌镜,她查了几遍,竟是没有一个可疑,全部是"人"。

"崖雅,"梵音低声道,"刚才靠近你的是什么,你感觉到了是不是?"

"嗯……"崖雅低泣着,哼着声。

"是什么?"梵音不紧不慢,沉声道。

"是……是狼……"

"狼?"梵音稍惊,心中却稳定下来。怎么可能?狼族本不是幻兽,更不可能化身为人,而这周遭梵音已经翻查了数十遍,没有异兽啊。

"你确定吗?"

"我确定,我闻得出它的气味,永远错不了。"那是刻在崖雅襁褓时的印记,终生不褪。

可是……梵音一时无解,却不松懈。

"小音,它好像变成人了,是个穿……"

没等崖雅话落,梵音已经消失在她眼前。那家伙听到了崖雅的话,一道慑人寒光从不远处的人群中穿了过来,耳力绝佳!梵音看见了,莹绿色的眼。周围的噜噜早就停止了叫卖,一个个收起了棱刺,害怕地团缩着。霎时间,梵音脚步移动,已离目标近在咫尺。显然那"人"没料到梵音会这般快,转而急走。

崖雅往前迈了一步,却发现自己好像被什么东西困住了,出不去。她伸着手,往空中摸去,一个无形的屏障挡在她面前,回头时才发现父亲和自己一样,两人都出不去了。

梵音追着那人一路急奔,脚程竟一时赶不上。梵音心下吃惊,到底是什么人!只见那人一身灰衣打扮,头顶戴着宽大的风衣帽兜,遮住头脸。此时他在前,梵音在后,凌镜也跟不上那人速度,看不清相貌。

片刻,两人便出了城。谁知待到城外人少处,那人脚下猛然加速,瞬间拉开距离。梵音见人迹渐少,心中稍安,顿时提了周身灵力,紧追不舍。东菱境界竟出现这样一个人,梵音片刻不敢怠慢。

此刻军政部内大家都在各自岗位,大年初一,各位部长和队长还算轻松,有的在房间休息,有的在场院看兵。赤鲁正在和自己的部下说话,忽然觉得衣中口袋一动,有人给他传信。他伸手摸了过去,信卡展开在他手中,只见他面色难看起来,道:"不好!"下一瞬,赤鲁已消失在原地。到了山脚下,赤鲁与冷羿碰了头。二人脚下步伐未停,急速赶往闹市区。

"你也收到老大给你的信了?"赤鲁边跑边问。"收到了。"冷羿答。两人心中均是一凛,能让梵音同时给他们两个传信的,定是出了大事,此前从未遇到过。钟离正在二分部的办公室里看书,只见他猛然起身,火速赶往军机处。来到军机处南宫浩部长的房门前,他推门便入:"部长,出事了!"

赤鲁和冷羿远远看到闹市中人群似乎在围着什么看。他二人疾步向前,看到崖青山父女站在那里。赤鲁开口便问：

"青山叔,崖雅,我老大呢?"

"小音,小音她追出去了!"崖雅着急得眼泪直流,既是刚才被吓得不轻,又是担心梵音。

"她让我们两个人来了这里,自己一个人追出去了?"冷羿当下懊恼。

"她这不还是担心崖雅!"赤鲁边说,边觉得崖雅他们不对劲,"你们? 这是被困住了?"他抬手一摸,方才发现眼前有个无形屏障。此刻他心下大惊,远远超过刚才。赤鲁的灵力绝不逊色于梵音,无论她使的哪种防御术,照理说他都是能看破的。而眼下这屏障,梵音足足使了十成十的灵力,方让他也一时疏忽,难以破解。可想而知梵音刚才离去时是何等紧迫,如此不安却又非走不可。

赤鲁掌心发力,往屏障处破去,奈何屏障竟丝毫未解。赤鲁疑道："老大使的什么防御术,这么难破？"听到赤鲁此言,冷羿过来查看,念道："困牢术？"心下想:这不是父亲自创的灵法吗？怎么梵音会使得？难道那几日在游人村,她见过父亲了？冷羿不再多想,用了七成灵力对着屏障就是一震,屏障方出裂口,崖青山父女这才出来。

"咱们现在去追老大。"赤鲁见防御术已破,心中挂念梵音。依着平日,他定会询问这是何等灵法的,但现在他已全无心思。

"你我都没有鹰眼,梵音到底是往哪个方向追击的,我们根本不知,怎么追？更何况,以她的脚程,我们还追得上吗？"冷羿看过刚才的灵法,就知道梵音现在一定是去全力追捕了,时间过去太久,如果没有准确的方位,他们去了也只是徒劳。然而让他担心的事还没完,时间这么久了,梵音竟然再无消息传回。

"贺拔,你立刻带青山叔他们返回军政部,我让部员接应。"冷羿道。

"你呢?"赤鲁问。

"我出城去追梵音!"话落,冷羿已经离开,毫无踪影。

"混账!"赤鲁不满,大声道。冷羿擅自做主,自己去接应梵音,完全不与他商量,把崖青山父女留给他照看。此刻赤鲁心中即便再挂念梵音,也是不能离开了,毕竟崖青山父女还需要他保护。这个鬼心眼儿的冷羿! 赤鲁心中暗骂。

梵音一路追赶灰衣人,眼看就要到加密山附近,便霍然使出全部灵力,脚下短靴顿时附上冰霜。像梵音这种灵力强悍之人,当灵力全开之时,必定会震扰到周遭事物。她方才在城中不敢,此时已经不能再等了。如果真到了加密山,恐怕她是追不到了。

果然,梵音张开灵力的一刹那,灰衣男人一惊,猛然回过头来。刚才灰衣男子一路向前,压根儿就没兴趣回头看一眼追踪他的人,那点灵力还入不了他的眼。只见他此时冷眸一回,凶残面相展露无遗。

梵音看清了,是人脸,但兽性十足。骨骼坚硬,下颌错落,无不是狼族特有。她的眼睛早已毒到即便是幻兽,也能看穿他的骨骼真容。

修弥杀气腾起,要撕了梵音。可狼族感官超于人类数百倍,他一转身时便知梵音不是善类。那刁钻凄厉的灵法修弥似曾听闻,怎的么像父王提起过的那一人?

当年第五逍遥为保护崖青山一家,和狼王修罗过手,狼族自然知道他的厉害。但第五逍遥已死,怎么现在身后这人和父亲形容的第五一族的灵法那样相像?

还未等修弥深思,梵音已经抬手三箭,破空而出,直插修弥身间。不要说狼族擅闯东菱就已是活罪难逃,更何况刚才他是想要崖雅的命,梵音怎能再留他!不给他一丝喘息时间,弹指一挥间,梵音再射出数十枚利箭。只听那箭哨如鹰鸣,厉响震耳,落雨般砸向修弥。修弥眸光一沉,倏地摇身一避,身形之快仿若残影。再等梵音定睛看去,赫然一匹雄狼出现在她面前。庞然大物,竟是骇过猛虎数倍!

梵音心下大惊:它幻形了!狼族何时可以幻形的?这不可能!可眼下确实发生了这样的事,由不得梵音不信。而且,就在修弥幻形之时,梵音竟是没能看清!这件事难道军机处和端镜泊的搜秘处都未察觉吗!怎么她一丝风声都没有听到过!

眼前这狼族绝非泛泛之辈,单看他躲过梵音落箭就可知。那闪避之势仿若游龙,干净利落,连残影都未多留。此时两人心中都在打鼓,均感对方强势不可小觑。然而修弥越奔越快,一身银亮的狼鬃赫赫生风,似要与这天地间融为一体。眼看就要进入加密山密林,如果再追下去,梵音讨不到好处。

修弥也想到了这一点,刚才他一路狂奔,为的就是不想在东菱附近生非,毕竟那个军政部不是摆设。然而到了加密山,就是森林,人与狼,自然好见分晓了。修弥突然慢了脚步,回头看向百米外的梵音。嘴角龇咧,似笑非笑。

梵音也停了下来,看着它。两人对视,奸猾的笑容从修弥脸上漫出,透着诡异,可那诡异慢慢变了味道,成了鄙夷。

修弥张口道:"臭虫!"

梵音顿时凌眉一竖,心下已知,眼前这狼定是首领头狼。既已会人语,可见一斑。狼族不比噜噜喜欢修习人语,以便和人交易买卖,它们生性肆虐,嗜血夺权,最看不得人类一副种族顶端的样子,从不讲人语。并且,狼族的灵力非噜噜可以比拟,它们深谋狡黠,虽不说人语,可灵力强盛者听得懂人话。反观人类,却无法获悉除去自己种族外的任何一种生灵的语言。"臭虫"二字就是狼族对人类最恶心的侮辱。拥有兽性的狼族,看待人类永远都是虚伪懦弱的烂皮囊,胆小污秽,如蝼蚁轻贱。

"讲人语。"梵音道。

"百米外,你还看得清我的脸吗?我可是看得清你的脸、身、腿……颈。"修弥超强的感官是与生俱来的,人在他眼里,无处遁形,漏洞百出,早就应该被碾死。这千年,人太猖狂了,自称万物霸主。

"修罗的人。"梵音道。

修弥听梵音讲话平静,没有丝毫惧怕,反倒猜出自己的来头,心中杀意顿炽。只听梵音又道:"找崖青山一家干什么!"梵音双眸阴沉,怒意肆起。

想当年父亲在秋满山全力驱逐狼王修罗一事,梵音还是历历在目。不想时隔十年,狼族的人又来了!而且这次对准的竟不是崖青山,而是他手无缚鸡之力的独女崖雅!

修弥一惊,眼下这个女人到底是什么人?单凭他袭击了一个小女孩,就笃定他是要寻崖青山一家。

没等修弥再想,只见梵音已倏地近身而来,拔出腰间灵器,霍然一挥,重剑在手,一个下劈,已冲到修弥头前。修弥一闪,尖锋落空,没等喘息,梵音一个侧身,身子凌空腾起,冲着修弥的狼头就是一脚。修弥向后猛撤,梵音在空中再挥重剑,劈向修弥狼身。三招连击,重中之重,乃是平日和北冥与赤鲁对打时练习出来的。军政部中,数他二人灵法最为刚猛。此时面对修弥,梵音知道,对方定比他二人还厉害,当下使出杀招,毫不保留。

修弥狼牙龇咧,面对第三招硬是没躲,摇身一晃,狼鬃氅起,冲着梵音一吼,灵力腾出。梵音被震得在空中一个回转筋斗,灵力一挡,落地开去。双脚撑地,手尖一抹,两步梵音便控住退势,顿时脚下发力,噌的一下再次蹿出,横剑直挥狼身。修弥怒目,怎的都没想到一个人类女人竟这般抗打。

霎时它立起狼鬃,奔向梵音,准备用狼口撕了梵音。两人都是全速,若撞在一起就是重伤。只见修弥突然嘴角一歪,临撞之际,头身一晃,偏到了一边,是人都不会想到如此庞然大物竟可以急速掉转方向,那力道当真能撕断自己腰身。

只见修弥收了狼口,然而狼鬃更胜,凛起的鬃毛无一不堪比利剑,较之噜噜的棱刺可谓天差地别。修弥冲着梵音的脸面就是一划,当真是要撕烂她这身皮肉之躯。

就在梵音将要撞上狼身之时,她霍地立起重剑,用剑身挡住身体。修弥斜睨,他的狼鬃密如绸线,岂是一个兵器就能掩住的,更何况,他的目的并不在此!梵音目光下沉,看样子就要撞到狼身之上了。修弥心想,以这个女人的身手现在想退也是可以的,可是即使退了,也是死路一条。

然而梵音的态势没有半分减缓,想要硬抗下这一击。就在鬃剑相撞之时,梵音陡然转动剑柄,沿着狼鬃就是一切!重剑之利,仿如切菜割草一般,顿时削下几缕鬃毛。修弥大惊,万没想到梵音的灵器竟这般厉害,绝不是常人可以驾驭。岂知,梵音也是心中骇然!重剑所到之处,以往无不是片甲不留,然而这狼鬃竟然这般刚硬,她使了足力,才砍下几缕微不足道的狼鬃,手中加持的剑柄也跟着晃动不稳。可是这还不算完,狼鬃的强大远超过梵音想象。她锐利的眼眸看到,被她削下的地方深处是更为刚硬密实的狼毫,无论是攻击力还是防御力,似都要比外层这些还要强劲。

梵音再不耽搁,一个鹞子翻身到了狼身背后。修弥亦是急转骤停,回过身来看着梵音,阴狠的狼眸越发毒辣。正在定睛看向梵音落地之处时,只见它的狼眸骤然眸大,显然比刚刚受过的一击还要震动。

梵音落地,抬手看向自己左臂,秀眉微蹙。只见几道划痕刚破自己衣衫,正是被刚才没有砍去的狼鬃所伤。按理说,这些伤是不要紧的,可眼下这衣衫却有些不对劲。

没等梵音回身,只觉一股强劲掌风朝梵音袭来。梵音持剑反手一挥,背对修弥,将将挡住狼爪,一个使力便把狼爪砍开。她霍然转身,已看到修弥被自己挡到稍远的地方。修弥刚才那一爪本是冲着梵音背心,虽料到她会隔挡,但没想那一剑不偏不倚正卡在它的指缝之中,使它不能再发力,被梵音生生一撇,撂在了一边。它哪里知道,梵音早就看到了它的来路。

修弥心气儿已起,本想简简单单撂倒一个人再走不迟,但看眼下这个状况,这个女人势必要和自己再周旋一会儿。费点时间杀了她倒不要紧,但是如果为了杀她而等来了东菱的救兵,就得不偿失了。此时它心里已经有了分寸,这个女人年纪不大,但一定是军政部的人。这还不是重点,更让修弥疑心的是,眼下这女人和当年击退父亲的第五逍遥又有什么关联?它不想再耽搁下去!

修弥向后略扯,一个摆尾扫向梵音面颊,梵音迅疾一闪,避过狼击灵力。只见修弥已经全速奔往加密山。梵音没想就此罢过,当即发足狂奔,追向修弥。修弥又恨又怒,却也不再耽搁。梵音紧咬不放,穿梭其中。就见修弥越奔越快,已经虚晃了身影。

梵音知道,再沿着这条路过不久,就能看到一个宽阔的空场,那里是噜噜从加密山出来向城里人兜售货品时经常聚集的地方。如果计算不错,今天是大年初一,懒惰的噜噜一定不会在此出现。到时候即便是梵音落下修弥甚远,她也能想办法把它拿下。

果然,两人奔出数十里,梵音看到再过不远就是空地,此时上面空无一人。梵音顿时灵力全开,只见她所到之处,林片叶草无不化霜成冰,猎猎作响,眼看就要追上修弥。修弥亦是不再回头。就在修弥即将穿过空场之时,梵音腾地越向天空,全速开动，张弓搭箭，准备一招制敌。就在她俯冲之时，只听她猛然大吼一声，声音甚是狂怒震惊！

"妈的！"

只见梵音手中瞬间换了兵器，原本的寒弓冰箭幻成了一面寒盾，因为时间太紧，根本来不及把寒盾扩大，只是堪堪挡住自己身侧。她骤急一转，只听天空中发出一声轰鸣巨响。梵音好似重重地撞在了一面石墙上，因是全力而出，这一撞显然不太好受！然而空中竟是无形无物。梵音陡然落地，发狠地看向修弥奔走的方向，她已然是追不到了。

没等梵音多看，只见她猛地抬手向左一挥，一柄冰刃握在手中，叮当两声，几枚暗器被挡了下来。接连又是几枚，梵音猛地回头，狠狠地把那几枚兵器也打了下来。此时从远处密林中发射暗器的人已经显露出来，亦是全力往梵音这边攻过来。

梵音心中暴怒，倏地冲到那人面前。那人没看清，她抬手就是一拳，对方堪堪一挡避过。梵音抬腿又是一脚踢向那人腿骨，只见那人右手持一把短刀，朝梵音胳膊刺来，梵音顿时就是一脚，一下踢飞了他的短刀，再起一拳直接打向那人肩头。显然那放跑修弥的举动让梵音狂怒不止。

正在这时，梵音被猛地向后拽去扯向半空，左手手腕被一环形物牢牢铐住，她心下大惊！凌厉的双眼倏地回头看去，只听对方隐隐说了一句：

"对不住了，两位部长。"只见说话那人面带笑容，鞠躬一礼，眼睛已经弯成了弧，嘴亦是闭得紧紧的，像是尽了力恭敬地笑着。只是因为嘴巴闭得太用力，没有什么弧度，更像是一根线。

"狱司！"梵音虽在盛怒之中，也急速镇定了下来，一个轻跃落地。

"你什么意思？"此时站在梵音一旁，刚刚"袭击"过梵音的那人也开了口，正是端倪。他的话是对着铐住梵音的那人说的，因为端倪现在也同样被铐住了。

"两位部长难道不明白吗？"那人尖声细语恭敬地道，看着梵音和端倪二人一脸震怒不解的样子，他继续解释道，"如果属下没看错，两位部长刚才正在殴斗吧？"

梵音还是盯着狱司那人不放，端倪心中却是有了数，不再强扭。"第五部长，您别急，也许刚才那番'殴斗'是属下看错了，会错意了。等您和端部长随我回狱司好好解释一番便可。"那人终于抬起头，直起身看向梵音，眉眼依旧是笑着的。梵音已经不想再看他，可那人还是礼貌地说着："第五部长，虽说您不是东菱国的人，可东菱国的律法您一定是完全知晓的。"那人稍顿，梵音回过头看着他，面无表情，"两位部长级别的指挥官相互殴斗，狱司是一定会抓捕指挥官的，您毕竟不是队长不是。"

梵音不再与他多话，转而看向端倪，目光威赫，语气不善道："你为什么阻拦我！"

端倪听着梵音的话,看都没看她一眼,梵音听他不说话更是火冒三丈,沉声道:"端倪,我在和你说话!"

"第五部长,属下虽然不知道您二位有什么误会,不过看在都是东菱国同僚的分上,您先别太生气。到了狱司,您二位再慢慢互相解释也不迟。"狱司的人说道。

梵音看了一眼狱司的人道:"回狱司?"目光凛凛,"难道你刚才没有看到吗?"

"看到什么,第五部长?"狱司的人虚心道。

"你刚才没看到狼族跑了?"梵音瞥了一眼狱司那人。

"狼族!什么狼族?哪里有狼族?"狱司那人听梵音一句,霍然一惊,提高了嗓门不可置信地问道。

"你没看到?"梵音再问。

"属下没有啊!"狱司的人惊慌地解释道。

"端倪,他没看到。你刚才又是怎么回事?不用回狱司了,你现在就给我解释清楚……"

"解释?"端倪语带轻蔑地说道,"你准备怎样?"端倪半晌才又和梵音说话,阴鸷的脸转了过来,看向梵音。那黝黑的头发贴于面颊,几乎要挡了他的眼。

"你觉得呢?"

"狼族?什么狼族?"端倪道,他扬了扬尖窄的下巴,低视着梵音。

"你不要告诉我你没看见。"

"看见什么?狼族吗?"端倪对上梵音锐利的双眼,眼神瞥到一边,继续道,"第五,你这个人是不是有什么问题?你耳朵不好使,眼睛好使,你就当所有人都和你一样?"他又看了回来,嗤笑一声道,"我可没看见什么狼族,你别是百里以外看见的吧,当我们都能看见?哦,不对,你也看不到那么远,是吧?你看见了吗?"端倪最后一句是冲着狱司的人说的。

"属下也没有啊!"

"该不会是你看花眼了吧?"端倪又道。

"第五部长,您真的看见狼族了吗?您要是确定,属下这就报告裴总司!"

梵音没有答话,一旁的男人不知如何是好,试探道:"第五部长?"

"如果我说我现在要通报军政部呢?"梵音沉声道。

"这……第五部长,您这就为难属下了,毕竟这种事属下做不了主。"男人尴尬地看了一眼梵音,连忙道,"卑职也不想这样,但按照规定,您两位这种级别的指挥官起了冲突,我们是要给你们戴上锁骨匙的。当然,卑职知道,这个锁骨匙根本困不住您二位的灵力,可卑职依照章程办事不得不这样做,还请您二位谅解。毕竟,这种情况下,您二位是不方便再传信给所在部门了。"

梵音刚才的盛怒此时已完全冷静下来,事出突然,她来不及思虑周全。方才若不是端倪,她岂会让狼族如此轻松地跑走。然而端倪此时的态度,让她一时困惑,但同样也使她清醒过来。梵音往修弥奔走的方向看去,无论她的鹰眼如何厉害,此时也看不到了。她转而看向天空,一刻钟后便回过头来。

"第五部长您看什么呢?"

"你叫什么名字?"梵音道。

"属下名叫连雾,是狱司的捕手。"连雾说道,笑容又布上了他的脸。梵音不再搭话,也不再提往军政部报信的事,连雾心下反转不解,却也没再多言。

"这锁骨匙,你难不成要让我一直戴着?"端倪道。

"端部长,属下刚才已经请示过裴总司了,总司说,一切回狱司再说。烦请您海涵。"说这话时,连雾一直是半低着头的,"第五部长,属下刚才也把您说看到狼族的事通报给裴总司了,总司说他会处理,也请您先和我一起回往狱司。"

梵音从凌镜里瞥了一眼自己手腕上的锁骨匙——狱司和聆讯部共同持有的灵器之一,由铸灵师锻造而成,其中的材料也是铸灵师的秘用,外人不曾得知。锁骨匙的形状可随着使用者的灵力大小变化,锁腕、固颈、束腰统统可以。越是锻造优良的锁骨匙,越是能锁住灵力强悍的灵能者,使其不能再动用灵力。然而那样的锁骨匙普天之下也没有几个。眼下梵音手上这个锁骨匙是不足以锁住她的灵力的,可既然加持在身,梵音也不便挣脱,她不想与狱司无故生事。如果她现在发信给军政部,那锁骨匙瞬间就会断裂。

梵音再三思量,她虽不知刚才那狼族就是狼王修罗之子修弥,但此人已经远离东菱,暂时不碍事,而眼下的事远远不比刚才那个狼族轻松。

连雾见他二人不再有异议,便道:"两位部长,随我走吧。"

梵音边走,边脱下冬日里穿的外套,把它拿在手中,身上只剩下一件略薄的白色上衣,大约是春天的衣着。原本无视梵音的端倪此时鼻尖发出嗤声,在他眼里,军政部都是无端自大的人,分不清自己的斤两,在这大冬日打了一架,难不成是热了,需要解解暑,装腔作势。

连雾回过头来,步履稍慢,道:"第五部长,您这是?"

"走吧。"梵音道。连雾看着梵音,脚下慢了半程,随后跟上。

冬日的冷风刺骨,梵音衣着单薄,灵力又被限制,无法御寒,可这件外套她是无论如何不能再穿了,还好里面这件白衣无碍。几人脚下行程并未因梵音、端倪两人灵力被限而放缓,连雾眼中透出疑虑,稍纵即逝,随即紧跟在两位部长身后。

第三十六章
狱司

冷羿一路追出城外,可半分梵音的影子也没见到。他直接奔往加密山,就在路程将要过半之时,终于发现了梵音的踪迹。沿路有少许草植被梵音的灵力所伤,断裂弯折。冷羿眉间一沉,加快了步伐,但直至噜噜兜售物品的空场之所也没看到梵音。他一路随梵音足迹而来,此时却不见她人了。

冷羿在空场边界处停下,再往前就人迹罕至,逼近加密山山脉处了。即便是他这等灵法甚好的军政部要员也是轻易不会踏进加密山深处的。这个空场大约就是人类与噜噜在加密山外交易的最终场所。冷羿看着边界处的天空,伸出手去。只听一声吱响,冷羿的手指险些被伤到。

两个多小时后,梵音一行三人已经进了菱都城,正在去往狱司的路上。刚才他们从城外回来时,是连雾带的路,他绕开了所有城外要道和梵音去时所经过的那条路。

此时,国正厅内阁里还是一片祥和气氛。大年初一,国主和家中所有人都在休假。姬仲昨晚更是和胡妹儿很晚才睡下,不过他现在已经从床榻上坐了起来。显然,前一晚的酣畅也没让他松懈下来。

胡妹儿半卧着身子,一丝不挂,鹅绒的暖被掩着她的腰,露出白嫩纤细的美背。她刚醒,哑着嗓子嗔道:

"老爷,你今天怎么这么早就醒了,昨儿也觉得你心不在焉的?"说罢,她勾着小指,伸着手臂,划着姬仲的脖颈。

姬仲站起身来,整着自己的衣衫,胡妹儿的手被悬在了半空。她盯着自己柔滑的指尖,心中有些不乐意。

"你先睡,我去前厅看看。"姬仲道。

"您不陪我,去前厅干什么呢?大过年的,能有什么事!"胡妹儿撒着气儿。

就在姬仲要开口哄弄她几句时,卧室外的门被敲响了。原本要摸向胡妹儿脸的姬仲的手,顿时停在她眼前,即刻又收了回去,转头道:"谁?"

"老爷,执行官说有事跟您通报。"门外的女佣说道。

"知道了,告诉严录我马上过去。"

"这一大清早的找老爷干什么?严录怎么回事!"胡妹儿心烦气躁。姬仲却不再理会,转头拿过椅背上的外套出了卧室。胡妹儿瞪着姬仲出去的背影,看了半晌,狠狠拉过被子,盖住身体,继续睡了过去。

姬仲匆匆穿过走廊,来到前厅,国正厅首席执行官严录已经等在那里。

"什么事?"姬仲还没落稳脚跟,开口便问。

严录上前和姬仲道:"国主,刚才狱司那边来信了。"

"狱司!"姬仲听闻,心中咯噔一下,脱口便出,"什么事!"语气已比方才不知急切了多少倍。

严录略顿,却也不再耽搁,忙道:"裴析说他们抓了第五梵音和端倪。"

"什么?"姬仲额头一紧。

"裴析说他们抓了第五梵音和端倪,请示您要不要一齐过去讯问,毕竟是部长一级的官员械斗,还请您指示。"严录毕恭毕敬,他从小就跟在姬仲身边,长脸窄额,短平鼻骨,宽唇厚颏,是个中年男人,看上去训练有素,忠心耿耿。严录坐到国正厅首席执行官的位置,他虽不及各位总司的职务,却是最接近一国政要的人。同时,严录也是姬仲唯一的亲信。

"第五梵音和端倪械斗?"姬仲不可置信,再次问道。

"是的,国主。"

"裴析说是因为什么了吗?"

"并没有说。"

"狱司通报的就这一件事?再没其他?"

"没有了。"

姬仲端想,严录只管站在一旁待命,只字不说。

"你这就随我去狱司。"姬仲道。

"是!"

狱司长裴析的办公厅彻夜长明,这里几乎每天都是这样,日复一日,年复一年。

裴析的手下从未见过自己的长官有休息的时候。狱中气氛压抑，光线暗淡，位处菱都最西边，人迹罕至，杂草不生。狱司楼层不多，三层为止，由青铜铸建，尖顶尖檐，排排列去达数百米，屋顶更有钢针，根根插往天际，密密麻麻，犹如酷刑炼狱，震慑往来者。

裴析在狱司一层最深处他自己的办公室中翻看着数不清的卷宗，这里羁押的囚徒除了东菱人，还有数不清的外族和异族，稍有差池，他都担待不起。时间越久，他越觉得芒刺在背。十几年来，裴析心理的负荷远远大于身体，他只觉最近几年越来越力不从心，疲乏不堪。他曾与国主姬仲提交过辞呈，但由于东菱一直没有合适的人选能够胜任狱司长一职，他的请愿也沦为一纸空谈。

他曾经和姬仲探讨过，是否可以让聆讯部的官员暂替他的职务，毕竟聆讯部和他的狱司有不少相近之处。可在他与姬仲反复商榷的过程中，又否定了这一想法，最终裴析更属意于军政部的官员，他认为其中有不少人可以胜任，却因为各种理由都被姬仲否决了。

又是一夜未眠，裴析靠在自己的木架椅背上，头仰过去，用木杆硌着自己的后脖颈。那姿势并不舒服，却不至于让他昏睡过去。近日来他的脸色一天比一天难看，青得几乎没有一点血色，川字纹在眉间耸得像能架起两把刀，嘴角暴起了皮，桌子上没有水杯。

他用手掩住自己的眼睛用力搓了搓，手背上鼓起的青筋和脸上一个颜色。他刚刚发出去两封信，一封是给国正厅的，一封是给军政部的。本想休息一会儿，闭了会儿眼，却又直起了身，又从花笺盒中拈起了一张纸，正是用长信草的花浆做成的笺纸。他拈在手中，稍想了一下，挥了挥，信笺中的消息便传了出去。

"当当当。"敲门声从屋外传来。

"进。"裴析说道。

"总司。"说话的是裴析的侍从。

"到了？"

"是的，总司，连雾带着第五部长和端部长到了。"

"嗯，我知道了，你让他们等一会儿。"

"是。"侍从待要离去，可又没动。

"怎么了？"

"总司，连雾请示您让两位部长在哪里等您？"

裴析从鼻腔喘出沉气，想着，狱司没有接待客人的地方，这里压根儿不会有访客到。除去所有办公厅外，就只有羁押犯人的监牢。

"总司,您看要不然让连雾带着两位部长到会议室去?那里空着,没人。"侍从轻声说道。

裴析没有应声,侍从抬起眼看向裴析,方才他是躬着身的。只见裴析靠在椅背上,面目泛青,森森然不语。侍从随即知道自己话多了,不再多问。

"带他们去三层囚牢审讯室。"裴析阴沉着声音道。

"是!"侍从不敢再多言,转身离去。

"等等。"

侍从赶忙停下,回过身,等待裴析吩咐。

"去四层。"

"是!"

侍从出了房门,长长叹了口气,裴总司的办公厅总比任何一间牢狱还要压抑。他的屋子里压根儿没有窗,除了青铜墙壁,就是青石地面,连他的办公桌都是由一块巨大的青铜打造的,深嵌在坚硬的青石地面里。白亮的锦灯在他的屋子里显得格外刺眼,灯一熄,那屋子也就彻底没了人气。

侍从稍想了一下裴析的吩咐,片刻不敢耽误,赶紧跑往前头的大厅处,连雾还在那里等着。

"连雾。"侍从看见连雾便道,"总司让你带两位部长去四层审讯室。"他故意把"囚牢"两个字省略了。

"知道了。"连雾听命带着梵音和端倪二人走到代步梯处,恭敬道,"两位部长,待会儿请你们在审讯室稍候,总司马上到。"

三人进了代步梯,梵音往外看了一眼,正好撞到方才传话的侍从往代步梯这边瞄来。他看到梵音的目光时,赶忙低头收回了自己的视线,转身离开。代步梯合上铁闸门,启动开来,然而这梯子并不是往上行走的,而是往下。那往下的梯子不知走了多久,深不见底,铁栅栏外全是坚硬夯实的岩石。整个狱司就建筑在这样的地方,地下没有泥土,没有沙砾。除了代步梯发出的金属咯吱声,这地下再没半分动静。

代步梯到了地底深处。四周巨大的岩石没个门缝。除了代步梯里这三米见方的空间,外面严丝合缝,死寂一片,三人像在深井井底。梵音和端倪都是第一次来狱司的地下审讯室,以往他们也会偶尔送来一些缉拿的犯人,但那都是在地面上直接交接给狱司官员的,至于别的,他们对狱司一无所知。

等代步梯停稳,梵音和端倪也不知道他们接下来要干什么,要去哪儿,还能去哪儿。已经是底了,四面无门,全是岩石!这时只见连雾伸出手去,敲了三下铁栅栏,又用手叩击紧贴着栅栏外的岩石。不一会儿,随着一个轻微的吱嘎声,类似于瓶子盖被拧开时的大小，只见他们面前黑压压的岩石开始启动，从栅栏两侧边缘开始，他们的脚下渐渐闪出一个缝隙，透出微弱的青色的光。岩石缓缓上升，慢慢越过他们半身，再越过头顶。最后一个深不见底的甬道出现在三人面前，足够宽阔，没有半丝空气的涌动，寒冷阴森。

"部长，咱们下去吧，属下这就带你们过去。"连雾转过身，此时的铁栅栏已经打开，他恭敬地请二位出去。

走在甬道里，梵音微妙地翻了下眼睛，仅一下，就让她惊叹不止。那刚刚上升的岩石停在她头顶不远处，之前是占满整个甬道的，与周围石矿浑然一体，几十人宽，长逾百丈，齐齐地往上移去。想来那是何等吨位、何等重量，却几乎没发出半点响动。在最深处，梵音才见到岩石的接缝。先不说这巨大的岩石是如何运作的，单想一下被关在这里的囚犯，就知道他们是绝不可能凭一己之力再见天日了。而这么不惜余力，被羁押在这里的又得是什么人物呢？

梵音心中荒谬地嗤笑了一下：裴析在想什么啊？四层，这里绝不会是单纯的审讯室，这里是囚牢。一丝不满漫上梵音心头，她瞥了一眼端倪，只见他面色难看，可她总觉着端倪似乎不单单是不满，从他那起伏的呼吸的气流里，梵音感觉到了兴奋的情绪。

"两位部长，这里就是审讯室了，还得麻烦您二位稍等。"说着，连雾指着甬道旁相邻的两个房间，都已经打开了门。他礼貌地请二位部长各自进了一间。房间中没有人，说是房间，其实就是一个岩洞。等他们各自进去了，石门就被轰然一声关上了。

岩穴内空无一物，只有一支蜡烛点在屋子的中央。梵音笑笑，裴析对他们还算不错，给了点光。她走过蜡烛旁边，光灭了。梵音随地坐下，合上了眼睛。

隔壁的端倪先前还是兴奋的，可当他走进这间"屋子"后，就开始厌烦不满，嘴角一直向下撇着。瞅着那微弱的烛火，他的呼吸稍微好了点。站了一会儿，见没有人来，他便想坐下，可这里哪有座椅，阴寒的地面他更是不屑一坐。

连雾送完两位，立刻赶回地上，来到裴析的办公厅外，他轻轻叩响了门。

"总司。"连雾在外面叫着。

"进来。"裴析在屋里说道。

"总司，我刚刚把第五梵音和端倪安顿在四层的囚牢室了，您要现在过去吗？"连雾直着身子道。

"他们路上有说什么吗？"

"没有。"

"锁骨匙他们没有要求拿下来吗?"

"起初他二人都是不满的,不过也没强求,就一直戴着了。"

"你到的时候他们在干什么?"

"他二人正在交手。"

"还看到别的没有?"

"没有了。"

"第五说她看见了狼族?"

"是的。"

"你呢?"

"属下没有,但属下没想到第五梵音会真的遭遇了狼族。属下有负总司的任务,还请总司处罚。"

裴析看向连雾,连雾点头以示自己疏漏。"事出突然,让你走这一遭我也是心中迟疑。如果真的撞上了,也是不好……"裴析收回了后半句话,身为狱司长,再怎么样,他也不能显露出因忌惮任何一族的势力而萌生退缩之意。

"谢总司体恤,是属下没能完成任务。如果遭遇狼族,属下一定会竭尽所能。"原来连雾会出现在城外,全是因为裴析先前发现了狼族就在附近的异动,才让连雾前去探查的。

"你在狱司的能力有目共睹,派你去也是最合适的。"

"谢总司赏识,还是您料事如神在先,不然属下也没有执行这等任务的机会。"

"不是料事如神,是早有预见。"裴析用他熬得浑黄的眼睛看向连雾,手指向他身后屋内的一角。

连雾顺势看过去。那里有个笼子,原先里面养了一只海老鼠,不过现在那只海老鼠已经死了,尸体正躺在里面。

"这?"连雾不解。

"海老鼠最怕狼族,它对狼族的敏感胜过鼠蚁感知天地异动。一旦有狼族在这附近,海老鼠就会躁动不安,肝胆吓破。就像你现在看到的,我这里养的这只海老鼠已经死了,所以我才确定狼族就在菱都附近。"

连雾忍不住皱起眉头,狱司长长年生活在这狱司里,整个人都透着腐败的味道,如今连养的东西都这般诡异,当下让他有些不适:"属下愚昧,知之甚少,还请总司以后多多提点。"

"走吧。"裴析起身,往屋外走去,连雾替他打开了门。

关门时,连雾说道:"总司,要属下帮您把那只海老鼠清理掉吗?"

"不用,先随我去四层囚牢。"

"是。"

"连雾。"

"是。"

"你用的什么锁骨匙锁的他们?"

"就是咱们司里惯用的那种,处理队长以下级别官员的锁骨匙。"

裴析回过头道:"你用那种锁骨匙怎能锁住他们两个?"

"是的,但是属下已经跟他们解释过了,毕竟他们二位当时正在械斗,所以还算配合。"

"你平时不戴上师父留给你的那个?"

"师父留给我的锁骨匙贵重万分,属下平常执行任务时从不佩戴,不过即使今日属下戴着了,也不会用。"

"为什么?"裴析停下脚步,看向连雾。

"那个锁骨匙威力巨大,如果真用它锁住了楼下那两位,想必咱们日后和军政部还有聆讯部都不好碰面。"

裴析和连雾相差二十几岁,却师出同门。他们的师父是上一任狱司长东华。此人已在十年前过世了。东华过世后,年仅十一岁的连雾前来投奔裴析,告知裴析自己是东华在东菱外收的徒弟,有东华亲自打造的锁骨匙为证。裴析认出自己师父的灵器,便收留了连雾,但连雾从不仗着与裴析师出同门而任意横行,反倒是比别人更加尊敬裴析,他甚至未曾叫过裴析一声师兄,从来都是以"总司"称呼,不曾懈怠半分。久而久之,大家也都忘了他们的师兄弟关系。裴析此次突然提到师父东华,连雾也是没有想到。

裴析抿了一下嘴角,往前走了。连雾抬眼看了一下裴析的背影,紧随其后。

此时的梵音坐在囚牢冰凉的地上,安静地闭着眼,手指有一搭没一搭地轻轻敲着地面,停下来后用指甲轻轻划着。这狱司真是不简单,不要说她此时戴着锁骨匙,就算真的挣脱了,也根本无法从这里传递信息出去。所有灵力介质都被这岩石阻隔了。在她看来,这手段甚至超过了聆讯部的防御术审讯室,狱司不费吹灰之力,不动一人一物,单凭这天造地设的坚固岩石,就能锁住所有被困在这里的人。然而这巨大的监牢究竟是被谁建造在这暗无天日、无边无垠的地下的呢?

滞重的声音响起,囚牢的房门被打开了,里面亮着烛火,端倪正坐在地上。他见房门被打开了,懊恼地看向来者,张口便道:"裴析,你脑子有病吧!成天在这狱司里待的,以为是个人都和你一样喜欢这里,是吗?"端倪的态度毫不收敛。

裴析沉眸看着他,不言语。端家是东菱开国起的元老,和国主姬家还有军政部北唐家相当。按说以端倪的性格是万不会忍受狱司要求的,今日他能忍耐至此出乎了裴析的预料。

"端倪,你就打算这样接受我的审讯,是吗?"裴析看着坐在地上的端倪道。他颔首,他直视,毫无交集。

"你给我预备座位了吗?"端倪皱眉道。

"去给他拿把椅子过来。"裴析吩咐道。连雾忙离开,不一会儿便拿了一把简陋的木椅子过来了:"部长,您先将就着坐一下,狱司的审讯室一向是这样的,请您见谅。"

端倪皱眉,起身拍拍身上的灰尘,一屁股坐在了椅子上。

"你今天和第五梵音是怎么回事?"裴析问道,连雾已经准备好了记录的纸笔,两人都是站着。

"我和她怎么了?"

"我属下说你们在殴斗。端倪,我看你是想在这里多待一会儿。"

端倪瞥了一眼裴析,呼吸不畅:"打了几下,怎么了?"

"为什么?原因!端倪,你要再是这个态度,我就先去审讯第五梵音。"

"我不知道她为什么跟我打,你让我怎么说?她莫名其妙地就打了过来,我难道还不还手?"

"端部长,据属下当时看到的情况,是您正在用暗器打向第五部长,所以……"连雾道。

端倪沉着脸,看着连雾,心想这个男人到底是什么时候出现在他们周围的。照他的意思,是在自己发射暗器时他就已经在那儿了,也有可能再往前。

"你们真是麻烦,当时我正在加密山闲逛,忽然感觉到一股强大的灵力袭来,我本能反应就出手了。"端倪道。

"强大的灵力,你是指第五梵音吗?"裴析道。

"大概吧,我没她那么好的眼神。她不是说看见什么狼族了吗?"说完,端倪不屑地笑了一下,"狼族,她还真逗,什么都能被她看到,吹牛的吧。"

"你看到了吗?"裴析道。

"我什么都没看见。"

"什么都没看到,你就用暗器伤人?"

"我说了,当时我感受到了侵袭的灵力,本能地就出手了。"

"你动用了什么灵法?"裴析道。

端倪看向裴析，嘴角慢慢勾出一丝笑容。

"普通的灵法，暗器。"

"还有呢？"

"没了。"端倪直视着裴析。

"端部长，据属下当时看，第五部长对您的攻击可算是来势汹汹啊，照您这样说，第五部长未免小题大做了吧？"连雾道。

端倪突然笑出声来："你看见的可不少啊。"端倪眯缝着眼睛看向连雾，紧接着他又道，"一个女人，小题大做不是很正常？你能指望她成什么事。"

"你去城外做什么？"裴析再次道。

"我没必要告诉你。"端倪彻底沉下了脸，"你让我说的不过是我与第五交手的经过。现在我已经全都说完了。剩下的什么狼啊鬼啊的，你问她去吧，我不知道。"

裴析觉着端倪不会再说出任何信息了，要说口风紧，哪有人比得过聆讯部的人。他转身要走，端倪突然叫住了他："等等，我想起一件事。"

"什么？"

"在我直接对上第五之前，我看见她动用了一种特殊的灵法，也正是因为看见这个，我才觉得奇怪。因为我之前没见过东菱境内有此灵法，所以就出手了，以为是有外侵。"

"什么灵法？"裴析转过身来，直视着端倪。

"她造了个盾出来。"

"盾？防御术吗？"

"大概吧，反正是一面寒盾。"

"和她一直使用的冰刃一样吗？"

"厚很多，看上去挺坚固。"

"有多厚？"

"一米。"要知道平日士兵使用的灵器盾牌，不过几厘米薄厚而已，如此坚实的护盾，菱都中从没人见过。裴析心下一想，这个第五不简单，也许她真的见到狼族了。

"她还使用别的灵法了吗？"

"没看到。"

裴析转身离开。

"等等，我告诉了你这么多，你打算什么时候放我出去？"

"等问完第五梵音再说。"

"裴析，你别太得寸进尺！我说的，第五都未必告诉你，你别在这儿耗着我。"等端倪话落,裴析方关上了石门。端倪面色难看,眉心紧锁,心里掂算着第五梵音会说什么。毕竟没有一个灵能者想让众人知道自己的杀手锏是什么。

没有任何响动,梵音的牢门被打开了。裴析和连雾均是一惊,两人瞬间警醒万分,牢室内太黑了,没有光,他们站在门口,竟是张开了防御灵力。半晌,未听见里面有何动静。待眼睛适应了光线,他们方才看清,黑暗处有一人坐在那里。

"你怎么把蜡烛熄了?"裴析十分震怒,感觉自己被耍了一样,一旁的连雾看见总司有这种反应,也是吃了一惊。

"总司,第五部长听不见,这么暗,您说的话她大约看不见。"

"你只给我一根蜡烛,还不知道你打算关我多久,我不得省着用?"

要说裴析一早就料到端倪不会有什么好态度,却没想到一个外族也会这般强硬。梵音看到裴析脸上古怪的表情变化,没动声色。

"第五梵音,你知道自己为什么会被抓来这里吗?"裴析道,话语间透露出居高临下之意。

"你手下不是告诉你了吗?"

"你这是什么态度!你是被抓进来的!不是我狱司请你来的!你先搞清楚状况!"裴析毫无预警地瞬间震怒起来,大声斥道。

"裴析,你也先搞清楚了,我不是犯人,配合你手下过来,已经很给面子了。"梵音倒是从容,没被吓到。自从裴析进了这间囚牢起,梵音就感觉眼前这个人不对劲,他的脸色实在太青了,正常人哪会这般。她毒辣的眼睛有时甚至好过崖雅的医术,她确信裴析皮肤下的血液不正常。

"你是让我谢谢你?"裴析提声再道。梵音沉着眼,看着他。裴析原本还有话说,但看着梵音不善的眼神,他稳了稳,没说。这几日连续的工作让他的身体吃不消,情绪也跟着烦躁不安:"你看见狼族了?"梵音盯着裴析,没有开口。裴析再问:"我问你话呢,你看见狼族了?"

"你感兴趣?"梵音莫名的一句话让裴析顿时瞪大了双眼。这表情间明显的变化在这黑漆的房间里是不会有人注意到的,裴析当即缓了口气,心中稍平,然而这一切没有避过梵音的眼睛。"要点灯吗?"梵音又道一句。

"不必了!"裴析回。

"你属下记得清卷宗吗?这么暗。"

裴析顿了一会儿,道:"连雾,把蜡点上。"

"现在开始吧,说说你今天看到狼族的经过。"蜡烛点起,梵音盘腿坐在地上,裴析继续道。

"你今天让你的部下带我和端倪过来,为的是我们冲撞的事,我没必要和你说别的。"梵音盯着裴析的脸,他的一举一动都在她的视线范围内。今天事出突然,杂乱无章,梵音不打算在此处多作赘述,然而眼下她不得不应付这个狱司长。

裴析显然被梵音的一句话堵了回去,她说的不无道理。"你和我属下提到了狼族一事,我理应过问。还有,此事我已经通知了军政部北唐主将。"裴析道,"你现在可以先交代清楚你的事情了吗?"

"你问。"梵音道。

"你遭遇狼族了?"

"是。"

"哪里?"

"城中。"

裴析目光一闪,继续道:"城中?"

"是。"

裴析停顿片刻:"你见到的狼族是什么样子的?"梵音看着他,没有回答。裴析忽感背后渗出一层细密的冷汗:"一匹狼在城中穿行,怎么可能?人群早就暴乱了才对。"裴析补充道,他看向梵音,梵音仍旧没开口,裴析有些急切道:"你怎么不说话?"

"它幻成人形了。"梵音道。

"人形?"一旁的连雾停下记录笔,语气略显讶异。

"之后呢?"裴析继续道。

"我追它出城,它幻回狼形,跑了。"

"它在城中伤人了吗?"裴析道。

"没有。"

"它就这样跑了?"裴析继续道。

"谁?"梵音看向裴析,眸光细腻锐利。

"那个狼族。"裴析道。

"跑了。"

"你没抓到它吗?"裴析再道。

"很显然没有。"

"狼族还做了什么,在东菱?"

"我不知道。"

裴析停止了询问,他想着接下来要问的话,可似乎又没什么了。"你和狼族交手了吗?"他又开了口。

"裴总司,我说过了,我来这里是因为我和端倪械斗的事情,不是别的。关于狼族的事,我已经交代完了。"她看着裴析,"更何况,我已经把最重要的信息告诉你了,狼族会幻形。"

"我知道了。那你说一下你和端倪的事吧。"

梵音在暗处眉眼一顿,继续道:"我不知道端倪为什么会袭击我,这个你问他吧。正是因为他袭击了我,我才还手的。"

"他怎么袭击的你?"裴析问。

"暗器。"

"还有呢?"

"没了。"

"没了?"

"没了。"

"你当时在追捕狼族?"

"是。"

"他阻拦了你?"

"是。"

"用什么灵法阻拦你的?"

"暗器。这些你属下应该告诉你了。"

"第五部长,属下虽然汇报了,但是属下看的毕竟不是全部过程,所以还需要您详细说来。"连雾道。

"我现在说完了。"

"你用什么灵法和端倪打斗的?"裴析道。

"普通灵法。"

"还有呢?"

"没了。"

"你应该交代清楚你使用过的灵法。"裴析尖刻道。

"没那个必要!"梵音语气强硬。

"我看你是想在这里多待几天!"裴析怒火再起。

"你没那个权力,裴析!核对完端倪的供词,你赶紧让我出去,我没心情陪你在这儿耗!"

裴析压着火,说道:"端倪说你使用了新的灵法,一个冰化的盾牌。"

"我没必要告诉你,裴析。请你弄清楚,我没犯法,与端倪也没有实质性的矛盾,充其量算是误会。"说完梵音合上了眼,她觉得有些心烦。可过了一会儿,她又皱着眉头睁开了,裴析停在那里,还没走。梵音问:"还有事吗?"

"端倪对你使用了什么灵法?"裴析再问。

"暗器。"

听罢,裴析转身离去。正在这时,脚下的大地笨重地摇晃了起来,梵音顿时用手按住地面。这撼动大地的力量顺着梵音的掌心传递而来。裴析和连雾皆是一惊,难道是地震了?梵音眉头紧锁,心中惊念:连坐!

第三十七章
连坐

冷羿站在城外远处的空场上,看着眼前那不可思议的强大的无形的防御结界。直到跟前他才发现它的存在,一面巨型透明的防御屏障!忽地,他感到一阵强劲迅猛的灵力由远及近,瞬间已到达他身后。他猛然回头。

只见一道银白色亮光划过天空,刚刚挡在冷羿面前的那组异常强大的防御屏障被瞬间打破。正是那组防御术,就连冷羿也是走到它的跟前,才将将确定有它的存在。然而,随后而来的那人却是不费毫力地在十几丈外用犀利的灵力破了这层几乎让人无从察觉的防御术。

此时只听一个声音传到冷羿耳里:

"你速去狱司,带梵音回来!"

冷羿看着那人闪去的残影消失在眼前,从他的话里听到了命令的口吻。

"北唐……"冷羿口中低语,眉间一嗔,梵音怎么去了狱司?未等片刻,冷羿便急速转往城中方向。

修弥甩脱了梵音之后便放慢速度在加密山中暗行。异兽见到它都躲开避行。忽然,修弥收住了脚步,转头往加密山后方看去。一片荫翳挡住了它所有视线,然而紧随而来的那股刚猛灵力没有因为这山脉的阻挡而减弱。

修弥瞳孔骤凝,狼鬃凛起,愤怒满溢。只听山间一阵狂吼,修弥的"夜丧"霎时震破山林,穿山而过,以碎砾破瓦之势似要撕了眼前这片山脉。比之刚才和梵音的对峙,此时的修弥早就换了模样。修弥全无克制,愤怒地咆哮着。过了东菱界,来到这加密山,不要说什么军政部,就连姬仲本人也要忌着胆子,谁想竟有人公然挑衅修弥的存在,这让修弥一发不可收拾。

修弥暗骂,没让东菱人今天知道是他狼王修弥亲自到了菱都,踩了他们的秽土,真是给了他们脸面。现在既然有人不顾及,那他修弥绝不吝惜撕碎一两个臭虫,以儆效尤。

修弥的巨大夜丧远远没有因为山脉撼动而停止震响。夜丧的吼声随着空旷的天际直达东菱境内,但凡在菱都生活之人皆听到了这震天威慑。

此时的姬菱霄正从自己温暖的床上下来,娇柔地梳拢着淡棕色鬈发,抹在胸前。昨儿一整夜她都没有睡好,原是想着这次北冥回来,统共也没和自己说上几句话,心中怨愤不堪。可不知怎的,自从昨夜在父亲门外看见了那一人,她就辗转反侧,彻夜未眠。她想着今日怎么也要向父亲问出那人来历,姓甚名谁。

姬菱霄快快梳洗完,带着自己的念头就往父母寝室的方向走去。在东菱这些年,还没有一人能像北冥这样吸引过她。昨夜一见,姬菱霄只觉那人气度不俗,周身上下藏着让人说不出的诡谲,那样子不禁令人想躲他百丈之外才好,就像是喘息间便可要了人的性命一样。如此强大的气场,姬菱霄今世未见,只觉得这人比北冥还好上几倍。想到这里,姬菱霄不禁抿嘴笑出了声,那声音甚是陶醉欢悦。她想着:这样绝戾的一个人,就算是北冥也比不过的。姬菱霄边走边把自己的纤纤玉手伸向空中,看着自己摇曳的玉臂,又是一阵痴笑。

"父亲,母亲,你们起来了吗?"姬菱霄在门外道。

"这么早干吗?你父亲一早就出去了,你进来吧。"胡妹儿的柔声从里间传来。

"爸爸一早就出去了?"姬菱霄推门进来,听到父亲外出的消息,她心中顿感不快。

"怎么?有事找你爸爸?"胡妹儿还躺在软床上,没打算起身。

"妈妈,昨天晚上爸爸见了什么人,你知道吗?"

"昨天晚上?在哪里?"

"就在咱们家的客厅里,后半夜的事了。"

"昨天你爸爸确实见了个人,回来得晚了,我还说他来着,什么人不能改日见。不过,我倒没问他见的什么人,他也没说。"

"看来只有等爸爸回来,我自己问他了。"姬菱霄一脸不满。

"怎么了?昨天见到你北冥哥哥,回来没见你开心啊。"胡妹儿逗弄着自己的女儿。

"见他?我还真开心不起来了。"姬菱霄说着,心中就不由起了一股怨气,可没等那怨气起盛,她便又笑了起来。

胡妹儿在一旁可看不懂自己女儿了,就自己女儿这般谄媚的笑,不是提起北冥,平日是绝没有的。可依着她现在话中的意思,那笑意不是对着北冥的。

"你……"还没等胡妹儿问出口,只听一声厉吼穿天传来,顿时震得人皮肉直紧,心惊胆寒。"什么声音!"胡妹儿大叫一声。站在一旁的姬菱霄也是身形一颤,骇了一跳。

"什么声音,妈妈?"姬菱霄细声叫了一下,反倒没有她母亲那般惊慌。

"我也不知道啊,来人啊!"胡妹儿喊着外面的女佣。

"夫人。"女佣应声进来。

"刚才是什么声音!"胡妹儿问道。

"夫人,我也不知道。"女佣哆嗦地说道,显然也是受到不少惊吓,可侍候夫人的礼节却没全失,还是恭敬地弯着腰。

"那你就快去问问老爷,问问严录!傻愣着干吗!"胡妹儿骂道。

"妈!"姬菱霄突然提高了嗓门,"你问女佣做什么,她们能知道什么!"姬菱霄看不得自己母亲这般小气惊慌的模样,瞥了她一眼。

"你这是怎么跟我说话呢!"胡妹儿大声道。

"好歹你也是国主夫人,比谁不见多识广?这声音我没听过,你总应该有个一二分了解吧,怕个什么劲儿。"

"你!"

"有那个问人的工夫,你不会自己先想想!"姬菱霄张口就来,指责着胡妹儿。

胡妹儿被女儿说得羞恼,倒忘了怕。是呀,似乎自己还真的听过这个声音,只是年头久了。忽地,胡妹儿从床上猛地站起,大声道:"狼!是狼!"

修弥的夜丧不只是响彻天宇,随着这嘶吼,巨大的灵力破胸而出。加密山中的一片茂林竟被撕得粉碎,然而这股灵力并没有停歇,奔着茂林深处咬去。

就在距离修弥千米外的密林深处,北冥气血狂涌,再难克制。只见修弥的灵力伴着嘶吼,飞沙走石般冲着北冥席卷而来。北冥飞速前进的脚步竟没慢下半分,迎面而上,待那灵力冲到身前之时,右拳一挥,一股巨大的灵力破荒而出。两股全力在山间顿时相撞,轰鸣震彻,鸟兽四散。就在北冥发力之时,一声大喝从他的胸腔迸发而出,呼啸而过,竟是生生掩住了修弥尖厉的狼吼。

想那修弥乃是狼王修罗最为器重的狼子,更是早早继承狼王之名,哪里受过这般奇耻大辱。要知道夜丧乃是狼族的狠厉绝技之一,竟这样被生生压了下来,修弥心中顿时狂怒,再不顾忌其他。眼看北冥越追越近,修弥眦眦欲裂,几欲上前撕碎了他。可就在此时,它忽地掉转方向,冲着加密山的边界飞奔而去。

北冥眼力远比不上狼族,此时修弥已经全不在他的视野之内,可那诡谲的灵力却是无法逃出他灵感力的搜索范围。北冥已感受到它行进的方向,它并非冲着自己而来,而是全速往加密山外跑去。

"难不成他要离开?"北冥心中不解,全速追赶的步伐一刻不落。

修弥越奔越急,周身的狼鬃此刻已贴紧狼身,精壮健硕的身体强过这陆上任何一种生物。修弥展开全速之力让北冥无法逼近,渐有拉开战线之意。修弥离加密山边界越来越近。

修弥嘴角一咧,血腥的气味从他的口鼻处卷涌出来。树林渐稀,天光大明。修弥一路狂奔,很快出了加密山。眼下正是一片平原,穿过这片平原就是狼族居住的地方——辽地。就在这时,修弥突然收了脚步,回头看去。他知道北冥就在他身后不远处,紧追不舍。

北冥已经发觉修弥停了步伐。对于狼族来说,加密山远比平原地带更利于它们行动。无论是速度还是对地势的运用,在这山脉间狼族远胜人类。可北冥压根儿不相信修弥会如此善罢甘休,离开加密山。果然,他停了下来。

就在北冥即将穿过密林看见修弥之时,修弥挑衅地抖动着浑身的狼鬃,一缕邪恶漫上他的瞳孔。他张口运气道:"前面不是东菱界,也不是加密山了!北唐!"

"糟糕!"北冥心神一晃,心中咒骂,"坏了!"就在这加密山通往辽地的平原上,分布着一些边陲小国,有的甚至只有游人村那么大。平日这里的人与外界无扰,过着闭塞的世外生活。他们甚至从未穿过加密山去到东菱。

确保北冥隔空听到自己的话后,修弥便直奔一个小国而去。只见它越奔越快,好像一团赤色闪电般贴地划过,烧尽寸土。它的胸口起伏不定。霍地,一股狼烟从口中喷薄而出,气浪之大犹如狂风骤袭,直击那小国。

要说刚才的夜丧只不过用了四分力道,虽震得声响直传数百里外的菱都,却是雷声大雨点小,声势夺人。而此刻,修弥却是用了足力,口中的嘶吼声更是化作灵力雾状,眼看着顷刻间小国便会灰飞烟灭。

北冥此刻尚未踏出加密山,眼看还有一里不足,却是赶不上了。茫然树海,北冥根本无法断定修弥攻击的方向。就在这时,北冥猛然停下疾行的脚步,两臂下垂,手掌上翻,抬手提气。只见北冥的双掌瞬间好似鹰爪般,变得指骨分明,刚劲有力,他双腿微弓,赫然下压,十指便硬生生打入地里,然后双掌发力,直入厚土。霍然间,大地撼动,只听北冥一声狂啸,巨大的灵力通过他的身体瞬间涌入大地深处。古树老根，岩石硬土，都开始剧烈挣动，似要拔地而起。骇浪般的灵力顺着大地狂涌而去，直冲加密山外。

修弥惊讶回身，看向北冥灵力发来之处。只见那浩然灵力蕴于地底，仿佛和地下一切生灵串联般，瞬间抵达此间战场，并且如海啸潮涌般在地底四散开来，好像永无止境般奔向诸国边境，眼看竟要赶上自己刚刚发出的夜丧之力。

两股灵力，一上一下，并驾齐驱，一切皆在眨眼间。修弥难以相信眼前的一切。可还未等他回神，加密山中的北冥双掌十指在地下骤然紧握，一把碎土已经在他掌心化成尘灰。只见大地深处的灵力忽然奔腾而上，跃于地面，狠狠钳住了修弥的灵力。在那股破坏的灵力还未到达任何一个小国时，只听天空中轰然一声巨响，两力相抵，震荡难平。

与此同时，修弥感到周身一阵狠痛。原来北冥的灵力不仅遏制住了修弥的攻击，更是在穿地掠土之时，锁住了它的动势，把它死死捏在掌中一般，给了它重重一击。修弥吃痛不已，却也彻底看清了态势。

原本它想借清剿一个边陲小国来打击北冥嚣张的气焰。就凭北冥一路追赶自己的举动，修弥已经断定此人绝非北唐穆仁。那股凌厉夺势之气不似父亲之前与自己交代的正当壮年、沉稳持重的北唐穆仁，而综观整个东菱，能有如此狠辣凌厉灵法行为又这般张狂的只有他的儿子，北唐北冥。

修弥毕竟是第一次与北冥交手，只想着他不过是一个年轻气盛、躁动不忿的少年，杀他一人本不是什么大事。若自己能在他面前灭了一国，那对一向高高在上、自认无限优越的东菱国军政部主将之子必将会是一个沉重的打击和威慑。摧毁一个人远比杀了一个人更让修弥拥有快感，何况这个人在它心里不过是一个"纯良嫩草"般的没毛小子。本着此意，修弥转而攻击邻国，万万没想到的是，北冥的杀技竟然这般强悍，以至于让它落了下风。

眼前的一切让它彻底震惊，是自己轻敌，小看了北唐北冥，也许这人已不比他父亲相差多少了！

可修弥也不想再耽搁下去。和北唐一族拼命本就不是它会做的事。于是它掉转方向，往平原的另一方向奔去，赶往辽地。

此时北冥已是穿过加密山，远远望去，二人相视，眼中均已如血通红。

修弥远远看清了北冥的身形样貌，一身摄人寒芒，凛冽气度，哪里是自己原想的乳臭未干的小子。修弥狼牙交错，心中愤然，然而一丝怨毒又狡诈的笑容漫上莹绿的狼眸。修弥不再多望，掉头逃逸。

北冥站在加密山边，停了脚步，他虽看不清修弥长相，却对他的身形了然于心。

他心中早已有了结论,此人定是狼王之子修弥。胆敢一人只身前往菱都的,除了它再没别人,更重要的是,只有它才会得到狼王修罗的允许。它来此一遭到底是为了什么？北冥心中不安。而眼下交手过后,让北冥担心的不只是修弥的目的,还有它诡异的心思。

北冥往刚才差点受到袭击的小国走去。到了邻国边城,再没往前踏足。确认其平安无事后,他便稍作缓歇。方才调动的灵力超过修弥数倍,不然他无法准确拦截。

这一点,修弥早就心知肚明。如果北冥不是为了他国安全,就凭那一击,再精准集中攻击过去,修弥早已丧命。命悬一线,死里逃生,本该心惊胆寒,可修弥心机深沉,异于常人,此时它只觉兴奋异常,仿佛猎物的喉颈已快被自己摸到。

此时菱都城内的人们,均被刚才摄人心魄的夜丧惊吓不已。国正厅内室里,胡妹儿和姬菱霄站在一起,胡妹儿有些微抖,指尖冰凉:"刚才,刚才是狼,该不会是狼吧,是狼吼吗？"

"什么狼？妈,你在说什么？"

"是狼,是这个声音没错,是狼。"胡妹儿焦躁地说着。

"狼？你是说狼族吗？狼王修罗？"姬菱霄对狼族知之甚少,知道的名字也就只有修罗一个而已。

胡妹儿在听到修罗这个名字时,柳枝一般的腰身猛地一颤,像是受到了巨大惊吓一样。"你,你说什么？"

"我说,您刚才说的狼,是狼族吗？"

"是的,是的,就是它了。"

"狼王修罗？"

"是的,是的,是它没错！只有它才能吼出这般声音,吓得人要命。"胡妹儿已经语无伦次了。

"妈！你能不能安静点,我们这不是好好的吗？没什么事啊。"

"是啊,也对,我们没事的,我们在菱都里面呢,不会有事的。我们在国正厅里,是的,我们不会有事的,不会的,还有军政部呢。"

"妈妈,您在里面吗？"门外响起了姬世贤的声音。

"世贤！"胡妹儿听见儿子的声音顿时激动不已,"快进来,快进来。"

姬世贤轻缓推门,走了进来:"妈妈。菱霄,你也在这里。"

"世贤,外面是怎么了？"胡妹儿仓皇问道。

"是狼族的夜丧。"

"夜丧?"姬菱霄道。

"是的。"姬世贤道。

"什么是夜丧？哥哥。"

姬世贤虽没见过狼族，但自小博览群书，学识渊博，与常人不同。"夜丧是狼族最为乖戾的灵法之一，不过能产生这番动荡的夜丧绝不是一般的狼族。"

"是修罗。"胡妹儿眼神依旧惊慌。

"修罗？狼王？"姬世贤迟疑，"不会的，不会是它。"

"为什么？"母女俩齐声问道。

"狼王是何等身份，怎么会随随便便奔波在辽地以外呢？"

"那是什么人？"胡妹儿问道。

"妈，"姬菱霄突然道，"昨晚什么人找过爸爸？"

"昨晚？昨晚没什么人来过啊。哦，不对，昨晚是有人找过你爸爸，但他没有告诉我是什么人呢。"

"怎么了，菱霄？"姬世贤知道自己这个妹妹素来心思细腻，远超过自己的母亲。

"没什么。"姬菱霄眸光一闪，嘴角竟不由得漫上一抹春色。姬世贤觉得奇怪。可还没等姬菱霄那抹春色收敛，一阵惊恐瞬间布上她的眼眸。"地震了吗！"她大声道。

大地毫无征兆地撼动起来，又像是被什么人狠狠摁住一般。

"地震了！"胡妹儿也喊了出来。

姬世贤扶住母亲和妹妹，后者眼中都透出害怕之色。"不对……"姬世贤暗暗道。他抬头往天花板看去，水晶灯一动未动。姬世贤眸光暗沉下来："什么人有如此灵法？这分明不是地震，大地是被灵法撼动的。"令他心悸的不单单是这灵法，更是一动未动的吊灯、桌椅和窗花。如此强大的灵法既已放出，怎可能收得住！可这丝毫没有摆动的家具告诉他，施展灵法之人确实遏制住了自己的灵力，使得菱都安然无恙。这不得不使姬世贤惊叹异常。

原来北冥知道自己的灵力会波及城中，所以在施术之时就已经竭力控制了。其实菱都地表的感应不算严重，越往地下，灵力的威赫才越加明显，牵连甚广。这就是他狠绝的灵法之——连坐。

此时的狱司囚牢室里，第五梵音面色无波，心中却不安。她想着，是什么状况才会使得北冥用了"连坐"这一杀招。北唐北冥灵法超然，却从未向外人展露过一丝一毫。平日里，他连灵器都不动用，只凭身法灵力，就能解决身边事务。可今天怎么都用了连坐？北冥的九大杀技,除了几位亲人便只有梵音一人知晓,连坐就是其中一招。梵音不禁担心起来。

姬仲和严录正在赶往狱司的路上,骤然感到这两次变故都是心中一紧,加快了步伐。

裴析离开了囚牢室,独自回到屋中。关上房门,他坐在靠椅上,手指不停地掐按着眉心,以至于他青色的脸上多了一片青红。转头看向早已死透的海老鼠,眼睛虚成了一道缝。

门外响起了敲门声:"司长,国主到了。"

裴析深吸了口气,提了提精神,往门外走去。

"国主。"裴析开门,迎道。

姬仲应声和严录一起走了进来,还未等门掩住,门外的侍从道:"司长,端总司也到了。"话落,只见昏暗的走道上,端镜泊正往这边匆匆走来。裴析侧身走出门外相迎。

端镜泊走到裴析面前,十分不满地开口道:"裴析,你什么意思,抓端倪过来干什么?"

"端总司,我带端倪过来自然是事出有因。您先进屋,我再一并和你们说清缘由。"裴析侧身,让出位置给端镜泊进屋。

进屋后,裴析清楚地说明了梵音和端倪殴斗的经过。然而那几人似乎没有一个对此有甚兴趣。

话落,端镜泊先开了口:"军政部来人了吗?"

裴析没想到端镜泊有此一问,他以为端镜泊满心都是儿子被捕后的不爽心情,只觉丢了脸面,现在看来,并非如此。裴析开口道:"还没有。"

"你通知北唐穆仁了吗?"端镜泊再道。

"通知过了。"

端镜泊脸色阴沉,心道:他们倒是沉得住气,反显得自己小题大做一般。随后便不再多语。

"裴部长,他二人为何会同时出现在加密山,你盘问过吗?"姬仲开口道。

听到"盘问"一词,端镜泊顿时不满,看了姬仲一眼道:"什么事情还需要盘问了?"

姬仲听闻,没有接话。

"端倪为什么过去,我倒没有多问,毕竟这是端倪的私事,与殴斗无关。"听裴析这般说来,端镜泊脸色略缓。"听第五梵音自己说,她是在追赶狼族。"

"狼族?"端镜泊眉头一皱。

"她自己是这样供述的。"裴析这般说法,显然是认为梵音有罪。这话听在端镜泊和姬仲耳里都未觉不妥,似乎还认为很恰当。

"狼族出现在哪里,她又是怎么追踪的?"端镜泊继续道。

随后裴析便向各位说明了大致情况。当端镜泊听到狼族会幻形以后,也是大感惊讶,开口质疑道:"净听得她一面之词。她那双眼睛是真好用,还是假把式,我们都不知道。她凭什么能确认?"

"听她自己说,待她追到城外时,狼族就幻化回了狼身模样。"

端镜泊轻喊一声:"还真见了鬼了。"

"第五梵音有没有和狼族交谈什么?"姬仲在一旁,半天后突然开口道。

"她并没说。"裴析道。

"她凭什么不说,人不是已经扣在你狱司里了吗?当然要跟你交代清楚。"姬仲不满道。

"她说没那个必要,她说我们抓她来是因为与端倪殴斗一事,别的,看样子她不会多讲了。只怕……"

"只怕什么?"姬仲追问。

"只怕,她只有回军政部才会与他们详细交代。"

"岂有此理!"姬仲忍不住不满道。

"军政部的人一向这样,你难道是今天才知道吗?"端镜泊瞟了一眼姬仲,看他那个样子,他也是不屑。

"裴析,你已经说完了,端倪可以跟着我走了吧?"端镜泊道。

"照理说,是可以了。"

"那就快放人。"端镜泊没了耐性。

"国主,您还有什么吩咐吗?"裴析道。

"端倪可以走,第五梵音不行。"姬仲阴沉道。

端镜泊看了他一眼,心想:就凭你,也想从第五嘴里问出事情。随即一撇嘴,干笑了一声。

说罢,几人出了房间。侍从远远地从走廊尽头跑了过来,对着诸位长官一礼,紧接着对裴析道:"司长,冷羿冷队长到大厅了。"

"还是来人了。"姬仲眉眼透出早知如此的样子。一旁的端镜泊却阴沉着脸。端倪被捕,他堂堂聆讯部的总司亲自来提人;而第五梵音被抓,军政部竟只派了一个队长前来,到底是它军政部不重视第五梵音还是它军政部看不起其他司部呢?

几人走到大厅处,看到冷羿,没等裴析开口,冷羿便呛声道:"第五梵音呢?"话中竟是压着火气,任谁也一听便知。冷羿为人是出了名的傲慢冷僻。可谁也不会想到,在狱司的地盘,他也会如此不羁。

"冷羿,第五梵音被我狱司抓了。"裴析道。

冷羿冷笑道:"凭你们?凭什么?"

对面几人当下黯了脸色:"她和端倪殴斗,我们自然要抓她。"

"好笑,她打了端倪,凭什么抓她,难不成端倪还告她了?"冷羿挑衅道。

"你说话注意点!"端镜泊道。冷羿却看都未看他一眼。

"赶紧放人!"冷羿厉声道。

"你们军政部就派你一人来领人?"姬仲道。

冷羿看向姬仲,冷笑道:"派我?我是自己来找她的,和军政部有什么关系?"几人被冷羿的态度弄糊涂了。"赶紧放人,裴析。"冷羿凝眸道,似乎已全忘了自己军政部指挥官的身份。当他听北冥说梵音被带到了狱司时,就开始不爽,此时看到眼前这帮人的架势,他那无名火终是压不住了。什么军政部不军政部的,关他冷羿屁事。他要的是狱司立刻给他冷羿放人。

看到冷羿这般嚣张的态度,几人都暗自不满。尤其是裴析,刚才在囚牢室里第五就不配合他,连端倪使用的灵法,第五也没有透露给他,即便在她已经知道端倪说出她的灵法以后,亦没有多说半句。

"我说了,她犯了事,就得待在狱司。"裴析道。

"什么事?"冷羿冷语。

"她和端倪殴斗。"

"那又怎样?"

"部长一级殴斗是要被锁骨匙锁在狱司里等待审讯的,冷队长。"连雾突然在一旁开了口,不紧不慢。

冷羿先是一愣,随后笑道:"部长一级?裴析,你是怎么回事?端倪现在是部长吗?"他又转头看向端镜泊。"端总司,据我所知,端倪还没有正式接管搜秘处部长一职吧?"面对端镜泊,冷羿的话语缓和了些。

"你!"端镜泊顿时感觉被抢白了。确实,端倪还没有正式接任搜秘处,而眼下他们这几人似乎同一时间一起忘了这件事一样。

"裴析,搞错了就赶紧放人。但是锁骨匙一事,你当第五是软柿子吗?"最后一句,冷羿硬声提高了音量,"她是你想锁就锁的?"冷羿不满至极,但他压着火,不打算和裴析闹翻。裴析吸了口气,冷羿的话他确实无从反驳。

"冷羿,第五今天在加密山遇到了点状况,我认为她应该交代清楚比较好,毕竟这关系着菱都的安全。"姬仲开口道。

"那也是回军政部以后的事。国主,狱司的事,应该不劳烦您插手。既然端倪还不是部长,那第五打了端倪也就不算是部长级别的械斗了,赶紧放人吧。"见裴析不再说话,冷羿继续道,"我是在这里等她,还是我随你一起去接她?"裴析定睛审视了一眼冷羿,冷羿置若罔闻,他转身和连雾往通向囚牢室的代步梯走去。姬仲原本也想跟去,又觉不便,便只是让裴析给一份详细报告到他的办公厅。

可在裴析去接第五梵音和端倪上来的时候,姬仲还没走。他似乎想到第五才放心。昨晚修弥的话让他坐立不安。他不想和修弥搭上任何无谓的关系,更不想事迹败露。

这一来一回,竟是用了好长时间,囚牢室的装置甚难驱动。半个多小时过去,裴析才带着人上来。

众人的目光都投向了梵音。梵音右手拿着外套,锁骨匙已经卸去。冷羿看到,眉头一皱,走上前去:"囚牢室很热吗?"

"还行,冻不死。"梵音看见冷羿那铁青的脸都要赶上裴析了。

"好笑吗? 赶紧穿上衣服!"冷羿斥道,他不知梵音为何脱了这上衣,只当她是自己仗着灵力好赌气呢。

姬仲看到梵音上来,忍不住走上前说道:"第五,一场误会,希望你谅解。"

"国主您哪里话,配合狱司调查是属下应该做的。"

"好。还有一事……"

"您说。"

"我希望你明天写一份与狼族交手的详细经过给我。"

"我想到时候,主将一定会和您亲自说明的。如果没什么事,属下先行返回军政部了。"

"好。"

说罢,梵音转身与冷羿离开。

就在这时,梵音感到一道阴鸷的眼神朝自己看来,正是端倪。梵音没搭理他,抬腿便走。端倪此时还不知道,梵音对他的灵法只字未提。

到门外时,天色已暗,大半日工夫一晃而过。众人只见狱司不远处站着一个人,身形凛凛。梵音眸光一闪,只见那人已经瞬步来到她面前。

"你……"梵音欲言又止,急往那人双手看去。

北冥未发一言,目光在梵音周身扫了一圈,确定她无碍后,才算放心。看到她手中攥着的衣服,北冥抬手一挥,便把自己的外套披在梵音身上,手在领口处帮她紧了紧。

"我不冷。"梵音道。北冥无话,转身准备带梵音和冷羿离开。

"本部长。"此时裴析在他身后叫道。

北冥顿足停落,并未转身。

"今日只是要第五配合调查,还请您知晓。"

"是啊北冥,回去和你父亲解释一下。这次事出突然,裴总司也是秉公办理,请你们军政部谅解一下。"姬仲在一旁应和着。

"没有下一次!"北冥突然凌眉一峭,锋芒乍现。

夜露深重,在场之人听北冥这样一说,更是冷了七分,无人再想开口。

梵音知道他的脾气霸道得很,一旦不快,就锋芒毕露,万万惹不得。她稍又离北冥近了些,北冥大约感觉到了她的温度,态度才渐敛。

"走。"这一句话已是缓上三分。梵音不再耽搁,紧随北冥身旁。北冥无意比她快行,随着梵音的步速,一同离去。

梵音从凌镜里往身后一人看去,心中默念:连雾……

第三十八章
狼族来袭

自上午梵音追赶修弥以后,崖雅和崖青山已经被赤鲁带回军政部休息。此时崖雅正在自己的房间里焦急地等待梵音回来。

"爸爸,小音怎么还没回来?"崖雅带着哭腔地念叨着。

"别担心,小音不会有事的。"崖青山只能这样安慰崖雅,其实他自己心中也是百般焦急。

崖雅的房门响了,天阔在门外说道:"崖雅,我能进来吗?"

"进来吧。"崖雅起身去开门。

"主将想让你和青山叔过去一趟。"天阔说道。主将知道崖青山父女受到了惊吓,特意让他们缓和许久后才说要相见。

崖雅和父亲随天阔往七层会议室走去,路过崖雅的药剂室时,崖雅停下了脚步。"等等,爸爸。"崖雅转身进了药剂室。崖青山和天阔随她一起进去。

崖雅快步走到海老鼠的笼子前,只见海老鼠此时已经蜷缩成一团,窝在角落里,浑身湿漉漉的汗水不停地往下淌着,像被雨浇过一样,身形活生生消瘦了一半,口中吐着白沫。崖雅赶快把它抱了出来,对它用了些药剂,海老鼠才镇定了下来。

"我早就应该有所警惕的!都怪我!都怪我!我要是今天临走前,回来看一下海老鼠就好了!"崖雅简直要哭了出来,天阔正疑惑不解,不知为何此时崖雅还有心情关心什么海老鼠。崖雅随后又道:"要是我一早来看它,定会知道狼族就在附近,这样我就会有所警惕,我就不会有危险,就不会连累小音也有危险了!"说着崖雅扑在父亲身上哭了起来。

天阔虽仍不明所以,却安慰道:"崖雅,你别太担心。冷羿和我哥都已经先后追过去了,凭梵音的身手,不可能有事的。"崖雅听不进天阔的话,只顾着哭,她已经被狼族吓得六神无主了。天阔在一旁看着心疼。

"好了,崖雅,我们现在要去见主将了。"崖青山冷静道。

几人来到会议厅和北唐穆仁叙述了今天的事情,北唐穆仁也是一时无绪。随后他便收到了裴析的来信,说明梵音在狱司配合调查。赤鲁知道后当场火冒三丈,抢着要把梵音带回来,却被北唐穆仁阻止了。

"我军政部的部长,要出来,谁也拦不住!留下,梵音是给了狱司十成的面子,用不到你们任何人去提人!梵音一人搞得定!"北唐穆仁这一句便是没把狱司放在眼里了。现在前去提人,倒显得小题大做。

况且,北唐穆仁早已把信息传递给了北冥,北冥定会作出安排。军政部各级指挥官便在部中等待梵音和北冥一行人回来。

夜深了,北冥三人赶回军政部。

"本部长,第五部长,冷队长!"守门侍卫大声道。

"落!"三人齐声。

瞬息,三人推门而入。

"主将!"三人齐声道。

崖雅看见梵音回来,一下子扑到她身上哭了出来:"小音,小音,都是我不好,都是我不好……"又慌乱地摸她的手和头,"你伤到没有啊?"不顾周围许多人,崖雅抱着梵音不撒手了。

"我没事,你回来伤到没有?"梵音冷静道。

"我没有。"崖雅小声喘息道。

"青山叔,你没事吧?"梵音看向崖青山问道。

"我也没事,你呢,小音!"崖青山满目焦急,早也来到梵音身旁。

"放心吧,我没事。崖雅,先不哭了。"梵音用手胡噜了胡噜崖雅的头顶,让她暂时离开自己的怀抱。看到崖雅慢慢镇定下来,她便示意青山叔过来陪着她。

梵音快步走到会议室的长桌前,把手中一直攥着的衣服摊开来,放在桌面上。众人看到后均是一惊,崖雅更是倒吸了一口凉气,吓得浑身发抖。此时梵音的衣服右臂处,被深深划出了几道裂口,裂口的边缘浸染着绿色的液体。那几道裂口已经不是刚刚被划破时的样子了,绿色的液体在不停地侵蚀衣料,直到那液体干涸的边缘才停止,被侵蚀的面积足有半只臂膀那样大。梵音之前一直用衣服包裹住裂口的位置,她没打算给军政部以外的任何人知晓这件事。

"主将,我觉得今天的事情太过蹊跷,到目前为止我没让任何人知道这个状况。"

梵音用手指着自己被划裂的衣袖。

"你受伤了!"北冥和冷羿一齐紧张道。

"没有,我当时用灵力护住了身体,狼鬃只划到了我的衣服。只是我没想到,这狼族的鬃毛上竟也带着狼毒,而且毒性猛烈。要是我不脱下外套,它一定会侵蚀到我的身体。这到底是什么人,您有头绪吗?"梵音对着北唐穆仁道。

"这裂口上的毒竟然不是狼牙上的?"白槐和崖青山一齐道,他们正仔细看着这裂口,同样惊讶不已。

"对,是他的狼鬃撩到了我,衣服便成了这样。"梵音道。崖雅自看到裂口以后,早就吓得不敢再说话,躲在父亲背后。

"应该是修弥。"北冥在一旁说道。大家看向他。

"修弥?修罗的儿子?"梵音道。

北冥点头:"除此之外,我们没有得到任何一个有关狼族的消息。而且今天我与它交手,它的灵力甚是强大,心思缜密。除了修弥,我想不到还有第二人。"

在北冥说到自己和修弥交手时,梵音心中一紧,牢牢看向他。北冥转过头,两人目光交汇,这才让她安心。

"主将,我看到修弥幻形了。它人形狼形切换自如,完全就是靠自身的灵法,不见有任何外力帮助。"梵音道。

"南宫,你那边有什么消息吗?"北唐穆仁问军机处部长,南宫浩。

南宫一脸僵硬,看上去对自己十分懊恼:"主将,属下失职,之前并没有得到狼族会幻形的消息。"

"连你都不知道的消息,想来别人也不可能比你知道得还早。"北唐穆西在一旁劝解道。"梵音,这一路,你还有别的发现吗?"北唐穆西问道。

梵音凌眉蹙起,她在认真回想今天发生的一切。"按说连南宫部长都不知道的信息,那就一定是绝密之事。况且,狼族和我们素无往来,他们的灵法修为,我们不甚清楚也不见怪。可是幻形这一本事,按说他们绝不会用才对啊。"众所周知,种族间的灵法是不能互通的。不仅如此,即便同是灵能者的人类,火焰术士的灵法,梵音和北冥便都是不通的。

"梵音,你确定没有看见它有外物的帮助吗?"主将道。

梵音低眉深思:"有,应该是有,但是被我忽略了。"到底是什么呢?梵音踌躇着。

"梵音,你说在集市时,是崖雅先感应到的狼族,是吗?"北唐穆西提醒道。

"没错。"梵音道。

"这就是了,以你的灵力修为怎么可能会在崖雅之后感应到呢?"北唐穆西道,

"一定是某种介质干扰到了你,使你忽略了狼族的灵力,而崖雅本身灵力不强,即便出现异样的介质,她也无法准确感受到,反而是对狼族的气息更加敏感。"

"您说的没错,可是,我当时确实没有发现,我忽略了。"

"它敢来就是有了十足把握,而且我认为,它是有意防范着军政部的。"北唐穆西看向主将。

"副将,今天让我介意的不只修弥一人。"梵音道。

"还有谁?"穆西道。

"端倪为何会在那个时间出现,而且恰恰拦住了我?他这次用的防御术相当精湛,我没能提前破掉。"梵音注意到此时冷羿瞥了北冥一眼,"而且,这次狱司的人出现得也太过及时了。"梵音继续道。

副将和主将对视一眼,副将缓缓道:"你们从狱司出来的时候,国主也到了?"

"是。"冷羿道,"他和严录还有端镜泊,比我到得还早些。"

眼下棘手的不单单是狼族,北唐穆西暗自思忖着。

会议室里,众人商讨到半夜,最后北冥提出想亲自去一趟辽地。北唐穆仁批准了。会议结束后,北唐穆仁和北唐穆西在办公室里仍未离开。

"哥,你真让北冥自己去辽地?"房间内,北唐穆西露出担忧之色。会议上,他没有反对哥哥的意见。

"这次狼族来意太过诡异,看似莽撞,实则不然。听北冥讲,那东西心思相当缜密,怎会无缘无故把自己置身于危险中,堂而皇之地幻形来到菱都,只为袭击青山?"

"这确实有些牵强。即便青山没说,你我也能猜出个大概,狼族当年和他瓜葛甚深。但若只为了取他性命,狼族大可不必在菱都动手。"北唐穆西道。

"而且,姬仲又掺和了进来。"北唐穆仁道。

"你也觉着狼族和姬仲有关联?"

"当年是我陪着姬仲去的西番,他和胡妹儿到底是怎么一回事,我没兴趣知道。可我在西番时,确实感应到了狼族的出现。而这次他又这般积极地去了狱司,想来脱不了干系。"北唐穆仁面色沉着,"但是这次,恐怕姬仲一人摆不平!我更担心的是辽地背后那人。"北唐穆西听完哥哥的话,也一时无语。

"所以,让北冥一个人前去探查最为直接。"北唐穆仁道。北唐穆西也知道,无论是军政部的军机处还是聆讯部的搜秘处,想查到辽地内部的信息几乎不可能,更别说辽地一直与灵魅关系暧昧不清。凡人想要踏足,九死一生。

"真到了要让北冥孤身前去的地步吗?"北唐穆西不由担心侄儿的安危。

"他们都找上门了,想来是很看不起我们这帮人类了!"北唐穆仁面色凝重。

梵音先把崖青山和崖雅送回房间休息，今夜她没让崖青山离开军政部。待崖雅安睡后，梵音才与崖青山来到客房说话。

"叔叔，侄女有句话不知道当问不当问。"梵音道。

"傻丫头，问吧。这里就你我两人，没别的外人。"

"叔叔，当年您一家三口被狼族袭击，是群狼，还是独狼？"梵音从未问过崖青山的过去，丧妻之痛，她这个晚辈万不可触碰。

崖青山在听到这一问话后，即便早就有了心理准备，也是一阵心悸。梵音似乎看到叔叔瞬间苍老了许多，她有些懊恼，不应该这样莽撞地触及叔叔的伤心事。"独狼。"崖青山回答道。梵音没再发问，她亦不知道怎样开口。

"我一个人怎可能对付得了群狼。"不多时，崖青山幽幽道。又过了良久，他再开口："都怪我当年太自负，要解什么狼毒，才会带着妻儿一同犯险……踏足辽地……"最后这四字几乎用了崖青山所有力气和勇气。

"叔叔。"梵音走上前去，用手顺着崖青山的背脊，难过道，"是我不好，对不起，叔叔，我不该问。"

崖青山缓了几口气，才勉强有力气道："傻丫头，叔叔再不告诉你，万一你以后有什么危险，可让叔叔怎么活？"只听这一句，梵音顿时落下清泪，哽咽难耐。"今天看了你手臂上的伤痕，叔叔这条命几乎都要被吓没了，还能有什么事瞒你。"

"叔叔不急，咱们慢慢说，我没事，您放心。我一直记得您教导我的话，如果遇见狼族，切记要把周身防护好。侄女都记得，您放心！"

"那就好！那就好！"崖青山把梵音拉到自己对面坐下，上上下下把她打量个遍，抬头撸了撸她额前的短发。

"叔叔，当年您解过狼毒没有？"梵音自是知道，崖青山当年为妻子解毒三年，最终妻子还是毒发身亡。

"解过。"崖青山缓缓道，"当年你阿姨没中毒之前，我替一孩童解过狼毒。因此我也更加自负起来，以为自己什么毒都可以解。直到后来我才发现，我当时解的那毒只不过是只小狼崽儿的，毒性根本不算猛烈。我从此便越来越痴迷于研究狼毒的毒性。在我几番钻研过后才知道，狼毒毒性复杂，分三六九等，高低不同，根本不是我几年内可以钻研通透的。所以我经得了你阿姨的同意，搬到了距离辽地非常近的边陲小国生活，为的是更加容易获得狼毒。"说到这里，崖青山再也讲不下去了，许久后才继续说："后来的事，你也知道了。我们受到了孤狼的袭击，你阿姨中毒了，我最终也没挽回她的命。"

"叔叔,当年您用了三年时间给阿姨解毒,那阿姨当时中的毒性算是哪一级别呢?是非常严重的毒性吗?"

"是的,当年你阿姨中的毒毒性猛烈,我几乎别无他法。寻尽药方,还是晚了。"

"您当年解过普通成年狼族的毒吗?"

"解是解过,毒性确实也清除过大半,但自从你阿姨中毒以后,我就再无心看别的病人了。我已自顾不暇,帮不了他们了。"崖青山伤心难耐。

梵音看崖青山此状,上前安慰:"叔叔,都过去了,我们都尽力了。这伤,我们只能慢慢填了,会好起来的。"崖青山抬头看着梵音,顿感羞愧不如。原应是他照顾她的,可是从一开始,便是梵音在照顾他们父女的。

"嗯。"崖青山用力地应着,添了几分勇气。

"叔叔,照您的意思,当年伤了阿姨的不应该是普通狼族。"

崖青山沉思良久道:"是的,确实不一般,但狼毒毒性复杂难辨,要说到底是谁,我还真没这个把握。小音,你是怀疑狼王吗?"

"没错,虽说这次修弥潜入菱都只为伤您或者崖雅,确实牵强,但,我想这当中必有理由。狼族忌惮您的解毒之法不是一日两日了。"梵音说着,崖青山也若有所思。"叔叔,您这些年一直没有放弃解狼毒。"平日里,崖青山看似不再碰任何与狼族有关的事情,而是专心在别的灵枢领域,反而是崖雅一直挖空心思,钻研其中,但梵音知道,叔叔绝对不可能放弃:"有什么进展吗?"

崖青山知道梵音心思细腻,也没想避着她:"是研究出了一些东西,平常的狼毒可解半分。"

梵音笑笑:"您真谦虚,您说可解半分,那就是可解九分喽。"

"这丫头,我可没这么说。普通狼毒根除的办法我还没有找到,但是可以在解毒后维持现状,保存生命。不过,还没人做这个实验。"

"知道了。"

"小音,听叔叔话,能离狼族有多远就多远,它们太狡猾了。"

"知道,叔叔。好了,叔叔,今天太晚了,您休息吧,我也先回房间了。"说罢,梵音起身,准备离开客房。

"小音。"崖青山叫住梵音道,"你等等。"

梵音回过身来,见崖青山在口袋中摸索,拿出一个精巧的木雕药盒。

"这是什么?"梵音问道。

崖青山打开药盒,里面装着一颗黑色药丸,说道:"这是我这些年来研究的结果,这粒药丸我一直带在身上,以防万一。今天你追出去,我本想赶快给你,可是你速度太快了,我没来得及。"

"叔叔,我今日真的没事,药丸您收好便是,不必给我。"

"你拿去。"崖青山把药盒塞到梵音手中道,"但是小音你要知道,我只做出了这一粒药丸,再多也没有了。你长年在外,我早就想着这次你回来,一定要把这药给你傍身。"

"叔叔,我不用。把这东西留给崖雅,我用不到。"

"胡说!崖雅长年只在部里,有你照应着,哪会有危险?你必须拿上。"

"可今天的事……"

"今天的事全是意外,而且今日之事如果……那崖雅也不可能全身而退。倒是你,虽说有这一身好身手,但总要留着这药,以防万一。"

"叔叔,谢谢您。"梵音心中感激万分。

"丫头,你和崖雅就是叔叔这辈子最重要的人,瞎说什么谢谢。"

"我知道了,叔叔。你休息吧,药我会留着的。"

"好。"

梵音转身欲走出房间,崖青山再次开口:"小音,你要知道,这药只有一颗。"梵音顿足,点头:"知道的,叔叔。"转身离开房间。

梵音来到自己的房门前,并没进去,而是径直走到隔壁北冥的门口,她抬手敲了门。很快地,北冥便打开了房门,房间里只有他一个人。

"方便吗?"梵音问道。

"进来。"北冥道,"今天伤着没有!"还没等梵音说话,北冥便抬起梵音的胳膊看了又看,神情焦虑非常:"知道你去找青山叔了,我才没去看你。刚才听到你回来的脚步声,我正准备过去呢。"

"没有,我没受伤。"即便听见梵音自己这样说,北冥还是不太放心,端着她的胳膊看了又看。"你看什么呢,你有透视眼吗?隔着袖子能看出什么。"梵音笑他道。

"那你脱了衣服让我看看。"北冥一本正经道,梵音顿时红了脸。北冥自己倒没察觉有什么不妥,还是没松手。

"我说了没事的。"梵音有些尴尬地拂去了北冥的手,继续道,"倒是你,今天怎么用了连坐?伤到没有?"说着,梵音便担心地蹙起秀眉,上下打量着北冥,"刚才人多,我不好问你。"北冥的灵法即便是军政部的同僚,部长一级的指挥官也是无人知晓的。梵音自然也不会当着别人的面询问,其实她早就担心了半天。若不是因为崖雅今天受了惊吓,青山叔又不放心,她肯定一散会便来看北冥的。

"你说话呀,愣着干吗?"梵音见北冥不吭声,着急道。她手中还捧着北冥的手。在刚才问北冥为何用了连坐这一杀招时,梵音便拿起了北冥的手看了又看,看完左手,又捧起右手翻来覆去地端详。"说话呀!"北冥还是不说话,梵音又急着追问,扬起脸看着他,手并没有放开。

过了好一会儿,北冥露出笑容,梵音气道:"问你话呢!伤到没有!怎么就用了连坐了,吓我一跳,你自己傻乐什么!"

"你在哪里知道我用了连坐的?"

"在囚牢室啊,地下的感觉要比地面猛烈很多!"

听见囚牢室,北冥的笑容瞬间消失,凌眉竖起:"他们对你用锁骨匙了?"

"嗯,不是,这不重要,我问你……"

"他们用,你自己不知道挣开?"北冥皱起眉头,打断了梵音的话,面色难看,怒意渐起。

"犯不上和狱司翻脸。等等,我在问你话呢,怎么又扯到我身上了?"梵音手上不觉加了力,握着北冥的手晃了晃,说道,"手伤着没?我看看。"说完,她又低下头看着北冥的手。

北冥还要发难,手中加力,一把攥住梵音的手道:"他们伤着你没有?他们若敢伤你,我定不善罢甘休!"

"没有!"梵音道。

"囚禁你也不行!我当时就不应该这样简单把你带回来!狱司!他们竟敢这样对你!我……"北冥怒火发个没完。

梵音急道:"好了!我没事!你不许再生气!让我看看你的手!"说罢,梵音扭动着自己被北冥攥得死死的手,"疼吗?疼吗?"梵音不停地问着,皱着眉头,轻轻点着北冥修长的手指,生怕他伤到什么地方。

北冥缓了片刻,低头看向梵音。只见她一脸紧张,手被自己抓着也不敢用力挣脱,小心翼翼地用另一只手检查着自己的手掌。北冥脸上忍不住再次挂起甜笑。

梵音抬起头,看着北冥的笑脸,瞬间绷紧道:"干吗呢这是!一直傻笑,我看你是真没事,是不是!"说罢,便甩开了北冥的手。

"是没事啊,我能有什么事。难不成被自己的招式伤了手?"北冥笑着道。

"跟别人打了一架那么高兴吗,怎么了这是?一直笑。不要笑了!"梵音假意凶着北冥,"那个修弥真那么厉害吗?逼得你用出连坐?"连坐是北冥修习灵法的九大杀招之一,连带其余八式,从不示人。

"确实不差,但我用出连坐为的是保住平原上的一个小国。"

"你还真是下血本。"北冥秘修的九大灵法招式，每一招都需要调动他强大的灵力。梵音瞥了他一眼，只想着北冥也许有危险，也顾不得什么小国不小国了。"我不放心你自己去辽地。"梵音说这话时似乎带着不满。

看梵音这般着急自己的样子，北冥追着问道："你想干吗？"

"我想跟你一起去。"梵音不假思索地说了出来。

北冥心间一漾："你看我干吗？我知道叔叔不会同意的，我是说穆仁叔叔，所以我也就放弃了。"

听梵音说完，北冥感觉自己心中刚刚猛烈蹿动的小火苗，一下子被浇灭了。不过，即使梵音想和自己一起去，他也是不会同意的。但想到梵音想陪着自己，北冥又高兴起来。不知不觉，情绪变化，他脸上的表情有些怪异。

"你干什么呢？怪怪的。"梵音皱着眉头道，自打她进屋，就觉得北冥一直怪怪的，一会儿傻笑，一会儿生气，一会儿犹豫。

"没什么。"北冥笑道。

"我肯定是不能陪你一起去了。"

"那是当然，我也不会同意的。"

梵音瞥了北冥一眼："可是我不放心你，你把这个带上。"说着梵音便把崖青山给她的药盒给了北冥。

"这是什么？"

"青山叔给的，保命用的。普天之下只有这么一颗，可以解部分狼毒。"

"你自己好好留着，给我干什么呢？青山叔是留给你的，崖雅都没有。"

"你以为我想给你啊，你也知道崖雅都没有啊，青山叔就给了我，让我出门在外傍身用，现在给了你，我都觉得自己对不起崖雅。"

"你留着，我用不到。"说着北冥便准备把药盒塞给梵音。

"你当然用不到！用到还了得！"梵音提高了嗓门道，"话是这么说，可是我不能和你一起去，所以你带上，我才能放心。"北冥看着梵音，心里高兴得很。梵音又说："你记得，去了辽地一定要小心，知道吗？周身都要用到防御术，记得吗？还有除了防御术，你也要在自己身体外层布上灵力，知道吗？今天我对修弥时就亏得了青山叔常年的提醒，身体外层有灵力护着，才没事。"

"知道。"北冥道。

梵音点点头，稍犹豫了一下，开了口："北冥，我还想和你说个事。"

"什么？"

"刚才会议上人多，我不好开口讲，本想着散了会单独找穆西叔叔说说，让他参谋一下。可谁知道你突然说要孤身去辽地,我……"话到一半,梵音又不悦地看了北冥一眼。北冥看到梵音担心自己的模样,心里净是高兴。"我不放心……"梵音还是忍不住讲了出来。

"我知道,我会小心的,你安心等我回来就是。"北冥温柔道。梵音叹了口气,也是没法,点了点头。

"北冥,我这次去狱司,总觉得裴析有些怪异。"

"裴析?"

"嗯。"

"怎么说?"

"这次我见他,总觉着,他好像对我有敌意。"

北冥知道梵音从不对一个人妄下定论,就是因为她有一双洞若观火的眼睛,因此做事就越加谨慎。

"我这样说也许武断了些,可我看得出,当我提到狼族的时候,裴析的面上煞气森森,厌恶无比,只是强压镇定。那股厌弃之色似乎和对待我的态度有些相似,可是个中原因我却是没有头绪。"北冥听着梵音的话,思考着,梵音继续道,"而且,抓我回来的那个叫连雾的捕手,也是不一般。我不是自愿戴上锁骨匙的,而是他扣押我的时候,我根本就没察觉。"

"什么?"北冥神情一顿,"你没有察觉?"

"是的,我没察觉,我根本没有看见他是何时来到我身边的。所以那个连雾说他没有看到狼族,这话是真是假,我不敢确定。"

"不简单。"北冥认真道。

"所以北冥,这次你去辽地,我总是担心,总觉得菱都里有些不安分。"

"裴析到底怎样,你和叔叔再去商榷,毕竟他在菱都,不碍大事。但狼族的事不能再放着不管,敌暗我明,一旦有所差池,我们措手不及。"听北冥这样说,梵音自然也知道其中利害。

"我知道的,所以我刚才在会上也没有反对。"梵音轻叹了口气,继续道,"要我帮你收拾一下东西吗?"

"什么东西?"

"你去那么远,去辽地,怎么能不收拾收拾呢。"梵音此时已经往北冥的旁厅走去,听见北冥这么一答,转过身,蹙起秀眉道,"我去你屋里看看,该备上的药剂、灵器,总是要拿全的。这次说什么不能让你两手空空地去。"

"好。"北冥斜靠在门边,看着梵音在自己的壁橱里翻箱倒柜,这感觉让他很是满足。

"我觉得那个修弥没有你灵法厉害,比你还差得远,是不是?"梵音闷着头,在柜子里边翻弄边说,精巧的凌镜无时无刻不在她眸前闪动,只有她一人察觉。

"嗯。"北冥双手叉在胸前,看着梵音的背影,面带笑意,随意应道。

"那个修罗有几个儿子啊?不过有几个也无所谓。"

"嗯。"

"阿姨给你的药膏你放哪里了?治外伤的那个,青山叔和白部长都说好的那个。"

"我都给你拿过去了吧?"北冥道。

"我又还给你了的,我有青山叔给的点鸳鸯就够了,"梵音找了半天,脸色微红,转过身问道,"你放哪里了?我没找到。"

北冥耸耸肩道:"不记得了。"

"真是的,以后你的东西都放我那里好了,给你也会被你弄丢!"

"好啊。"北冥笑眯眯地看着梵音。

"我去给你把点鸳鸯拿过来,你等一下。"梵音刚走到北冥身前,想起了什么,便问道,"你什么时候动身?"

"今晚。"

"这么快?"

"夜行加密山比白天好,今天闹了这么一出,怕加密山不安稳。"

"那你要再睡一会儿吗?我这就出去,不打扰你了。"

"梵音。"

"嗯?"

"你自己在菱都注意安全,我很快回来。"

"我知道。我在菱都能有什么事,你自己才要千万小心,知道吗?不要仗着自己身手好,就有恃无恐。遇到麻烦也不要硬拼,知道吗?"梵音自然知道北冥做事稳妥周全,可她还是禁不住嘱咐道。

"我知道,你放心吧。"

"好,那我先回去了,你赶紧睡一会儿吧。"说完,梵音便要离开。北冥往旁边侧了一步,挡在她面前。"怎么了?还有什么事?"梵音问道。

"我们有多久没见面了?"北冥问道。

"有半年了吧,突然问这个干吗?"

"我等一下就走,你不应该陪陪我吗?"北冥直直地盯着梵音看。

"啊?"梵音睁圆了眼睛,一脸木然道,"我陪陪你?陪你说话吗?"

"你都半年没见到我了,就一点都不……"北冥话到一半,又咽了回去。

梵音眉尖微蹙,想了想,这话似曾相识,是谁经常和自己说起同样的话呢。片刻,梵音便想到了,是崖雅。崖雅经常埋怨自己出门公干,很想自己,平日里军政部里都没人陪她。想到这儿,梵音又看了看北冥,一下子明白过来:他和崖雅一样,想让自己多陪陪他们,毕竟在一起的时间太短了,大约就是这么回事。

梵音便张口道:"那好吧,我留下来陪你,但是你现在就要躺在床上去睡觉了,可以吗?我去把灯给你关上。"

现在换作北冥搞不明白了,纳闷道:"你?"

"嗯?你不是让我陪陪你吗?"

"是,是没错,可是……"

"崖雅从小就喜欢让我陪着,没想到现在你也这样了,小孩子怎么都这样?好了,不说了,你去躺着,我在沙发上坐着休息,陪着你,可以吗?"

"小孩子!你怎么陪她?"北冥别扭道。

"崖雅吗?"

"嗯。"

"每次我出远门回来,她就嚷嚷着要我晚上陪她一起睡觉,没想到现在你也这样了。"梵音原本想笑话北冥这个大男孩也喊着让人陪,可话到一半突然觉得不太对,立刻抿住了嘴。北冥听到这里也是一愣,自己原本藏着的温柔心思被人突然触碰到,瞬间变得小心起来。两人都停止了交谈,空气仿佛都在这个时候偷偷躲了起来。

"那个……"两人又是一同道。话刚出口,便听到了对方的声音,两人瞬间又紧张起来,心脏都在扑通扑通地跳。

"你留下陪我。"北冥很快定了下神,语气变得自然温热,眼神中带着十七岁男孩的纯粹和坦率。

"好。你快去睡一会儿,不说话了。"

"我和你一起在沙发上休息一下就好。"说完,北冥已经走过去坐在了自己卧室的沙发上。

梵音没有再去催促他,而是安静地帮他关上了灯。她轻轻走到他的床边,给他拿了一张绒毯,又轻轻地替他盖在了身上,自己跟着安静地坐在了他的旁边。刚要合眼休息,便被北冥扯了一把。两人就这样静静地挨在了一起,绒毯也被北冥一起盖在了梵音身上。

梵音透过星光看着北冥,他的呼吸又沉又稳,已经睡着了。梵音笑着,也在一旁合上了眼睛。之前因为忙碌不觉疲倦,实则她与北冥一样,都是年前赶回菱都,今日又是和修弥决斗完就在狱司阴冷的囚牢室里困了大半日,身子早就乏了。现在两人裹在温暖的绒毯里,梵音一下子放松下来,很快地睡了过去。

  不经意间,梵音把头倚在了北冥的肩膀上,沉沉地睡着。北冥缓缓张开眼睛,侧头看着身旁的梵音。不一会儿,他便从沙发上站了起来,用手小心地捧着梵音的头,把她平放在沙发上,自己安静地离开了。

  北冥深夜赶往辽地,谁也没有打扰,守门的侍卫甚至不曾察觉他曾经过。当他刚刚迈出大门时,只觉衣兜里动了一下,他伸手拿出信卡,看见上面写着一行字:路上小心,等你回来。

  北冥回过头去,看着军政部高处的窗户,面带笑意招了招手,回道:知道了,睡吧。之后他便消失在静谧的夜里。梵音看着窗外,又看看信卡,转身回去,躺在了刚才的沙发上,盖上绒毯,合上了眼睛。

第三十九章
辽地潜行

那一日姬仲从狱司回来,心烦气躁,他并没有从裴析和第五梵音口中得知更多有关修弥的事情。然而这次修弥失败的举动,竟让东菱国三大部军政部、聆讯部、狱司统统得到了它的消息。不仅如此,那声狼吼夜丧对菱都的震慑,简直就是在直接挑衅他的权威。姬仲为此愤怒不已。一旦此事被三大部委查下去,定会查出有关狼族的丝丝缕缕,到时候他和狼族的瓜葛保不准也会被一起挖出来。姬仲越想越烦。

晚上,胡妹儿和姬世贤、姬菱霄都在等姬仲回来一起用餐。本来没有心情吃饭的姬仲看见家人等待,不得不强撑着,坐了下来。

其间,没有一个人说话。最后是姬世贤先开了口:"爸爸,狱司那边什么情况?如果我没听错,白天那声嘶吼是夜丧吧。"

姬仲看了一眼儿子,没好气道:"你耳朵倒好使。"姬世贤在家中不算出类拔萃,比起北唐北冥和端倪也不免逊色几分。姬仲喜欢张扬权势,恨不得儿子抢过所有人的风头才好,可照目前这个状况是难了。赶上今天姬仲气不顺,不免拿姬世贤撒火。

姬世贤没有在乎父亲的态度,反而道:"明天一早,定会有各大媒体报道此事,您应该早做打算。"

姬仲懒得听姬世贤说话,坐在一旁便不言语。胡妹儿过来插话道:"老爷,世贤说的也不错,您别净自己担着事情,实在不行,叫上严录一起商量商量。"

听着胡妹儿的话,姬仲还是缓和了几分,点头示意不用她管了。胡妹儿见姬仲心情好些,继续道:"老爷,今天那个什么吼叫,真的是狼族弄出来的?"问出此话,胡妹儿也是忐忑不已,可她实在是吓得憋不住了,也顾不上孩子们在身边,便问了出来。

"嗯。"姬仲沉声哼了一声。

"那我们还安全吗?"胡妹儿赶紧道。

"在菱都能有什么事?你别一惊一乍的。"姬仲不耐烦道,他从未对胡妹儿用过这般语气,一旁的姬世贤和姬菱霄也不言语了。

"我这不是担心吗?"胡妹儿反倒有气了,尖着嗓子对姬仲道。见姬仲没有回音,她便继续自说自话,钻营着自己的小心眼儿,不想自己被晾着。"世贤,你说之后那个地震又是怎么回事?也是那个,那个什么狼弄的吗?"胡妹儿想尽量避开"狼"这个字眼,可是不行。

"这个我也不清楚,应该不是的。"姬世贤道,回头看向父亲。

只见姬仲眼光阴沉,过了好半天,道:"没想到他儿子连这一招也会用了。"紧接着嫉妒的冷光闪过姬仲的眼睛。

"谁啊?"胡妹儿怪声怪气地问道。其实她还不想和姬仲讲话,谁让他刚才当着孩子的面让自己丢脸了,可她又控制不住自己那个多事的心思。

"北唐穆仁。"姬仲冷冷道。

"北唐穆仁?您刚才说他儿子,那就是北唐北冥了?"姬世贤眼中尽是不可置信。那场看似像地震一样的灵力是何等强大才会波及菱都城内,而如此令人难以置信的灵力,又在伤害到房屋人群之前被完全遏制住了,怒放狂收,使得菱都城安然无恙。在这之前,姬世贤有想过是军政部几位部长一起施展的灵力,绝没想过这是一人可以完成的。此时他瞠目结舌,再也说不出话。

"那又怎么了,他军政部干的就是这个活!难不成让国正厅的人去吗?你激动个什么劲儿!"姬仲反感道。姬仲和北唐穆仁自小相识,对北唐穆仁的行事作风自是了如指掌,以他如今身为军政部主将的地位,怎可能一点事情就亲自出马。

"装得再大度无比,还不是要时时惦记着自己的地位,好显得稳如泰山、岿然不动啊。"姬仲心里念着。

当听到那阵强悍无比的灵力是出自北唐北冥之手时,姬菱霄身体一颤,像被触了电一样,心头紧得似被细线狠狠系住了一般。她强装镇定,喝了口碗里的汤。此时胡妹儿也是缓过一口气,没有方才那般心神不定了,好像还有些高兴得意。姬仲顾不上在意这些,放下碗筷,匆匆走了出去。

晚餐结束,姬菱霄独自走在回廊上,她两手裹在胸前,不住捏着自己的手臂,神色跳跃,走着走着竟笑出了声。

"北冥……哥哥……一定是我的。"姬菱霄心中念着,暧昧之色溢于眼角,喜艳无限。

此时的狱司,灯光灰暗,把守的侍卫很少。狱司一向这样,单看他们的守卫,甚至还不如聆讯部的多。走廊的最深处,裴析房间的灯光还亮着。刚才还是白惨刺眼的光线,现在他关了灯,点亮了一盏昏黄的油灯,只够照亮他的半张铜桌。

已经是凌晨两点多,人最脆弱和疲惫的时候。裴析从口腔里发出沉闷的呼吸,里面都是浊气。他翻看着今天的卷宗,来来回回就那么几个字。突然,一股酸腐的恶臭蹿到他的鼻子眼里,裴析皱着眉头,撸着鼻子,恶心到极点。

他回过头,看着墙角笼子里海老鼠的死尸,盯了一会儿,一股恶毒厌弃的情绪充斥着他污浊的布满红丝的眼睛。裴析站起身往笼子处走去。他俯瞰着笼子里的死尸,后槽牙狠狠咬着腮帮子,显得他更青黄枯瘦了,脸上似乎都不再挂着肉。

裴析愤恨地用脚踢了一下铁笼,铁笼发出尖刺的声音。这尖刺的声音仿佛刺激了裴析脆弱的神经,只见他身形抖了一下,空了片刻,又发疯似的猛踢笼子。他的办公室隔音很好,外面听不到里面的任何动静。裴析猛然蹲下身,打开铁笼,伸手把腻滑酸臭的海老鼠拿了出来。这家伙已经死透了,口角的呕吐物泛着酸气。

裴析想要干呕出声,却看他下一秒张开大口对着海老鼠的身子狠狠咬了过去。海老鼠的皮肉一口填满了他的嘴巴,他咬得足够用力,简直要塞穿喉咙。紧接着,他用牙齿使劲撕扯,一大块海老鼠的肉便被他咬了下来。他用力嚼着,每一下都能让上下牙齿啃透生肉拼命咬合住,并发出铮铮的磨牙声。只见裴析喉咙一紧,一块海老鼠的死肉便被他吞了下去。紧接着又是几口,海老鼠的肚皮已被他咬穿,白色的肠子一股脑儿冒了出来,漏了他满手。裴析看见自己肮脏的衣袖,哇的一声,全吐了出来。

他把剩下的尸体狠狠地扔在墙角,啪的一声,尸体摔成血泥。他还在不停地干呕着,手指用力抠着自己的嗓子眼,像是想把自己的肠子也抠出来一样。裴析颓唐地坐回自己的椅子,猛地把头仰了过去,昏睡着了。

北冥此时已经踏进加密山,无声无息的步伐让他看起来像个魅影,连一丝气息都没有。他在周身施了藏身术,断了自己与外界的接触,仿佛没他这个人。越过加密山时,天色已经有些发亮。平原上的边陲小国看着很安静,似乎没受到昨日打斗的影响。北冥没作停留,转身赶往平原边界,直奔辽地。

辽地外围雾气环绕,外人根本不敢踏足,来过辽地的人也只是知道辽地外是四面沼泽,真正的内部是何状况,无人知晓。

北冥在迷雾外调整气息,轻身前进。果然一入辽界便发现无边沼泽,实在寸步难行。北冥用了几日工夫,兜兜转转才算进到辽地内部。踏上实地时,连他这般灵力卓绝的人都不禁呼出一口长气。越过沼泽,辽地的样貌变得渐渐清晰起来。要说加密山是秘宝、珍兽、参天大木的聚集地,那这辽地真是有过之而无不及,只一点不同,这辽地安静异常,似没一个活物。北冥想,大约这里只住着狼族。

北冥不敢再在地面行进,狼族的感官异常强烈,他随时都会被发现。一个纵身,北冥跃到了二十米高的参天大树上,这里树枝邻近,他只需要在枝间行走。又是几日下来,北冥白天行进,夜晚休息。

在这期间,他连信卡也是不再使用,一股强大的压迫感令北冥不敢轻举妄动,死寂的森林,无一生物。这儿简直无法与加密山相比,百兽尽有的加密山即使危险,也让人觉得莫名向往。不像这里,要不是北冥相信自己的灵力,早就怀疑自己是否中了对方的防御术而被困在其中了。然而据北冥所知,狼族是不会使用防御术这种人类灵法的。但想到修弥已会幻形,北冥就万事小心为上了。

这一日北冥正在光天化日之下,潜行在林间树梢上。每一处被他踏足的枝丫青苔上,都不会留下一丝一毫他的气息和脚印。北冥轻绝的步伐就像初晨朝露般,划过无痕,仿佛在离青苔一毫间,便已离开。

不大一会儿,北冥听见树下有了动静,连忙驻足后退,隐匿在繁茂的叶片后。只听一个叽里咕噜的粗嗓声从下面传来,北冥俯身看去,让自己的身形更加小心些,以免引得对方注意。只见一个圆滚的身影在地面上慢吞吞地走着,嘴里还咕哝着奇怪的语言,感觉像是在骂骂咧咧,正是一只噜噜。

北冥凝眉,这辽地怎会有噜噜出现?他一路尾随,走出半日,就见噜噜来到一处草棚前。北冥放眼望去,这里竟是一大堆噜噜的聚集地。大大小小的草棚搭建得密密实实,严丝合缝,外面的人根本看不见里面的动静,就像一堆大小不一的草堆,有些围着数米宽的芭蕉叶,更像是一个大粽子。

北冥停了下来,不再潜行,准备等到晚上看看动静。果然到了傍晚七八点的时候,一群叽里咕噜的声音从森林一处传了过来。北冥望去,只见成群结队的噜噜竟有上百只之多。每只噜噜嘴里都喷着粗气,寒冬的森林异常阴冷,就见上百只圆滚的噜噜吐出的哈气都飘在脑袋顶上,因为它们的鼻孔是向上翻着的,到下雨天会自动闭合挡雨。远远看去,就像一堆巨大的棕色麻团,每只头顶上顶着一团棉花糖,浩浩荡荡地从林间穿过来。

来到聚集处,乱哄哄的声音也不停止,怎么听都像是在骂人,此刻数量一多,变成群骂了。北冥听得脑仁发麻,因为他一句都听不懂。

"帮帮忙。"北冥用蚊蝇般的声音说了一句。

就见北冥的后衣领轻微扭动了一下，一句炸裂般的冥声传响进到北冥耳朵里，或者说应该是大脑里，总之是让北冥在无声的状况下，听到了极其骇人的惊声尖叫："你怎么知道我跟来了！"

"你当我是白痴吗？"北冥又小声道。

"不可能，你一路上都没有和我说话！"那个尖声还在北冥的脑海里响起，北冥只觉自己的耳膜要破了，可是周围明明就没有人在说话。

"你能不能小点声？我的耳膜要破了。"

"你告诉我，你是不是骗人的？你就是明明、刚刚、现在、一个寸劲儿，才发现我的。"

"不是。"北冥才不会合着它的意哄它呢。

"哼！"聆龙在北冥后脖领子上敦敦实实地坐了下去，北冥硬挺的军装领子被它坐出了一个凹弧。聆龙背对着他，银箭似的小尾巴烦躁地打着北冥的头发。

"能先帮我一个忙吗？"北冥语气稍缓，"帮我听听那帮噜噜在说什么？"

"你什么时候发现我的？"聆龙压根儿不接北冥的话茬，两只小前爪在胸口盘着，一副大人模样儿。

北冥没辙，只好先应着聆龙："你在房间里钻到我领子上的时候，我就知道了。"

听到这里，聆龙忽然脸红了起来，浑身娇羞，扭动了一下。北冥道："你干吗？"

"没什么。"聆龙强装镇定。

"你原本是不是想挨着梵音睡觉的？"北冥无语道。

"你怎么知道！"聆龙又是惊讶，紧接着，便强装硬气道，"难不成挨着你吗！"反正心思都被北冥发现了，聆龙就厚着脸皮硬抗了。

北冥冷笑一声。

"你以为我想跟你出来啊，谁让你俩睡觉的时候太暖和了，我就一不留神在你领口里睡着了。醒来以后才发现，你这小子都进了辽地了！气死我了。我的小音呢！没了！"聆龙愤愤道。

听见聆龙说"你俩睡觉的时候"，北冥不觉耳朵一红，心中泛起甜蜜。聆龙自然是感觉不到的，虽说它会察言观色，可对人类千变万化的复杂情绪，聆龙还是不能完全体会理解的。

"哦哟！我知道了！你小子是故意的！知道我在你领口里，你故意带我出来的！"聆龙机灵道。北冥心中暗笑，他本没有此意，只是发现聆龙在自己身上的时候，一时灵光乍现，想来在辽地这种地方，自己不懂得狼语，聆龙一定能帮上忙。

其实北冥还有一个私心，的确就是因为聆龙这个家伙只要见到梵音就走不动道,他觉着还是把聆龙带出来好。不知从什么时候起,北冥不喜欢任何人黏着梵音,他甚至会计较梵音每次外出回来是怎么陪崖雅的。因为他和梵音碰面的时间真是越来越少了。有时他会很羡慕崖雅。想到自己心底的小情绪,北冥挠了挠头,是不是自己有点小气了?他稍微反思了一下。

这时,北冥发现聆龙已经安静了下来,他也更加认真地看向噜噜的聚集地。此时噜噜们已经生起了篝火,围坐在了一团,起初还在愤愤然地说着,突然一只体形硕大的噜噜站了起来,冲着大伙嗷叫了几句,杂音便慢慢弱了下去,又过了一时半刻,噜噜便钻到草棚里去睡觉了。

"发现什么了?"北冥轻声道。

聆龙支棱着耳朵,一言不发,它方才已经不知不觉从北冥身后飞到了身前,一脸认真地听着噜噜们的对话。

"北冥,这是你第一次来辽地吗?"聆龙冥声问道。

"如此深入的,确实是第一次,以往只到过它们的边境便停止了。"

"恐怕也就是你敢只身前来了。"北冥看到此时的聆龙已是一脸严肃。

"怎么了?"北冥道。

"刚才那堆噜噜一直在说狼族,抱怨狼族用它们当苦力,"聆龙道,"可是我在意的不是它们,而是我现在张开灵力,搜索这巨大的辽地,除了细微的狼声,我竟然没有听到其他任何一种动物的声音。"说到这里聆龙不禁哆嗦了一下,它回过头来,看向北冥道:"那它们平日吃什么呢?"

北冥面色深沉,他一踏入辽地便发现了其中的异常。正如聆龙所说,没有动物,狼族平日以什么为生呢?北冥本以为等聆龙醒了,便能让它帮忙听听这方圆百里的动静,可现在看来,聆龙什么都没有听到。显然,聆龙也被这现状惊讶到了。以它一向自负的听力,竟也没有闻到一丝蚊蝇之声,实属诡异。

"它们有说狼穴在哪里吗?"北冥道。此时先不管其他的,找到狼穴便可略知一二了,北冥盘算着。

"它们说明日一早还要去狼族宫殿赶工,所以才愤怒地吵吵嚷嚷。"聆龙道。

"狼族宫殿?"北冥迟疑。

"是的,噜噜就是这么说的——'狼族宫殿'。它们一直在为狼族修建宫殿。北冥,咱们要去看看吗?我倒是听见了狼族远处的动静,可以准确地找出它们的位置。"

"先不要,等明日白天和噜噜们一起出发。"

"为什么?"

"狼族感官甚强,越是到夜晚越是机警。我现在过去反倒吃亏。"

"这样啊,你想得真是周到,我以为晚上会好行进一些呢。"聆龙道。

北冥摇头:"这方面的本领我远不及你和狼族,不能冒这个险。"

"好,那你先睡一会儿吧,我给你看着。"聆龙道。北冥看向聆龙,没想到它会这样说。"看什么?我已经睡了十几天,早就睡饱了,明天的事你可得打起精神,不睡好可不行。"聆龙点头道。

"是梵音给你传信卡了吗?"北冥悠悠笑道。

聆龙耳朵一颤,瞪圆了眼睛吃惊道:"你怎么知道!"

"我怎么会不知道,那我先睡了。"说罢,北冥笑着,合上了眼睛。

那一日,北冥离开军政部,梵音传了信卡给北冥,让他注意安全。而当时她在北冥房间睡觉时,看到了聆龙蹑手蹑脚地挤进了北冥衣领处,聆龙不好意思打扰梵音休息,便依着北冥睡着了。也就是这时,梵音悄悄放了一片信卡在聆龙羽翼下,为的是假如北冥带走了聆龙,能传话给它,如果没有带走,也就作罢了。等聆龙醒来时,便发现了梵音给它的留言。

"聆龙,这次和北冥一起去辽地,你一定要注意安全,千万不可吵吵嚷嚷。如果要和北冥说话,切记用你的冥声传响。辽地十分危险,你要乖乖听北冥安排。你们两个一定要互相照顾,如果北冥需要休息,就麻烦你帮他留意周围的动静。我在此十分感谢你聆龙,我等你们安全回来。梵音。"

聆龙蹑手蹑脚地透过星光看着自己爪尖上的信卡,又转过头看着已经靠着树干睡着的北冥,纳闷不已,北冥怎么会知道梵音嘱咐过自己?

第二日一早,北冥便跟着噜噜往它们所说的修建狼族宫殿的方向走去。其间聆龙告诉北冥,连昨日听见的微弱狼声此时也闻不到了。两人都是不解,为何这辽阔之地,竟然连一只飞禽走兽都没有?眼下他们能发现的只有这一群噜噜了。

走出小半日,噜噜们来到一处沼泽前,瞭眼望去,茫然无极。北冥小声道:"听见什么了吗?"

"没有。"聆龙道。

北冥皱眉,他远远地跟在噜噜们身后,不敢太过靠前。此时四周荒芜,没有避挡。虽说北冥施了藏身术,也不敢冒进。等到噜噜踏上沼泽,走出几里后,北冥方才跟上。

按说沼泽之地危险异常,即便是常年生活在丛林的动物,也都会避而绕行。可北冥发现,这群噜噜在沼泽之上几乎如履平地,行动顺畅。何以如此?自从进了这辽地,一切诡谲异常,北冥打起十二万分精神跟随而去。

就在两人刚刚踏过沼泽时,聆龙兴奋地抖动了一下耳朵,大声道:"听见了听见了!终于听见了!我的天啊!太好了!"随即聆龙在空中打着滚,翻越着,"我以为是我自己这些天酒喝多了,耳朵坏了呢!可吓死我了!"

"听见什么了?"北冥道。

"听见很多动物在这片林子里奔跑,有鹿有兔还有黄鼬!哈哈哈,我终于听见了!"

"听见狼族的声音了吗?"

"这……你等等,我再听听,"过了半晌,聆龙闷声道,"北冥,我们该不会是走错路了吧,为什么我半天没有听见狼族的声音呢?"

"不会!应该快到了。"北冥沉声道。

"我都没听见,你怎么知道的?"聆龙奇怪道。

这时,北冥做了个让聆龙安静的手势,聆龙立刻攀附到北冥耳朵上,大气都不敢喘。北冥发现噜噜渐渐走出了茂林,眼下它们到了一处岩石广袤低洼之处,这里好似方圆数里的天然奇岩怪石空场。空场尽头拔地而起,仁立着一脉纵横无涯的岩壁山峰,浩荡映入眼帘。

岩壁中间被凿拓出了一个巨大的岩穴,岩穴两侧雕刻着群狼之像,有气吞山河之意。北冥停在茂林边缘,看着噜噜往宫殿里走去,他则站在树梢间观望。

"我的天啊,北冥,这个宫殿比你们军政部还要厉害啊,整座山都是它们的啊。不不,我看着整座林海都是它们的吧!"聆龙躲在北冥耳朵上,用冥声絮叨着。北冥点头。想来这狼族宫殿的修建,绝非一朝一夕之功。狼族这般作为又是为何呢?北冥沉下心来,暗自等待。

"北冥,你在这边看什么呢?我都听了,方圆百里都没有狼族的声音,你在这里应该等不到什么的。"聆龙小声道。

傍晚时分,天色已暗,修建宫殿的大批噜噜已经从里面撤了出来。

"北冥,咱们要趁现在进去看看吗?"

"再等等。"

聆龙纳闷,不知道北冥在等什么。

"别出声,来了。"语罢,北冥便把防御术、藏身术施展到最佳,完完全全与这林间融为一体。

聆龙原不知发生了什么,可当它一低头时,猛然间一股冷气直吸入口,灌入腹中,来了个透心凉。只见两匹银灰的狼正从他们身后的那边树林走来,此时正在他们脚下。聆龙顿时用龙爪死死抓住北冥耳廓,爪底冰凉,显然是怕极了。

只听一匹狼开口,说了话:"这个宫殿还挺好看的,想不到那些个笨噜噜还挺能做事。"说的竟是人语,听那声音似乎还是个母的,但狼性十足,狼中带厉,身形好比三头猛虎。

"你现在怎么净说人语?一副臭虫样子,真是恶心。"这次开口的是旁边的一匹狼,听声音是个公的,中气十足,粗言粗语,人语说得并不如旁边的那匹狼来得流利,但身形足足大了旁边的母狼一倍!

"你懂个什么,你没见修弥天天说人语吗?父亲还不是喜欢它喜欢得要命。"

"修弥修弥,天天就是这个名字,你总提它干什么,以后你在我面前少提它!"

"你看你这个样子,连个人语都说不清楚,整天就知道吼着威风,有什么用!提修弥又怎样!有本事,你就比它强,也让父亲多看你两眼啊!没用的东西!"

"你说什么!"

紧接着就听母狼一声怒吼,冲着旁边的公狼:"干吗!要和我撕吗!闪开!我没工夫和你蠢斗!"说罢,母狼便往宫殿里走去。旁边的公狼还在原地愤愤,不一会儿也跟了过去。待它们走远了,聆龙才敢开口,即便是冥声传响,别人根本不会听到,它也是小心翼翼。

"北冥,刚才那两个是什么东西啊,我怎么都没有听见它们走过来的动静呢,是狼族吗?怎么还会说人话了?"

"是狼族,我也不知道狼族的灵力竟然强到这种地步。你没听见它们的脚步声,是因为狼族本身五感就强,在这期间,它们早就隐匿了自己的步伐声音,只能说明它们作为灵兽,机警的灵力修为已登峰造极。"

"那,那我们还进去吗?"

"进去。"北冥沉着道。

"为什么!多危险!这可是它们的地盘,你看看那满山的雕刻,多少匹狼啊!你再厉害也不够给它们填牙缝的呀!再说,你都说了,它们的五感那么强,都会隐匿什么自己的脚步气息的,才让我都没办法听见。咱们就这么直挺挺地进去,还不被发现啊!"

北冥看着那两匹狼已经进了宫殿,开始往前行进。

"哎?我和你说话呢,你没听见啊?"聆龙紧张地来回左右张望,北冥驮着它从树梢轻点落下,直往前走,没有理会。"喂喂,北冥,不要命啦!会被发现的!咱们快走吧!"

"你看它们刚才和我那么近,发现我了吗?"北冥道。

"啊?"聆龙一愣,话头卡在喉咙,闷着脑袋想了一想,"是啊,它们确实没发现你。"又过了一会儿,聆龙大声道:"小子!你也太厉害了,刚才我们在树上,它们在树下,都没有发现我们!"聆龙随即大笑起来。

"别笑了,快到了。"

"好的!"聆龙听北冥这样一说,瞬间闭住了嘴,赶紧老老实实地趴在他耳朵上,呈匍匐状。

北冥先是来到洞口,贴身站在壁边,谛听里面的状况。还是那两匹狼说着些狼语,聆龙翻译说净是些无关紧要的话。忽然,北冥飞身向上,一跃数十米,站在一个狼头雕塑之上,他俯下身来,看着下面。只见又有两匹银灰色的狼往洞穴走来。北冥眼眸一凛,认出那两匹狼正是修罗和修弥。

修罗和修弥来到洞口处,没有停步,直往宫殿内部走去。北冥屏息凝神,确定没被发现,过了片刻才从雕像上倏地落下,脚不带风,安静地贴在壁口,听着他们谈话。

"你怎么这么快就从菱都回来了?"开口说话的正是修罗,它一身狼形,凶悍凛凛,森森绿眼看着修弥。

"父王,我的计划有变。"修弥退在修罗身后,恭敬备至。这里说是狼族宫殿,其实不过是一个巨大的岩穴,修罗站在洞穴中央一高台上,俯视着下面的三匹狼。高台正中间修砌着通向高台的石阶。刚才修罗就是从这个石阶上郑重其事、昂首阔步地走向高台的。那身形姿态全不像一匹野性残暴的狼,更像是一个加冕成王的人。岩穴顶部的圆拱空旷,回音荡荡,巨大的岩石体并不平整。

"计划有变……你的计划失败了?"修罗问道,似有愠怒却也含着疑问。

"我想换一个做法,父王。"

修弥话落,一声暴怒顿时冲出修罗口中:"你说换就换?修弥你好大的胆子!"修罗这一声让台下的三匹狼不禁后退。

"修弥,你别用这种搪塞的语气和父王说话,我看你是见人学鬼话说多了,不知道该用什么态度和父王说话了。"一旁的公狼悻悻道,嘴角憋不住笑意。显然看到修弥被训斥,那公狼已经抑制不住地兴奋欢躁起来,竟一时招摇插进话来。

"修门,我和父王说话轮不到你插嘴!"修弥猛然甩头,冲旁边的公狼怒声喝去。公狼看修弥这番架势,立刻头脑充血,对着它就呲呲走上前来。

"你们两个再这样就都给我滚出去!"台上的修罗大怒,冲着底下的两匹狼吼道。三崽立刻领首不言。"修弥!三个计划,你一个都没给我完成!我看你活腻了是不是!"虽说修弥也是狼王,但这个狼王的头衔是它父王修罗给的。它办事不力,即便是所谓的狼王,修罗也是一点情面不赊给它的。

"父王,我倒想听听修弥又临时改了什么主意。你们两个在父王面前难道不懂得分寸吗!"一旁的女声响起,气势竟不弱于任何一狼,不卑不亢,分寸得当。

"修弥,你说!"修罗道。

修弥看向一旁的母狼,两狼眼神一撞,并无善意。修弥开口道:"父王,您这次派我去菱都目的有三:一要套牢姬仲,二要逼那人就范,三是顺便除掉崖青山。可是中间杀出个军政部的人,打断了我的计划。"

"一个军政部的臭虫算什么鸟人,能拦得住你?"修罗道。

"谢父王夸奖。"修弥道。修门眼神顿时变得怨毒,修弥继续道:"儿子自然没把他们放在眼里,可是儿子偶然间发现,这狱司里有意思的人很多,从中插了一杠子。儿子索性就回来了,懒得再与那帮蠢货纠缠,没这个必要。"

"狱司?"修罗一顿,想了想道,"那个狱司除了裴析算一号人物,还有什么别的人吗?"

"裴析这些年越发诡谲谨慎,无故绝不出东菱半步,只派他手下捕手、细作探查所有案件,当真是难撞见呢。不过,"说到这儿,修弥恭敬地看了一眼父亲,"儿子发现,有本事的却不止他一人。"

修罗听着修弥的解释,冷眼看去,没作回应。

"菱都的人一个比一个有趣,一个比一个狡猾,他们自己内耗就已经够乱的了,儿子认为没必要再蹚这趟浑水。"修弥继续道。

"他们乱是他们的事,可我们毕竟答应了灵主要与他合作。你这样回来,那人没擒到,到时候怎么里应外合,我们怎么再和灵主谈判?"修罗继续道。

"里应外合!"在殿外听着的北冥阵阵心寒,不知灵魅与狼族到底要干什么,却处处透着与东菱有关。至于姬仲和那个他们始终没有提及名字的人,北冥更是一头雾水。

"父王,灵主想做什么,还不是需要我们的帮助?至于灵魅一族现在是个什么状况,你我都不甚了解,我们大可不必为他们赴汤蹈火。儿子去菱都走这一遭,思来想去,认为全没一心帮助灵魅的必要。咱们的目的是坐收渔翁之利,而不是当他们的犬牙,您说是不是?"

修弥见修罗一心沉思,似乎同意了自己的说法,动摇了先前的计划,便跟着继续道:"父王,更何况您牢牢抓有姬仲的把柄,不是吗?所以,他必跑不出我们的手掌心。至于帮不帮灵魅,儿子认为咱们暂可不必!"

此话一出,不仅是殿外的北冥心中一惊,殿内的其余两匹狼更是极度不满,却又不敢当下发火,只能阴狠地看向修弥。

"姬仲的把柄我虽有,但我看他这些年东菱国主的位置越坐越稳,似乎并不忌惮我了。"

"父王,不瞒您说,这次我见到姬仲,也发现他是个老奸巨猾之人,不是那么好控制的。让他放弃东菱的荣华富贵,肯定是不可能的。一旦他翻脸,破釜沉舟,我们还真未必讨得到好处。所以儿子左右权衡,东菱和灵魅的事咱们现在实在不宜插手,让他们之间斗法即可,我们着什么急?"

修罗默语,认同了修弥的观点。几匹狼不时就散了。北冥看它们出来,又是一个纵跃,躲在了雕像上。等它们走后,北冥进了狼穴查看,神情严肃得让聆龙不敢插话。从刚才那几匹狼的话语间,北冥知道,灵魅已与狼族勾结,要对东菱不利。如果不是他冒险来这一次,全然不会想到灵魅会有这般动静。而他们已经沉寂多年,到底要对东菱做什么?

北冥在洞穴内仔细查看一番,发现并无异样,而且这次他也没有看到狼族幻形。北冥想既然已经知道灵魅和狼族要对东菱不利,又知道姬仲似乎也和狼族有说不清的关系,而且从它们的言语中知道东菱内里和狼族勾结的不止姬仲一个,当下便决定再留几日,以待新的发现。

正在北冥暗自思考时,一个狠厉的女声从北冥身后传来,北冥心脏一紧,聆龙瞬间蜷成一团。

第四十章
莫多莉

"你来干什么?"女声道。

"你管我做什么？我发现修弥每次回来,你就和以前不一样！你不要忘了,我才是你的大哥！你我是一个妈生的。"男声对女声厌烦无比,撒着火气。

北冥定了心神,转过身来,查看台下的状况。只见一个年轻女孩和一个粗犷男人正站在台下说话。从那声音便可认出,正是刚刚在这狼穴内和修弥他们一起的两匹狼,男人自然是修门,而这女人是谁,北冥还不知道。

"我当然知道了,用不着你提醒我。再说了,修弥的妈早就死了,不然也不会有你我了。"女孩道。

"那当然,还是咱妈厉害,要不是咱妈弄死了那匹母狼,怎么会有咱兄妹俩今天的地位。"男人愚蠢地自豪着,恨不得大吼大叫,告诉所有人自己的母亲害死了人。

"你给我闭嘴!"女孩大声吼道,震得狼穴内轰轰直响,吓得聆龙一个哆嗦,夯着头不敢起来看,"你个蠢货!"

"你吼什么！混蛋！信不信我咬断你的脖子。"修门怒吼道。

"母亲怎么会生出你这种白痴！堂而皇之地说出那个秘密！你是想让母亲杀了你,还是让修弥拧死你!"女孩的气势瞬间盖过男人的莽撞,狠毒的样子让冲上来的男人不禁一愣。女孩脸上有着丝毫不弱于男人的强壮。

"怕它干什么!"男人强撑着说道。

女孩冷哼一声:"就凭你,再过个百年也斗不过修弥。你还是给我闭嘴吧。以后你再敢提修弥母亲的事,我就替母亲第一个咬死你!"

"修彦你!"

"我什么我！你赢得过我吗？"女孩气焰极盛，修门已经开始额头冒汗。瞬间，修门幻成狼形，朝殿外奔去。女孩在它背后道："蠢货！我怎么有你这么个哥哥！要不是你的连累，父亲肯定也会告诉我姬仲的把柄是什么。"女孩叹了口气，口中默念了一句："修弥！"

想来它们三个就是修罗最信任的孩子了，可是关于姬仲的把柄，也就只有修罗和修弥两人知道。那女孩相貌刚厉，见棱见角，二十岁左右模样，狠绝至极。

她站在殿中，一时没有要离开之意。北冥也就留在此处，暗中观察。月夜已深，女孩往殿外看去。不多时，一匹狼奔了进来，见到女孩便屈了前掌，恭敬一礼。

"今天外面有什么动静吗？"修彦道。

"主子，有。"回话的狼族也是个女声，听起来年纪不大。

"什么？"

"有个人进来了。"

狼女话声一落，北冥皱起眉头。

"什么人！"修彦惊讶道，显然，他也没料到会有人敢踏入辽地。

"一个女人。"

"女人？现在在哪里？"

"属下回来时，她刚刚越过辽境的沼泽地，看样子像是在找什么东西。"

"她没发现你？"

"没有。"

"立刻带我去。"修彦话落，摇身幻成原来模样，它的狼形要比前来报信的随从大得多。两人快步离开狼穴。

没等多想，北冥已瞬步跟上修彦。经过这一日探听下来，北冥对自己的藏身术也有了几分把握。

修彦在林间穿梭速度极快，决不弱于修弥。北冥紧随其后，半步不差。是什么人来到这荆棘密布的辽地？北冥也是毫无头绪，想一探究竟。路到半程，修彦停了下来，朝四周嗅了一遍。

"好香啊。"修彦缓声道，"真是个蠢女人。"

"主子，就在这附近了。"

修彦加快了搜索的步伐，强大的嗅觉、视觉和听觉让它在黑夜也能犹如白昼，急行不减。

"找到了！"只见修彦眸光一闪，肃杀般看往前方，顿时飞奔而去。

黑夜里,一个人瘫倒在草地上,鞋袜、裤脚上净是泥泞。那人手中拿着一枝荆棘,枝丫上挂着几片绿叶,叶面上满是毛刺,一滴血珠残留在叶片上,欲要落下。

那人口中发出难耐的低吟,听上去十分痛苦。修彦的身影越来越近。那人警觉地抬起头,看向声音的来处,可是只这一仰头,就已用尽了她全部力气。狼族身影越逼越近,她咬着牙想要起身躲藏,腿脚却软弱无力。

忽然,一个劲力揽住了女人的腰,女人被从草地上猛然抱了起来。她惊得抬头四望,先前她以为自己眼花,浮在了半空中,再等一晃,便看到自己似乎被什么人抱着,快速穿进林间,一个急跃,那人带着她藏到了树顶。这粗壮的树木足有五十米高,那人抱着她却毫不费力,一个眨眼便到了四十米处。树木的枝干非常宽大,那人抱着她站在了上面,一动不动。

透过月光,女人看清了那人的脸,只见她猛地倒吸一口冷气,身子一抖。那人也第一次看向怀里的女人,他本是要叫她不要出声。谁知北冥看向怀里的女人时,也是一惊,面露讶异,但他比女人冷静得多,低声道:"别出声!"随即他又往女人刚刚瘫倒的地方看去。

修彦已经到达那里,他在四周观望,却没发现他们的踪迹。修彦围着四周快速搜索数遍,等回到原地时,还是一无所获。他对部下说着:

"你看到了吗?"

"属下也没有。"

"奇怪了,人呢?"修彦疑惑,又查了一会儿,一无所获,便离开了。

待修彦走远了,北冥才低下头来对着怀里的女人道:

"莫总司,怎么是你?"

此时躺在北冥怀里的正是礼仪部副总司莫多莉,莫多莉看见北冥吃惊不已,早就忘了被狼族追踪的事。她开口道:"北冥。"谁料她的声音有气无力,甚是瘫软。

"你怎么了?"北冥道。

"我,我也不知道,身体突然就这样了,难受得很,站也站不起来。"

"你受伤了吗?"北冥问道。

"没,没有啊。"莫多莉几乎再没说话的力气。北冥见状不好,赶紧把她放在了树枝上坐下,背倚着粗壮的树干,双腿放平。这里的树木足够高大,横出的枝干也容得下一人就座。

北冥快速地查看了莫多莉周身,确没发现伤口。就在他要抬起莫多莉的胳膊时,莫多莉极其痛楚地低吟了一声。北冥就着天光看去,莫多莉手中正拿着一枝说不出名字的草枝,上面似乎沾有东西。

北冥轻轻拿起莫多莉的手,发现她的右手食指被叶片割破了一道伤口,暗红的血还在往外不停渗着,明明是一个细小的伤口,却没有愈合的迹象。北冥朝她的手背看去,不禁皱起眉头,青黑的血管已经往手臂的方向延伸过去。

北冥轻抖莫多莉的手,被她攥在手中的荆棘便掉落下去,还没等莫多莉轻声道出他的名字:"北……"就见北冥已经把莫多莉的手指含入口中,莫多莉身形猛地一抖,欲要把手抽回来。北冥握着莫多莉的手,一使劲,把她的手牢牢攥在自己手里,接着用力一吸。莫多莉顿时疼得浑身打了个冷战,随即北冥从嘴中吐出一口黑血。一连几次,北冥从莫多莉的指尖吸出大量黑血,终于见红。莫多莉也不似之前那样疼痛难耐了。

借着月光,莫多莉看着北冥清俊的脸庞不觉出了神,被他含在嘴里的手指此时已像是火烧,一动也不敢动。

"好点没有?"北冥抬起头,问道。

看到北冥突然扬起的脸,莫多莉竟是呆了。这些年来,有多少次她都是远远望着北冥,不敢多看。大约是从北冥十二岁起,他担任军政部一分部部长的时候,莫多莉就发现这个孩子与众不同,总是让她忍不住去关注他。即便莫多莉不停告诫自己,北冥是一个比自己小十二岁的男孩,他只是个男孩而已,可就是无法停止对他的关注。

不知从何时起,无论在哪里,在什么场合,只要北冥出现,莫多莉心底就欢喜不已。她甚至期盼去和北冥一起参加国正厅的一些会议,只是这些年北冥出现在国正厅的次数越来越少。直到今年大年夜,北冥从东菱北境赶回来,莫多莉发现自己已经不会和他从容地交谈了,即便以前他们的交流也只是寥寥几句,可现在,她已经不敢看着他的眼睛和他说话了。

不知何时北冥早就不是一个小男孩的样子了,其实在莫多莉眼里,北冥似乎从来都不是一个小男孩。即便那些年,北冥还没有莫多莉高,可他身上的气质完全不是一个懵懂无知的少年,而是名副其实的军政部部长。莫多莉甚至怀疑过自己是不是心理有问题。此时,她早就被眼前的北冥迷住了,他从来没有离她这样近过,她第一次发现,近处的北冥竟是这样好看。莫多莉一言不发。

"莫总司?你听到我说话了吗?"北冥看着痴望着自己的莫多莉,以为她神志不清了,"莫总司?"

"啊?"莫多莉被北冥叫醒,轻声应了一声。

"你现在感觉怎么样?"

"好,好多了,"莫多莉想要说话,可是一阵刺痛瞬间激得她说不出话来,豆大的汗珠从莫多莉额头淌下。

北冥见状一把挽起莫多莉的衣袖,他看见青色的血液顺着莫多莉的手臂还在蔓延。北冥赶紧从衣兜里掏出一个药盒,正是临行前梵音千叮万嘱让北冥带上的那颗解毒丸。北冥不待多想,拿出药丸直接给莫多莉服下。

稍待片刻,就见莫多莉胳膊上的青色越来越少,瞬间后竟消失得无影无踪了。莫多莉深深吸了口气,直到丹田,仿佛终于活过来一样,全身的疼痛顷刻消解。

"好多了吗?"北冥再次问道。

"好多了,谢谢你,北冥。"莫多莉轻声道。

北冥点点头。当他再低下头合上药盒时,手中一顿。北冥看着药盒,随即紧握,放进怀里。刹那间,他惊觉那是梵音留给自己的,而他本该会为梵音留着的。可现在,普天下唯一的解狼毒的药丸没了,北冥神思恍惚。

莫多莉自然不曾察觉北冥的情绪变化,开口道:"北冥,我刚才是怎么了?"

"你刚才中毒了。"

"中毒了?什么毒?"

"狼毒。"

"什么!"莫多莉听到狼毒时面色大惊,"狼毒,我什么时候中的狼毒?我并没有和他们遭遇啊。"

"就是你刚才拿的那片叶子上带的。"

"叶子上!"莫多莉难以置信道,"叶子上怎么会有狼毒?"

"我也不清楚。"北冥面色凝重。想来这狼族实在奸猾,随随便便在叶片上留下的残毒都足以让人致命。何况以莫多莉的灵力,并不能说她是一般人。仅仅一些残毒就能让莫多莉这等灵能者都难以抵挡,可想而知这狼毒的狠烈。如果说,这狼毒不是狼族随意间留下的,那这事就更加棘手了。北冥暗自揣摩着。

只见一个闪影从北冥耳朵上飞下来,怒气冲冲地看着北冥,似要破口大骂,可它还是忍住了。毕竟在辽地,聆龙也是见识过了,长了分寸。"你疯了吗你!"聆龙生气道,北冥看了它一眼没有搭话,它继续道,"你知不知道这是我家小音留给你的解毒丸,普天之下就这么一颗!你自己不吃,就留给我的小音啊!干吗给别人?"

北冥垂着眼帘,还是没有讲话。他出来时之所以带上药丸,为的就是让梵音安心。即便他真的有什么,也不会舍得吃这么一颗比命还贵重的解药,他自然是要把这颗解药留给梵音的,以防不时之需。可依刚才莫多莉的状况,如果他不及时施救,莫多莉必死无疑,容不得他犹豫。此时安稳下来,他心中也是一阵强烈的不安,尤其想到狼毒如此猛烈,梵音又是手臂刚刚被划到过。梵音虽说自己无碍,可亲眼看见莫多莉的状况,还是让他揪心不已,毕竟当时梵音的半条衣袖都被狼毒溶解了,这要是有个万一,北冥连想都不敢想。

"臭小子!小音给你什么你也不知道珍惜!还不如给我保管呢。"聆龙还在一旁愤愤地说着。

"小家伙儿,你说什么解药?什么一颗?"莫多莉忍不住插话道。

聆龙慢悠悠地在空中转了个身,看向莫多莉,闷着头说了一句:"原来是个漂亮女人,怪不得了。我现在就要回去找小音了,你们两个在这里待着吧。"聆龙气鼓鼓地就要走。谁知还没等它飞出半步,就被一层看不到的屏障挡住了:"干吗?快放我出去,我要回去找小音了。"

"你不要胡闹,这辽地自从我们进来就甚是古怪,以你的耳力竟在这沼泽圈内听不到一丝声音。我想如果你现在就这么出去了,估计过不了片刻,就会被狼族发现。"北冥道。

"你别吓唬我,再说了,我堂堂一条龙还会怕几只狼崽子?"聆龙嘴上逞强,心里早怕了,往北冥耳边挪了几寸,生怕自己一不留神,出溜儿出去。

"没吓唬你。你老实在我的藏身术下待着,就没事。"

"我回去再和小音告状也不迟,反正解药已经被她吃了,吐不出来了。"

"好了。"北冥阻止了聆龙的讲话。

这时倚靠在树干上的莫多莉才发现,自己也被北冥笼罩在他所施展的藏身术下,所以刚才那两匹狼才没有发现他们。

"莫总司。""北冥。"两人齐声道。

"您先说。"北冥礼貌道。

"刚才听这条小龙说,我吃了您的解药是吗?只有一颗?"

"这些不重要,您的毒解了就好。"北冥道。

"那真是多谢您了。"

"莫总司,您怎么一个人到辽地来了?"

"是因为花婆,"莫多莉神情突然变得焦虑起来,"花婆她中了狼毒。"

"什么!"北冥大惊,"怎么回事?"

"大年初二一早,军政部就通报了所有司部,菱都有狼族入侵,让各部小心防范。花婆知道后到街上巡查,回来时就神色萎靡。我问花婆怎么了,她也不清楚。到了傍晚,花婆便支持不住了。我赶忙请来了陈总司,结果总司一看,便说花婆中了狼毒。"

陈九仁是灵枢司的总司,一个皮包骨般精瘦个矮的小老头,圆滑的光头顶上只有一小撮雪白的小辫儿。今年已经八十高寿的他医术精湛绝伦,就连崖青山这种恃才傲物的人也要拜过他的门,才算有成。"陈总司怎么说,严重吗?"北冥道。

"总司说花婆的灵力深厚,暂时还可压得住,但时间拖不过多久了。"莫多莉说着,眼中已噙着泪,"北冥,你刚才给我吃的那种解药,还有吗?"莫多莉突然直起身道。

"没了。"北冥眉头紧锁。想来那个修弥在城中还是留了隐患,花婆就是误打误撞中了招。北冥问:"莫总司,你出来的时候,菱都什么情况?"

"花婆连夜命玄花通报了国正厅,还有陈总司也去了,菱都现在应该在全城搜查,追索狼毒遗留的地方。我赶着出来为花婆寻解药,也就没时间处理其他。您怎么也在这里?"

"我来追查狼族的事。先不说这些,您现在可以走动吗?"

"可以。"莫多莉用手撑着树干,想要起来,可手指刚一用力,一股钻心的疼就让她难以招架,往树后靠去。北冥眼疾手快赶紧扶住了她。一转身,北冥已抱着莫多莉从树上跃了下来,他快速寻到一个矮丘,这里周围有林荫和高草做庇护,还算安全。北冥放下莫多莉对她道:"您先在这里休息一会儿。等天亮,我还要去一趟狼穴。到时候如果您的状况可以,我就把您送出辽地,花婆的药我来找,您赶紧回菱都养伤。狼毒的事,万不可大意。"

"你还要一个人待在辽地?"莫多莉惊讶不已。

"是,狼族和灵魅要对东菱不利,我必须进一步打探,好做防范。"

"我陪你一起!"莫多莉脱口而出,之后便觉不妥,随即感觉面颊滚烫,好在夜深,看不真切。

"不用,您的伤势要紧。"

"你一个人我不放心!"莫多莉急道,"我必须留下!"她说话一向骄傲刁钻,语气难以让人反驳,此刻担心北冥便没收敛以往的态度。

北冥见状也是一怔,答道:"谢谢您的好意,您还是先休息吧。"北冥以往和莫多莉交情甚少,冷不丁被一个年长的姐姐如此命令,他也是不好应对。

"好。"莫多莉决定的事根本不会管别人反对与否,所以对此时北冥含糊的态度,她完全不理会。她说要留下就一定会留下。

夜深了,莫多莉确实疲乏,说睡瞬间就睡着了。北冥看着一旁的莫多莉,觉着这个副总司特立独行,怪不得花婆会如此欣赏她。说是休息,北冥也只是浅眠。聆龙倒是卧在他怀里舒畅地打了个滚,伸了个懒腰,睡得香甜。

凌晨莫多莉被冻醒了,她下意识地想去抓被子,裹紧自己的身体。这不抓还好,一抓还真被她抓到了。莫多莉顿时清醒,想起自己身在辽地,哪来的被子。低头看向自己身侧,看到一件军政部的暗红色大衣正盖在自己身上,她转过头看向北冥,北冥还在一旁合着眼。

周围很安静,莫多莉没有打扰北冥,而是光明正大地看着他。看了好久,她忽然觉得不对劲,赶紧低下头来,一种她以为本该不再属于自己的羞涩瞬间漫上心头。像莫多莉这种天之骄女,身边从不乏追求者和优秀者,适合她的和她喜欢的都不在少数。然而也可能正是这个原因,莫多莉似乎对感情越来越淡漠,以至于性格也越来越刁钻,难以被讨好和取悦。

莫多莉暗自喜悦着这种犹如偷来的心情,只听耳边响起:"您醒了。"北冥问道。

莫多莉忙回头道:"我早醒了,看你睡得熟就没喊你。"说话时莫多莉有些心虚。

北冥点点头。其实北冥一直都是半醒的状态,周围发生的情况他都一清二楚,包括莫多莉一直看自己,他也知道。只是他不知道莫多莉为什么看自己,想着新年晚宴时梵音也提到过的,这也许是她的习惯,习惯观察不熟悉的人。不过北冥现在没工夫思考这些。

"莫总司,是陈总司让您来辽地取药的吗?"北冥突然道。

莫多莉一怔,回道:"不是的,是玄花。"

"玄花?"北冥不解。

"是的,玄花以前不是咱们东菱人,她是近辽地的那片平原上胡蔓国的人。他们国家的人本就擅下毒解毒,而且因为居住的地方离辽地不远,所以也了解一些狼毒的情况。"

"胡蔓国。"北冥自语着,加密山和辽地中间的那片平原上有着许多小国家,他们各有生存之道,只是不为外人道。"花婆知道你来辽地吗?"北冥说着,看向莫多莉。

莫多莉顿时涩口,她不知道北冥为何会这样问。事实上,花婆没允许她来辽地。北冥见她不答,便道:"花婆没允许你来,你自己擅自来了?"

"你怎么知道!"莫多莉惊讶。

"我没有冒犯您的意思,但以我的灵力尚且在辽地如履荆棘,如果是您的话,花婆那样器重您,是绝不可能同意您来的。"

莫多莉垂下眼帘道:"花婆确实不同意,可是我不能让她有事,决不能!"

"陈总司知道您过来吗? 您来寻草药一事,和陈总司说了吗?"

"说过,可是,"莫多莉面色难看,"可是陈总司也不愿让我过来。"

"为什么?"北冥想,如果说花婆是担心莫多莉安全才不让她来的,那陈总司绝不会是因为这个原因。

"他没说,他只是说即便寻到草药,花婆也不会吃的。"

"陈总司没和您提到过有这么一种草药,是吗?"

"是的,陈总司只是竭尽全力地在控制花婆的毒性发作。这个法子是我硬逼着玄花说出来的。起初玄花也是不肯说,但我知道她应该有办法,就逼她说。她拗不过我,又怕我来辽地有危险,想阻拦我,见拦不住,便告诉了花婆。花婆和陈总司都知道了这事,花婆自然不会让我来。我只能私下和陈总司商讨,我问他这蚀髓草是否有用,他说有用,可花婆一定不会服用。我问原因,他不说。最后我就执意来了。我告诉陈总司,不管用什么方法,只要草药找到了,就必须让花婆吃下去。陈总司也默许了。"

"这就是蚀髓草?"北冥说着,从身侧拿过一枝长满倒刺的枯褐色枝子,上面挂着几片摇摇欲坠的绿叶,叶片上下也满是细密微小的毛刺。当人想要摘取叶片时,上面的毛刺便会瞬间爹开,一个不留神就会被割伤手指。这蚀髓草即便已经被连根折断,仍具有如此顽强的生命力。

"你不是把它扔掉了吗?什么时候又捡回来了?有没有割伤手!"莫多莉看着北冥手中的枝叶,一下子紧张起来,一把抓住了北冥的手背。

"我没事,您别紧张。"北冥看莫多莉慌张的样子,以为她是因为自己刚刚中毒,心有余悸。"这蚀髓草是我夜里带您从树上下来时顺手拿上的,我知道它染有狼毒,取的时候用灵力护住了,没事的。您小心别碰到。"

"你抱我下来的时候还拿上了它?我怎么不知道?"莫多莉惊讶地望着北冥,手还扶在北冥手背上。

"这没什么,莫总司,您不用紧张。"北冥安慰道,见莫多莉还没有要拿开手的意思,便又出声道,"莫总司,您不用紧张了。"

"好,好。"莫多莉还是只顾看着北冥。

北冥面对如此紧张的莫多莉只能有话直说:"莫总司,我没事,您可以放开手了。"

"啊?"莫多莉一怔,低头一看,立刻抽回手去,心中波荡,面上强装镇定。

"莫总司,天快亮了,我现在就送您出去。您带着这蚀髓草赶回菱都即可,随后我会多采些回去。"

"不行,我说过要陪你留在这里,你之前不是说要去什么狼穴吗?我现在睡了一觉,已经彻底恢复了,这就陪你去。"

"您……"

"别总是您您您的称呼,都把我喊老了,你叫我多莉就好了。"莫多莉嫌弃地皱着眉头。北冥年少初成，怎会察觉到女人这般细腻的心思，只道："这不合适，我父亲尚且称呼您总司，我这样称呼您不太妥当。"

"我的天啊！"莫多莉惊呼一声，无比埋怨地看向北冥，"你爸都多老了！怎么把我和他相提并论，难不成你把我和你爸放在一个辈分上？我有那么老吗？"莫多莉挑高了眉眼，看样子恨不得吃了北冥。她说话向来刻薄，才不管北冥的父亲是不是军政部部长呢。

"这……"北冥吞吐道。

"这什么这！你爸和花婆是一个辈分的，跟我半毛钱关系都没有。让你喊我多莉你就喊，我不就比你大个十二岁而已，还生不出你呢，不用把我放在阿姨的辈分上。整天您您您的，烦死了。"莫多莉最讨厌那些迂腐的人，其实除了花婆和她自己，她根本没有喜欢的人。虽然北冥没有那个意思，可在莫多莉看来，他就快变成一个迂腐的小老头了，害得她不停地用白眼翻他。

北冥第一次面对这样泼辣大胆的女人，难免尴尬，但随即不再废话，直言道："多莉，你不能和我一起去。"

莫多莉忽然听北冥变了称呼，心中顿时一喜，可立马尖声道："我说可以就可以。"

北冥看看时间，已是不早，他又观察了一下莫多莉的状况，确实并无大碍。想着眼前这位女士如此执意，他肯定是劝不动了，只得同意。

"那好。你的防御术和藏身术怎么样？"

"肯定比不上你，但是也绝不会被它们那堆狼崽子发现，不会拖你后腿。"

"我的移动速度很快，怕到时候照顾不住你，那就需要你自己施展防御术和藏身术。"

"我知道。"

"还有，你身上实在太香了，以你的藏身术想要完全掩盖身上的香气怕是不行，你有办法去除吗？不行的话，你就……"

"我可以。"莫多莉打断了北冥的话头，抬手就开始解身上的扣子，脱去了礼仪部的外衣。莫多莉用手攥着自己的外衣，手力稍纵。只见一团烈火瞬息而至，突然一闪，她手中的大衣已然化为灰烬，火焰消散。莫多莉转头对北冥道："这样可以了吧？我当时出来得急，没有顾上换衣服，我不是故意这样的。"最后加上这一句，莫多莉为的是不让北冥误会她是个矫揉造作的女人。

北冥看到莫多莉施展的火焰术，当真是驾驭得炉火纯青，收放自如，控制力几乎超过了军政部所有火系灵能者，心中自是赞许有加，也略放心让莫多莉跟着自己。

两人一来一回，这般干脆爽快，倒不像以往见面那般生疏拘谨了。

"既然这样，你跟在我身后即可。"

"好。"莫多莉边说着，边把北冥的大衣还给他。

"你穿着吧，咱们现在出发。"北冥道。

莫多莉抱着北冥的大衣，心思流转，她内里的衣服确实穿得太少了。莫多莉平日极爱打扮，各种类型的衣服她都爱不释手。这些天过年，更是着装妩媚性感，区别于以往在部里稍稍收敛的样子。现下一看，她里面还是穿着暗红色蕾丝抹胸短衫，当真是为了美不管寒深露重。

北冥一路往狼穴赶去，不再多话。莫多莉紧随其后，方才觉出他的速度实在是太快了，之前自己说的不扯他后腿，似乎有些托大了。一路行进，莫多莉自是施展了防御术，可行出几里她便觉得周身宁静异常，像被什么灵力笼罩在内，保护着。她看着前方的北冥已是比自己快出许多，却特意施出灵力对自己施展开防御术，给了她多一层的保护。莫多莉前所未有的思绪在心中跳跃，难以压下。

很快，两人便来到了狼穴外。北冥想着昨夜修彦发现了入侵者一事，定会一早禀告自己的父亲。他便在这里稍事等候。

"你确定它们会来这里吗？"莫多莉和北冥躲在岩石雕像后，小声问道。

"应该会，狼族似乎很重视这个它们所谓的宫殿。对它们来说这里具有仪式感。"

"仪式感？"

"昨天我看它们谈话，无论是修罗还是它的孩子们，都对这种居高临下的仪式感甚为痴迷和拜服。而且狼族对权力的追逐绝不弱于人类，昨晚找你的那个修彦更是如此。所以，它应该会和自己的父亲在这里商谈。"

"这样啊。"两人之后便不再多说，只等狼族的出现。

其实北冥早已想好，如果狼族不及时出现，他便会大面积搜索，但这里依旧是他的首选地点。

"那个，北冥？"莫多莉等了一会儿，见没有动静，便想和北冥说上几句话。

"嗯？"北冥应道。

"你刚才的移动速度真的好快，我差点就跟不上你了。"

"没关系，如果今天我还探听不到重要的消息，会先把你送出辽地。"

莫多莉这才知道，原来北冥早有打算，根本不管自己是不是一味强求留下。之所以今天让她跟来，是因为北冥认为自己不算碍事而已。

"你说话还真是直接。"莫多莉第一次感到自己被"忽略"了，她生性要强，心里不太服气。见北冥没理她,她又道:"你这个速度,在军政部也没几个人能跟得上你吧?"她言下之意是自己根本不会拖他后腿。

"颜童可以。"

"你的纵队长?"

"是。"

"他有那么厉害?一个纵队长?"

北冥略笑,没有多言。

"那,第五梵音呢?"莫多莉眼眸微动。

"她?很厉害。"北冥答道。

莫多莉看到北冥在听见第五梵音时,眼里的光彩和以往任何时候都不同。即便他回答得再平常不过,可莫多莉就是神经质般地发现了。她那不可思议的敏锐度,既是天赋,又是后天在女人堆里摸爬滚打训练出来的。

莫多莉靠在一边不再言语。只见这时,北冥伸出手指,对她做了个小心提防的手势。莫多莉抬眼看去,就见两匹狼正从远处往这边走来。

第四十一章
西番小姐

"你这么早找我来干什么?"修罗走在前面,有些不耐烦地对着身旁的修彦道。

"父王,女儿找您来肯定是有要事,不然不会轻易打扰您的。"修彦跟在修罗身后,唯命是从。

两人进了狼穴,北冥看准空当也跟了进去,莫多莉寸步不离。只见修罗站到高台上道:"说吧,什么事?"

"父亲,昨天有人进了咱们辽地。"

"那有什么稀罕,进咱们辽地的人多了,不都死了?"

"这个人没死。"

"没死?"

"而且被人救了。"

莫多莉听到这里有些紧张,她从没见过狼族,更不会想到一匹狼会这样聪明。她看向一旁的北冥,而北冥一副早就料到的样子,镇定自若。

"怎么回事?"修罗稍微有了点兴趣问道。

"昨天有一个人被蚀髓草上的狼毒伤了,但等女儿赶过去的时候,那人在女儿的眼皮子底下消失了,也就是几丈的距离,气味和人都瞬间消失了。"

"你确定他被狼毒伤了?男人女人?"

"女人,一股冲鼻子的艳香。被割伤的血腥味鲜得很,混着狼毒。"

修罗皱起眉头,修彦继续道:"父王,这个女人不重要,关键是带走她的人,这些天女儿也没发现有何人入侵到咱们辽地,想来这个人灵力极高。父王,女儿觉得要赶紧搜查。毕竟这次修弥无功而返,又在菱都闹出这么大动静,难免会有他们的人潜入辽地。"

"你刚才说的那个女人应该是莫多莉。"修罗轻蔑道。

莫多莉和北冥在一旁的暗处躲着,均是后背一凉,不知修罗是如何知晓的。

"那是什么人?父王。"

"礼仪部的一个女人。"

"您怎么……"修彦话到一半便不敢再追问,它知道自己还没那个资格。

修罗回过头看着修彦,眼底藏着让人摸不透的情绪:"你很不满意修门?"

修彦抬起头看着父亲,不知它为何有此一问:"父王,修门确实能力不足,办事莽撞,不能为您分担。女儿希望可以补他之过,为您效力。"

修罗眯缝起眼睛看着修彦道:"你的人语何时这么好了?与修弥几乎不相上下。"

"女儿尽力而已。"修罗一时无言,修彦鼓足勇气道,"父亲,要不然我现在找修弥过来,让它一起帮忙搜索辽地的入侵者。"

修罗向前走了几步,俯视着修彦道:"你不防着它了?"

"毕竟都是您的子女,又关乎辽地的事,女儿还是愿意与它合作的。"

"你从不把它当哥哥看。"修罗盯着修彦道,修彦颔首无话。"很好,承认总比撒谎敷衍好。"修彦这个表现,倒是让修罗器重了几分。在狼族这个地界,被修罗允许拥有狼王身份的只有修弥一个儿子而已,一旦修彦和修门失了势,修弥分分钟就可以弄死它们,只是碍于都是修罗的子嗣,修弥才没下手。还有就是,修弥根本看不上它们兄妹俩。"不用找修弥了,它出去了,你一人办这个事吧。"

"是,父亲。那女儿先退下了。"

"你不问我怎么知道是一个叫莫多莉的女人?"

"女儿没这个资格知道父王的事,女儿只管办好父王交的差。"

"我既然让你去,就不会什么都不告诉你。"修罗深知这个女儿心思沉稳,有几分能力,但女儿终究是女儿,得不到修罗的器重。可现在狼族与灵魅有了契约,修罗需要一些得力的人帮助自己,即便不会出谋划策,也要是得力干将才可。"是东菱那边有人透了风声出来。"修罗继续道。

"姬仲吗?"修彦问道。

"你对他很有兴趣?"

"昨天听您和修弥提到了这个人。东菱国主的把柄您都有,我是很好奇。"

"你也不用这么眼红,要是有一天你做得和修弥一样好,我自然也会告诉你一些事情。姬仲的事也不是不能和你说,如果你这么想知道,我就告诉你。"

听修罗这样讲,修彦几乎躬下身子,以表遵从。躲在一旁的北冥此时眼中早已布上寒芒。

话说二十几年前,修罗踏足西番,在打算离开他们的都城九都时,正巧在九都城外撞见了一件事。

九都城修建在山林峻秀之处,人杰地灵,天下无双。整座九都城就像个欲拒还迎的美人,在山中若隐若现,魅惑含羞。

那一日,修罗已到了九都山下极为偏僻一隅,正要离开,忽然听见林中溪旁有人。

"小姐,您来这里干什么?怪吓人的,这么偏僻。"听声音是个尖酸的仆人。

"怕什么,九都城内就没有危险的地方,不是有她九百一家呢嘛。"说话的人语中带着嫉妒。

修罗本对一双女儿家没半点兴趣,可正要悄声走掉时,却听到那所谓的"小姐"提到了九百一家,便动了心思留了下来。

"瞧您说的,好像不高兴似的,那还不都是您奶奶家的人。"仆人对小姐阿谀道。

"奶奶,哼!"这小姐不满意道,"奶奶是个好奶奶,可谁让她生了我爸,而不是我妈呢。到头来害得我姓不成九百,只能算个不招人待见的表亲。"

这话要从西番国的国主一族说起,西番国国主一族尊姓九百。而这九百一族中,女儿要比儿子金贵百倍不止,女儿生下来就天天有人随从,寸步不离。据说九百家女孩的血统珍奇万分,但外人从不知晓到底为何。九百家女儿的子嗣如果是男孩就随父姓,如果是女孩就随母姓,继承九百一姓。眼下这位小姐的奶奶虽姓九百,却生了男孩,所以这位小姐自然也就没这个福分追随九百一族了。

"小姐,您看您到国正厅的时候,有哪个人敢怠慢您了,不都是对您恭恭敬敬的?"仆人谄媚道。

"行了行了,你别在我跟前装模作样了,我还用你哄着吗?他们也就是给奶奶一点点面子罢了,谁正眼看到过我?"说着,女孩狠狠扭着手中的帕子,手指都勒白了,"尤其那个九百!看都不看我一眼!"女孩说的正是当今西番国国主的大女儿,正儿八经的九百大小姐。"她还真是好命,生在了国主家,父亲是九百一族的国主,不管她当时是男是女都既定了九百这个名头。可她生下来偏偏又是个女的,那国主还不把她当金樽一样供着疼着!"

"小姐,再怎么着,国主不都得管咱家老太太叫一声姑姑嘛,您也唤国主一声伯父不是？您别没事生这些闲气了。"

"也就是我成天哄着他们一家子，不然国正厅那帮势利眼怎么看得上我这个外姓人。可即便这样，那个九百斜月也不正眼看我！"小姐的声音越说越尖厉。

"但我看您平时见到斜月小姐还是很亲的啊，一口一个斜月姐姐、斜月姐姐的。"仆人有些钝傻，看着自家小姐。

"她那个乖僻性子，都是他们家人惯出来的。你看她平日里待见过谁？真不知道她满脑子都想的什么。"

"我觉得也是，那个斜月小姐看样子就凶得很，好像全天下的人就没有她看得上的，就她最尊贵。不知道这次来的那个什么东菱国的国主儿子，她瞧不瞧得上眼。"

听仆人话到这里，小姐奸笑一声道："她看不上。"

"啊？您怎么知道？"

"她跑了。"小姐挑着高眉笑道。

"跑了？跑哪里去了？"

"谁知道她跑哪里去了，反正不在九都了。"

"您怎么知道？"

"昨天夜里我看见了，她还让我别出声呢。我巴不得她赶快消失呢！"

"斜月小姐真的不在九都了？跑，跑了？"

"嗯。"小姐肯定道。

"难道是昨天国正厅的晚宴上，斜月小姐没看上那个姬仲？"

"八成是外面有人了吧。"

"什么！"女仆惊得喊了出来！

"你叫什么！"小姐呵斥道。

"小姐，这话咱还是别乱说了吧，我知道您讨厌那个斜月，"仆人见主子生气，立刻心思一转，眼明手快地连该有的小姐称呼都去了，"可是，咱现在毕竟住在国正厅，还是对他们客气点好。"

小姐又说："他们对我可不好！东菱来了人，连让我见上一面都不行！我就那么上不了台面？"仆人在一旁也不知道怎么接话了，只是继续试探道："斜月外面真的有人了？她不是刚十七岁吗？"

"看她昨天跑出去春光满面的样子，不是有人是什么？十七岁怎么了，她不早就过了十五了吗？她想找什么人找不到，什么人不都得被她迷住，她不就仗着自己九百家血统那点本事吗？"说着，小姐又冷笑一声，"不过我看她这个人脑子是不好使，天生一副冰块脸，有这么一个现成的金龟婿她不要，到外面找什么人。找什么人都不可能比得过东菱国主的儿子,白痴!"

仆人已经听傻了,斜月大小姐外面有人这个大噱头,可真让她欢快不已。平日里哪有机会让她们这样的随从嘲笑小姐的,今天终于给了她一次机会。此刻仆人觉得自己整个心都开始张狂了。

"你干什么呢,嘲笑够了没有?"一旁小姐看着自己的仆人这样,自己也跟着痛快。

"不知道斜月找的男人是什么样子的?"仆人开始没规矩起来。

"没看见。"

"斜月满十五以后真是漂亮,是个人都受不了。"仆人继续道,忽然绷住了笑脸,她感到一丝冷厉射了过来,"小姐,是我不对,您别生气。"

"全天下不止她九百斜月有十五岁。"小姐瞪了一眼仆人呵斥道。

"是是是,小翠该死说错话了。哎!小姐,"仆人突然道,"明天不就是您的十五岁生日!"

"你才想起来!"

"小翠该死,把小姐的大事都忘了!我们小姐明天也十五了,您上次找大巫帮您看得怎么样了,您可以吗?"

"你说呢?"小姐斜着眼睛瞄着仆人。

"我家小姐这样有福气,肯定是人中龙凤。小姐姓胡又怎么了,还不是有九百家的血脉。我看小姐这样,肯定是成了!"

"你这丫头倒会说话呢。"小姐沾沾自喜道。

"明天一过,我家小姐肯定会美艳西番了。那个斜月不斜月的,爱找什么野男人,就找什么野男人去吧。"仆人涨势越发胡乱起来,可她的小姐听着高兴。

"那你说,我该找谁呢?"小姐眉眼一翻,媚俗无限。

"您……"仆人呆在一边,不知道怎么说好,磕磕巴巴道,"您肯定是找最富贵的人家呀。"

"谁呢?"小姐又问。

"咱西番配得上九百一族的就数军政部太叔一家了,当然是太叔公的儿子太叔玄最好了!而且他年纪正好比小姐长几岁,正合适!"仆人对自己的灵变说辞很是满意,正沾沾自喜,觉着充满智慧,却不料被一旁小姐蔑视道:"没见识的东西!军政部有什么好,整日战战兢兢打打杀杀,还不知道命长不长呢!"

仆人一愣,没想到自己就这样被泼了凉水。小姐往日的毒舌只有在自己这个仆人面前才会展露,可她怎么都没想到,连军政部都不被小姐看在眼里,她真是想不出还有什么好的了。

"你看你那个蠢样子！这不是现成来了一个吗！"

仆人顿时一惊："您难道说的是姬仲?"仆人怎么都不敢想小姐会有这么大的野心,真好比蛇吞象了。人家姬仲可是国主的儿子,而自己的小姐说好听点是九百家的表小姐,说难听点就是个微不足道的外姓人,也就仗着家里还活着个奶奶了。

"怎么？你觉得他会看不上我!"小姐立眉厉声道。

"小翠不敢,小翠不敢,可是,可是,咱还没有见过姬仲呢,连什么样子都不知道,您要,您要怎么办呢?"

"那就要靠你明天帮我一个忙了。"小姐突然刁钻地笑了起来。

"我？我怎么帮您?"

"你明天就跟他说：九百小姐想单独与您说话,可又不想让别人看到,所以让我帮忙捎个话,九百小姐在山下的九都美人泉附近等您。"

"就,就这样?"

"就这样。"

"姬仲会来吗?"

"听到九百小姐找他,他肯定会来!"

"为什么?"

"前几日宴会上,九百斜月不是已经见过他了吗,她那点迷人的本事还是可以的。一个第一次见到九百族女人的外族人,怎么都不可能不动心的。"小姐道。仆人一下子明白过来,原来自家小姐是对斜月小姐的魅力深信不疑,用斜月小姐套人呢。

"小姐,您真是聪明!"

小姐轻笑一声,道："还用你说。"

"不过有一件事您说错了。"仆人得意道。

"什么?"小姐蹙起了眉头。

"姬仲觉得斜月小姐好看那是因为他还没见过您,如果见了您,他肯定会被您迷住的,到时候那个姬仲眼里怎么可能还有别人。"

"哼,你还挺会说话。行了,咱们回去吧,明天你带他过来就是了,记住了,就是这里的美人泉。"

"翠儿记住了。"

说罢,一主一仆往远处走去。这时藏在丛中的修罗听那两个女娃刚才的说话,听得是一头雾水。那个自称翠儿的仆人还算得上是个十几岁的女孩,只是个头又矮又胖,看上去有些蠢笨。但那个姓胡的小姐实在奇怪,依她们讲,明日那个胡小姐就满十五岁了,可她现在的样貌充其量不过是个六七岁的女童。

第二日傍晚,夕阳西斜,九都城美艳无比。九都美人泉畔悄悄来了一个小女孩,正是昨天说话的胡小姐。她衣着轻薄,白纱透明,隐约间可看到她稚嫩的体形。她沿着温润的美人泉走了一会儿便停下来歇脚,身伏在一块湿润的大石上,脚下踩水,不一会儿裙装下半便都湿了,细嫩的小脚白皙可爱。

不一会儿,远处传来了细碎的脚步声。胡小姐机警地回头望去,一个端正的男子身影正朝自己的方向走来。只是林间雾重,看得不算分明。

胡小姐的呼吸开始变得急促,额头冒出细密汗水,她把小腿又往池中没了几分,用手捂住自己胸口,神情已变得有些痛苦,但还在咬牙坚持。此时她捂住胸口的手已经攥紧了衣衫,指甲穿过白纱陷进掌心里。

就在这时,只听扑通一声,胡小姐整个人毫无防备地掉进了美人泉内。而林后的那人刚好出现,看见了这一幕,原来正是姬仲。他二话没说,赶紧往池边跑去,来到池边,发现夕阳下的白雾折射着金光,看不清水面。他用手挥动几下发现毫无作用,开口叫道:

"小姑娘,你在吗?"一语毕,没人应答。姬仲便不再多等,一个纵身跳下美人泉。他在池中摸索半天也没见有人,只得再往池中深处潜去。没想到这美人泉甚大,水深不知多少,一个小姑娘这样掉下去真有些危险。

姬仲在水下尽量睁开眼睛,还好水温热,不算碍事,他勉强看得清前面的状况。就在他快速搜索时,只见不远处池中有个小女孩在拼命踩水,细小的四肢渐渐瘫软。

姬仲赶紧一个加速,游到女孩身边,双手一挽,抱住小女孩,即刻往水面划去。一声闷响,两人露出水面,姬仲赶快转头看向怀中小女孩,询问:"你还好吗?"话语刚出,姬仲便愣住了。刚才怀里抱住的那个小女孩不见了,此刻换成了一个妙龄少女。

少女头发湿漉卷曲地挂在自己的面颊上,掩住锁骨,头歪斜地靠在姬仲胸前,双眼有气无力地合着。浅棕色的长发映着余晖,发出少女淡淡的香气。姬仲的手开始时是抱住小女孩的腿部,不知何时变成搂住了少女纤细娇嫩的水腰。姬仲看着眼前的一切,以为花了眼,他已经忘了要先把人送上岸。

半晌,姬仲再轻声道:"你还好吗?"少女还是绵柔地倚着他,一动不动。姬仲感觉到她的呼吸变得平稳,也不似呛了水。他便这样抱着她,水下的手臂有些酸了。姬仲开始慢慢往岸边游去。当快要到岸时,姬仲怀里发出一声轻咛。姬仲赶紧低头望去,少女的额头轻轻地在他胸前摩挲了一下,眼睛缓缓睁开。一双朦胧妩媚的桃花眼看向姬仲,圆小的鼻头不那样高挺,却带着说不出的娇柔委屈,粉嫩的圆唇软得像能咬出水。

姬仲只觉神思恍惚,灵魂出窍,全身赫立。他猛地向少女的软唇咬去,颤抖不止,手臂骤然加力,把少女娇嫩的身体紧紧箍在自己怀里。少女瘫软,全无抵抗之力,任他施为。轻薄的纱裙贴在少女裸露的胴体上,姬仲全身像被燃了火,他疯狂地脱去自己的外衣。两人身体交合,姬仲只觉少女胸前的柔软全部贴在自己身前,让他痛爽不已。

少女就这样没有意识般任他摆布,姬仲的嘴唇在少女脖颈、锁骨、胸前用力索取,少女只觉身上一阵酥麻,接着浑身颤抖起来。少女的这一反应再次刺激了姬仲,他全无顾忌,一把扯掉了少女唯一遮体的薄纱裙,带着少女拼命往岸边游去。

姬仲一个使力便把少女扔在了池边的大石上,毫不温柔。少女裸露的胴体被姬仲尽数收入眼底,娇嫩无限。他再无理智,全身扑在了少女身上。两人就这样在大石上翻云覆雨,久久不停。少女初次的疼痛被姬仲狂虐地掠夺,毫不留情,女孩的喊叫惨烈不已,却又透露着媚俗诱惑的哼喘之音。

不知过了多久,两人停了下来,余晖已没,星光渐露。姬仲看着身下的女孩,良久不言。女孩睁开了眼,也看着他,诱惑的眼睛让姬仲原本冷却的心再次狂跳。

"你叫什么?"姬仲开了口,语气有些冰冷。

女孩心里一紧,却片刻恢复了平静,道:"胡妹儿。"

"你故意让我来的。"姬仲继续道,面无表情。

"你想不认账?"女孩纤细的手臂挡在胸口中央,反而使那松软更加明显。

"你敢害我,信不信我弄死你?"姬仲阴狠暗藏。

胡妹儿突然搂住了姬仲脖颈,把他抱进自己怀里,用嘴咬住了他的嘴唇,微微一笑:"你舍得吗?"她感觉到,姬仲身上的体温再一次高涨起来。"你还控制得住吗?"话落,姬仲又一次冲进少女身体,疯狂不已。

直到他筋疲力尽,躺在了少女旁边。少女支起身子,把自己的半个身体放在了姬仲身上。

姬仲道:"你倒是不怕我。"

"怕你干什么?"少女把脸贴在了姬仲胸口,手心摸着他的皮肤。

"不怕我灭了你的口。"

"不怕,我这么好,你要是灭了我的口,你这辈子再也别想找到我这么好的女人。"

"九百斜月比你好。"姬仲冷冷道。

胡妹儿啐了一口:"呸,她有什么好?你又没跟她好过。要不是仗着她姓九百,我根本也不会把她放在眼里。她有的我都有,她没有的我也有,你今天不是也尝到了嘛。"

"你和她什么关系?"

"她是我表姐,我们身上都流着九百一氏的血脉,只不过姓氏不同罢了。"

"你们九百族真是有点邪门。"

"是九百族的女人邪门。"胡妹儿窃笑道。

姬仲斜眼打量着身旁的胡妹儿,断定这人定会被他攥在手心儿里,翻不出什么浪来,这才放下心,探究起来:"刚才是怎么回事,你落水前明明是个小女孩,怎么入水后竟变成这个样子?"

"这就是九百家的秘密。"胡妹儿朱唇含手,挑逗地看着姬仲。

姬仲有些烦躁,可这眼珠子就是离不开胡妹儿的身体,像是着魔般。胡妹儿赤条条的身体在姬仲胸口蹭动两下,他便又受不了了。可他实在是筋疲力尽,动弹不得:"什么秘密,你赶快说!"

"你这个态度,还想让我告诉你?"胡妹儿眼睛一瞟,优哉地看向了别处。

姬仲嗤笑一声道:"你想让我什么态度?"

看见姬仲这般吃完了不算数的模样,胡妹儿心中一颤,她从没想过堂堂东菱国国主之子是这般不认账的小人,顿时心中怕了几分。可转而,深深剜了姬仲一眼,声音稍尖道:"你想娶九百斜月?人家大小姐早跑了,你还不知道?"说完,胡妹儿一阵讥笑。

"你说什么!"

"我说,九百早不知道跟着哪个野男人跑了,你还在这儿傻等着,真当自己痴情呢。"

"你把话跟我说清楚!"姬仲捏着胡妹儿的下巴,把她从自己胸口提溜了起来。

"前天晚上,九百斜月那个荡妇就已经跟人跑了,我亲眼撞见。如果你不信,就在九都城等,看她回不回来。到时候,空等一场,丢人的是你们东菱国主。"胡妹儿声色未变,任凭姬仲捏着。

"那个贱人和谁跑了!"姬仲怒道,他本与九百斜月仅有几面之缘,可此时和胡妹儿变得好似同仇敌忾一般。

"不知道,没看见。"

"没看见,你就敢乱说?"

"你堂堂东菱国国主之子不会这么没魅力吧?"胡妹儿勾人般地看向姬仲,姬仲不解,胡妹儿继续道,"你这次来不就是想和我们西番联姻吗?凭你的身份地位、样貌学识,哪里会有女人不上赶着找你的道理,更何况你自己已经送上门来了。"姬仲眼神微动。"照理说,你想娶九百斜月,我那个国主伯父肯定巴不得呢。即便九百斜月一向自视甚高,可见了你,也应该是服服帖帖的不是,这世上再没有第二个男人比你的身份更高贵了吧?"胡妹儿这几句若隐若现的话让姬仲听得舒服了些,手上的力气也就小了。胡妹儿白嫩的脸皮被他捏得通红,可她却像没事人一样继续说着:"可她前天夜里明明就是跑了,还警告我不要和任何人说,那能是什么原因呢。难不成她为了避开你宁可一个人走掉?你就那么入不了她的眼?要不是这个原因,那就只有一个答案了:她外面早就有人了!"

"你看见是什么人了吗?"

"人我倒是没看见,不过那天夜里她故意一身驭火,不是为了幽会男人,她怎么可能那个样子?平日里她连个笑脸都不肯给别人,更别说那身驭火了。可想而知她平日那副嫌人亵渎的样子都是装的!那晚她十足十的驭火绝对是去勾引男人了!"只见胡妹儿越说越气,越气越急,眼中顿时铺满妒火。她知道,凭自己一生之力也是不可能达到九百斜月那般与生俱来的驭火的。

那一晚,九百斜月的样子,别说是男人,就连胡妹儿这种攀比成性的女人也被迷惑住了。胡妹儿之所以没去通知国主斜月已经离开的消息,一来是私心没错,可再者,那一晚,胡妹儿竟是失了魂般对斜月言听计从。当她第二日醒来时,才发觉,自己是被斜月的驭火诱惑了,她竟也"爱"上了她一般,对她百依百顺。

"驭火是什么?"

姬仲打断了胡妹儿的思绪,胡妹儿回过神来,继续道:"驭火就是九百族血脉的秘籍。"她撩拨地看了一眼姬仲,姬仲心脉顿时狂跳不已。"你今晚在我这里不是已经尝到了吗?"胡妹儿用葱白的手指划着姬仲的胸膛,"喜欢吗?"胡妹儿献媚地问着。

"还不错。"姬仲诡笑道。胡妹儿闻言,在他怀里吱吱乐了出来。

"你们九百族的驭火到底是什么?"

"这可是九百族天大的秘密,告诉你可以,可是你能给我什么呢?"胡妹儿翻着眼,撩着姬仲。

"你想让我娶你?"姬仲笑道。

"国主家的公子就是不一样,看到人心眼儿里去了。"可是胡妹儿话还没落,就听姬仲笑了起来,似是听到了什么荒唐事。

"你笑什么!"胡妹儿气道。

"什么驭火不驭火,我根本没兴趣知道,娶你?你凭什么啊?"说罢姬仲又笑了出来。

胡妹儿咬着牙,眼睛瞪得通红。她不是没有想过用自己的清白威胁姬仲,可是从他二人聊天的这会儿工夫，还有刚才姬仲对她毫不怜惜的粗暴举动，她就知道，这个人并非君子，自然也就不会受自己这般威胁，弄不好自己还会被反摆一道。

胡妹儿的脑子飞快地转着，想赶快找出个应对的法子。得亏她平日心机极重，眨眼工夫还真被她想到了，胡妹儿开口道："就凭我是除了九百斜月之外，唯一拥有驭火的女人。普天之下，除了我，再没有一个女人能让你像刚才那样翻山倒海般地尽享快乐。"

只见姬仲眉眼一凝，胡妹儿紧接道："尝到了我的滋味，你这辈子除了我，不可能再和任何一个女人好上！"

"还有九百斜月。"姬仲看似淡淡道。

胡妹儿再次笑出了声，姬仲眉间一凛，怒道："你笑什么！"

"你宁愿要个不洁的荡妇也不要我？我怎么说也是九百族正儿八经的小姐，清清白白的玉儿身都给了你。今天过后，九百族便都知道我胡妹儿也有驭火之法。到时候，就不只九百斜月一人被宠上云端，我照样也会受到国正厅万般礼遇，尊崇至极！"

"驭火之法就是你刚才用孩童之身引我上钩的魅惑之术吗？"

"哪里有那么简单，"胡妹儿嬉笑，"不过，既然你马上就要成为我的夫君，我就告诉你。"胡妹儿盯着姬仲看，这一次姬仲的目光中没有轻佻之意，而是认真地看向胡妹儿，胡妹儿见状继续道："驭火是九百一族嫡亲的女儿与生俱来的一种秘法，而这种秘法九百族严禁与外人提起，就连西番的国民也不知道。

"这种天生的秘法父亲只会完全遗传给自己的女儿，儿子只是携带这种基因却无法调用驭火这一灵法；而复姓九百的女人只能把这种基因遗传给女儿，儿子则不会继承这种血脉。当今的西番国主一族，只有九百斜月这一个女儿。虽然他还有几个儿子，却将这个女儿保护得如同金丝雀一般，轻易不让她露面。可是从现在起，他们马上就会知道，即使我只是九百族的表小姐，也同样破天荒地继承了驭火之术，这样一来定会让国正厅众人震惊。到时候，我怕是会被他们当成稀世珍宝一样宠起来，我的奶奶，正儿八经的九百族小姐，当今国主的亲姑姑，更会把我捧在手心里，千般爱护。"胡妹儿越说越自信，越说越起劲，竟然已飘飘然起来。

姬仲虽听出了一些眉目，但还是一头雾水，然而他已经对身下这个女人不再那样排斥了，就从胡妹儿说自己会被国正厅万般重视起来开始。"你当真有你自己说的那样厉害？"姬仲道。

胡妹儿听到姬仲怀疑她，顿时火冒三丈，激辩道："你今天不是已经知道我的好了吗！怎么还不信我！"

"我看你说的什么驭火之法，不过就是女人勾引男人的狐媚邪术而已，没什么新奇。我周游列国，见到的古怪灵法、歪门邪术数不胜数，你以为就你那点小伎俩能唬住我？你不过就是想借此讹上我罢了，让我不得不娶你。不过，我看你是算计错人了。"说罢，姬仲起身要走。

胡妹儿见姬仲竟要离开，慌忙抓住了他的脚踝。此时的她已经精疲力尽，可她不能放过这次飞黄腾达的唯一机会。她拼了性命，调动了身上最后一丝灵力。

姬仲低头冷眼扫过胡妹儿，原本已恢复镇静的他顿时血脉偾张，难以自持。他猛然伏下身去，拽起胡妹儿白皙的胳膊，怒道："你到底用了什么妖术！"

胡妹儿此时已是气若游丝，讪讪道："这不是妖术，这是九百族家的秘密。"

"到底是什么！"

"九百族家的嫡系女儿在十五岁时便会拥有这一身让男人女人都为之魅惑难当的灵法——驭火。"胡妹儿自知如果现在不对姬仲和盘托出，她就一点机会也没有了。"九百族家的女儿在十五岁之前鲜少在人前露脸，因为我们十五岁之前都是孩童之身，形态样貌看上去也就是个六七岁的小女孩儿，就像你今天初见到我时一样。"胡妹儿有些惶恐地看着姬仲，不得不继续道，因为姬仲的眼神没有一丝和缓，"今天是我十五岁的生日，就在刚才我入水的时候，我的身形变化了，长成了成人模样。"姬仲眉头微蹙，"世上的男人看不得我们这个样子，无论是谁，只要在我们十五岁成人礼这天，看到我们的样子都会瞬间精神崩溃，情不能已，变成九百族家的裙下臣。"

"九百国主这么舍得自己的女儿们？"姬仲话带轻蔑。

"当然不会，九百族家对女儿视若明月星辉，外人看都看不得。我们与生俱来的这暗藏在血脉里的灵力就被称作驭火。只有九百族本家人不会对这灵法着迷，其余的都难逃诱惑。也正是因为如此，九百族家的女儿在十五岁时，都被保护得密不透风，在十五岁生日当天更是被严加守护，直到顺利完成身形转化。在我们身形转化时，是驭火最嚣张的时候，根本不能有外族男子靠近。不要说男子，即便是女孩看到也会被迷得灵魂出窍。所以生日当天，都是九百族家人和孩子的母亲在一旁守候的。"

"那你们的命还真是轻贱呢。"自从得知九百斜月跟着别的男人跑了，姬仲就恨透了九百族家的人。

胡妹儿笑道："你以为我们平时也会这样吗？当然不是了，只有在我们初幻化时才会无法控制我们的驭火之术，当我们习惯了这副样貌身形后，自然也就掌控了驭火的强弱收放。这就和一般灵法无二，只要不动用灵力，我们的驭火是不会被释放的。"

姬仲之前对九百族家的秘事闻所未闻，现在听来当真惊奇，可嘴上仍说："这种下贱的灵法遗传了,也注定是个残花败柳,用身子勾引男人,和妓女没什么两样,你们还高兴得很,真是可笑。"

"那就是姬公子有所不知了,驭火灵法浓烈绵长,它可以急速提升我们本身的灵力。越是长大,我们女孩的灵力就越是强大,根本不是常人可以比拟的。而且,驭火灵法运用娴熟、收放有度之后,不仅仅可以蛊惑男人,还能驾驭他人,无论男女。所以说,这个神秘的血界继承不单单服务于床帷之事,更是操控之术。"

胡妹儿一口气说了这许多,身子也是乏了。她一个倾侧,便再一次躺倒在了姬仲怀里,姬仲不知何时已经放开了胡妹儿的手臂,身子也变得绵软起来。"姬公子,您现在有没有一点想娶奴家？如果不娶也可以,我可以跟您回东菱,从此伺候您的房事,不要名分。"说着,胡妹儿已是张开双腿,跨坐在姬仲的大腿上。一丝猩红染到了姬仲腿上,正是从胡妹儿身下流出的。驭火夹杂着处女的初红,让姬仲四肢百骸都耸动起来,只听他张口道:"我要你!"

"哎,等等。"胡妹儿突然伸手抵住姬仲嘴巴,让他没能咬到自己。姬仲用强也无法再近一步沾到胡妹儿软嫩的肌肤。"您怎么猴急得一刻也忍不住呢,奴家身下可是疼得很呢。今天您要了、咬了奴家这么多次,奴家本是个处子之身,今天统统给了您,不能再给了。"胡妹儿伏在姬仲耳畔,咬着他的耳朵道,"不能再做了,奴家太痛了。"

姬仲只觉身上仿佛有千蝎万蚁在爬,火烧难耐,唯有得到眼前这个女人才能一解他作为男人狂浪的需求,可是他的身子竟然动弹不得了。"这是怎么回事!"姬仲急切道。

胡妹儿在他耳廓喷气笑道:"好像是奴家刚刚学会了一些运用驭火的方法。"仅一会儿工夫,胡妹儿就趁着刚刚歇息的间隙,慢慢试着调动驭火的高低,控制它的收放。果然,这一方法很快奏效了。

"你故意的！你敢耍我!"姬仲怒道。

胡妹儿嗔道:"您净瞎说,奴家想嫁给您还不得愿呢,怎么会耍您？只怪我比九百斜月那个荡妇小了两岁,不然您早在国正厅客宴上见到奴家,爱上我了。"姬仲似乎被胡妹儿的话说动了,目光闪动,胡妹儿紧接着道,"您见到了我的驭火,大概也知道了这是个男人梦寐以求的好东西。那您在国正厅用宴时,看到九百斜月对您用了吗？"

姬仲一怔,立刻道:"那么多人,她怎么可能对我用这种下作灵法!"

胡妹儿幽幽笑道,看着姬仲强撑的态度,她更有了几分把握:"您忘了,奴家和您说过,驭火是可以操控的,更何况九百斜月大我两岁,她的驭火术早就炉火纯青了。

如果她想对一个男人示好,千般万般的方法都是有的,而且定是一击必中。我那个姐姐,这个本事可是不弱,前天她逃走时,驭火之气烈得几乎熏晕了我。"

姬仲哪里会是那么容易受人挑唆的人,胡妹儿的话他自始至终也是半信半疑,可现在他知道胡妹儿有一句话是说对了,那就是九百斜月从来没对自己用过什么驭火之术,这不禁让他恼羞成怒,火冒三丈。

"姬公子,现在普天之下,能和您相配的就只有我胡妹儿一人了,九百族家周遭再没一个适龄的女孩了。我知道,以您高贵的血统是定不会要九百斜月那种放荡女人的。即便我伯父把她找回来,让她知道您的好处,我想,您也不会再要她了吧?"

"那个贱货,我怎么可能再要!"姬仲眼眶泛红,早已气得发指。

"明天,我就要去参见我的伯父了。"

"什么?"

"我是除了九百族家嫡亲女儿家外,唯一继承了九百家血界的表亲,明天自然要去国正厅参见。到时候我奶奶陪着我,定是至上荣耀,亘古至今都没有呢!"说罢,胡妹儿便裸着身子,趴到了姬仲身上。姬仲的心脏狂跳不已,根本不能控制。"您现在想要奴家了吗?"

此时姬仲在脑中飞快盘算着。论女人,他自知这世上不会再有第二个人让他如此癫狂;论身家,除了九百斜月,眼下这胡妹儿似乎就是最好的。更重要的是,姬仲对驭火早已俯首称臣,只想做她胡妹儿的裙下鬼了。

"我要你。"姬仲道。

"您是要我,还是娶我?"

"娶你。"姬仲没再犹豫,在驭火的蛊惑下,他的神志似乎也不那样明朗了——就算他可以自制,可此时他更想放纵情欲。胡妹儿笑着钻进姬仲怀里,放开驭火,准备迎接姬仲新一轮的情欲。

正在这时,美人泉边的草丛里发出了窸窸窣窣的声音,这声音越来越大,越来越近。

姬仲与胡妹儿惊悚地往美人泉迷雾后的草丛望去。一双阴毒鬼祟的莹绿色双眼若隐若现。

狼穴中,修罗在对女儿修彦讲着二十几年前他在西番九都偶然撞见姬仲与胡妹儿苟且的丑事。一旦此事揭发,姬仲和胡妹儿定当身败名裂。

"还没听够吗?"修罗道,嘴角划出一道狞笑。修彦看到父亲这般,立刻垂下头等待盼咐。

第四十二章
中毒

　　这一日,从白天北冥守在狼穴洞口,直到修罗修彦父女俩进来,他和莫多莉就一直在狼穴内暗中探听。这中间,他早就用自己的藏身术护住了连带莫多莉的部分。

　　其间两人一动不动,莫多莉半掩在北冥身后,看着狼穴内的一举一动。父女俩的对话,两人一字不落地听进耳朵。起初他们以为修罗会着急搜捕入侵者的事情,谁料到父女俩竟说起了关于姬仲的私密旧事。这件事普天下除了修罗父子,怕再没有人知道了。

　　北冥眉间微蹙,暗中不动。一旁的莫多莉时不时看向北冥。话题初期,她未觉不妥,只当听件陈年旧事,本是没有半点兴趣的,对于胡妹儿她从没正眼瞧上过。

　　可随着修罗话题深入,她开始察觉出事态不对。事情越说越深,越深越怪,到中间时莫多莉只觉不堪入耳。她禁不住地偷偷看向身前的北冥,只见他面不改色,不为所动。

　　不知怎的,莫多莉听着修罗口中姬仲与胡妹儿的苟且之事,本来与自己半分关系没有,而且男女之事她也见怪不怪,可看着身前的北冥,竟不知不觉红了脸。她攥紧了手心,手心中冒出了微微细汗。

　　然而北冥却是半点心思未分,听着修罗的谈话。待莫多莉听到修罗口中瘆瘆念出:"还没听够吗?"她还未反应过来发生什么事,只觉自己整个人忽然被北冥带了起来。北冥拽着莫多莉的手腕,全速狂奔,瞬间已跃出十几里,奔到林中。莫多莉感觉自己的双脚已经离开了地面,凭她自己的能力,根本不可能有如此迅猛的身法速度。她甚至来不及问北冥发生了什么事,只能被北冥拽着,跟在他身后。

在这全速行进中,莫多莉根本插不上话,就在这时,莫多莉听北冥道:"多莉,全力展开藏身术!"

"好!"容不得莫多莉多想,她已看出事态紧急,应声后,便即刻展开了自己的全部防御术。莫多莉的藏身术瞬间笼罩住了他二人,她感到北冥一直在加速,快得已让她手腕发麻。然而方才一直保护她的北冥所施展的藏身术此刻却渐渐削弱。莫多莉想着,北冥似乎准备将全部的灵力用来奔跑,这才无暇再调动他自己的藏身术。

莫多莉试图查看一下周遭情形,看到底发生了什么,可北冥的速度实在太快了,让她根本视物不及。就在她全神贯注准备再次尝试查看时,北冥猛地停了下来。她刚要开口询问,话还未出,只见一股强大的灵力从北冥的右拳猛地被挥了出去,霎时间林中一半被夷为平地。

未等莫多莉视线相接,只听一阵凄厉哀嚎瞬间冲破她的耳膜,顿时让她毛骨悚然。

"是什么!"莫多莉心中大骇。她定睛往周围看去,只见远处林中灰影绰绰,"是狼!"莫多莉禁不住哀嚎道。还好她的声音被自己竭力压制在了喉咙处。"别出声!"北冥压低了声音道。此时的莫多莉早已骇得不敢妄动,身子禁不住地发抖。

就在眼前,她看到了密密麻麻如同灰网般的狼群,每匹都身形巨大,超过猛虎,百匹有余!先前在狼穴看到的修罗、修彦是莫多莉平生第一次见到的狼族,虽说心有震撼,可毕竟只有两匹,而且是她执意要和北冥一同探查,所以即便自己心有余悸,也必须让自己看似镇定。然而此时此刻,她再也控制不住自己惧怕的内心了,她的手指深深地攥住了北冥的手掌。

没等莫多莉再看,她感觉北冥的手掌忽然从自己手心里抽离出去,她吓得猛一哆嗦,错愕地看向身前的北冥。就见北冥长身立于她身前,双掌向上,掌心冲天,猛然提于胸口,霍地向下赫然发力,身子也跟着一齐倏地伏了下去。

北冥双掌按地,只听他大喝一声,一股强大的灵力顺势而下,灌入地面。远处的狼群因为刚刚受到北冥一拳的冲击,不敢轻举妄动,加之北冥和莫多莉周身都施展着藏身术,狼群看不到他们位置的所在,无法贸然进攻。

可就在北冥发力的同时,四面八方的狼族齐齐向北冥的方向涌来。莫多莉此时已看得真切,巨大的狼群瞬息将至,她的心提到了嗓子眼。眼看他们就会被狼群撕碎成食,冷汗已布满莫多莉的衣衫!

就当狼群距离他二人不到百米时,只听山林远处发出重重回响,好似闷雷,莫多莉惊恐地看向远方,只听聆龙轻叫一声:"地下!"显然,聆龙也被这怪异巨响吓了一跳,忍不住叫出声来,此时它的声音已不会被狼族听到,因为巨响压过了周遭一切动静。

狼族齐齐停下脚步,就在它们低下头去探听的瞬间,只见一面巨型石墙从地底深处拔地而起,通天而去,霍然阻隔在狼群面前。紧接着,眨眼工夫,狼群身后数十面巨型石墙如破土春笋般,间隔数米,重叠而出。轰轰巨响,大地摇晃,顷刻间分崩离析。狼群被巨石墙层层隔开,有的直接被石墙打到天空,拦腰砍断撞碎。

就在众人慌乱之时,北冥再次发力,双拳紧握。忽地,他捂住心脏,一阵裂痛几乎让他窒息,脑中鸣音,他的视野刹那间变得花白。他大口地喘着粗气,咬紧牙关,强行发力,远处的巨石墙如排山倒海般向地面的狼群砸去。狼群被分散开来,夹杂在每堵巨石墙中,只得向两侧逃窜。巨石墙拍落的速度极快,转瞬间树林被夷为平地。

这时,北冥快速抓起莫多莉的手,往辽地外围跑去。可没等跑一会儿,北冥便发觉不对,四周的瘴气越来越浓,他一时间无法辨别逃出辽地的方向。

"聆龙!"北冥喊道。

"怎么了,北冥!"聆龙急忙道。

"快听听这四周哪里最安静!静得像死地一样!"

聆龙惊讶,它不知北冥为何这样形容,可很快就明白了北冥的意思!聆龙大声道:"这边!"

就在聆龙张开耳力之后,它听到了泱泱而至的狼群声和万物声。然而就在这嘈杂声中,聆龙竟然真的找到了一片毫无音迹的空地,那凄寂就像是死地般让人毛骨悚然。聆龙立刻意识到,北冥就是让它找那个地方。

北冥二话没说,带着莫多莉和聆龙全速往聆龙指挥的方向跑去。不多时,北冥便带着他们来到了那个地界。聆龙恍然道:"北冥,这不是我们初到辽地时来的地方吗?"当初就在这个地方、这片泥沼,聆龙试图找到狼族的动静,可是任凭它怎么追踪,就是听不到一丝半点的声音。现在想来,这里还真是一片死寂,毫无生气。

"呜……"北冥没有回应聆龙,而是捂着胸口,发出一声极其痛苦的呜咽。

"你怎么了!"莫多莉和聆龙齐声道。北冥此时疼得根本无法回应他们。他捂着胸口,渐渐俯了下去。

"北冥!"莫多莉惊道,赶忙扶住了他。就在莫多莉看向北冥的同时,一声惊呼从莫多莉口中发出,她深深地倒吸一口凉气:"北冥,你的脖子!"

北冥捂着胸口艰难地应道:"嗯。"他好像已经完全明白了自己的状况。

北冥此时裸露的脖颈上布满了青黑色血管。

"你中毒了!你什么时候中的狼毒?"莫多莉话音颤抖,双手紧紧扶住北冥躬下身的肩膀。

"北冥,你中了狼毒!我的天啊!怎么办啊!"聆龙在一旁听到莫多莉这么一讲,瞬间紧张地夯起龙鳞。

"难道,难道是你替我解毒的时候?是你帮我吸出毒血的时候!"莫多莉的情绪越发不能冷静。

北冥躬着身子,一动不动,狼毒引发的钻心疼痛让他几乎失去意识,豆大的汗珠从北冥额头上频频落下。他咬着牙,忍着疼,努力调动着灵力。毒性似乎被他暂时压制住了,他轻轻地呼吸着,汗还在不停地出。

"快走。"北冥终于开了口。

北冥带着莫多莉往泥泞的"沼泽"深处走去。说是沼泽,其实更像是腐蚀地。人踏在上面并不会下沉,可是泥泞腐败的焦泥会沾到人的鞋脚裤管上。没等走出几步,北冥便停下脚步,低头看去,此时他的脚踝上已净是黑乎乎的黏物。

北冥眉头深锁,一言不发。他看着来时的路,上面净是他的脚印。

"多莉。"北冥的声音略显吃力。

"怎么?"莫多莉担忧地看向北冥。

"你带着聆龙往空气清新的地方去,它能帮你辨别方向,你们快走。"

"你呢!"

"我,没那么快能出去,反而拖累你们。你们先走,我随后再去。"

"不行!"聆龙和莫多莉一同急声道。

"听我的!我刚才的招数只能勉强暂缓狼族的进攻,它们很快就会追上来!"北冥边说,边往来路看去。

"我要和你一起走!"莫多莉愤愤道。

北冥强撑着站了起来,呼吸急促。他没想到狼毒竟然如此狠辣,只不过是帮莫多莉吸出指尖的部分毒液,并立刻吐了出去,但还是轻而易举地侵入了他的体内。

刚才在狼穴中,修罗并不是因为北冥的藏身术不佳而发现了他们,而是因为北冥体内暗藏的狼毒逐渐发作起来。待北冥意识到自己中毒的同时,修罗也凭着对狼毒极端敏锐的察觉力,感受到了狼穴内还有入侵者在。

"想走也走不了了。"北冥从口中缓缓念出这几个字。莫多莉紧紧抓着北冥的手掌,仰头看着他。看到他急喘的呼吸和青白的面庞,她忍不住地揪心起来,另一只手也焦急地握住北冥的手背。

"跟上来了!好快!"北冥心中默念。

要是北冥在平常状态使出刚才那一招"长门",绝没有一个活物能在他的碾压下生还。然而狼毒的狠烈让他的灵力倍减,平日杀敌无数的招式根本无法调动,只有这"长门"一式,可攻可守。他拼尽全力,用灵法从地下化出坚固不摧的数面巨型石墙,挡住了狼群的进攻,才得以借机带莫多莉逃了出来。可眼下,浓重的血腥味从辽地深处蔓延而来,狼族的肆虐气息让人全身战栗。

北冥的眼神此时已化成了两把杀气满布的锋芒血刃,他的鼻息渐轻,全身预备着,好像一头随时准备进攻拼杀的凶兽。聆龙和莫多莉在北冥身侧,一动不敢动,他们从未见过如此凶狠冷酷的北冥。他自己就好像是一把兵器,从内到外,寒峭乍现。

"把防御术打开。"北冥这话是对着莫多莉说的,"聆龙,带着莫多莉往空气清新的地方去,出去后把这个传给梵音!"说着,北冥把一片信卡递给了聆龙,他知道聆龙这个机灵鬼一定弄到了梵音的信卡,这样两个人才好互传信息。

"我不……"还没等莫多莉说出剩下的"走"字,北冥就大声道:"快!聆龙,带她出去!"话落,北冥已冲出了莫多莉的防御结界。不远处,黑压压的兽影已闪烁在迷雾中,狼族来了。

莫多莉本想追上北冥,可谁知她被聆龙用龙爪勾住了肩膀,轻而易举地提了起来。原来,不管聆龙是大是小,它的灵力都是相同的,力道也是一样的,它带着莫多莉往沼泽外飞去。

北冥瞬间来到了迷雾中的狼群中。只听一声凄厉,一匹公狼已经倒在血泊中,粗壮的颈部被生生砍掉了一半,刚硬无比的狼鬃原是世上最坚硬的兵器之一,然而现在就好像铁泥般被削掉了全部。

周围的狼群听到动静,不敢妄动,都在审时度势。它们还没有看到北冥的影子。又一个闪身,一匹公狼被北冥拦腰斩杀。接二连三,四五匹公狼倒下了。狼族愤恨的声音越来越响,鼻孔和嘴巴都喷着腥气。

北冥躲避在一旁大口地喘着气,他的手里握着一把利剑,剑身比起梵音的重剑要小上许多。军政部内从没有人见过北冥动用兵器,人们甚至以为北冥是不使用兵器的。其实北冥常年佩戴着一条精致的皮带,皮带上穿着爷爷交给他的环扣。这环扣是用一种特殊材质打造的,通体棕黑发亮,平时扣在北冥深色的皮带上从不显眼,就和一般配饰环扣无二,它正是北冥幻化兵器的介质。

北冥握着利剑,还没休息片刻,只见一个黑影突然出现在他身后。北冥猛地闪身,只觉一阵劲风从腰间划过。一匹狼扑空了,可它身上夯开来的狼鬃差一点就划到了北冥的身体。

北冥用剑抵挡,紧接着向上一挥,一缕狼鬃落下,剑身沾到了狼血。一匹狼正从北冥头顶跃下,一个趔趄,滚到了一边。未等喘息,北冥身侧又有狼攻来,张着大口。北冥立起利剑,抵在狼口中间,本想就此劈了它,可灵力消减太快,加之这狼牙坚固无比,竟是被它生生挡住了攻击。

就在这时，对面又冲过来数匹狼，北冥一个纵身，向空中垂直跃起，躲过夹击。北冥用力一抽，卡在狼牙间的利剑被他狠狠拔了出来，受伤的狼在地上哀嚎。

跃在半空的北冥突然一个回转，剑已被他猛地挥了出去。紧接着，他凌空就是一脚，正中腾空而起的狼的下颌。与此同时，狼族已彻底发现了北冥的踪迹。数匹狼一齐扑向北冥，跃向半空。

北冥一个翻身，又往上跃了半米，双脚踏在刚刚被他打杀的狼的头顶，猛地一踩，借力发力，一个回旋踢，打在又一匹飞来的狼的头侧。北冥身法强悍，硬是把狼踢翻在地。

再有来者，北冥凌空侧身，横踢，连续数十脚踢在一匹狼的腹部，招招重击，力道之大，踩得狼腹深凹下去，刚韧无比的狼鬃竟被踩断。紧随这匹狼而来的其余两匹重重撞在头狼的身后，北冥双腿发力不止，踹得头狼口溅鲜血，内脏破裂，四肢抽搐，后面两匹也是没有还手之力。三匹狼叠加，好似庞然大物，被北冥踢得轰然下坠，滚向远处。

狼族铠甲般的狼毫乃是它们最为自豪的武器之一，多少灵力强大的兵器都不可与之抗衡，然而北冥竟用一己血肉之躯，拳脚之力，毁了它们的铠甲利刃。

一时间，北冥灭掉了十余匹狼，其余狼族看到，不再敢贸然上前。北冥从半空跃下，站在原地，看着不远处的狼群，他身姿挺拔，岿然不动。可事实上，此时北冥的脚踝已沾满黏稠的泥泞，他的动作越来越滞缓。

狼群看到他如此锋芒凛厉的攻击，大为震撼。一向以凶悍嗜血著称的狼族从不把任何外物放在眼里，尤其是拥有一副软弱皮囊的"臭虫"人类。

要知道狼族不同于世上任何一个物种，它们与生俱来有着强悍的灵力，甚至不用修习就可独霸一方，棕熊悍虎对它们来说都是草食动物一般，不值一提。人类千辛万苦修习来的灵法，在它们看来就好似蝼蚁之力。狼族自认强悍的身躯这世上再无种族能出其右，然而今天眼下这个人类让它们叹为观止，并连连败退，看上去他更像是个怪物。一时间狼群警惕非常。

狼族在用狼语相互沟通，它们不再着急向前。北冥锐利的目光扫到它们身上。虽不懂狼语，可北冥还是第一时间知道了狼群的目的，他掐算着时间，心中念着"快了"。

突然，一声尖厉的嘶喊从狼群身后传来，一匹狼被扔到天空撕成碎片。其手法迅捷，北冥还没来得及查询对方的灵力，一匹狼就被瞬间解决了。其余的狼虽有恐慌，却只是稍作让步，打开一条通道，随即不再有多余的动作。

"蠢货！赶紧给我滚开！滚到你们主子身边去！"修弥的声音从狼群背后传来，狼群虽已为它让出通道，可没有一匹狼准备退却。修弥尖笑道："怎么？这么听话，难不成都被它养成狗了？"修弥话音刚落，一匹狼还未来得及抬起爪子反抗，就被它撕碎了。手法之快，不禁让远处的北冥都倍感惊诧。

"滚！"修弥压低了音量，从胸腔发出喝斥。瞬间，狼群开始往辽地深处跑去。死寂般的腐蚀地上只剩下修弥和北冥二人。修弥邪笑一声，倏地一瞬奔到北冥面前，几乎面门相贴。修弥的利齿下一刻就能咬断北冥的脖子。

"没灵力了？可怜得舞拳弄脚。"修弥从错落的牙缝中说出这几个字，腥气几乎喷到北冥脸上。

刚才北冥与狼群对战时，除了幻出灵剑，再没动用半分灵力，单凭拳脚身法。修弥的尖笑传到北冥耳朵，它知道，北冥再用不了灵法了，今日它就要断了他的命。

修弥张开狼口，冲着北冥脖颈咬去，一声筋骨挫裂的血肉撕扯之声传到修弥耳朵。它兴奋地撕咬着，牙齿之间的摩擦越来越紧，前所未有的满足感充斥着它的口腔，一泄当日遭到北冥袭击之愤。那血腥的味道让修弥酣畅淋漓，它瞪着北冥将死的瞳孔，那双眼毫无光彩。

突然，修弥停下了动作。哪里不对，修弥心想着。它再次看向北冥空洞的瞳孔，一种不爽瞬间冲上修弥脑中。先前的快感变得毫无踪影，它好像在撕咬着一块白肉，还开心得跟个白痴一样。这样不堪一击的北冥，让修弥提不起任何战胜的欲望。

虽然修弥知道中了狼毒的人必死无疑，可仍为没能和北冥正面交锋一次而感到愤怒。原本以修弥的性格会非常高兴这种不费吹灰之力就得胜的战斗，然而，唯独北冥不行。它没能从北冥身上讨来痛快，反而更加沉闷。

修弥甩掉口中的北冥，再看了一眼。忽然，修弥的瞳孔再次紧缩，又往前走了两步，刚要低头嗅北冥身上的味道时猛地抬头，强力抑制住了自己前进的脚步。此时修弥的四肢因为愤怒而颤抖，狼爪在泥泞中用力地摁出了坑。它猛地直起身，瞬间幻化成了人的样子，披着那件银灰色斗篷。

修弥死寂般莹绿的眼睛盯着北冥的尸体，突然，狠狠地用脚跺了上去。"什么时候才能改了这个毛病！"修弥心中暗骂自己。它最痛恨自己像狗一样习惯性地弯腰躬身，嗅着周遭的东西，即便身为狼主的它感官能力已是登峰造极，可这种天性就是无法完全磨灭，这让它觉得自己很低级。

修弥往北冥身上啐了一口唾液连带北冥自己的血浆。就在它用手指擦去嘴角的血迹时，修弥再次停了动作。它把手指放到鼻前，闻着北冥血迹的味道。忽而，修弥转过头狠命吐出嘴里的液体。

"呸！他妈的！什么东西！"修弥咒骂着。

紧接着，一道寒光划过修弥眼前，动作太快，它根本来不及躲。"呃！"修弥闷哼一声。临危之际,它用手臂挡住了自己头部,利剑划过了它的胳膊。

几滴鲜血滴到了地上,修弥的胳膊被划破了。它瞪着眼睛难以置信地看着自己受伤的手臂。"不可能!"修弥心中暗惊。狼族的铠甲鬃毛几乎世间难摧,更何况修弥的灵力不可与一般狼族同日而语,即便它幻形成了人类,那层铠甲似的防护也会自然地变成皮肤保护着它。然而此刻,它的皮肉竟然轻易被人划破了。即便只是几滴狼血,那也是它降生以来绝无仅有的一次。

"北唐!"修弥瞬间大吼一声,冲着空旷的天地。然而空地上,一个人也没有了!

修弥瞪大双眼,目眦欲裂。它飞奔到刚才北冥的尸体所在的地方,尸体也不翼而飞了! 修弥胸口愤怒地起伏着,郁气难平。

转瞬,修弥再次化身狼形,冲着天空就要怒吼,使出夜丧。它知道,以北冥现在的伤势,即便使出藏身术也走不远。何况他刚才在拼死之际动用了灵法,生命可是危在旦夕了。

正当修弥鼓起胸膛,提气待发之时,突然觉得掌下有东西在动。修弥停止了动作,低头看去。只见泥泞中有一根枯草慢慢长了出来,修弥皱起眉头,用狼爪掂住枯草,摊平开来,只见上面写着二字:"速回!"

修弥盯着枯叶草,一时不动。片刻,它化成人形,拔下枯叶草,掉头离开。等修弥走远了,腐蚀地上空传来细碎的声音:"它怎么走了?"聆龙小声道,这时它正用一个爪子抓住莫多莉,一个爪子抓住北冥,身形还是小小的,可看样子并不费力。

"你先放我下来。"北冥道。

说罢,聆龙放下了北冥和莫多莉。原来刚才北冥让莫多莉和聆龙离开,并让聆龙传消息给梵音都是假意。当他冲出去后,聆龙第一时间看到了北冥信卡上写的东西。因为聆龙根本没有和梵音交换过信卡,它根本无法传递信息给梵音,而那信卡上写的内容也不是给梵音的,上面写着:"待在高空别动,莫多莉身上余毒未清,狼族已经知道了我们的位置,你等我信号,到时接应我。"

起初聆龙也不知道是什么讯号,它便带着莫多莉藏在半空,等待北冥给它讯号。在北冥离开了莫多莉藏身术的范围后,莫多莉本想拼死追出去的,可聆龙及时告知了莫多莉北冥的计划,她才算安静下来。

两人在半空中看着北冥越打越厉害,心都揪了起来,原本想插手帮忙的冲动也慢慢冷静下来。因为狼族的围攻太过激烈,一个不留神,他们自己倒会先中招,实在不敢上前打乱北冥。

在修弥出现时,两人提起了十万分精神,准备随时出手相助,可就在这时,聆龙鼻孔闪动了一下。它感觉到了一个极其微妙的讯号,是从北冥身上发出的。当修弥咬向北冥时,莫多莉发现为时已晚,修弥的利齿已经扎进北冥脖颈。莫多莉险些就要大叫出来,可被聆龙阻止了。聆龙用冥声传响大声地对莫多莉道:"别出声!那不是北冥!"

聆龙话音刚落,就见它带着莫多莉从悬空几米的地方快速俯冲下来,直奔修弥和北冥身侧。聆龙龙爪一抓,瞬间感觉勾到了某种东西,定睛一看,正是北冥!莫多莉不管许多,赶紧用自己的藏身术再一次护住了北冥。

原来当修弥咬住北冥前的一瞬,聆龙感到北冥彻底消失了。可就在修弥咬住北冥后,聆龙发现一道极其微弱的北冥的气息出现在修弥和被咬的那个"北冥"旁边。那道气息唯有聆龙可以辨别,那就是北冥身上散发出的若隐若现的酒香,这种味道融入北冥骨髓,像血液一般,只有恋酒成狂的聆龙才会对北冥这特殊体质有着强烈的感知。聆龙借助气息,凭空一捞,真的抓到了北冥。

"北冥你怎么样!刚才怎么回事,怎么有两个你?"聆龙着急道。

北冥撑着身子道:"那是我的'幻象'。"

莫多莉在一旁扶住北冥,压根儿不关心北冥刚才到底是怎样脱身的,她只担心北冥现在的状况。北冥由于一系列的打斗,又再次动用了灵力,身上的狼毒渐渐压制不住了。

聆龙浮在半空,若有所思起来。幻象,这灵法为何似曾相识?身为上古灵兽,聆龙在惊奇灵法上的见识强过人类,它自知幻象这种灵法不应该是人类所具备的。就像幻形,人类是绝对不会的,这是种族间的绝对隔离。然而,就在刚才一瞬间,这里真的多出了一个北冥。

聆龙脑中盘旋着,到底在哪里,它到底在哪里听说过这种灵法?

"聆龙,快带我们出去。"北冥的声音传到聆龙耳朵里,聆龙突然醒悟过来,赶紧道:"好好好,走这边。"

"北冥,你还能走吗?"莫多莉说话的声音都在颤抖。

"我……"北冥话没说完,就觉自己被提了起来。聆龙在半空道:"我带你们出去,咱们能快点。"

"谢谢你了,聆龙。"北冥沉声道。

"谢什么,我原本没打算救你的。"聆龙自己嘟囔着。

"我知道。"北冥道。

"你知道!"聆龙惊道,莫多莉也瞪大着眼睛。

"给你信卡,是因为我知道如果不这么说,多莉一定拼死也要回来,我只能暂时稳住你们。"

"然后呢?"聆龙不可思议道。

"我这一战,毫无胜算。如果你看到我没救时,你一定会先行一步带着多莉走的,毕竟你害怕这么多狼族,而且你也需要多莉藏身术的掩护,所以……"

"所以你断定我最后不会扔下这个女的不管。"聆龙语气冷漠道。

"怎么又来救我了?"北冥故意打断了聆龙的情绪,语气也变得轻松。

聆龙神情一晃,低头看看爪子底下的北冥,竟然哽咽道:"我还挺喜欢你小子的,闻到你身上那股酒味儿,我就舍不得了。"说着说着,聆龙鼻子竟还酸了起来,抽抽搭搭的,带着哭腔。

"谢谢,不过请你相信,我绝没有侥幸让你为我以身犯险的想法。你不救我,实属应当,即便你想救我,面对如此强大的狼族,你也是有心无力。"北冥说到这里,停顿了一下,继续道,"聆龙,谢谢你。"

"别,别客气。我大概理解我祖先怎么那么没出息了,和一个人类相依到老。那个人没准儿就是你这样的,不不不,肯定就是你这样的!"聆龙被说得不好意思起来。

"那个修弥怎么最后跑了?"聆龙想赶紧转个话题,它的眼泪已经在眼眶里打转了。

听到聆龙有此一问,北冥也是百思不得其解。之前修弥出现,狼群就退却,这让北冥觉得事有蹊跷。

"聆龙,狼群离开的时候,你有没有听到它们说什么?"

"那个修弥骂它们是不是不想活了,这个地方也敢随便来,然后就撕了两匹狼,真可怕。那个修弥可真可怕,以你的本事都不能徒手撕烂狼呢,那个修弥竟然可以。"聆龙话一出口,方觉不对,北冥此时毕竟受着重伤呢,他的狼毒看样子真不轻,"哦!我不是那个意思,北冥。"

北冥没有回应聆龙。果然如他所想,这片腐蚀地有问题,修弥显然不想让大批狼族来此。刚才修弥收到的传讯,北冥在隐蔽时看到了,能如此命令修弥的就只有修罗一人而已,上面写着:"速回。"可为何如此?北冥一时没有头绪。

"北冥,你现在感觉怎么样呢?"莫多莉看着他们暂时无话,终于担忧地问出了口。

"我,还好。"

"刚才为什么不和我们一起走?"莫多莉后怕道。

"我身上狼毒的气息太重,和你们在一起很容易暴露,即便你施展了藏身术也不能万无一失,所以……"北冥话到一半,突然停止了,紧接着他用力按向胸口,一股剧痛让他不能言语。

"北冥!"莫多莉焦急道。

第四十三章
胡轻轻

修弥独自走在路上,心情极差。它刚才到底咬到了一个什么鬼东西?人类的灵法吗?修弥揣测着。很快,它就否定了这个想法,因为人类根本不会幻术、幻形这一类灵法。即便是"幻踪",也不过是障眼法而已,本质不变。

"北唐!两次都没有弄死你,不会再有下一次!"修弥心中咒骂。它步伐散漫,显然不乐意回狼穴复命。哪怕是自己父亲的命令,只要是打乱自己计划的,它都不可忍耐。

修弥边走边想:蠢货!找一堆狼族过来有个屁用!为什么不及时通知我?那个蠢货!穿过茂林,它又往回看了一眼,想必现在北冥他们也快逃出腐蚀地了。修弥盯着腐蚀地的方向,突然笑了:"留住你半条命更好,最好别死了。"

修弥走进狼穴,本以为只有修罗在,可是那里分明多出了一个家伙,修彦。修弥看都没看修彦一眼,径直向父亲走去。

修罗先开了口:"今天修彦跟我汇报辽地有人入侵,我没在意,谁知道还真有命活着。"

修弥恭敬地看着父亲,修罗这意思是在向修弥解释,为何会单独会见修彦。修弥自然识相,越发恭敬起来。一旁的修彦心中搅扰,原来父亲已经这样重视修弥了。然而修弥又何尝不想:你这样当着修彦的面给我面子,到底是想给我面子呢,还是想给她撑腰,不让我找她麻烦呢?父子三匹狼心中各有所念,却都不露痕迹。

"你以为单是一个莫多莉,派几个蠢货出去就能收拾得了了,是吗?"修弥故作轻松道。

修彦一惊,脱口而出道:"你怎么知道是莫多莉?你看到那个女人了!"方才自己和父亲在狼穴中的谈话,修弥并不在场,父亲说是莫多莉的时候,修弥根本不知道才对。

"哼,"修弥嗤笑一声,"蠢货!和你那哥哥一样!"

"你不是也没抓回来人吗,还挺有脸说我!你不是什么都知道吗,怎么还两手空空!"修彦挑衅道。

"你活得不耐烦了,是吗!"修弥眼中的寒光射向修彦,嘴巴微动,渐露狼齿。修彦盯着修弥,毫无退缩之意。

"好了好了,你们两个行了,都是我的孩子,干什么呢这是?修彦,你对你哥哥太无礼了。"修罗话虽这样说,可语气却不显严厉。

"是,父亲。"

"修弥,我喊你回来,是不想你在腐蚀地多逗留,毕竟有那个家伙在。你为了抓一个死人,不值得。"

"父王说的是,儿子鲁莽了。不过,修彦不知道对方能力强弱,擅自派出狼群追击,实在……"

"也是我大意了,以为只有莫多莉一个女人呢,就同意修彦派出属下去追了。本想着不用什么事都动用你的人马,小题大做,谁想着,没你还真不行。"说完修罗笑了起来。

修弥沉默不言,一会儿才道:"父王,这次来的不仅是莫多莉,北唐穆仁的儿子北唐北冥也中毒了。"

"嗯?"修罗收了笑容道,"什么?你说谁?"

"北唐穆仁的儿子,北唐北冥。"

"他也来了!"修罗大惊。

"是,刚才我在腐蚀地和他交手了,他的狼毒中得不轻。"

"死了没有?"修罗问道。

"没有,儿子收到您的传唤,就立刻回来了。"

"没死……"修罗若有所思,"他什么时候来的?我竟然没察觉……我以为那个狼毒的气息是莫多莉身上的呢……是我大意了……"

"父王,您不用太介意,北唐北冥身上中的狼毒比莫多莉深得多,我和他交手的时候已经看出来了。"

"嗯,"修罗点了点头,"还是你办事周到。"

"就像您说的,没必要为了抓个死人,触到那帮在腐蚀地的人的霉头。"修弥看势,跟上了这一句。

"是,你说的对。"修罗听到了自己想听的话,"修彦,你先退下吧。"

修彦一愣,随即领命道:"是!父王!"

"等等!"修弥突然大声道,"让你的人记着,以后腐蚀地没我的允许不准再擅自踏入!"

"知道了!"修彦咬着牙低声回道,转身离开,不敢在狼穴外多作逗留。因这最后一句,修弥第一次瞟了她一眼。

"修弥,北唐北冥逃走这事,你怎么看?"待修彦走后,修罗继续道。

"可惜了。"修弥道。

"可惜了?"

"马上就要死的人,没什么用了。不然,确实可以利用一下,像那个人一样。"修弥笑道。

"追不回来了吗?"修罗听着有些心动。

"追回来也没用,他们两个不是一种人。"

修罗听到冷笑一声:"有什么不一样,看着是个硬骨头,到最后不都是怕死怕疼?罢了,不追也罢。"

此时,辽地的另一端,聆龙带着北冥和莫多莉尽快往外飞去。直到夜半,他们才终于冲出了这片腐蚀地。新鲜的空气豁然扑面而来,莫多莉拼命吸了几口,然而北冥的呼吸越来越弱。

"聆龙,放我们下来吧。"北冥轻声道。

"没事,我再带着你们飞一会儿。"聆龙道。

可没过一会儿,就听北冥大声道:"聆龙,快放我下去!"

聆龙不知发生了什么,赶快照北冥说的做了。就在北冥落地的一瞬,"噗"的一口黑血从他口中喷出,一声难耐的呻吟从北冥坚韧的身躯里发出。

北冥疼得无法说话,体内的毒血一直蔓延至肌肤外层。从腹部开始蔓延,他的身上布满了暴起的无数道青黑色血管,此时已毫无压制之法。在辽地,他强行使用"长门""幻象"两招灵法,让他仅存的灵力消耗殆尽。

青黑色的血管冲到北冥颈部,他的喉咙马上就要被毒哑,瞳孔的颜色乌黑一片。北冥的双手已经深深嵌在了冰冷坚硬的土地里。这时,一片花瓣信卡从北冥的衣兜里掉落出来。

他用残存的意志攥住了这片花瓣,上面写着:"北冥,你在哪里?我怎么好多天没有收到你的讯息了,方便回应我吗?"北冥跪在地上,用双肘撑着地面,看着梵音给他传来的话。这些天在辽地,他们的信息被阻隔了。"怎么会这样?"北冥脑中闪回,随即握紧了花瓣,此刻他是传不出去了。

"梵音。"北冥嘴唇轻启,没有声音,只是张合着。

只这一个用力的动作,北冥紧接着大口大口吐着黑血,连续不断,他已看不见来路。

"北冥!"莫多莉尖叫着,早已忘了再施藏身术。

就在这时,突然,一只纤细的手臂伸到北冥面前,按在了北冥的嘴唇上,一股清香温暖的鲜血从那只纤细的手臂上缓缓流出。一部分流到了北冥的嘴里,一部分顺着纤细的手臂淌到了手肘,滴在了地上。

北冥原本将死的样子就在饮到这鲜血时奇迹般地停止了,随着温血缓缓不断地流入北冥口中,他的喉咙不再那样灼痛,滑过清凉,瞳孔亦不再漆黑一片,久久后呼吸也缓了过来。只听一个温柔的声音轻轻道:"快点喝下去!把我的血喝下去!"

北冥本能地多吸了一口手腕上流出来的血液,一声轻吟响在北冥耳边,他似乎听到了什么。北冥的克制力超乎常人,他停止了嘴上的动作,用半清澈的眼睛看向对面,低声说道:"你是谁?"

"我……我……"对面的人温声细语不敢讲话。当北冥强撑着看向她时,她的脸已经烧得通红,不敢和北冥对视,可又离不开他的目光,是个柔发垂腰的清秀女孩。

北冥在问过这一句后,便闭上了眼睛,晕了过去。倒地的刹那,女孩抱住了他的头,让他轻轻地落在了自己穿着白纱裙的腿上。

不知过了多久,北冥的意识开始慢慢恢复,剧痛不堪的身体此时变得不再那样难熬。他挣扎着转动着自己的手腕,手指轻微伸张,眼睛似乎还不太管用。这时,一个轻柔的声音传到北冥耳朵:"你醒了?"

北冥听到声音后,用力睁开双眼。头脑的转动让他再次感到疼痛,他闷哼一声。

"啊,是我不好,是我不该叫醒你,你慢点,慢点!很痛是不是?"女孩焦急的声音再次传到北冥耳朵里。

北冥疼得皱着眉头,但还是转过头来,问道:"你是谁?"

"我是胡轻轻。"女孩一汪柔水般清澈的眼睛痴痴地望着北冥。

"我们认识?"北冥困惑道。

"不认识。"女孩答道,眼睛还是一转不转地盯着他看,不想离开。

北冥错开了女孩的目光,往周围扫了一圈。一个不大的草屋,干净整洁,应该快到正午了,窗户外照进来的光是暖和的,很明亮。眼前的女孩穿着简单干净,一身素白色的布料长裙,刚好露出脚踝。只是在这严冬里她穿得太过单薄了些,不仅如此,还没有穿鞋,一双白皙小巧的脚丫赤脚踩在地面上。

北冥一时无绪,就听屋外一个欢腾惊喜的声音冲了进来:"北冥你醒啦!北冥你醒啦!"一个银色小影儿倏地冲到北冥面前,兴奋地在半空蹦蹦跳跳,边跳边说:"北冥你醒啦!北冥你醒啦!"

"我醒了。"北冥笑着看聆龙,心中也感动不已。

"这个女孩还真是厉害,说能救活你,还真的把你救活了!"聆龙雀跃地用一只翅膀尖指着胡轻轻。

"那天是你救的我?"北冥还在努力回忆当时的情形,因为中毒已深,对当时的记忆北冥已经模糊了。

女孩轻轻低下了头,没回他,就算自己被感谢也显得十分羞怯。

"是她救的你!是她救的你!这不还救着嘛!一直没撒开!"聆龙高兴地摇摇摆摆一直不停。

"什么?"北冥没听明白。

"喏喏喏,人家一直救着你呢,一直没撒手。你可得好好感谢人家,都三天三夜了。"说着,聆龙又用翅膀尖指了指北冥的手,"一直没停地给你把脉,还挺神奇的,我以前都没见过这种医法。"说着,聆龙自己傻乐了起来。

北冥低头看着自己的手,女孩一直握着他的手,这时他才感觉到女孩的手心很热,焐得他整个手掌到手臂都是暖和的。北冥抬头看向女孩,刚想开口,女孩站起身快步往门外走去,走到一半停了下来,半侧面道:"我去给你看看汤药,你的朋友还在那边,我去告诉她你醒了。"

"她是你朋友啊,北冥?"聆龙优哉地飘在半空中问道。

"不是,我不认识她。"

"什么?那她还对你这么好!我和莫多莉都以为你们认识呢!"聆龙腾地在空中翻了个身,盘腿坐直了飘在空中看着北冥。

"你们没问她吗?"

"问了啊,可是她没说啊,她就看到你晕倒了,然后一把就抱住你了,然后就开始哭,然后就把她手腕上的血往你嘴里送,然后你的毒素就开始慢慢退了,然后她就用毛腿儿把我们带到这里了,然后她就开始天天给你把脉,然后她也不理我们,然后她就这么没日没夜地陪着你。"说到这儿,聆龙难为情地用翅膀拍拍自己的脑袋,继续道,"中间我都睡着过几次呢,她和莫多莉就这么守着你。"

"莫总司怎么样了,狼毒复发了吗?"

"她没事。不过我偷偷告诉你啊,她也哭。"

"啊?"

"那个女孩不是总去给你煎药吗,药放在炉子上,她就继续回来给你把脉。莫多莉也帮不上什么忙,就去给你看着药罐。然后,"聆龙突然俯下身来,蹭到北冥耳边小声说道,"我就看见她自己在灶台那边掉眼泪,不知道为啥,她自己的毒不是解了吗? 不知道哭啥呢? 我怀疑她的毒是不是没有解干净啊,所以疼得哭了。我怕她偷喝你的药,就在一边暗中替你守着,不过她倒是没喝。"聆龙话痨般自言自语着。

"你说那个女孩一直替我把脉?"北冥又问道。

"嗯嗯嗯,"聆龙用力点着头,"对你很好的,一直没撒手,就像刚才那么握着,还挺独特的医法,我以前都没见过。也不嫌累,晚上的时候就靠在你手背上。"

北冥彻底被聆龙说蒙了,看它说得头头是道,什么把脉,什么煎药的,好像真是那么回事,可是那个女孩一直握着自己的手,应该不是在医病才对。北冥想抬起手看看,可是刚一用力,就疼得浑身一紧,发出一声短促的呜咽。

"你别动,别动,你还没好呢!"一个焦急轻柔的声音从门外传来。

女孩直接奔到北冥床前,一把抓住了他的手,轻轻扶着,帮他揉着。北冥愣在当下。

"不用了,谢谢,我没事。"北冥很快说道。女孩抬头看了看他,笑了笑,又继续低下头去替他按着手臂。"真的不用了。"北冥认真道。

聆龙扑腾到女孩面前,不见外地道:"北冥的毒怎么样了,快好了吗?"

女孩没有回应聆龙,好像当它不存在一般。给北冥揉了一会儿,她便站起身,走到桌台边,端起给北冥熬好的药。这时莫多莉也进屋了。

北冥看到莫多莉,称呼道:"莫总司,您还好吗? 身上的毒没事吧?"

莫多莉看着醒来的北冥,神色激动,快步走过来道:"你终于醒了! 可把我吓坏了! 太好了!"莫多莉还想往前走两步,却被女孩挡住了。

胡轻轻端着药碗来到北冥床前,轻声道:"该吃药了。"她好像不喜欢听到北冥和莫多莉的对话一般。

北冥躺在床上,难以起身,轻微动了一下,就浑身疼痛。"你不要动! 你身上的狼毒还没解呢! 你乱动会很疼的! 你躺好,我喂你喝药就好。"女孩着急地皱起眉头,想嗔,又缓下了语气。

北冥看着女孩道:"您是灵枢?"

"不是。"女孩淡淡道,她欢喜和北冥对话。

"您会把脉问诊?"

"不会。"

"请问,您是如何帮我解毒看病的?"

"我不会看病,我只是能解狼毒。"女孩冲北冥轻轻笑着。

"用你的腕血吗?"北冥正色道。

"嗯。"女孩点了点头。

北冥吃惊,继续道:"为什么要帮助我们?您认识东菱国的人?"

"不认识,我没有要帮你们,我只是要救你。"女孩认真地看着北冥。

"我们见过?"

"你救过我。"女孩温柔地低下头。

"我……"北冥一时无语,他努力回想着有关眼前女孩的事情,却毫无印象。

"先把药喝了吧,这对清毒很有好处。"女孩说着,用勺子舀了一勺汤药,放在嘴边轻轻吹着,用嘴唇抿了抿汤药的温度。

北冥越发觉着不对,就算他现在脑筋再不清楚,也察觉到女孩对自己似乎过于亲昵了些。刚才脑子犯蒙,加之他体内的狼毒确实被解了,竟把聆龙说的胡话也听进去半分。说什么女孩替他把脉,其实就是这个女孩这些天一直握着他的手而已。

眼见女孩已经要把汤匙递过来了,北冥猛地从床上坐了起来,这一下疼得他倒吸了一口凉气。

女孩吓得险些扔了手里的汤碗,紧张道:"你干什么!"

"我自己来就行。"说着,北冥从女孩手里拿过汤碗,一股脑儿喝了下去。

"莫总司,您给菱都传信了吗?"喝完后,北冥便道。

"传了,我已经通知主将了,但是没说你中毒的事。一来怕惊动军政部,二来这位姑娘说能帮你解毒,我看你确实好了许多,也就暂时放心了。"莫多莉心思缜密,处事镇静,北冥心下稍安,他中毒的事多说无益。

"多谢您。"北冥道。他喝过汤药,靠在了床栏上,身体还是异常疼痛。

"说了别和我见外的。"莫多莉眼神一瞟,看了眼坐在北冥旁边的女孩。

北冥点了点头。

坐在一旁的女孩听着他二人的对话,觉着对方比自己与北冥热络得多,一时不好说话,只是默默拿走了北冥喝空的药碗。

"胡小姐。"北冥有礼貌地叫道,女孩正起身把药碗放在桌子上。听见北冥叫她,有些尴尬地回过头来,她一时觉着自己是个外人,不应当这样做事。北冥道:"我非常感谢您的救命之恩,只是我还是不记得自己曾经救过您的事,您确定救您的是我吗?"

"是你。"女孩有些失落,她看得出北冥对她十分见外。女孩盯着手里的空碗,不再言语。

"什么时候,在哪里呢?"北冥看出了女孩的拘谨,不像方才那般自在。他想着毕竟是女孩家,又救了自己的性命,再怎么说都不应该拒人于千里之外:"莫总司,您和聆龙先去外面一下可以吗?"

"为什么?"聆龙歪着脖子奇怪道。

北冥看了看聆龙,聆龙道:"那好吧,谁让你是病人呢,听你的吧。"

当聆龙和莫多莉离开后,女孩还是站在远处,一声不吭。北冥主动开口道:"抱歉,我真的不记得了,你可以告诉我吗?"

"你讨厌我照顾你吗?"女孩低着头,小声道。

北冥一怔,略想了下,礼貌道:"我不是那个意思。只是我毕竟是男人,很多事,我自己来就可以了。"

"嗯。"女孩闷声,点了点头。

北冥一时语塞,眼前这个女孩看样子有些孤僻清冷。可想到女孩对自己似乎有过多的好感,北冥本能地就会规避起来,这种过于耿直干脆的性格像足了他的父亲北唐穆仁。

本想再说几句,可北冥突然觉得脑袋一沉,昏睡了过去。

夜半,北冥体内的狼毒渐起,令他绞痛难忍。冰凉的汗珠从额头上不断淌下来。这时他的嘴边划过一丝温热,北冥张开嘴巴,饮了一口,好像救命的甘泉。可还没等饮下第二口,他就猛地睁开了眼睛。

胡轻轻正焦急地看着他,她被割破的手腕正贴在北冥的嘴边。

"你……"北冥艰难地开了口。

第四十四章
解毒

"你快喝吧,你的狼毒太深了,一时半刻是解不了的。"

"你自己赶紧包扎起来,我不……"北冥话没说完,胡轻轻就把手腕再次放到了他的唇边,肌肤相亲,血液自然流到北冥嘴角。

北冥坐起身来,反手一扣,抓住胡轻轻的手腕,又撕破被单,替她包扎起来。

"不喝我的血,你会死的!天底下只有我一个人能解狼毒!"胡轻轻急得眼泪都流了出来。

"那是我的命,不能用你的血来填。"北冥坦然道。

"这点血,我不会死的,你放心吧,而且我也不会离开你,你也不会死的。"胡轻轻的眼泪顺着她清瘦粉嫩的面庞流了下来,打湿了北冥的床被。她边轻声泣着,边解开了北冥为她包扎好的手腕,柔声道:"你要是不喝,我就让它这样流着,反正你死了,我也不会活的。"

北冥看着她,蹙起眉头。

"北冥,听她的吧。你现在还不能死,等回了菱都,再想办法也不迟。"莫多莉站在女孩不远处,她这几夜也都焦虑未眠。

胡轻轻微怨的眼神看着北冥,手上的血还在不停淌着。她见北冥默不作声,就伸出了自己的手腕,放到了北冥唇边,在没挨到北冥嘴唇的前一刻,莫多莉开了口。

"胡小姐,如果把你的血放在药罐里,是不是会更好些?"胡轻轻一怔,莫多莉继续道,"这样北冥喝着也方便。"

胡轻轻想了一下,站起身来,轻声对北冥道:"你等我一下,我去拿药罐过来。"随即离开房间。

北冥靠在床边,沉默不语。

"想打晕她?"莫多莉站在厅中,双手交叉在胸前。

北冥没心思回应她。刚才北冥为了拒绝胡轻轻的救助,在胡轻轻把手腕放到他唇边的一刻,就准备动手了。莫多莉眼疾手快,发现了他的举动,这才开口阻止了胡轻轻,并找个理由,让她把血溶在药罐里。可莫多莉知道,这只是缓兵之计。这些天她算是看出来了,北冥的性格虽沉稳果决,但极为耿直好强,他决定做的事,定是势在必行。

"你这条命有多大用处,你自己不知道吗?看狼族来势汹汹,你放心得下东菱?真那么不好接受别人的血,就想想你毕竟救过她一命。一命抵一命,两不相欠,不失气度!"莫多莉旁敲侧击,想让北冥放松些,"我为了花婆,赴汤蹈火也得拼命回菱都。你呢,对父母就真那么无所谓,能活也不回去?那你还算什么男子汉大丈夫!"莫多莉越说越厉害。北冥的神色也跟着动摇起来。

"我当你酒量好,人也别具一格、与众不同呢!到头来还是和那些人一样,迂腐得很!我要是跟你一样,早在花婆面前哭死一百回了!做人顶天立地,哪儿就那么多规矩了!是非分辨,不愧于人不就行了!"说到最后莫多莉竟有些不耐烦起来,好像自己在教育一个晚辈似的。她平时最烦这种磨磨唧唧的大道理,看见那些个前辈老人儿就没心情。

"怎么着,那个女的对你有非分之想,你就非得以身相许啊?"说着,莫多莉借着烛光直视着北冥青白憔悴的面庞,北冥似乎也回了神,向她看了过来。"看我干吗?我又不是瞎子,男人女人的事,动动头发丝,我就知道他们想要干什么。更何况,那个女的对你做得也太明显了,分明就是对你有所图,有什么大惊小怪的!"北冥被莫多莉说得哑口无言,完全不会应对。一个情窦初开的白纸少年,对着莫多莉这样风情万种的女人,就像是白水换烈酒,全蒙了。

"凭你的样子,把你劈成八瓣也不够女人分的,你自己不知道吗?整了半天,傻小子一个吗?"莫多莉说到最后竟有些嫌弃北冥了,她往日见到的北冥都是雷厉风行的,哪像现在这般迷糊。

可她忘了,性情耿直的北冥,朗朗少年,哪会想这些事情。加之他现在重伤在身,整个人虚弱不堪,不要说往日气度了,就连思维情绪都是混乱的,他根本无力支撑。

"想明白了吗?这条命还要不要了?大不了,回菱都后好好感谢人家不就行了。你又没把她怎么样,拒人于千里之外干什么,大惊小怪的!"莫多莉嗔道。

北冥叹了口气道:"谢谢您。"

"真讨厌！让你别把我当长辈，这下子我真像个长辈了！"

"莫总司，我不是故意的，抱歉。我只是现在……"北冥说着，头就往后仰去，重重地靠在墙上，疼得他面色苍白，用力呼吸着。莫多莉一惊，赶紧冲到床边，急道："对不起，北冥！我以为你好多了呢！我以为你刚才真的能坐起来了呢！"北冥疼得已经闭上了眼睛。莫多莉这才意识到，北冥一直在强撑着听自己讲话，她还多加指责，在这个时候显得那么不妥。

看见北冥痛苦的样子，莫多莉瞬间红了眼眶，手扶在他身上说道："对不起，是我不好，我不应该那样说你的。"北冥大口地喘着气，说道："没事，是我自己考虑不周，您说的很对，是我太固执了，是我的错。"莫多莉使劲摇了摇头，哽咽不语。

不一会儿，胡轻轻端着汤药走了进来，莫多莉给她让开了地方。胡轻轻看着北冥苍白的脸，二话不说就把汤药端到了他嘴边。本想喂他喝下，北冥还是自己接了过来，道了声谢，一口喝了下去。只待片刻，北冥的狼毒便减轻许多，周身的疼痛也不那样明显了。

"还疼吗？"胡轻轻柔声道。

"好多了，谢谢你。"北冥道。

胡轻轻笑笑，也没说话。

"你也去休息一下吧，辛苦你了这些天。"

胡轻轻垂下眼眸，顿了一会儿，轻声应道："好吧，那我明早就来看你。"说着，她伸手摸向北冥额头，眉间轻蹙道："出了这么多冷汗，我还是要留下来陪你。"

北冥道："真的不用了，我现在好很多了，你也应该去休息了，不然身体撑不住。"

胡轻轻看着他，本不愿意，但又不想逆着北冥的意思，也就没再强留。走之前，胡轻轻眼眸轻眨道："还疼得厉害吗？"

"不疼了，谢谢。"

"那你为什么一直攥着掌心，一刻也没松开？"胡轻轻不解道，神色淡淡，这个女孩除了看到北冥时喜笑哀愁显在脸上，其余时候都是默不作声。见北冥不答，她又道："我以为你是难受得厉害才这样，不是就好了。这些天本想帮你打开手掌，放松些，可你的力气实在太大了，我掰不开。"

北冥觉得喉咙有些干涩，说道："谢谢，我没事。"

"那我去旁边休息了，明天早上就过来。"

北冥点点头。

胡轻轻走后，北冥让莫多莉也赶紧去休息。聆龙早就趴在他身上睡着了。这时房间里只剩下北冥一个人。他慢慢地躺在床上，身体的疼痛真的缓解了许多。这回他算是见识到狼毒的厉害了。

北冥睁着眼睛,看着屋顶,真没想过自己差点就这样死了。这个叫胡轻轻的女孩到底是谁,他真的一点印象都没有。他抬起右手,打开掌心,里面攥着一片米白色的花瓣信卡。花瓣褶皱得已经不像样子,但上面的字迹还能看清。

"北冥,你在哪里,我怎么好多天没有收到你的讯息了,快些回应我啊。"

"北冥你在哪儿?"

最后一句停留在这里,花瓣上再没有多余的话。北冥盯着梵音传给自己的信卡出神,突然,他脑袋中一闪,脱口而出:"笨蛋!"

他怎么忘了,这些天自己昏迷时是莫多莉帮着传信给父亲的。梵音想要知道他的状况也只能从父亲那里得来。然而这些天,梵音再没有一条讯息传来。他二人相处多年,对彼此的脾气秉性一清二楚,即便莫多莉没说自己中毒的事,梵音也一定猜到他出事了,不然绝不会不理她的。梵音之所以没再发讯息过来,是在等他。

北冥攥着花瓣,感觉自己的灵力在渐渐恢复,传出信息的灵力还是有的,他想都没想,也不觉此时已是夜半,抬手便传了出去,信卡上写着"梵音"二字。除了这两个字,他竟不知道要再说什么,再怎样说了。

一瞬未过,花瓣上紧接着显出"北冥"两个字,字迹有些战抖,说明对方传信时情绪波动,灵力不稳。紧接着,信卡上又显出几个字:"你在哪儿?你还好吗?受伤了吗?"

北冥看见梵音的字迹,心中也是一痛,相思之情顿时涌出:"我刚刚出了辽地,之前让莫总司接应我,辽地不知为何不能传信出来,所以这些天才没回应你。我没受伤。"

菱都那一头,梵音收到北冥的传信,噌的一下便从床上坐起,着急地念着信卡上的字。当她看到"梵音"二字时,拿着信卡的手都在打战。这些天她夜不能寐,担心不已。虽说主将已告诉她北冥在辽地潜行,可她就觉着哪里不对,几日来心不在焉。

她是除北冥外,唯一和修弥交过手的人,自然知道狼族的厉害。她又从小生活在崖青山的照拂下,比旁人对狼族更加了解。北冥这一去了无音讯,虽只有十天,却比以往他离开一年半载都让她担忧。

"没受伤吗?"梵音都不知自己该问些什么,她心中总是暗暗觉得北冥现在不宜多说话,不能多用灵力。"你等我一下,等我一下。"梵音着急地从床上跳下来,披上大衣,往崖雅房间跑去。

北冥看着梵音潦乱的字迹,呆了片刻,笑了出来,心想:让我等什么呢。

不一会儿梵音来到崖雅房间,急促地敲了几下门,声音不敢太大。片刻后,崖雅迷迷糊糊打开房门，哑着嗓子说道："小音，这么晚了什么事啊？你不是有我房门钥匙吗？"

"我忘了拿。"梵音边说边走了进去。"你帮我听听，你帮我听听北冥的声音！"梵音举着信卡道。

"什么？"崖雅眨着眼睛不解道。

梵音说着往信卡上传出一句话："北冥你说句话让我听听，一句就行。"

北冥盯着梵音传来的讯息，一时发愣。"说句话，让我对你说句话，说什么呢？"北冥想着，心跳在不知不觉加快。"傻瓜，你又听不到我的声音。"北冥写道。

"我可以，我让崖雅帮我听一下，一句就行了。"梵音赶忙回道，她想听听北冥的声音，让崖雅帮忙更好，如果北冥有什么不好，崖雅这个灵枢一听便知。

北冥知道梵音的心意，正了正精神，脱口便出："梵音，我过些天就回去，别担心，赶紧休息吧。"

"北冥的声音怎么样，听出什么问题了吗？"梵音这一头问着崖雅。崖雅谨慎地听着，毕竟北冥去的是辽地，她身为朋友也是记挂的。

崖雅皱着眉头，听了好几遍，说道："好像没什么大碍，就是很疲惫。"

"很疲惫吗？"梵音问道。

"嗯。"崖雅点头。

"你说他会不会……"梵音也不敢问下去，既怕崖雅害怕，也怕自己害怕。

"什么？"崖雅问道。

"他应该不会中毒什么的吧？"

听到这一句，崖雅顿时睡意全散，周身寒意袭来："中毒，中什么毒？"她紧张道。

"狼毒。"

崖雅听到后瞬间打了个冷战："狼毒？怎么可能呢？怎么可能呢？他自己说了？"

"没有，我就是有些担心，毕竟好多天他都没有音讯。"

"不可能的，中了狼毒哪还会这么精神地说话。再说，你不是把爸爸制的药丸给他带去了吗，不可能有事的。"崖雅坚信道。

"那就好了，可能是我自己多虑了。你赶紧睡吧，我回去了。"说完，梵音返回自己的房间，心里稍稍踏实。刚一躺到床上，信卡上便又传来了讯息。

"你也说句话让我听。"北冥写道。他盯着自己的笔迹，刚刚写下时，带着些许紧张。

"我？我说什么呢？我这边很好，没什么事的。"梵音写道。

过了半天,她也没见北冥理她。梵音盯着信卡,眉头蹙起,担心起来。想了想,张口对着信卡说道:"北冥,你早点回来!"声音竟不觉急切起来。刚一说完,梵音愣在床上,心扑通扑通地跳着,小脸觉得有些发烧,莫名紧张起来。

　　"我,我在干吗呢!我在说什么呢!"梵音紧张地自言自语,"他在外面忙着呢,我让他早点回来干什么?笨蛋!乱说话!"梵音一把抱紧被子,用力搂在怀里。

　　北冥等了好久,见梵音不理她,心里开始忐忑起来,觉得自己的要求是不是有些奇怪,他只是想听听她的声音。就在这时,信卡在他手心卷成了一朵喇叭花的形状,北冥高兴地把信卡放在耳朵边。他听梵音说话从没有像现在这般紧张过。

　　他放开喇叭花,只听里面传来一个好听又迫切的声音:"北冥,你早点回来!"北冥一下出了神,原本忐忑的心现在跳得更快了,随即甜甜地笑了起来。他又多听了一遍,侧过身,给梵音写道:"知道了,快睡吧,晚安。"

　　梵音看着北冥写的字,笑容也浮在了脸上,她长长叹了口气,总算放下心来,回道:"嗯,晚安。"

　　第二天一早,胡轻轻和莫多莉一同来到北冥房间。只见北冥已经盘腿坐在床上,双手放在腿间,正在吐纳呼吸。他身上的黑血暗青已经褪去不见,面色白皙,整个人与之前濒死打斗时的杀气腾腾截然不同,宁静之下俊俏的面容显得温柔许多。

　　北冥呼吸着,声音平缓,再听不出昨晚那种痛苦。莫多莉和胡轻轻站在堂中都没有出声。稍等片刻,北冥睁开了眼睛,黑色的血丝已消失不见,眉眼间看不出之前的疲惫。

　　"我感觉好多了。胡小姐,谢谢你,救命之恩我北唐北冥铭记于心。以后您如有需要我帮助时,我定当义不容辞!"北冥从床上站起,说道。

　　"不用你谢我,我愿意的。"胡轻轻温柔地看着北冥。

　　"胡小姐,昏迷这些天还没来得及问你,这里应该离辽地不算太远,平时你就自己住在这里吗?"

　　"这里不是我的家,是我采草药时临时住的地方。我家住在胡蔓国。"胡轻轻道。

　　"胡蔓国?就是那个离加密山不远的国家?"北冥道。

　　"怪不得,原来你和玄花是一国人,看来你们国家的人真的能解狼毒,这样的话花婆也会没事的。"莫多莉展颜。

　　"别人的死活不关我的事,我只要他平安。"胡轻轻说来平淡,只微笑看着北冥道,"原来你叫北唐北冥,真好听的名字。"

　　莫多莉被驳得失了颜面,想要分辩几句,可又无从说起,毕竟人家是用自己的血在救人。

"胡小姐……"北冥刚一开口,就被胡轻轻打断了:"叫我轻轻就可以。"

北冥张了张嘴,半天憋出一句:"那个,胡小姐。"

"我说过了,叫我轻轻。"胡轻轻一嗔,本就清瘦的脸上此刻更显几分柔弱。单薄的身子,着一袭白裙,赤脚站在屋中,她看上去楚楚动人。

这样亲昵的叫法,北冥叫不出口,正在想如何拒绝,只听一旁一个瞜眉奔眼的声音响起:"人家叫你喊她轻轻,不是胡小姐。北冥,你中毒中得耳朵不好使啦?"聆龙趴在北冥耳朵上抻着腿儿说道。一回身儿,转了个脸,聆龙用爪子揪住北冥耳朵,瞪着眼,正往里面瞧着。

"我听得见。"北冥道。

"听得见还叫错!害我白担心!"聆龙用翅膀扑扇着北冥的耳朵。

"你是什么东西?北冥的朋友吗?"胡轻轻笑眯眯道,这是她第一次与北冥以外的生物说话。

"什么……什么东西?你在骂我吗?"聆龙听得直犯蒙,说话打着磕巴。

"没有啊。"胡轻轻略显迷茫地看着聆龙,她没有意识到自己刚才的话有些冒犯到别人。

聆龙看着她,她那一双婉转的眼睛透出少不经事。"好吧。"聆龙有些无奈。

"胡,轻轻……"北冥说话也打了个磕巴。

"让我看看这到底是怎么了!啊!张嘴!"聆龙突然从北冥耳朵上飞下来,用爪子捧着他的脸,皱着眉头道,"中毒中得舌头不好使啦?"

"我没有!"北冥伸手把聆龙拎到了一边。

"那怎么说人名都说不利落了呢?来跟我说,梵音,梵音。你说说,我听听,来说,梵音,梵音。"聆龙被北冥揪着翅膀,嘴巴还不闲着。

"梵音是谁?你吗?"胡轻轻回头看向莫多莉。

"不是,梵音是他女朋友。"聆龙叨叨着。

"什么!"胡轻轻和莫多莉一同惊呼道。

"胡说八道什么呢你!"北冥回头假装怒视着聆龙,突然听到聆龙这么说,他整个心脏都要被吓得跳出来了,但转而一想,又觉得有些美滋滋。

"我们家小音就是女孩啊,不然是你男朋友吗?"聆龙晃荡着它的四条小腿儿,回道。

"那不叫女朋友,叫朋友,女性朋友。"北冥纠正道。

"哦,这样啊,你们人类花样真多。怪不得小音不让我娶她,原来这么多叫法呢。"聆龙在半空郎当着。

北冥不再理会聆龙，转头对胡轻轻说道："胡小姐，你我毕竟相识不久，直接叫您的名字还是有些不便，所以我……"

"我想让你叫我轻轻。"胡轻轻淡眉轻蹙，打断了北冥的话，略带哀怨道。

"我……"北冥越显尴尬。

"你刚才还说如果我有需要，你都会义不容辞地帮助我。那我现在不需要你的帮助，我就想你叫我轻轻，都不可以吗？"胡轻轻说着默默垂下眼角，捏着裙褶，两只小脚在冰凉的地上靠在了一起，不安地轻搓着。

"可以，我叫你轻轻就是了。"北冥道。

"真的吗？"胡轻轻抬起眼，笑着。北冥点点头，不再拒绝。

"轻轻，我现在要和莫多莉小姐，就是你旁边这位，一起返回菱都。你是要继续留在这里，还是要我把你先送回家？"

"你要离开了吗？"

"是的，我在菱都还有事，要赶紧返回去。所以，如果你需要，我会先把你送回胡蔓国。"

"我要跟着你，我哪里也不去。"

"你跟着我？"北冥大感。

"是的，你不能离开我，我也不想离开你。"胡轻轻旁若无人地直言道。说完后，她略显苍白的脸上露出绯红，笑着低下了头。

一旁的莫多莉看得清楚，打一开始，这个女孩眼睛里就只有北冥一个人。这些天胡轻轻对北冥巨细无遗地殷勤照顾，此刻更是无所顾忌地表达出对北冥非比寻常的情谊，然而她的一举一动又透着不谙世事、不经风霜的样子，毫无做作。若说女人想在莫多莉眼前扮可怜装无辜是完全不可能的。

北冥刚想开口，被莫多莉抢了先："他为什么不能离开你？"

"他要喝我的血才能控制住狼毒的发作，他不能离开我，否则会死掉的。而且我也不想离开他。"

其实莫多莉和北冥早就知道北冥身上的狼毒并没完全解掉，但是要让这个姑娘一直跟着又实在不便，而且北冥完全不打算靠一个女孩的血维持自己的性命。

"你有彻底解除狼毒的办法吗？"莫多莉再次道，既为了北冥，也为了花婆。她自知花婆的事不能再耽误了，早已归心似箭。

"没有，他只有饮我的血才能压制住狼毒，没了我的血，他的狼毒很快就会再发作。"胡轻轻道，"可是我永远不会离开他的。"此话一出，莫多莉心凉了大半截。

"轻轻,我不会一直把你带在身边的,我会把你安全送到胡蔓国。至于我自己的事,我自己解决。"

"她都没办法,你又有什么办法呢?"莫多莉道,"带上她吧。"她还是担心着北冥。

"咱们现在就收拾东西出发,不能再耽搁了。"北冥不准备再和两位女士继续这个话题。

"你伤势不轻,正好胡轻轻带了毛腿儿来,咱们坐毛腿儿回去。北冥,你我现在大意不得。"北冥自然明白莫多莉的意思,便同意了。

一路上,胡轻轻安静不语,只是靠在北冥一边坐着,莫多莉坐在他二人对面。

"轻轻。"安静的车厢里,北冥开了口。

"嗯?"胡轻轻低声应着。

"我到底在哪里救过你?"

胡轻轻慢声道:"就在几天前,你从加密山过来的时候,不记得了吗?"她的脸上浮着单纯的浅笑,好像在说一件令她幸福的事,"大年初一,一个狼族差点袭击了胡蔓国,被你拦了下来。"

北冥这才恍然,原来胡轻轻说的是他用连坐袭击阻挡修弥的事。"原来是那个时候,你那天在胡蔓国?"

"我那时刚好在外面采草药,不知怎的突然发现了狼族的气息,我怕得要命,正往城里跑。可狼的血腥味太重了,我知道我们这个小国不堪一击,肯定在劫难逃,索性就站在城外闭着眼睛等死。"胡轻轻回忆着当时的情形,两只白皙修长的手放在腿上不停捻搓着,"我觉得这次大概真的会死掉的,会死掉的,不可能命总是那么好……"她的声音越发蔫小。

北冥和莫多莉都发觉女孩有些奇怪。北冥道:"狼族以前也骚扰过胡蔓国吗?"

"这倒没有,它们不把我们这些国家放在眼里,看都不会看上一眼。"

确实如此,狼族不会无缘无故攻击人类,它们的攻击都是有目的的。

"胡蔓国的人都善用草药,你也知道蚀髓草对不对? 这种草药确实能解狼毒,是吗?"莫多莉道。

"我不知道。"胡轻轻道。

"你不知道? 你这几天给北冥喝的药,不就是蚀髓草吗?"

"我不知道那是什么草,我只是会采来给自己喝而已。我觉得那草很好,就给他喝了。"

"你自己喝?"莫多莉吃惊道。蚀髓草本身有毒,常人是不能服用的。

"嗯。"胡轻轻靠在车厢壁上,缩着身子点点头。

"胡蔓国的人不是善于解毒吗？"莫多莉不死心，好不容易碰到一个能解狼毒之人，定要问个清楚，只是眼前这个姑娘实在不善言辞。

胡轻轻不再答话，只自己坐着。北冥跟莫多莉示意，让她不要再追问了。莫多莉虽有些不甘心，却也只能作罢，她想着大不了自己去胡蔓国问个清楚就好。天底下又不止胡轻轻一个胡蔓国人。

过了好久，胡轻轻从自己的角落挪过身来，自然而然地往北冥身上一靠。北冥赶忙回过头，想让开他们中间的位置。胡轻轻茫然地抬起头，看着北冥，张口道："我想跟你在一起。我不回胡蔓国了，我想跟你在一起。"

"你的家人还在胡蔓国吗？"北冥问道。

"在。"

"那为什么不回去，他们对你不好吗？"北冥道。当他问完后，莫多莉看向了北冥，这似乎是她第一次看见北冥关心一个女孩。

"不知道。"说完，胡轻轻又往北冥身边挪了挪，让北冥没有地方可避了，"我就是想跟着你，你和他们都不一样，你救了我。"胡轻轻笑着说道。

"我当时只是不想让修弥破坏了那些无辜小国，所以才出手阻止。能救下你自然是好事，只是你不用因为这样就跟着我。"

"我看到你了，那一天我看到你了，"胡轻轻望着北冥，眼睛里有光亮在跳动，"你离我好远好远，可是我还是看清你了。你长得那样好看，就站在那里，什么都不怕，你把可怕的狼族打跑了，你和所有人都不一样。他们都愁眉苦脸的，笑了我也不喜欢，我不喜欢看见他们。"

"谁？他们是谁？"北冥问道。

"来喝我血的人。"胡轻轻淡淡说道，可听得北冥和莫多莉都只觉自己的后脊背突然参起一阵寒意。

"喝你的血？谁来喝你的血？"莫多莉忍不住问道。

"很多人。"胡轻轻眼睛里的光黯淡下去。

"你的父母不管你吗？"莫多莉道。

"他们让的，他们让他们来喝我的血。"

"你的父母让别人来喝你的血？"莫多莉惊道。

"是的。"

"他们疯了吗？"莫多莉讶异道。

"你不也是一样吗？"胡轻轻嘴角勾出一丝鄙夷的浅笑。

"你这是什么意思！"莫多莉怒道。

"你不是也要拿我的血吗?"胡轻轻说着,随即冷笑一声,不再看她。莫多莉恍然,她之前是和胡轻轻要求过,去救花婆。

"我那不一样,我是想你帮忙救人。你不愿意就算了,没必要这种态度,我可没有强求。"

胡轻轻又是冷哼一声。莫多莉气得牙根痒痒,却也不想再和她拌嘴。

"只有你和所有人都不一样,只有你一个人。你什么都不怕,连死都不怕,我想跟着你,我这辈子都想跟着你,可以吗?"胡轻轻真挚向往地看着北冥。

"我……"北冥面对这样性情古怪的胡轻轻不知如何应对。莫多莉在一旁瞥着眼,懒得搭理他们。

"他家可大了,你倒是可以和他住一起。"聆龙突然没头没脑地来了这么一句,吓得北冥一个哆嗦,呛了一口,吭吭地咳嗽起来。

"你怎么了,没事吧?"胡轻轻看见北冥咳嗽,立刻蹙起眉来,用手轻扶在北冥的胸口。

"没事没事,我没事。"北冥忙躲开,难以招架。

"你要是有个三长两短,眼下这个美人儿可就得哭死了。"莫多莉在一旁尖酸地说着。

"他不会有事的!我会永远陪在他身边的!"胡轻轻怒道,说话声音第一次大了些,"我的血,以后谁都不会给!我就会给你一个人!你知道吗,你那天走以后,我不知道去哪里找你,就坐在城外等你,总觉得有一天我会再碰到你。那天深夜,我望着那片加密山,我知道你在山的那一边,想翻过山去找你。就在这个时候,你回来了!你真的回来了!我看到你了!我的天啊!"说到激动处,胡轻轻用双手拉住了北冥的手,"我看到你站在了离我们不远的地方,我高兴地看着你,想跑过去找你,可是你一瞬间就不见了。"那日深夜,北冥翻过加密山,在平原处稍稍驻足,也是为了观察周围的小国有没有再受叨扰,片刻后他就离开了。

"我着急地跑过去,可是根本没有你的影子了。我想你一定是去了辽地,你一定是去找狼族了。我害怕极了,我跑回家,带上毛腿儿就出发去找你。"话说到这儿,胡轻轻的声音都开始颤抖,两只冰凉的手更是抓得越来越紧,"我怕你出事,你知道吗?狼毒真的太可怕了,你不能去那个地方。"

北冥听着,还是默默地把胡轻轻的手移开了。胡轻轻说得激动时,也没去在意这些,继续道:"毛腿儿太慢了,我花了好几天时间,没日没夜才到了辽地。我想冲进去找你,可是,可是,可是……"胡轻轻羞愧地低下了头,双手掩着脸庞,轻轻啜泣道,"可是我还是害怕,我不敢进去,对不起,对不起……如果我当时进去找你了,你就不会受伤了，都是我不好。"

"这不关你的事，你不要这么难过，何况我现在没事，不是吗？"北冥道，"我非常感谢你救了我的命，胡小姐。你我素未谋面，你的这份恩情，我定会牢记的，你不要哭了。"

"我害怕，我害怕，我害怕狼族，狼毒真的太可怕了……"

听着胡轻轻的话，莫多莉不禁叹然，这样一个看似弱不禁风的女孩，竟为北冥做到这种地步，当真是意乱情迷，无畏无惧了。任谁去看，都不可能再无动于衷，视若无睹了。

"胡小姐，如果你实在不愿回胡蔓国，我可以带你去菱都。到时候，我会安顿好你的住处，你不要太担心。"

过了一会儿，胡轻轻抬起头，苍白的脸上挂着泪花，直发垂腰，好不凄楚可怜，婉转动人。北冥看过后，对她点点头，说道："你躺下休息一会儿吧，我去那边坐就好。"说着北冥起身，坐到与莫多莉一边，留下一条长椅给胡轻轻休息。

胡轻轻看着他，有些茫然，不过既然北冥说了让她休息，她也就安静地躺下了，少时便睡了过去。莫多莉看了一眼身边的北冥，越发觉得捉摸不透。他似乎又回到了那个平日军政部本部长的样子，遇事不为所动，性情干练。

莫多莉原以为这几日看到了北冥受伤时固执羞怯的男孩模样，想着他再怎样也到底是个青涩少年。可眼下的他显然早已换回了心性，与平日无异，倒是莫多莉自己情绪波动得多。他的沉稳远不是莫多莉想的那样，以前看到的他总是不真不实的，现在离得近了，莫多莉却发现，她更加不了解北冥了。或者说她很难相信，北冥真的是一个如此沉稳历练的男人。就像她以前注意到的一样，北冥的性格和他的年纪并不相称。这样的北冥，也让莫多莉再次陷入情愫。

第四十五章
东华

"姬仲!你敢利用我!我看你这个国主的位置别想再坐了!赶紧让贤吧!我狱司的囚牢等着你!"一个年过六旬的长者一身正气,身形挺拔,当面呵斥着正值中年的姬仲。

"东华狱司长,您有话慢说,什么事让您动这么大肝火?我姬仲有做得不对的地方,您作为前辈长者随时纠正我便是,何至于有此一说。"姬仲毕恭毕敬地对着正身在前的东华狱司长。

"你父亲在世时,做事都不敢对我隐瞒,你一个刚坐上国主位置屁股还没坐热的新手竟敢这么大胆子,让我给你通风报信,惹得我一身脏!"东华狱司长怒气极盛,凌眉竖起,赤红的面庞威严至极。

"狱司长,您到底气从何来,是否能先让晚辈知道呢?这样我也好对您解释一二。"

"哼!"东华怒斥一声,"看你一副卑躬屈膝的样子,哪有一点你父亲的气度!怎么当得起这一国的国主!"

"您是我父亲的老友,又是我的长辈,在您面前我怎么敢有国主的派头?您说什么晚辈听就是了。"

"看你这个样子!还不如北唐那个军政部主将做得风光!"

姬仲听到这里,心中被猛地一戳,仍旧和缓道:"我和北唐穆仁也是从小的朋友,他的脾气秉性就那个样子。人太威风,也不是什么好事。"

"别跟我面前油嘴滑舌!说!那个灵枢一家是怎么回事!"

"什么灵枢一家?"姬仲不解道。

"我再告诉你一遍,别跟我废话。几年前你让我手下裴析帮你调查一个游人灵柩是怎么回事?为什么事过不久,那个灵柩就遭到狼族袭击,家破人亡了?"

"您是说崖青山?"

"你说呢!"

"当年我正和陈九仁总司研究破解狼毒的方法,陈总司说有个叫崖青山的年轻灵柩极具天赋,只是为人性格孤僻,不喜与我们这些国人攀交,如果能得到他的帮助,破解狼毒指日可待。"

东华冷笑一声:"你别用陈九仁当幌子,他是个药痴,别的不管不顾,最多就是被你利用了,当个借口。那老家伙恐怕现在都没注意到因为你死了人呢!"

"东华狱司长,您口口声声说是我害了崖青山一家,您有证据吗?再说了,我为什么要害他们呢?和我无冤无仇的。"

"东菱所有的勾当,都逃不过我狱司的耳目,你以为一个裴析加个严录就能帮你查到所有事情还能瞒天过海?你当狱司的探子都是摆设?"姬仲听得神情专注,一丝不露。"你现在知道认真听了?"东华突然道,他那双漆黑的眼睛好像能看穿人心。姬仲激灵一下,无话可应。

"姬仲,虽然我答应你父亲,帮你坐稳国主这个位置。可你在我眼皮子底下干这些见不得人的勾当,我就容不了你!"

"东华叔叔,您消消气,我当时也是一时大意,走漏了风声,没想到害了那灵柩一家。动用了您的手下裴析也全是因为我觉得他精明能干,才请他相助于我的。"姬仲紧张道,他知道狱司的探子都是见不得光的人,他们知道的阴鸷勾当是天底下最多的。既然东华告诉他探子的事,就是点明自己什么都知道了。姬仲不敢也不能再瞒。

"死了什么灵柩,我压根儿不在意。"东华话锋一转,姬仲木然:"那您的意思是?"东华道:"你胆大包天,竟敢瞒我!我就容不了你!""侄儿再也不敢了,侄儿再也不会了。以后做什么事,侄儿一定会先向您请示。反正这次没出什么大事,死了个把游人而已,没人会知道的。您教训的是,侄儿定当谨记。"姬仲忙说。

"嗯,这还差不多。"说着,东华坐在了姬仲卧室的沙发上。夜色已深,那慵懒的样子,似不想再走了。

"您说的是,叔叔您今晚就在国正厅住吧,我让他们给您收拾出房间。"

"不用麻烦了,我就睡你这里吧,这张床。"东华看了床铺一眼,又看看姬仲。姬仲恭敬道:"好,那您早点休息,我先走了。"

东华摆摆手,姬仲退下。不一会儿,房门外响起了一声娇媚之音:"狱司长,您休息了吗？奴家要进来了。"随着一声嬉笑，姬仲卧室的房门被人从外面推开了。

菱都。

年初十已过，一天夜半。

"老爷，干吗呢？想什么想得那么出神？"胡妹儿的一声软语打断了姬仲的思绪。他刚才回忆起了十年前，在这间屋子里发生的一件让他极度耻辱的事。

"想起东华那个混蛋了。"

"那个老色坯，想他干什么？一个死人。"胡妹儿躺在姬仲身上，随意说道。

"你倒不在乎。"姬仲冷眼看向胡妹儿。

"皮肉身，洗洗不就干净了，只要老爷您不受威胁，我怎样都可以。到头来，还不是杀了他给咱们出了气。"姬仲依旧冷色看着她，胡妹儿一个抬眼道，"怎么，您嫌弃了我不成？"

"真恶心。"姬仲无情道。

胡妹儿一个翻身，跃上姬仲胸膛，双腿岔开，骑在上面。"那我就加把劲儿，让老爷重新喜欢上我还不成？"她黏软地说着，此时已经光了上身，酥晕在胸前乱颤，姬仲早把先前说的话抛至脑后。

深夜，狱司的灯一盏未开。从设立狱司起，路边的灯似乎就是摆设，它远不像其他司部那般灯火通明，人气旺盛。这里一片黑寂，乍到这里的人一定会认为走错了路，来到了荒地。狱司楼顶上的尖锥在这寒夜里如虎添翼，似要带这世上所有不善人、做恶人堕入地狱，受极刑之苦。

狱司大门紧闭，没有看守。外面至少还有月光，狱司里更是没半点活气。一层走廊里，连雾在自己的办公室里面整理着卷宗。来到狱司十年，连雾夜以继日仍看不完这成千上万的卷宗。十年里，他连这十年间发生的案件都没办法完全消化，更不用说十年前的事。

连雾放下手中的卷宗，合上双眼，用手指紧紧掐着自己的睛明穴，他感到有些疲劳。淡棕色的细软头发遮住了他的眼睛，其余的乖顺地耷拉在他的耳边。他拿起桌上的水杯，喝完了剩下的最后一口，白水打湿了他的嘴唇，方才显出一点点浅紫红色。

连雾盯着水杯，站起身来，拿着卷宗往一层最深处走去，那里正是裴析的办公室。

此时裴析的办公室大门紧锁，屋内仍旧白光长明，照得人刺眼发寒，精神抖擞。办公室里空无一人，裴析并不在此。

原本放在屋角的海老鼠笼子已经空了，笼子也被移到了一边。泛着酸腐血臭的墙角青石砖此刻消失了,那里出现了一个两米见方的漆黑空洞。似有穴风从那空洞的地下传来,听不真切。

空洞入口处有着通往地下的石阶。因为过于黑暗,石阶看不到底。沿着石阶一直向下,原本都是岩壁的石阶两侧,右侧突然出现一条巨大的甬道,深不见头,灯火通明。正是狱司地下三层囚牢室所在。

此时裴析手中拿着粗糙的皮鞭,站在三层囚牢室中的一间岩穴内。四周漆黑一片,岩穴尽头的右边角落处点着一根燃到一半的蜡烛,才让这七八平方米的"暗洞"存了一点活气。

裴析背朝牢门,面朝里,面色青黑地盯着岩穴最里面的那堵墙。他的胸口起伏着,还算稳定,墙上钉着一个人,手心被钢钉打穿了,两只手腕都被锁骨匙铐在墙上。

十年了,这个人被整整铐在这里十年,一寸未移。手腕上的血肉早已溃烂不堪,空瘪的肚腹,枯骨般的大腿,就是一张干皮裹着的白骨,可这个人仍旧呼吸着,不见死相。

看他这个样子,裴析又往他身上狠狠抽了几鞭子,顿时皮开见骨。裴析喘着粗气。

"你还不如我?"钉在墙上的那人开了口,眼睛早就瞎了,褶皱的棕黑色眼皮按着眼眶凹陷进去。

"你说什么?"裴析道。

"呵呵,"一个喇巴巴的声音从那人嗓子里笑出来,"你怎么比我还惨?像是快要死了。"

裴析冷嗤一声道:"我肯定比你活得久。"

那人干涩地笑了起来:"十年了,你不如他。他死了,你从我嘴里什么也套不出来了。"

但听一声厉响,裴析的鞭子狠狠抽在了那个人脸上。只见半块脸面血肉从那人脸上掉了下来,露出牙骨,疼得那人嗷嗷直叫。

"别把我和东华那个淫棍相提并论!你还真当我想从你嘴里套出什么话吗?"裴析笑道。那人惊恐地遏住吼声,听着裴析的话。"怎么,这些年了,你还不想死?还想活着啊?你还是这么怕死啊?"沾着肉的皮鞭拖在地上,裴析转身准备出去。

"等等!"那人战战兢兢地喊,裴析停下脚步,等着那人继续道,"你不想再从我嘴里知道点什么吗?"

裴析笑道:"这一层就剩你一个了。"那人听到顿时浑身瘫软,干裂的脚背拖在地上。"他抓的人,都死了。"裴析一字一句道,"你可得挺住了,不然我跟谁玩?"

"你想知道什么？我什么都说，我什么都说！"那人哩哩啰啰地说着，一张脸疼痛难堪。

裴析冷笑起来，那人赶紧道："我真的还有很多事情可以说，你师父东华的事情！我都知道！我是他的细作！"

"他的事情我都知道。"裴析道。

"不，一定有你不知道的，一定有你不知道的！他有一个儿……"那人扯着嗓子道，里面已经开始往外冒血。

"他有一个儿子。"裴析压低了嗓子道。

"他……他……你……你怎么知道……"那人哆嗦地说着，像是要从干瘪的眼眶里再挤出泪来。

"还有什么我不知道的吗？"

"还……还……还有……"那人的肝胆已经要破了，"我知道他儿子在哪儿，我知道。"

"还有吗？"裴析问道。

只见那人干裂的嘴唇张着，发出呃呃声。

"还有吗？"裴析再问。"没了。"裴析替他道。他挥动皮鞭，抽掉了那个人的脑袋。滚在地上的脑袋还在用力挣扎着说着："我还有知道的……我还有……"最终断了气。

裴析收了皮鞭走出牢穴。合上牢门的那一刹那，裴析回头看去，直到牢门合紧。裴析站在宽阔的甬道内，他身后的一百间牢房至此再无一个活物。他抓紧手里的鞭子，一刻不能放松。他用了十年时间审完了东华留下来的所有细作和牢犯。从现在起，他就是全东菱乃至诸国中获悉最多秘密情报的人，就算是由端镜泊亲自镇守的聆讯部也不可能有他这里的密探多。

裴析不禁心下一寒，他的师父东华当年是何等能耐，搜集了这么多细作为自己办事。十年前，东华死后，裴析费尽心机，秘密召回和暗中抓捕了东华派出在外的所有细作近百人。从那以后，裴析囚禁了所有人，让他们为自己办事提供情报。

他知道东华的细作如果一直漂流在外是大患，被任何一个国家得到，后果都不堪设想。好在当年姬仲帮裴析一起隐瞒了东华的死讯，才使得他的细作悉数被找回。他知道自己是东华一手培养出的精英，但当他这些年在审讯东华的细作时，才发觉东华的手段高明到极，他远有不及。

他越审越怕，越怕越审。他自觉一辈子也赶不上自己的师父了。于是裴析对审讯更加变本加厉，没日没夜。直到今天，他的恐慌算是结束了，他知道了所有东华能知道的事情。直到今天,他才感到自己第一次掌控了整个狱司。之前的名不副实、坐立不安,在今天一扫而空。

裴析又往甬道里看了一眼,深吸了一口气,他再没有机会从他们嘴里知道其他任何有用的信息了。裴析皱起了刀砍似的川字纹眉头,又开始紧张起来。

他走出甬道,顺着台阶来到地下四层囚牢室。由于刚才的紧张,裴析的嘴唇发紫。他快速冲进四层囚牢室的任意一间,锁紧牢门,拼命在里面挥舞着皮鞭,疯狂地发出怒吼。刚才在三层时,裴析一声未发。四层多数是他这些年抓进来的犯人,也有军政部和聆讯部押解过来的,能被关在四层囚牢室的,灵力都在上乘。犯人不仅双手被锁骨匙铐住,双脚和腰部也都被锁骨匙死死钳住。

裴析不管对方是谁,就是一顿猛抽,直到对方腰骨几乎被他打断,他才停了手。裴析弓着腰,气喘着从囚牢室出来,他的体力几乎在这里耗尽了。接连着,裴析又进了三个房间,又是一通发泄。

他从第四个牢房出来时,已是满头虚汗,站都站不住了。裴析一屁股坐在地上,先前因为紧张而微抖的手,此刻因为发泄过度而脱力。他的手瘫在地上,没了一点总司的威严。他大口地嘘着气,这一层的犯人都是他在位的这些年抓进来的,他终于有了底气,缓解了紧张。

过了好久,裴析才从地上站起来。他穿过台阶,往狱司最深处走去,那是五层囚牢室。这里只有狱司长有权力开启,任何一个捕快都无权也没有能力打开这五层囚牢室的牢门。

裴析来到石阶的最底层。三面墙壁,无一通道,裴析从风衣兜里拿出一个环状手铐形的东西。乍一看像锁骨匙,可再仔细分辨,这个灵器附有的特质与锁骨匙并不相同。

裴析拿出灵器,张开手掌,握于掌心,按到尽头的墙壁上。只见那灵器瞬间抓附在岩壁之上,倏地向内紧扣压实,一股强大的灵力从裴析的身体直传灵器之上。"硿"的一声沉响,灵器向岩壁内发出巨大的灵力波,朝着岩壁深处四散开来,那岩壁表面被震得掀起一层雾浪。

片刻,岩壁分崩瓦解,巨大的岩石朝着四周碾压而去,硬生生地在这无垠地底开出一条深不见底的通道。黑暗中,裴析向甬道内走去,地底的温度阴寒至极。此时他的脸已和这岩壁变成同一颜色,青黑一片。

裴析走了片刻,停了下来,立在原地不动。又转身往另一边走去,他在黑暗中潜行着,呼吸变得细小谨慎,只觉胸腔里憋闷难过。

最终他停了下来。四周漆黑不可视物,他拿着手中的灵器,抬手一放,正好卡在一堵岩壁上。他轻轻扭转，只听"咔嗒"一声，对面的岩壁好像被打开了。裴析转过头去，被打开的地方只有面门般大小，是个暗窗。裴析偏过头去，身子未动，暗窗里面有一点光亮，照得能看到一点虚影。

只见有个东西趴在地上，一动不动，不知有没有听到暗窗被打开的声音。裴析定在那里，过了好久才挪开步子，往窗口走去。他走到窗口边上，往里看去。一股恶臭血腥味朝裴析涌来，裴析恶心得顿时伏下腰去，哇哇呕吐起来，然而他的胃里空无一物，呕出的只是酸水。

裴析脱力地靠在牢门边，喘着粗气。过了半晌他才贴着牢门勉强站起。他的眼睛刚刚离近暗窗，忽见一只巨大的莹绿色瞳孔正贴在暗窗内朝他看来，黏糊的脏污物布满了瞳孔四周。裴析吓得嗷的一声叫唤着退开了。

那牢里的大物用眼珠往外使劲看着，它的莹绿色眼珠上蒙着一层灰膜，已经瞎了，只是听到门外有动静，才爬过来张望。

裴析坐在地上，用皮鞭朝窗口挥去，因为害怕，鞭力绵软，未挥到牢门就已经掉了下来。裴析从手腕上卸下一个手环，朝牢门扔去，暗窗瞬间就被紧闭。裴析颤抖着爬起来，从牢门上拿下他的锁骨匙，转身离开地牢。

就在他来到五层地牢出口时，他往旁边的一个牢穴看去，停下脚步，打开牢门，里面有一具歪七扭八的白骨。裴析看着那白骨，呼吸渐渐平稳下来，变得比先前都有了底气。

"我可不会像你一样。"说着，裴析狠狠关上牢门，往牢穴外走去，直奔石阶之上。

裴析走了半晌，回到房间，关上地牢入口的石板，又重新把海老鼠的笼子放回原位，即地牢的入口处。待这一切做完，裴析已疲惫不堪，可仍旧僵直地坐在椅子上。他合上眼，准备休息会儿。

忽然，裴析睁开双眼，快步往门口走去。他站在门前，凝眉看去。"有人进来过！"他心里暗道，"不可能！"裴析猛地打开房门，只见外面站着一人，正是连雾。

"你怎么在这儿！"裴析愠怒道。

"总司，您让我整理数年来狼族袭人的案件，属下刚刚整理好，就赶快给您拿来了。打扰您休息了，属下失职。"连雾也是一脸吃惊，忙低头解释道。

"你过来多久了？"

"有一会儿了，刚才敲门您没开。我想等一下您可能就过来了，就一直没走。想着您要是忙完传唤我，我正好在门外候着，快些。"裴析平日都无休息，属下有事汇报他随时都在，连雾这般说来也确实没错。

"知道了，你放下东西回去吧。"裴析道。

"是。"连雾进屋把一摞卷宗放在裴析的办公桌上,转身离开。

等关上门,裴析盯着连雾刚刚走过的地面俯身看去,干净至极,绝不像有人进来过的痕迹,可想而知连雾的追踪术已到了登峰造极的地步。如果刚才真是他进来过,裴析也不可能发现。

这段日子他太累了,没等他翻看卷宗,就倒在办公桌上昏昏睡去。睡前还想到刚才那细作说的话:"他有一个儿子。"

"胡扯!"裴析念道,彻底失去了意识。

第四十六章
军政部急奏

　　东菱,北境,距离镜月湖三十公里外的野坡上躺着几具尸体。尸体上有多处伤口,看状是被灵力所伤,伤口参差撕裂,大量鲜血涌出。其中一具尸体没有伤口,但浑身上下已是枯槁,像被焚烧过,尸体表面干燥龟裂。这几具尸体的衣服上都有一个标志——四分部。

　　"噌噌噌!"东菱军政部的警铃在午夜骤然响起,震得值夜官兵身形一晃。
　　第五梵音从床上猛然坐起,悬在她壁灯旁的警示灯频频闪出异光。梵音拿过军装迅速套在身上,穿戴完毕,霍地走出房间,不过几秒。
　　走廊上,三分部部长嬴正、军机处部长南宫浩、灵枢部部长白槐都齐齐地往会议室快步走去。
　　众人来到会议室门前,大门敞开。主将北唐穆仁和副将北唐穆西已在里面。少时,佐领木沧也从军政部大楼外来到会议室。
　　众人无多言语,按序入座后便看向影画屏。只见影画屏那边四分部部长北唐持面色凝重,嘴角紧闭,双拳紧握,横眉竖起。
　　"人到齐了吗?"北唐持在影画屏那边开了口,略显不耐。
　　"到齐了,阿持你讲吧。"北唐穆西道。
　　"本想和你俩说一声就行了,非得劳师动众叫上这么多人。"北唐持烦躁道,他说的两个人,自然是自己的两个哥哥穆仁和穆西。
　　"阿持,先说你那边的状况吧。"北唐穆西再道,虽说他语气平和,但北唐持在这个哥哥面前算是安静下来。

北唐持叹了口气,指着自己身前的一块地方,那里整齐规矩地摆放着三具尸体,正是四分部的士兵。

"他们三个人是在距离镜月湖三十公里的地方被发现的。"北唐持说着,语气沉重,"都是不大的孩子,刚来四分部没几年。"牺牲的士兵都是二十出头。"三个孩子身上有多处伤口,血都被放空了,像是被吸干的。"北唐持道。

"是灵魅。"穆西道。

北唐持在那边一言不发,其实他也早就看出端倪,可是,之前这几十年里,北境从没有灵魅敢踏足。然而这次灵魅不仅来了,还在他眼皮子底下杀了人,这让一向气盛的北唐持无法容忍。但事实如此,他规避不了。

"我看着也像,可是二哥,我驻守北境的这些年,从没有灵魅敢踏足,这是怎么回事?"

"北冥之前到北境时就觉与以往不同。"穆西道。

"我听北冥说了。他觉得这次北境温度与往年不同,冷了些。我倒没在意,只当他是少来这里,怕冷罢了。你现在说来,我也觉得不大对劲。"

"怎么?"穆西道。

"以前御寒,烧起篝火暖水在这部里就不觉得冷,可这些天,总觉得骨头发寒,火都烤不暖。北冥原本想去北境尽头的大荒芜的边界一探究竟,可是碍于国正厅的命令,还是被我拦下来了。早知如此,我就不应该管他妈的什么三国联合声明了!该死!"

主将北唐穆仁皱起眉头。这五年间,他多次向国正厅提出申请前去大荒芜探寻,但始终没有得到允许。眼下来看,一切不容乐观。

"阿持,镜月湖上现在什么情况?"主将道。

"已经派人去查了,大哥。"北唐持道。

"多久了?"穆西道。

"有一天了。"北唐持道。

北唐穆西脸色一沉,这三具尸体是三天前发现的。

"副将,"梵音道,北唐穆西回过头来看向梵音,"我觉得这三具尸体不大对劲。"

"怎么了,丫头?"北唐持在影画屏那边问道。

"持部长,这三人死了有几天了?"梵音问道。

"四天了,三天前被发现的。"

"可我怎么觉得他们死了好久了,白部长,您看看。"梵音转头看向白槐。

白槐走到影画屏旁说道:"持部长,您把影画屏离得近些,让我看看。"北唐持照办,白槐沉着半晌后道,"确实,死了不像四天。"

"可他们确实是四天前去执勤的士兵。"北唐持道。

"可感觉这三人尸体都朽枯了。"白槐道。

"我怎么看不出?"北唐持也俯近再看。

"灵力都被放空了,整个身子都空了。"梵音凝眸道。

"阿持,你这次派什么人前去查看的?"穆西道。

"我的副官,还有十个士兵。"

北唐穆西面色越发难看。副官领兵,一日一夜没有消息,不是好事。

突然,四分部的士兵从外面奔来,急报道:"部长!部长!出事了!"

"什么事?大惊小怪的!"北唐持大声道。

"成副官,成副官倒在大门外了!"士兵道。

"什么!"北唐持听罢,冲了出去,"到底怎么回事!"

"我刚才看到成副官往军部走来,本站着没动,待看到成副官向我招手,我就跑过去了。还没跑到成副官面前,他就倒下了,我赶快去扶,他就断了气。"

"混账!什么断了气!赶紧让灵枢过来啊!"北唐持大吼着。当他来到自己副官身前时,北唐持整个人顿住了。成副官脖颈上有一道深深的黑色断口,鲜血早就喷涌而出,流光了。

"阿成!"北唐持吼道,一把抱住成副官往军政部跑去,边跑边喊,"灵枢!都赶紧过来!"

大厅内,灵枢围着成副官紧急救治,可不管用了什么方法,他脖子上的断口就是无法缝合。成副官早就没了生气。

"是灵魅弄的断口!"穆西道,"这伤口是灵魅用他们的暗黑灵力黑刺造成的断口。"合不上了,穆西心里知道,却没说出来,他看到北唐持因为副官的牺牲情绪暴怒只在边缘。"阿持,成副官撑着最后一口气回来,是想给你报信的。"

"二哥,你说什么?"北唐持撑着最后的理智问道。

"成副官是想告诉你,灵魅来了。他用自己的全部灵力封住了断口之伤,赶回来给你报信。但,撑到军政部,成副官的灵力耗尽了,断口破裂。他回不来了,阿持。"穆西同样沉痛,但他不得不告诉北唐持现在的状况。

北唐持怒吼一声:"不可能!不可能!阿成是除我之外这北境最厉害的灵能者!你们快给他缝上!你们快给他缝上伤口啊!"

北唐穆西不再言语,他当然知道北唐持副官的能力,可即便这样成副官也没能全身而退。他的眉头皱了起来。军政部的人都在等着,所有人都已经知道成副官回不来了,可大家还在等着。

"哥,"过了很久,北唐持在那边开了口,这声"哥"喊的是主将北唐穆仁,"我亲自去一趟镜月湖!"

"阿持,"北唐穆仁开了口,"你不能自己去。"

"我知道,我会带上手下一起过去的。"

"阿持,你再等等,我即刻去北境。"北唐穆仁沉声道。

"什么!哥!你说什么!你要过来?"不只北唐持,在座的所有军政部部长都是一惊,齐齐看向主将,只有北唐穆西沉默不语。

"是。"主将肯定道。

"不用!不用你过来!这件事我自行处理!哪里用得到你主将动身,我四分部成什么了!"

"阿持!成副官灵力甚高,绝不是一般灵魅外族可以对抗的。现下连他都禁不住一击,我怎么可能让你再去犯险?"主将说完,众人方才恍然,成副官身上只有那一道断口,再无伤痕,与之前的士兵远不相同。仅此一道伤口,精准狠辣,就让他送了命。对方灵力,可想而知。

"哥!不管怎么说,用不到你亲自动身。你给我三天时间!我定会给你一个交代!"北唐持说罢便要离开。

"阿持!"北唐穆西道。

"二哥。"

"多带些人去,随时往部里回信,至少八小时一次,而且至多三天。三天一过,你即刻返回部里,不管有什么发现,都不能在镜月湖多作逗留,知道吗?"

"知道了,你们放心吧!"

北唐持离开,军政部众人待在会议室,等待指示。

"大哥,你拦不住阿持,而且我们短时间赶不到北境。"北唐穆西嘴上这么说着,心里却不安。但无论如何,军政部主将现在不能离开,北冥还没有回来,军政部不能在毫无防备的状况下,离开两员大将。

三天,这三天各位部长没离开会议室半步。五分部部长南鲲在得知消息后也赶来会议室,南扶摇跟在其左右。

"阿鲲,你即日动身回南境去。"北唐穆西吩咐道。南鲲不再逗留,带着南扶摇便动身了。临走时,南扶摇想与梵音打个招呼,可她看梵音面色凝重,已在会议室两夜没睡,想插嘴却不知从何说起,最后只是安静离开。

第三日,十六时已过,北唐持没有按时传信回来。在座各位部长已是连水都不喝了,北唐穆西命所有纵队长一齐到会议室参会。

梵音眸光发沉,走到穆西身边:"副将,借一步说话。"

穆西起身,与梵音走到一边。"副将,北冥还回得来吗?"梵音发问,面不改色,北唐穆西一怔。"您不只在等持部长,也是在等北冥回来吧?"北唐穆西万万没想到梵音已考虑到这个地步,和他的想法如出一辙。

"现在这个状况,我看主将是一定会去北境了。没有任何理由,持部长会不传信回来。"北唐持迟迟未传信回军政部,大家心中早有隐忧。

"你怎么看,梵音?"穆西道,他早知梵音的兵法不弱于天阔,让她当自己的副手也是绰绰有余。

"即使北冥回来,您也不能让他陪主将去北境。"梵音言之凿凿,意思是不打算接受穆西的否定。事实上,穆西早就知道没法派北冥去北境了。就在北唐持出发的第一天,穆西就给北冥传了讯息,要他返回,但两日过去,北冥都没能给他准确消息,如不是北冥自己也出了状况,何以至此,北唐穆西心中早就惴惴不安。

北唐穆西看向梵音,自从几天前得知灵魅的消息,穆西就在暗中观察梵音,她的反应冷静异常,更胜往日。"副将,我……"梵音刚刚启口,就听门外士兵大声道。

"主将!本部长回来了!"

众人一惊,连往门口看去。梵音也是没有想到,几日来她未给北冥再发一信。诸多思考在她脑中来回。

"父亲,我回来了。"听声,北冥已是进到会议室。

"嗯。"主将北唐穆仁只是略略点头,指挥官们纷纷向北冥示意。

北冥往屋内走进。唯有和副将站在一旁的梵音一声未发,她凛冽的眸子从北冥进屋起就一直相随。当北冥走进屋子时,才发现梵音和穆西站在偏角,避开了众人。

北冥的目光和梵音对上了。此时,梵音脸上在听到北冥回来后的最后一丝温度也消失殆尽了。

会议室外又传来了声音,一个士兵道:"莫总司,主将正在开会,您不方便进去。还有,请问您是哪一位?"

"让开!"莫多莉不管三七二十一便推开了会议室的大门。因为北冥上来的速度太快,她和胡轻轻都被落在了后面。

"主将!"莫多莉在推门进入后,还是第一时间礼貌地称呼了北唐穆仁。她并不知道军政部有大事发生。

"莫总司。你们下去吧。"主将向莫多莉示意,并让士兵们出去。他很感谢莫多莉替北冥传信,一时也就未让她离开。

"父亲,北境的情况怎么样了?"北冥道。

"还在等。"北唐穆仁话语沉重。

梵音盯着北冥,她的心不禁快跳起来:"他怎么了?"一个声音在她心里揪了起来。

正在这时,梵音看到一个单薄的身影往北冥身边走去。一个赤脚白衣的女孩默默地走到北冥身边,有些惶恐地看着周围的人,害怕地牵起了北冥的手。北冥一怔,忙回过头去,胡轻轻已经把她的手放在了他的手心里,众人都瞪大了眼睛,就连北冥身旁的颜童也是讶异不止。如此亲密的动作,本部长从未和任何一个女孩做过。

梵音的目光在进来的这三人身上来回闪过,北冥,莫多莉,女孩。她的目光此时已是冷冽至极。北冥回过头来,正和梵音的眸光撞上,心下一寒。只听一个娇小的声音低声道:"北冥,我害怕。"胡轻轻小心翼翼地挨着北冥道。

梵音的鹰眼此刻倏然回神,只见她瞳孔紧收,漠然道:"胡轻轻。"

女孩听到有人喊她,也是一惊,忙往梵音的方向看来。偌大的会议室,她们相隔甚远。"你,你是谁?"胡轻轻小声道。

只见梵音一个闪身,倏地回到堂中,站到女孩面前冷声道:"你真的是胡轻轻!"

女孩面对突然前来的梵音吓得哆嗦了一下,又赶忙靠近北冥,不敢言语。

"说话。"此时的梵音面孔已经全然冷了下去。

"她是叫胡轻轻。"北冥替女孩开了口,"你们认识?"

梵音在听到答案后,只觉心口狂跳。她又转头看向莫多莉:"你吃了药丸?"梵音的话语一改往日作风,听去只觉让人压抑。

"你,你怎么知道?"莫多莉也被梵音的气势慑到,一时发愣。

梵音再次看向北冥,只见他脸上带着些许青色。梵音只觉自己头痛欲裂,皱起眉来,双眼紧闭。"你立刻带药丸来会议室。"梵音拈着信卡说道。

不一会儿,就见崖雅背着药箱跑到会议室。她乍看这么多指挥官都在,不敢失礼,连忙点头。只听梵音在里面道:"进来。"

"小音,怎么了?"崖雅收到梵音的信息,片刻不敢耽误,赶忙跑来。

"你替北冥看一下,赶快。白部长,也麻烦您了。"

"不是你吗,小音? 不是你?"崖雅一头雾水。

"不是。"

"我没事。"北冥欲要打断梵音的举动。

"赶快!"梵音突然大声道。自打她来军政部就从未和人发过脾气,更不曾像此刻这样情绪败坏过。

当众人还在不解时，主将和副将已经知道了梵音的意思，北冥中了狼毒。莫多莉一时不好插嘴，她看了看北冥又看向梵音。只见梵音面色冰冷，远没有和善之色。

莫多莉错开眼睛时，无意看到了紧跟在北冥身后的一人，正是他一纵队的队长颜童。莫多莉见那人身姿挺拔，英俊不凡，平日里都是和北冥关系亲近，常有说笑，可这时面色低沉，似乎是这里除了第五梵音以外，唯一凭眼力就看出北冥身体有异的人。两人之间的默契，可想而知。

崖雅把手搭在北冥手腕上，只一下，就变了脸色。白槐从长桌对面过来，替过崖雅为北冥诊脉，方是大惊。

"北冥你，你中毒了！"崖雅声音颤抖，难以置信道。梵音听到话由崖雅口中说出，脑中顿时炸裂，最后一丝侥幸也破灭了。说起对狼毒的敏感，这世上除了崖青山就是崖雅。

"你中毒多久了？怎么可能呢，梵音给你的药丸呢，你没吃吗？"崖雅道。

"他给我吃了。"莫多莉在一旁道。只见一丝寒光朝莫多莉看来，莫多莉回神，竟是颜童。得知北冥中毒，颜童心情同样差到极点。遭到如此厌恶的眼神，又是出自一个男人，莫多莉生平还是第一次。这个颜童看上去远没有他平日表现得那般和善。但此刻，她也没心情再去计较这些。

"你疯了吗！"崖雅忍不住尖声道，随即赶紧努力压制住了自己的情绪。自从来到军政部，崖雅一天天成熟起来，为人做事也更多周全。可她还是忍不住说道："北冥，你疯了吗？这是爸爸千辛万苦做出来留给小音的，小音给了你是让你保命用的，你现在！"崖雅也是急得不知如何是好，"你现在怎么办！"

"把你的药全都给他吃下去！"梵音陡然厉声道。她知道崖雅自己也在研究解毒的药丸，只是功效相对崖青山的解毒丸就是相形见绌了。

"北冥，你这个情况不能再拖了！我要赶紧和青山兄还有陈总司碰面，狼毒的事万不能再耽误！"白槐道。众人这才知道北冥中的是狼毒，均是倒吸一口冷气。主将和副将都是沉默不语。自从莫多莉传信过来，北唐穆仁就已经有了准备。只是方才见北冥安然进来，他也是恍惚了。可奈何北冥的些许异样全部被梵音看在眼里，藏是藏不住的。

"北冥不会有事的，他有我呢。"胡轻轻突然开口道。

"你是谁？"崖雅问道。

"她是胡轻轻。"梵音道。

"胡轻轻！"崖雅讶异道，"你是爸爸当年救下的胡轻轻？"崖雅此话一出，众人愕然，连北冥也大感意外，转头看向身边的胡轻轻。

"你又是谁?"胡轻轻问道。

"崖青山你还记得吗?"梵音道。

"不知道,他是谁?"胡轻轻道。

"果然全不记得了。"梵音心想。崖青山此生救下的唯一一个中狼毒的人就是眼下这个胡轻轻。当年年轻气盛的崖青山为了救下年幼的胡轻轻,用药大胆,不留后手。虽然事后胡轻轻的狼毒得以解除,但她的神经和体质都受到了极大的创伤。好在她当时尚且年幼,崖青山全力帮她调养,使得她还有时间恢复,若是大人,恐怕现在已经是疯疯癫癫了。这是崖青山给梵音解毒丸时告诉她的往事。从那以后,崖青山再没成功解过一次狼毒。

即便如此,梵音也看出,这个女孩性情古怪,体质异常。在如此寒冷的时节,胡轻轻竟是一身单薄衣裳,赤脚行走,脸色红晕,可想当年为了替她驱走狼毒之寒,崖青山下药极重,导致了她至今无法恢复极燥的体质。也正是这一连串的异常,让梵音在胡轻轻进来时认出了她。

"你刚才说他有你就不会有事,是什么意思?"梵音问道。

"北冥不会有事的,我不会离开他的。"胡轻轻像是在回答梵音的话,又像是在和北冥说话。她说话时眼睛一直望着北冥,少女情怀,不言而喻。

"胡小姐,麻烦你先离开一下好吗? 颜童,把胡小姐带去安顿好。"北冥命令道。

"等等!"梵音阻止。

"我不走,我要陪着你。"胡轻轻也轻柔却固执道。

"你怎么救的北冥?"梵音追问,"你让他饮你的血了?"不等胡轻轻回答,梵音已经看到了,胡轻轻的手腕上有包扎过后的伤口,殷红的血迹渗了出来。

胡轻轻不想梵音已经猜了出来,她有点怕她,躲在北冥身后,不再言语。

"白部长,我现在就让青山叔过来。赤鲁,你立刻去接青山叔来。"梵音吩咐道。赤鲁知道事态严重,片刻不停,离开了军政部。

"北冥,你一直用灵力在压着毒性吗?"崖雅开口道。

"是。"既然瞒不了,北冥便照实说了。

"你是不是在中毒后强行调动灵力对敌了?"白槐再问。

"是。"

"怪不得,正常情况下以你的灵力抑制毒性,不可能让毒性扩散得这么快。可是你强行调动灵力,全不顾自己的身体安危,让狼毒在没有灵力压制的情况下,迅速扩散。"白槐说到这里,便停住了。他回头看向主将,亦是担忧备至。

梵音站在一边,心烦意乱。她看向副将,两人对视,已明白了彼此的意思,梵音需要北唐穆西同意她之前的决定。只是那时,北唐穆西还下不了决心。

"白部长,依您看,现在北冥饮这位姑娘的血,能压住狼毒吗?"崖雅道。

白榥沉思,心中犹豫,却难以开口。崖雅心中自然也知道了答案。在座的指挥官无不颓然,不知所措。

"那就再喝她的。"鸦雀无声之时,梵音开了口,话语间已是全无感情,冷漠至极。她用手指向莫多莉。

"梵音!"北冥终于开口叫了梵音,话带强烈制止之意。这次回来,他二人似乎都不敢多看对方一眼。

"梵音,北冥的事等青山上来再一起商榷。"主将开了口。莫多莉是礼仪部副总司,梵音刚才出言轻率,不免得罪。

"你这条命要还是不要?"梵音声音陡然加大对着北冥道,两人四目相对。梵音从未对北冥如此疾言厉色过,北冥被这样的梵音猛然呛白,硬是无法回嘴。

梵音不是没有看到主将的制止,也无意忽略他。可是她心里比谁都清楚,这父子二人脾气秉性一向执拗,像今天这样,需要他们借助他人伤身相助的事,实难答应。梵音若是妥协,北冥性命必当堪忧。而这事北冥的母亲北唐晓风还全然不知。

"北冥的事,我一定会帮到底的,主将请您放心。"莫多莉出声道。

"多谢您了,莫总司。"主将道。

可即便莫多莉这样说了,崖雅的神情还是没有半点轻松。站在穆西身边的天阔看到崖雅这副样子,知道哥哥伤势严重,亦是忧心忡忡。

梵音离开北冥身边,往自己的座位走去,她觉得自己浑身无力,大脑木讷。这三天,灵魅的事已经让她精神戒备,北冥此刻的样子无非是让她雪上加霜。

她抬头看向影画屏,仍然没有北唐持的消息传回来,距离原定时间已经过了四个小时。就在这时,影画屏猛然一晃,画面抖动。众人赶紧定睛看去。

影画屏之前一直停留在北唐持上次传回讯息的地方,就在镜月湖的冰面上,而此时突然显现出四分部军部的场景。

"阿持,是你回来了吗?"穆西道。

影画屏那边没有回应。四分部军部也是安静异常。众人屏息凝视。影画屏那边传来刺刺啦啦的嘈杂声,只见一个魁梧身躯正往大厅正座走去,不是别人,正是北唐持。

"阿持……"穆西说话的声音少了底气。

北唐持虚晃地坐在座位上,无力挺直。他勉强把胳膊放在长桌上,才撑着自己的身体没有倒下。北唐持半垂着头,没有言语。

"阿持。"主将也忍不住开了口。

"叔叔,您的随从呢?"北冥走到影画屏旁,开口道,"严队长在吗?"北冥说的是北唐持一纵队的队长严冲。在返回菱都的路上,北冥已经从父亲那里收到了成副官的死讯。此时应该跟在北唐持身边的就是他的纵队长严冲了。

四分部那边仍是寂静一片,一个极差的念头冲到北冥脑袋,他再次严肃道:"严队长!"

只见北唐持慢慢抬起脑袋,张口吞声道:"严冲,还在外面。"

"他在外面干什么?"北冥已皱起了眉头,不光是他,所有人都已看出四分部的异样。北唐持回来,身边没有一个随从士兵,部里更是没半点动静。

"持部长……"梵音站在北冥背后,低声道,"您,您的手怎么了?"

北唐持闻言,木讷地抬起了自己的手,众人看去,也未觉不妥。"梵音,叔叔的手怎么了?"北冥道。

"不对,持部长的手……"梵音话到一半。

"丫头,我没事,"北唐持终于再次开了口,只是胸口发闷,"刚从镜月湖回来,累了而已。"北唐持已抬起头看向了影画屏。

"阿持,到底什么情况,你怎么没有按时回信?"穆西道。

"我和灵魅交手了。"北唐持道。

"是灵魅还是灵主?"穆西道。

"灵魅。"

"情况如何?"主将道。

北唐持听到发问,沉默不语。北唐穆西已经皱紧眉头,这不像平日里北唐持雷厉风行的作风。他定睛看去,没有急着再问。

"灵魅人数多少,你们伤亡怎样?"主将再道。

半晌,北唐持声音发哑,断续道:"灵魅,灵魅实力,强劲,我的部下,全部,阵亡了。"北唐持一语出,众人哗然。

"什么!"主将北唐穆仁大惊。

二十年前,北唐穆仁亲剿大荒芜的灵魅。大荒芜幅员辽阔,堪比数国国界。他当时攻击的方向并不是从东菱北境镜月湖而去的,北唐持也不曾参战。但,以他的判断,即便与灵魅没有正面交锋过,可他这个堂弟绝非等闲之辈,怎么都不会如此狼狈。

"是的,他们,速度太快,杀招不……明。"北唐持说话越发吃力,脖子已憋得肿胀通红。

"你是谁?"梵音突然道,北冥看向一旁的梵音,只见她双眼暗沉,锋利暗藏。对面没有答话,梵音再道:"你是谁!"言语间已充满攻击性。众人都是茫然,不知梵音的意思。

"丫头……我……"北唐持还在僵持着要说。忽然,他彪悍的身躯向后一躬,猛地缩了起来,像是被人一脚正中腹部,看样子整个人难受极了。

"持部长!"梵音道。

然而下一秒,北唐持已经正襟危坐了起来,他开口道:"北唐穆仁,初次见面。"言语晦暗,已是换了面孔。

"灵主。"北唐穆仁目光暗敛,威严沉声道。

北唐持向下撇着嘴角,挑起一根眉毛道:"看来你早就认出我来了,并不吃惊啊。"

"你进了阿持的身体。"

"你这个弟弟不中用,顶不了一会儿。"灵主鹰隼般的眼睛阴鸷地看着北唐穆仁。

"你想干什么?"北唐穆仁沉声道。

"二十多年前你多事,害我没有抓到时空术士!现在若想要他的命,你来北境!"灵主忽然赫赫笑道。

"好!到时候连我五弟的血海深仇,你我一起算!"北唐穆仁怒目而视,身形赫赫!这也是他第一次与灵主"直面"相见。二十多年前,他领兵只攻打到大荒芜边界,击退灵魅而返,却是始终未见灵主。

灵主蹙起眉头,看见北唐穆仁如此岿然不动的样子,心有不悦:"你这个样子不好,"他摇了摇头,"要是晚了,整个北境都没了。"

"如有那日,杀你之后,我再谢罪!"北唐穆仁不为所迫,不受激将法。

"杀我?"灵主借由北唐持的身体咧嘴要笑,半笑半合,"当年你兄弟第五逍遥也想杀我,你比他强多少呢?"灵主突然提高调门儿道,"啊!说到这儿,刚才第一个认出我的不是你。"只见北唐持的脖子僵硬地扭动起来,看向梵音的方向,"是你。"他的眼睛瞪得浑圆,像要爆开来。此时梵音的眼睛已然一片血红。

"你怎么看出来的?我的手,我的手怎么了?"灵主控制着北唐持的身体,抬起双手反复看着。突然,他猛地抬起头,逼近影画屏,怪异狰狞的脸出现在整个影画屏上。"你怎么看出来的?告诉我。"

在灵主的影像冲过来的那电光石火的一瞬,北冥抬手侧身便挡住了梵音的身体,梵音整个被他拢在了身后。他已是双拳紧握,眼神冰寒。只见梵音用手扶开了北冥的手臂,对着影画屏道:"你的手指骨骼变得僵硬,瘦形,指甲也长出些许,发青非红。"

听罢,灵主又抬起手看了看,也许是因为借助北唐持的身体的缘故。灵主发出嘎吱的怪声:"厉害,我自己都看不出来,你隔着屏幕却看到了。"灵主盯着梵音,眼睛一转不转,"我们认识?"梵音一言不发,北冥未离她半寸。"你,"灵主犹疑道,"不是东菱人,九霄人?"

"灵主,要见我,留好我弟弟的命。一族之主,别食言。"北唐穆仁开口打断了灵主想要探寻梵音身世的言语。

灵主回过头,再次看向北唐穆仁:"你还有筹码威胁我吗?不过,你刚才说的话,中听,一族之主。我现在不屑杀他。"

穆仁抬手便要断了影画屏的影像。

"等等。"灵主再次开口,转过头来看向梵音,"我问你的话,你还没答,我们见过?"

"见过。"梵音淡淡道。

灵主略作遐想,突然笑了起来:"真像!真像!我怎么这么快就忘了!"灵主歪着头,想把梵音看得更清楚些,"你和你死去的老子一模一样啊!我当第五逍遥绝了后,没儿女呢!正好和他老婆一起上了路。"说罢灵主便从北唐持的喉咙里发出嘎嘎的笑声。

在场众人皆被激出腾腾杀意。冷羿更是不知何时已来到梵音身边。莫多莉用难以形容的恐惧看着灵主,而目光最终又落到了梵音身上。只有胡轻轻,事不关己般,只看着北冥。

梵音身子猛地一震,像被捏碎了一般!她咬着牙,咽下那口足以让她暴走的气息。她沉默地看着灵主,像是那魂已经定住了,千百次的排练终于奏效了。

殊不知,在过去的一千多个日夜里,第五梵音无法停歇地预想着再与灵主见面时的场景。千百种厮杀的场景在她脑海里不停重复,几乎遏制了她全部的思想和生命。她痛苦又期待这一天早点到来。

直到今日今时,她几乎已经学会了控制自己所有暴怒的情绪。在这千百个日夜里,她明白过来,失控会让她痛苦不堪又毫无裨益,只有死寂一般的镇定才能让她再次面对杀母杀父杀友的血海深仇,再次面对灵主。

灵主对她的镇定也是意外,不过他并不在乎,继续道:"你这双眼睛长得真好,要是给了我,就更好了。"灵主话音未落,北冥已扬手而出,欲打碎影画屏。忽地,梵音扑住了北冥的手臂,一把抱在怀里,紧接着大声喊道:"持部长!住手!"

第四十七章
梵音出征

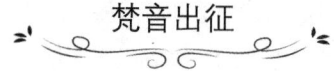

  与此同时，就听影画屏那边，北唐持的声音从自己的身体里强制发出，似是拼尽全力要冲破这躯体的禁锢。"持部长！住手！"梵音再次大声喊道。她看到了，北唐持的意识已在自己的身体里再次觉醒，他要自毁以灭灵主。"快停下！"梵音强烈制止着，已推开北冥，冲向了影画屏。

  她清楚地记得，当年父亲就是用了类似的灵法，想与灵主同归于尽。但是灵主的灵力似散而聚，强大无比，不可能一同剿灭。父亲因此牺牲掉了生命。梵音知道，北唐持的灵力尚不能超过父亲，就更不可能毁掉灵主，只会枉送性命。

  就在这时，四分部外边传来了厮杀的声音。北唐持几欲僵持，灵主被北唐持控制在了自己的身体内。所有人屏息凝视。只听北唐持道："妈的！跟我一起去死吧！"话音将落，北唐持周身突然聚集起强烈的灵力，震得长石桌、石板地瞬间崩碎，白光耀眼。

  霍地，白光急放紧收，一股黑郁的灵力从北唐持体内挣扎着释放出来，原本暴走而出的皓白灵力被挤压得所剩分毫，霎时被暗黑之力吞噬。北唐持的声音、躯体彻底被淹没在一团黑郁灵力之下，再难喘息。

  "北唐！你救不下兄弟第五逍遥，也救不下自己的亲弟弟！"随着一阵咆哮呼喝之声，灵主携着北唐持的身体消失在四分部内。梵音轻喘，像是又活了过来。

  四分部外的厮杀声也终于从一片混沌隔离中冲了过来。

  "部长！"对面传来了一个急促的声音。

  "严冲！"北冥叫道。只见一个三十多岁，怒发冲冠的男人出现在影画屏对面。

  "本部长！"严冲道，"我们部长呢？灵魅刚才用灵力阻挡了整个四分部的大门，我刚带战士从外面冲过来。我们部长呢!"严冲着急道。

"严冲,外面到底什么情况,慢慢说。"北唐穆西道。

"副将!"严冲这才看清楚,影画屏对面满是军政部的人,"主将!"

"北境怎么样了?"主将道。

"北境现在还安好,没有异动!"严冲话落,众人舒了一口气。

"你跟阿持去了镜月湖,到底怎么回事?你详细告诉我。"穆西道。

严冲快速地说了事情经过。原来他和北唐持一起去了镜月湖,起初两天没有异样,直到第三天,他们在冰湖面上遇到了灵魅狙击。但是灵魅人数不多,都被挡了下来,只有一个士兵受伤。北唐持见约定时间快到,就带着受伤的士兵赶快返回了四分部。如果被灵魅伤到的断口不赶紧医治,轻则断口永不能缝合,截肢削肉,重则送命。

然而就在离开镜月湖时,北唐持突感身体不适,受伤的士兵也牺牲了。北唐持行进的速度越发变慢,以至于他没有给军政部按时回信,严冲并不知道。直到回到军政部大门外,北唐持突然奔到部内,严冲等人想跟上时已经被屏障阻隔在外,强突不成。

北唐穆西听后,沉默片刻。严冲焦急道:"副将,我们部长是被灵主带走了吗?我现在就带人去追!"

"不行,你们当务之急是守好北境,哪里都不能去,听我安排。"

"但是……"

"阿持的事,等我去北境。"主将道。

"主将您要亲自过来?"严冲听到又惊又喜。

"主将,我担心持部长撑不撑得住啊。"军机处南宫浩道。

"应该可以。"梵音缓缓道,等她定了心神,已与往日无异,"刚才从屏幕里看到的虽是灵主,但我总觉有异,直到持部长想冲破灵主压制开始,才确定这个灵主不是我当年看到的那个。"梵音看向副将。

"我虽然也不能肯定,但是我们刚才看到的那个应该是灵主的部分魂魄。"穆西道。

"部分魂魄?"南宫浩道。

"灵主难道可以控制分离自己?"主将道。

"我想是。不然以阿持的灵力应该很难把灵主压制到。"穆西皱眉道,却也不得不承认。

"如果您也觉得刚才那个灵主不是它的全部形态,那我想的应该就没错了。"梵音道,"当年我父亲用尽全力尚不能完全毁了灵主,而持部长目前的灵力修为还赶不上我父亲,刚才他压制灵主的状况应该不是因为灵主疏忽,而是因为灵主的灵力不在完全状态。"梵音再次提到父亲时,就像在念排练好的对白,毫无波澜,只管诵读出来。

"是,刚才灵主带着阿持走了,并撤了四分部外的屏障,是因为他的灵力和阿持僵持不下,才不得不走。"穆西道。说完,他看向梵音,梵音也正看着他。他接收到了梵音再次要传递给他的讯息。"主将,我们现在要定下去北境的部署。"穆西对穆仁道。

"好。"

"颜童,先把胡小姐和莫总司带出去休息。莫总司,花婆那里有陈总司在照顾,目前尚可。我派颜童这就送你回去。北冥的事,请您不要对任何人提起,包括花婆和陈总司。"北唐穆仁道。

莫多莉心下了然,看来主将已经决定北冥的事不会让任何军政部以外的人插手了。"我知道,您放心,我不会对任何人提起的。谢谢主将,那我就先走了,如果您这边有需要我帮忙的,我义不容辞。"莫多莉说完,便转身走出会议厅。胡轻轻虽也无措,却被颜童请了出去。

会议期间,主将已派西境六分部夏滔的人马前去支援北境。原本夏滔看到北唐持那个样子早已怒火中烧,平时对掐的兄弟此时却看不得对方被人要挟控制,他主动请缨,可主将没有同意他亲自前去。无论如何,西境不能没有部长坐镇。

众人在会议室讨论着北境的兵力部署,严冲一一执行。主将也第一时间通知了国正厅,他要即刻赶去北境。姬仲表示要通讯部管赫全程配合军政部的行军布防,并且命令聆讯部端镜泊和狱司裴析全力提供北境以及灵魅的动向。

穆西在沙盘上和主将严阵快速地推敲着。

"穆西,这次我带一万兵马前去。不只是对付灵主,北境的安全我们也不能有半点差池。"穆仁道。

"好。哥,这次除了你自己前去,我还要你带上一支能配合你兵力、灵活机动的队伍。"

"嗯。"穆仁看着沙盘,没有抬头。

"梵音的二分部跟着你去。"穆西话落。

"什么!"北冥讶异出声。

穆仁皱着眉头看向穆西:"梵音?"

"是。"穆西道,"她的二分部来做你的配合。"

"可是,梵音的……"主将是想说梵音的能力也许还有所欠缺。其实这些年来,穆仁看待梵音从不像下属,以至于他一直觉得梵音还不够成熟。

"梵音的二分部怎么比得过我的一分部,我的一纵队就足够超过梵音的二分部。"北冥满脸严肃道。

"是啊,副将,无论是能力还是人数抑或机动性,本部长的一纵队都足够超过我们二分部了。"冷羿在一旁淡淡道。

"未必吧,北冥。"梵音看着北冥用部长的口吻道,"主将,先不说北冥的一纵队人数已经超过了我们二分部,就算人数减半,一纵队也没有我们机动多变。我二分部三个纵队长,各司其职,不是颜童一个人可以比拟的。即便北冥再调配其他纵队长来辅助颜童,都不会有我们二分部常年配合来得熟悉。"

"主将,梵音说得没错。"穆西肯定道。北唐穆仁思考着:"南宫,你怎么看?"

"主将,我觉得第五部长说得没错,她的二分部实力确实可以胜任。"

"嬴正,你呢?"主将再道。

"主将,论配合你的大批兵马,没有比二分部更适合的了。只是,"嬴正看向梵音,"让第五跟着您去,属下也觉得不妥,不如我跟着您去。"

"嬴部长,恕我直言,您的行军速度,赶不上我。而且,三分部的部长什么时候能离开菱都作战了?您是菱都最坚硬的壁垒,不是吗?"梵音看得出嬴正的一番好意,她点头谢过。

"话是不错,可是……"嬴正摇头,却也没法反驳。

"父亲,我和您去。"北冥道,不管其他。

主将略思片刻道:"就按副将说的办。梵音,你听从副将的安排,即刻去二分部部署。"

"是!"梵音道。

"大哥,这次我和你们一起去。"穆西道。二十几年前,北唐穆仁和其父北唐关山攻打大荒芜,就是穆西留在菱都镇守的。此次他说什么都要和大哥一起并肩作战,他们的父亲早已离开了。

"不行!"主将道,"你留在菱都,没有人能接替你掌控内外的全部局势。我不在菱都,一切由你指挥,容不得半点差池。"穆西听罢,沉思,心中虽有不安却也只得顺应。

梵音欲退出会议室,召集队长在十二层二分部开会,并集合所有二分部官兵在兵营外列队集合。当她要离开会议室时,看到一旁发呆的崖雅。她走过去,温和道:

"待会儿等赤鲁带着青山叔过来,你和青山叔一起去看北冥,我已经告诉青山叔胡轻轻来了。"说着,梵音对崖雅笑了。北冥转过身看着梵音的侧脸。

"小音。"崖雅恍惚地看着梵音,不知该怎么办。她要走了,这是崖雅心里唯一的念头。

"哎,"梵音笑着应道,"这几天你和青山叔在一起,我会随时跟你通信的,好不好?"

"我可以和你一起去吗?"崖雅终于大着胆子问了出来。

梵音笑了出来:"你和我去干什么?"她说完半句,便立马回过头看向天阔。天阔对着梵音唇语道:"你放心,我会照看好崖雅的。"梵音点头,离开了会议室。

天阔走到崖雅身边道:"我们去灵枢部等青山叔过来。"崖雅喃喃地点着头,离开了。

北唐穆仁、穆西、副参谋长唐酉一齐来到主将的房间,再次推敲着去北境的路线部署。北冥站在一旁,心神不定。

"北冥,你现在应该去灵枢部,等青山和白槐一起帮你诊治。"穆西道。

"我不用!"北冥驳斥道。

"北冥!"穆西严肃道,"以你现在的状况,去不得北境!你自己比谁都清楚!还有,即便你安然无恙,这一战,梵音也比你更加合适!"

"叔叔!"

"二分部向来都是用来辅助主将和你们一分部大队人马作战的,你自己不知道吗!他们的职责,你身为本部长不清楚吗!"穆西话音未落,只听一连串强烈的重击敲打着主将的房门。

"开门!北唐穆仁,你给我开门!"北唐晓风的声音从门外传了进来,一向甜美柔和的声线此时变得尖厉刺耳,"快开门!"

北唐穆仁皱着眉头向门口走去。门锁刚开,就见晓风一把推了进来,大声吼道:"谁让你派小音去的?军政部那么多人?都没人了吗!"

"晓风,你冷静点!这个时候不是谁想去就能去的!"

"那就让你儿子去!他总行了吧?"晓风看都没看北冥一眼,就用手指指着北冥的鼻子,像是完全无关紧要的人。

"嫂子,北冥去不了。"穆西在一旁尽量安抚道。

"他怎么去不了!"晓风怒视着穆西,又猛地转过头来看向北冥,"去了一趟辽地你是怎么了?救得了别人救不了自己,是不是!"晓风愤怒地看着北冥,自打她生下北冥起,就没对他如此严厉苛责过。

北唐晓风在得知军政部变动后,便急忙联系了木沧,逼着木沧一五一十说了出来。原本木沧不敢告诉晓风北冥中毒之事,可就在晓风赶来军政部时遇到了莫多莉,莫多莉不明就里,一五一十告诉了北唐晓风北冥的状况。她是想让晓风赶紧去照看北冥。谁知晓风得知北冥无法出兵时,更加愤怒,全不顾自己儿子的安危。

"他都这副样子了,小音能强得过他?北冥都自身难保了?小音怎么全身而退啊?你疯了是不是北唐穆仁,让小音跟着你去!"晓风已经控制不住自己的情绪开始咆哮道,"你要是坚持让小音去,别怪我……"

"好了!你们都先出去!"北唐穆仁大声道,强硬打断了晓风要说的话。一时间,屋里鸦雀无声。众人只能先退下,房间只留下他夫妻二人。

北唐晓风全不顾刚才北唐穆仁吼了她,言语冷淡道:"北唐穆仁,我告诉你,你敢让小音去,就别怪我到时候带她回来!"穆仁生气无奈地看着妻子,他也不想如此。"你知道的,我可以!我说得出,做得到!"北唐晓风警告着穆仁。

"好,我知道了。"穆仁强压着情绪道。晓风还在气喘。片刻后,只见一道无形壁垒突然出现在北唐晓风面前,晓风一怔,还不知怎么回事,往前一走便被止住了。

"北唐穆仁!你干什么!你敢困住我!"北唐晓风喊道。原来,就在刚才北唐穆仁对她用了禁锢术,让晓风不得动弹。

在禁锢术中,被禁锢的人越是动用灵力,越是不能冲破屏障。在禁锢术中的人无法使用一切灵力,除非他的灵力高于施术者。相反,被禁锢的人只要不动用灵力,是可以正常行走起居的。

"晓风,我会全力护住小音安全的。但这个时候我要告诉你,小音现在的身份是我军政部二分部的部长,那孩子也早就有了觉悟。军政部里,她的能力屈指可数,这是她要走的路,谁也拦不了!这也是她身为军人必须走的路!知道了吗?"

北唐晓风的声音默了下去,那一句"这是她要走的路"让她心痛不已。

门外再次响起了敲门声。"叔叔,是我。"梵音的声音在外面响起。

"叔叔,二分部的事,我已经安排完了。副将等您过去。"

"好。"说罢,穆仁留下梵音和晓风在房间,自己走了出去。

"小音,阿姨不放心。"晓风强忍着眼泪,说道。小音看着心疼,晓风是个非常温柔的人,让她这样的女人压制自己的情绪是件残忍的事。可即便她再有担心,也不要在孩子面前袒露。

小音抱住了晓风,缓声道:"阿姨,这是我要走的路,也必须是我走的路。这些年谢谢您的照顾。我一定会把主将带回来。"

"什么？你说什么？我不是那个意思，我……为什么，为什么你和你叔叔都说一样的话，咱们不走那条路不行吗？"晓风哽咽着，情绪激动难忍。

"我知道。"梵音直起身，笑着看看她，"您先在这里休息，待会儿北冥会过来看您。我先走了。"

"小音！你一定得给阿姨平安回来！"晓风终在梵音转身时落下泪来。"嗯。"梵音应了一声，但那声音若有似无，她不敢承诺，房门便关上了。

凌晨三时，所有队伍集合完毕。军政部场院内，灯火通明，火红映脸，主将在阵前说着最后的话。语毕，主将便带着先行人马出发了。还未等他走出军政部大门，只觉衣兜一晃，他伸手看来，信卡上写着几个娟秀的字："仁哥，我等你回来，千万注意安全。"主将笑着，霎时消失在暗夜里。

待主将走后，木沧也准备出发，他和唐西、白泽这次一起随主将赶往北境。木沧从不参与军政部的作战行动，但这一次，他作为北唐穆仁的亲信一同出征，辅佐其左右，一马当先。他在军中本无军需要职，这佐领一职还是北唐关山当年特地取的，意为辅佐北唐穆仁左右，乃左膀右臂之意。白椀要留下医治北冥，而且礼仪部花婆那边也需要他的帮助。白泽作为灵枢部的副部长，此次去前线。

崖雅在军政部偏角站着，崖青山陪着她。只见一个晃影突然出现在她面前，轻声道："看什么呢？"那个声音随即笑了。

"小音！"崖雅颤抖地小声说道。想赶紧抓住梵音的手，可她已经紧张得抬不起自己的手来。先是大年初一遇到狼族，后是梵音又被捕，崖雅就没有一刻放松过。

梵音抬手把紧张的崖雅抱在怀里，轻轻地亲了一下她的头顶，以前从未有过这番亲昵。"傻丫头，和青山叔好好待着，好吗？"梵音说道。崖雅只管站着，发不出声音，动弹不得。

梵音松开手，淡笑着看着崖青山。默语片刻，梵音离开。崖青山注视着梵音的身影，只愿她能按照自己的心意去活，他不阻拦。

"小音，我等你回来。"崖雅在梵音背后说道。梵音从凌镜看去，没有回头，没有答应。

到梵音离开的时候，冷羿、赤鲁、钟离已经站到她身边。就待出发之际，梵音转身走到冷羿面前，平静地说道："冷羿，你留下。"

二分部众人哗然，但军人纪律严明，未出一声。冷羿俊眉一凛，提声道："什么？"

"我说让你留下，你和一纵队的两百人留下。"

"梵音，你没弄错吧？"冷羿压着嗓子对梵音道。在士兵面前，冷羿对梵音从来礼数有加。

"没有,刚才我又和副将说了我的想法,副将同意了,你留下。"

"你别跟我开玩笑。"冷羿冷言道。

"老大有我在身边就足够了,用不着你。关键时候看出来了吧,老大最信得过的人是我。"赤鲁沉声得意道。按着平时,冷羿早就和赤鲁翻脸了。可此时,他一双凤眼紧紧盯着梵音再道:"你别在这个时候跟我开玩笑!"对赤鲁的话置若罔闻。

赤鲁原要动气,可当他看到冷羿的脸时,住口了。那是一张极度不满的脸,可不知为何,赤鲁看到了冷羿极其担忧和焦虑的情绪。在军政部多年,赤鲁对冷羿的脾气自吹了如指掌,此时,他不想再开他玩笑了。他看到,冷羿对梵音的担心压都压不住了,这怎会是冷队长平日傲世凌人的作风。不知为何,赤鲁竟不想看到冷羿这个样子,他面上是不想让二分部在众官兵前丢了威风,其实是不想让冷羿在此时失了气度。二分部的冷队长,不该这个调性。

"我没跟你开玩笑。"梵音抬头看着冷羿俊美的脸,竟情不自禁地笑了出来,笑得脸都泛红了,"冷队长,这里没有一个人有本事取代你的位置,我需要你留下来,留在菱都。"

"别跟我笑,我得跟着你去。"

"我就想对你笑,怎么办?"梵音和他撒娇道,这样冷羿就不能和她生气了。

"你!"

"冷羿,你留在这里,我放心。"梵音突然凑到冷羿耳边道,"他们没有一个人强得过你,我知道。"冷羿愕然看着梵音,还想阻止,梵音再道:"我是部长,你是队长,这一次就听我的吧。"

"如果我说不呢?"

"别为难我,冷羿。"两人相视时,都不舍得再用强硬对着对方。

"冷羿,我保证把老大安全带回来。"赤鲁在一旁认真道。梵音转身离开,来到列队中央,动身要走。

"贺拔!你说到要做到!"冷羿在背后大声道。

"放心!"赤鲁应。

梵音往前踏了一步,听到冷羿这般说道,突然停了脚步,原地稍顿。忽地转身,闪到冷羿面前,一把抱住了他。周围肃静,不知这二人是怎么了。

梵音抱着冷羿,压着喘息,一字一顿道:"帮我照顾好,家里人。"随后嗤笑一声,动身走了。那句想喊出来的"哥"终被她压了下来。冷羿站在原地只觉一阵温暖,又觉凄然。

北冥站在冷羿旁边,梵音自始至终没对他说过一句话,甚至没有看过他一眼,好像只当空气一般。北冥看着梵音的背影,只觉心口一阵绞痛,开不了口。"是因为我中了毒没解吗,是因为我替别人解了毒吗,还是因为我带了别人回来?为什么不理我?"北冥脑中一片混乱,胡思起来。

梵音带队走到军政部大门外。忽地,一团焰火从天俯冲直下,直直地落到梵音肩膀上,那焰火纯美得让人觉得耀眼。红鸾亲昵地拱着梵音的脖颈,光亮弱了些。

"你乖乖地在部里待着,不要跟着我了。"梵音道。

红鸾噌地蹿到梵音面前,用两只金子般的眼睛瞪着梵音。

"我让你留在部里,不许跟着我去。"红鸾不动,"这样也没用,快点回去了。"梵音好生劝着,红鸾开始耷起了膀子,鼻孔喷着气。"说不让你去,就一定不会让你去的!好了,听话,我要走了。"梵音严厉道。

倏地一下,梵音只觉耳朵一疼,她用手摸了过去。右边耳垂滴答滴答落了两滴血。红鸾见状,赶忙呆立在梵音面前的半空中,一动不敢动,愧疚地皱起眉头,耷着翅膀,不敢看她。她不是故意的,只是梵音很凶地不让自己跟着,她生气了,这才使了性儿,冲过去叼了梵音一口,谁知下口重了,把梵音薄软的耳垂咬出了一个口子。

梵音摸着耳朵上滴下的血,伸手向红鸾扶去。红鸾用翅膀裹着圆滚滚的身子,像个受气的火红的鼓包,看见梵音过来,垂着头,也不敢躲。梵音轻轻地在它额头上一抹,一丝耀眼血红映得红鸾更添几分厉色。红鸾耷开翅膀,额头上的鸾羽根根立了起来,带着梵音温暖的血气。梵音用掌心把红鸾拢了过来,宠溺地亲吻了她的额头,柔声道:"听话,去北冥身边吧。"

说罢,梵音放下红鸾便走了。红鸾还执意要跟,只见一阵掌风打到红鸾身上,不痛不痒,稳稳地把红鸾送到了北冥肩膀上。

"老大!这个仇,我帮你报!"赤鲁突然赫然亮声,整个二分部听得清楚,整个军政部也听得清楚。梵音一个激灵,看向赤鲁。这几日来她不提一字,连说到自己的父亲时都仿若一个军机事件,不夹杂感情,理智异常。此刻,赤鲁帮她破了,破了胸前那口闷气。

"赤鲁。"梵音念道。

"我说到做到!这个仇,我贺拔赤鲁帮你报!"赤鲁立于军政部大门外,七尺男儿在朗朗星空下毫不掩饰。他带给梵音无以言表的痛快和信任,梵音感激备至。

"好。"梵音温声道。

"二分部,出发!"赤鲁下令。

再看去时,梵音已带着二分部隐匿在冰冷的寒夜中。

主将全速疾驰,不眠不休,两日后便分批到达贝斯山南麓。贝斯山是东菱北境最大的山脉,幅员辽阔,绵延千里。越过贝斯山脉,北部便是东菱北境国界。北唐持管辖的四分部就驻扎在那里,北境首府郡城——镜月湖。郡城的名字也是由分割国界的镜月湖得来。镜月湖北边尽头便不再是东菱国。整个镜月湖就像是倚在贝斯山脉的月亮,皓月无边,碧波无垠。

"梵音,主将第一分队的三千人已经到达贝斯山南麓,现在正要进山。此后木沧的五千人和唐酉的两千人会分批抵达。你殿后,随时注意附近的动向。"北唐穆西坐在军政部的会议室里正时刻关注着军队潜行的情况,此时距离主将出发已经过了整整两日。现在是凌晨两点,会议室所有队长以上官员全部在此。虽然穆西已经下令要指挥官们分批休息,但没有一人执行。

偌大的会议室里展开了四面影画屏,分别显示着四个梯队的行军状况。木沧的第二梯队距离主将第一梯队的急行军慢去五时的脚程,而唐酉和白泽的第三梯队则慢去多半日的脚程,梵音压在他们身后几十里外。

"好。"第四个影画屏上正显示出梵音的画面。露宿风霜两日,急奔昼夜,所有士兵都滴水未进。"副将,现在白泽那边什么状况?"梵音疾行未停,身形如风,却语气平稳,如履平地,未有半分倦色。

"和主将差去多半日脚程。"副将道。

"这么多?"梵音略想,随即道,"他尽力了。"白泽本是灵枢部副部长,眉清目秀,虽说灵法不俗,但和其他作战部的士兵指挥官相比还是差了许多。唐酉是参谋部副部长,灵法也不能说是上乘。加之此次主将全速而行,即便是对他亲领的第一梯队来说也是一场硬仗,能勉强跟上已是不俗。

"木沧已越过塔吉村,唐酉还有半小时便到。"穆西道。

"他们需要整顿休息,副将。"梵音道。

"好,你随后去塔吉村接应他们。"北唐穆西看着沙盘。塔吉村,是进入贝斯山脉前东菱的最后一个村镇。

"进山前必须确保一切安全,不然进山后再折返就困难了。"穆西道。虽说这里也有四分部的部分士兵把守,但这次灵魅突袭凶险备至,普通士兵并不能让穆西放心。

一小时后,唐酉带领的第三分队已经越过塔吉村,在村外以北五十里的地方休整。梵音也已到达塔吉村南侧。军队夜行没有惊扰到任何村民。这两天来,所有士兵也都是避开城镇前行的。

梵音和士兵们坐在村外的空地上稍作休息。天寒地冻的极北地域,梵音担心士兵们会有所不适。她起身要看过自己手下的八百人,没大异样才能放心。

"部长,您休息一会儿,我去查看就好。"一旁的钟离道。他是梵音二分部三纵队的队长,为人一向沉稳,相貌堂堂,性格不似冷界和赤鲁那般出挑,是在精英辈出的二分部待的时间最久的指挥官。

"没关系,一起吧。"

"好。"钟离答。两人一起往队尾走去,赤鲁正在队伍最后。

入夜,塔吉村的村户人家这个时候早就熄灯休息了。只见村子最北边的一间小瓦房里,昏黄的灯火闪了几下,被点亮了。不大一会儿,一个披着大棉袄的男孩从屋子里走了出来。刚一出屋他就打了个冷战,嘴里咧咧道:"冻死我了!混蛋东西,大半夜的叫唤什么?冻死你们算了。一个个胖得跟猪一样,还叫唤!"男孩嘴上说得恶毒,可脚下没停,正往自己家院外的猪圈走去。

男孩家方圆两里外没有邻居,独独一户破瓦房在这个村子的最北边。男孩平时嫌猪脏,就把猪圈修在了自家院外面。今儿个不知怎么了,男孩躺在火炕上翻来覆去睡不着,总觉得猪在叫唤,一晚上跑出去看了三回。

"再叫唤,再叫唤明天就把你们都宰了,拿出去卖钱!"男孩说着已经出了院门,来到了猪圈边上。

他探头看去,十头又胖又圆的肥猪正在里面簇成一团取暖。

"叫唤啊!怎么不叫唤了?我一出来你们就不叫唤了,诚心耍我是不是!"男孩大声道。肥猪们安静地待着,不像有过躁动的样子。

男孩又看了它们半天,突然打了个冷战,赶快裹紧了大衣往回走去。当他刚离开猪圈不到五步时,就感觉胖猪们又开始躁动。他回过头去,皱起眉头,怀疑是不是自己眼睛或耳朵出了毛病。

他决定不理它们,又往回快走了几步。果不其然,肥猪们叫得更厉害了。男孩猛地回头,恶狠狠道:"他妈的,敢动我的猪,今天非得弄死你们!"

就在男孩离开猪圈不远时,他突然感到一阵异动。想是那山上过冬的老虎,来他家找食了。男孩话落,一阵刺耳的杂叫声忽然响了起来,猪崽们在拼命蹿动,发了疯似的尖叫着。

"噗"的一声,一只猪崽倒下了,红血瞬间喷满了整个猪圈。男孩惊讶地瞪大了双眼,困意顷刻退散。接连又是两声,两只猪崽倒下了,连个抽搐都没有。

"不是老虎!"男孩心中惊恐道。一股诡异的灵力充斥在前方。"什么人!"男孩不确定自己是否问出了声,他已经吓得腿有些软了。

"咻"的一声暗响刺过空气,直奔男孩面门。男孩猛地向后一躲,一阵火辣辣的疼瞬间烧满他的脸,细滑的脸上被开了一个口子,血流如注。

"唔!"男孩捂住侧脸,顾不得疼痛。他得大声呼救,男孩心想着,不然命就保不住了。没等男孩张嘴,又是一道杀人灵力穿了过来。男孩向后跳去,躲过一劫。

一来二去,男孩原本的恐慌被震得粉碎,怒火腾然而起,大骂道:"他妈的!什么鬼东西?老子跟你拼了!"话音刚落,十几枚暗黑灵力像利箭短刺一样朝男孩扎来。

"砰"的一声,男孩抬手一挡。黑刺尽数被凌空隔物般挡了下来。男孩倒在地上喘着粗气,眼睛眯成了一条缝,厚重的哈气从他的嘴里喷了出来。

"还挺好的……还挺好的……活的……"一个断续的嘎嘎声从不远处传了过来,那声音像是从嗓子的骨节里发出来的,连不成句。

"是我的,是我的。"又一个类似的声音响了起来。

"咯,咯……"第三个骨挫的声音比起前两个人语,听上去更不像是个人。

"我的!我的!"三个声音争吵起来!

"倏!"这次上百枚黑刺齐齐地朝男孩射了过来。男孩惊恐地张大了双眼,刚才那一挡已是用尽了他平生的灵力。眼见死亡逼近,他抬起无力的双手,已经于事无补。

第四十八章
塔吉村男孩

村子南边,梵音一行人正在休息。每个人都要小睡五分钟,恢复体力。长年的训练,军政部的士兵早就学会了"速眠",一合眼便沉睡下去。梵音喝着冰水。

忽然,她眼前的凌镜一闪,梵音看了过去。眉头紧蹙,三枚灵箭便张弓射了出去。士兵们眼前一晃,梵音已经消失在原地。

男孩就见上百枚暗黑黑刺朝自己射来,黑得连这夜色都显得光亮刺眼。

一丝冰凉从男孩身后划过他的侧脸,削掉了他一缕遮眼的头发。倏的一下,男孩身前划过一片光亮,只见那光亮越来越大,挡住了他身前的全部。

"砰砰砰。"上百枚黑刺扎在了男孩脸面前方毫厘处的半空中,再没落下来。那黑刺近得就要扎到男孩的鼻骨眼间,他甚至已经觉得疼了。前方的嘎声戛然而止。

霍地,一道撕裂静谧之夜的厉声嚎叫在村子的最北头炸开来。只见一道寒光从男孩背后划来,月光下的银白大地被划出了一道长长的口子,从村南头的乡街一直沿路划到村北,让这村子一分为二。

噗的一声,污血满地,同样在男孩脸面前停止溅落,好像一块透明玻璃阻隔了男孩与面前的空间。污糟的血迹让男孩一阵反胃。嚎叫声再次停止。

男孩用染血的手捂着胸口,拼命看向对面,他想看清到底是什么东西弄死了自己的猪,又要弄死自己。一个已经被劈成两半,剩下两个人影渐渐出现在他的视野里,走路歪七扭八的。

"死人!"男孩脱口而出。他坐在地上的身子禁不住往后移去,腿上使不出多少力来,可还在拼命挪着。

两个诡异人影朝男孩走来,咧开嘴叫着:"这小子,怎么这么厉害?"话音刚落,

"噗"的一声,又一人被一根远处极速射来的细长银色灵箭狠狠剜在地上,停止了前进。

男孩一个寒战,看着就那样站着被扎在地上的那人。忽然,他对面仅剩的一人发疯般地朝男孩扑过来,张牙舞爪,男孩面前的防御盾甲被打破了。枯瘦的利指掐向男孩脖颈。男孩拼命挥着手。

突然,男孩感觉自己已被向后拎了起来,他的身子早就被吓得软趴趴地毫无力气,站都站不稳了,只能被人拖动着。抓他的人正是梵音,她本想拉他一把,把他放在身后。可现在这个状况,梵音是不能松手了,只能半拖半曳,护着身后的男孩。

对面那人的进攻没有停止,梵音挥剑一斩,砍掉了对方一只手臂。对方看着自己被斩断的手臂,端详一周,似乎并不觉得疼痛。梵音皱眉,收了兵器,抬手发力,一个困牢术瞬间罩住了对方,让他再动弹不得。

梵音看过,暂没理会,回过头来看着身后的男孩,她的手还抓着他的手腕。梵音见过男孩脸面,眉头一皱。那划在男孩脸上的伤口血流不止,往外喷涌,整个皮肉都被翻开了。梵音伸手过去在男孩脸上轻轻一拂,一丝刺骨的凉意瞬间布满男孩白皙的脸庞,伤口被一片冰霜镇住了,皮肉也收了回来。

"忍着点。"梵音道。就在她拂过男孩脸庞时,同样的一片寒意从男孩肌肤传到梵音手上。

"哎哟!"男孩疼得呼出声来。

"老大!怎么了?"随着一阵劲风,赤鲁已经来到梵音旁边。

原来刚才梵音从凌镜里看到了村庄的异状,急奔而来,又怕军队惊扰了村民,即刻告诉赤鲁和钟离原地驻守。可赤鲁不放心,便跟来了。梵音指着身后的两具尸体和一个被困的人。一具尸体已经被她劈得四分五裂,一具被钉在地上。

赤鲁过去查看,夜黑风高,他点开了火信子,四周顿时被照亮了。"四分部的人!"赤鲁吃惊道。

"是灵魅。"梵音道。

"什么!"赤鲁喊道,旁边还掺杂着另一个声音。男孩捂着脸也叫道。

"你的脸不要紧,过一会儿我就让灵枢来给你上药。"梵音道。

"你是谁啊?"男孩嘟囔道。

"我是第五梵音。北境两天前已经全面下达过宵禁通知,你怎么这么晚了还一个人出来?"

"第五什么?你管我要不要出来呢!"男孩语气不耐烦道。

"你这小子怎么说话呢?我老大救了你的命,你还不赶紧谢谢!"赤鲁上来就给了男孩后脑勺一下。

"哎哟！谁让她救了！一个小丫头！"男孩嘴硬道。此时他站直了身子,是比梵音要高出许多,十五六岁的样子。外面披着的那件棉衣早就掉了,身上只剩下一件单衣。在这零下三十几度的北境,人要是这样走出来,片刻便会冻伤。

男孩话没说完,梵音便伸手捏住了他的下巴,左右晃了晃:"伤好得挺快。"灵力不俗。

"你干吗！"男孩赶忙甩开了梵音的手。

梵音不再管他,转身来到两具尸体旁,他们确实穿着四分部官员的衣服。她又走到被她困牢的那人面前。那人挂着一只残臂在困牢术制出的结界内胡乱挥着。梵音定睛看去。

"是他们三个。"

"谁?"赤鲁道。

"四分部之前出事的三个年轻士兵。"梵音透过他们残魄的身形看到了真容。这三个士兵已经枯瘦成骨,人鬼难分了。

赤鲁看看那人又看看男孩脸上的伤口,虽然伤势已被控制,可还是能清晰地分辨出,那不是普通的伤口而是灵魅伤人后留下的断口,极难愈合,血流不止。

"那这小子脸上的伤?"

"灵魅留下的。"梵音道。

"他们三个的尸体前些天不是在四分部吗,怎么又出现在这里了?"赤鲁来到梵音身边,看着结界里面的人。

"我也不太清楚。"说罢梵音挥剑一斩,结界破。只见被困在结界里的士兵朝梵音冲了过来。

"正缺个大活人！"那人大声说着,朝梵音攻了过来。原本断掉的手腕处此时聚集了一道暗黑灵力,好像浑然天成长在他的断臂之上的一样。

梵音劲步向前,迎面而上,一个徒手抓住了那道黑刺,稍一使力,黑刺瞬间灭在她的掌力之下。紧接着几个擒拿手,梵音从那人手臂连续掐到肩膀。只听咔嚓一声,那人的肩头已被梵音卸了下来,整条手臂晃荡在身侧。

一个闪身,她绕到那人身后,用手钳住了他的喉咙。就在刚才,那人正想从喉咙里吐出黑刺。梵音用力一捏,那人再动弹不得。

"哎！你小心点！"男孩忍不住在对面大声道,替梵音担心。

"是人是鬼！"梵音怒喝道。

那人喉咙发出咯咯声。突然,梵音手掌一沉,那人身形脱力,向下垮去。紧接着一团黑色瘴气从那人身上蹿了出来,猝不及防地向梵音腹部攻来。梵音掌前一震,黑焰顿时化为乌有。随着黑焰的消失,一团赤金粉末撒在空中,待粉末落到梵音手上时,她感觉燎痛,跟着握拳一挣,寒冰灵力瞬间销毁了所有的赤金粉末。

梵音脸上戾气不减,一个箭步来到被她扎在地上的那人身前。"你不会就这么死了吧?"边说,梵音边掐向了那人脖子。刚一碰触,就听一个厉声尖叫从那人喉咙中发出:"把你的身子给我!给我!活的!"

"活的?"梵音听罢,脑筋一转,忽然手心一沉。还没等那人幻形移影,梵音掌心加力,猛地一捏,分筋错骨,一团黑焰被梵音从那人身上拉了出来,攥在手中。

"你要人身干什么!"梵音厉声道。

只听那一团黑焰张狂乱语道:"活的!活的!终于有活的了!我的!我的!"

梵音眉头紧蹙,再道:"你要活人还是死人……"

"活的活的活的!"只听那鬼徒一通胡言乱语,神志不清。

看样子是问不出什么了,梵音用力一捏,黑焰爆散,赤金粉末再次散落下来。梵音掌中带风,回手一揽,一团赤金粉末被她收于寒冰掌心。

梵音转身往第一个被她隔空劈碎的人走去,对方了无生气。掌心一挥,一束赤金粉末再次被她纳入手中。她摊开手掌一再端详。

"老大,看什么呢?"赤鲁上前道。

"喏。"梵音向赤鲁伸出手去,只见她的寒冰掌上捧着一堆稀碎沙砾,发着诡异的赤金光亮。赤鲁伸手要碰,梵音道:"小心,这东西棘手得很。"

赤鲁眼睛突然一亮,皱眉道:"暗黑灵力!"

"你也发现了。"梵音道,"副将,您看这是什么东西?"

"你在和谁说话呢?"男孩插嘴道。他抬头四处张望着,不经意间看见一个手掌般大小的镜面在空中闪来闪去。"哇!那是个影画屏吗!那么小!"男孩探过头去,挨着梵音踮着脚使劲看着。

北唐穆西在会议室看到了刚才打斗的全部过程,不仅是他,所有军政部指挥官都看得到。这个影画屏是军队出发当日,由通讯部总司管赫亲自连夜送来的,确保军队和菱都的绝对联络。不仅如此,此刻国正厅内也架起了四面影画屏。姬仲要求通讯部无间断地给他传送军队动向。其间各司部总司、部长都会到国正厅持续关注前线情况。

"这是?"北唐穆西蹙眉,一时没有分辨出来。

"副将,这些沙砾粉末里夹杂着暗黑灵力。"

"什么?你拿近我看看。"

梵音手指一挥，影画屏按照她的指示落在了她的掌心上。北唐穆西端详着："确实，看样子是被人淬炼进去的。"

"灵魅自己吗？"梵音道。

"应该是铸灵师。"北唐穆西道。

"副将，我刚才和那几个灵魅过手，他们寄宿在了三个战士的尸体里。难怪当时看到他们的尸首时觉得有些异样，他们的灵力早就被抽干拔净了，又与这原本没有实体的鬼徒融合在了一体。这几个鬼徒在杀害战士后，便隐匿在了战士的遗体中，一直没有离开。"梵音愤恨道。

"鬼徒吗？"穆西问道。

"是，三个都是鬼徒。"梵音答道。

相传灵魅一族是人们死后的灵魂无法得到安宁才形成的诡异族类。可最近这几十年中，各国零星接触灵魅的事件增多，大家的揣测也开始变化。灵魅并非和人类的灵魂有关，而是和生前人所拥有的灵力有关，越是生前灵力强大的人类，死后越是容易变成灵魅。如果按照先前的说法，人的灵魂因无法得到安宁就会在死后化成灵魅，那么在这片大陆上，从古至今战争不断，多少因为战争死去的人们都会化身成灵魅，那活人恐怕要割让相当大的地面给灵魅生存了。

然而，这千百年间，据人们不间断的调查追踪，灵魅的数量极其稀少。相对地，灵力却十分强大，不是任何一个普通人可以比拟的，就算是灵法高强的军人，也鲜是灵魅的对手。所以，第二种说法才在近百年间流传开来。但具体是什么原因造就了灵魅一族，自始至终各国都无定论，大都倾向于是生前怀有极度怨念愤恨的人死后化成的怨灵。也有一派说法认为，灵魅的存在和人类无关，只是这世界上万物的一种。

虽然人们对灵魅的成因还不能确定，但这千百年里，还是搜集到了相当多关于灵魅的信息。灵魅一族是对他们的统称，具体分为两个形态：

第一种就是通常意义上的灵魅。他们其实是灵魅一族的上层阶级，拥有水雾烟波般相对固定的虚浮形态，身披斗篷，是一股强大的灵力团。与人过手交战时也是虚虚实实，难以触碰真切，拥有和人一样的思考能力。他们最大的特点是，每个手掌上只有三根手指，所以也被人们称作三指。

第二种就是梵音刚才所说的鬼徒。鬼徒相比灵魅来说，没有固定形态，大小可由鬼徒自身操控，形态不一，灵力甚强。虽说鬼徒也有思考能力，但大都暴躁无边，荒蛮无状，像一团张牙舞爪的瘴气，也像是诞生在暗黑中的魔怪。鬼徒属于灵魅一族的下等阶级，也是上层灵魅的爪牙，效命于上层灵魅。

"看来灵主为了避人耳目先是安排鬼徒藏匿在了这三个战士身体中,引得四分部注意,后来又亲自上了阿持的身,控制了他。"北唐穆西道。

"他们是怎么办到的……人类的灵力与灵魅的暗黑灵力本不能互融啊,这完全是两种极异的介质。难不成还真是鬼附身?见鬼了!"南宫浩道。他压根儿不相信鬼神邪说,更不相信灵魅是恶灵再生。南宫浩多年来调查情报,想要找出灵魅的成因,但始终无所获。

国正厅一边,姬仲听着穆西的话,目光瞥向端镜泊。此时国正厅内除了端镜泊以外,所有人同样倍感震惊。只有端镜泊端着手中的茶杯,抿了一口,嘘着气,像是要去休息了。军政部的军机,端镜泊从来不放在眼里。姬仲见状,闭口不问。

此时国正厅里也是昼夜通明。姬仲、姬世贤、端镜泊、端倪、管赫、裴析等诸多官员几乎没离开过国正厅。国正厅为众人准备了暂时休息的客房。为了与军政部同时开会,国正厅也打开了与军政部通信的影画屏。

"十有八九,就是这一堆金沙的缘故。"穆西道,"梵音,你刚才察觉到灵魅的出现了吗?"

"没有。"梵音眉头紧蹙道。以梵音的灵力,附近有灵魅潜伏,不管是多么弱小的存在,也一定会有所察觉的。更何况,正逢战时,梵音的警觉早已全开,不可能漏掉蛛丝马迹,可此次,她竟是全然不知。

梵音摇头,再一次谨慎地回忆了全部过程,答案还是一样,她没有提前察觉灵魅的埋伏。"我是在那孩子受到攻击后才发现的,要不是这孩子自己用灵力挡了那三个鬼徒一击,我根本不知道有鬼徒潜进村子了。鬼徒这次的灵力和人类实在太像了,使我没能即刻分辨出来。"梵音自责道。端镜泊在画外轻笑了一声,毫不遮掩,不以为意。

"这样说来,人类的灵力和灵魅的暗黑灵力真的融合了?"南宫浩难以置信道。

梵音摇头,一时没有定论。

这时她旁边一个清脆的声音道:"你叫谁孩子呢?"梵音回过头去,男孩正一本正经地看着她,此时他脸上的伤几乎已经愈合了。梵音一怔,伸出手去,拂去了先前她给男孩掩住伤口的冰层。断口早就停止了流血,皮肉也开始愈合。"你干吗!""伤口愈合得很好,你的灵力不错。"梵音道。"你刚才说你没察觉到什么灵魅的灵力是吗?"男孩道。

"是。"梵音道。

"一晚上我家的猪叫唤了四五回了,最后一次,就是你现在过来的这样了。我之前也出来看过几回,也是什么都没发现,这么说咱俩还不如我家的猪呢?"男孩说完,梵音思考着。

"喂！你几岁啊？凭什么孩子孩子地叫我啊？我看你年纪没我大吧！"男孩在一旁拽着道。

"是腐尸味！"梵音没有理会男孩，继续道，"没错，是腐尸味。"

"老大，我周围查了一圈，这猪圈附近臭得很啊！"赤鲁在一边大声道。

"赤鲁，是不是腐尸味？尸体严重腐坏的味道？"

"我的天！还真是！"赤鲁话落，梵音也走了过去。

"鬼徒隐藏了暗黑灵力，躲在战士的身体上，避过了我们的搜查。直到我正式和他们交手后，他们才露出真面目。但是这具腐坏的肉体有着难闻的异味，猪崽们嗅出了异样。"梵音给穆西解释道。"他们这是要干什么？"梵音喃喃道，"赤鲁，立刻让所有人分队巡查这镇子里外，一个角落都不能放过。"想到灵魅竟可以这样悄无声息地潜伏进村子，梵音心中一寒。

"应该不会有了。"穆西道。

"为什么？"梵音问。

"你手里那堆金沙绝不是一般铸灵师可以做到的。如此金贵的东西，灵魅手中应该为数不多。这几个鬼徒就是先前替灵主通风报信的，一直潜伏在士兵体内没离开。"穆西道，同时陷入沉思。

"呃。"正在这时，梵音感到脚下一晃，像是被什么东西拱了一下。

梵音猛然把头转向北方，目光犀利："前面是什么地方？"

"什么？"赤鲁道。

"前面是什么地方？"梵音再问，她转回头来看着男孩。

"前面？前面不是空的吗？"男孩被梵音问得蒙了。再往前就是镇子外了，那边都是空场。

"离这里往西北一百多里是什么地方？"

"西北一百多里……"男孩想着，"是坟场。"

"坟场？"梵音道。

"对，是我们镇子的坟地。"

梵音的眼睛眯成一道线，片刻道："副将，赶紧联系副参谋长，我看前面不对劲。"

"什么情况？"穆西道。

"刚才好像地动了一下。"赤鲁道。

即刻，唐西和梵音取得联系，两人互通了当前位置。唐西所在的地方震感更加强烈。北唐穆西派唐西前去查看坟场的情况，梵音留守在塔吉村。

"坟场内大约安葬着多少人?"梵音问着男孩。

"不知道,几十万人总是有的吧。"

"几十万人!"梵音和赤鲁齐齐惊道。

"我们镇子可是北境最大的镇子,好几万人呢。麟龙山是我们镇子风水最好的地方,镇子上祖祖辈辈都埋在那里,可不就有几十万嘛。别说我们镇子了,就连镜月湖那边的人都知道我们镇子这片好风水,也愿意把家人葬过来呢。"男孩得意道。

"镜月湖,那么远把家人葬过来? 小子,你别吹牛了。"赤鲁道。

"骗你干什么!你知道个什么!我们麟龙山可是灵山,灵气足着呢!埋在那里的人隔年坟头就能长出漂亮的麟龙树,庇佑子孙后代,家里的孩子跟着好,一个个灵力高得很!简直就是方圆百里最人杰地灵,最养人的好地方!"男孩越说越得意,眉飞色舞起来。

赤鲁皱眉看着男孩,上下审视。小小年纪哪里学来的这些歪理邪说,灵力高不高那是后天练的,天生带的,跟坟地有什么关系?

"看我干吗!"男孩道,"我家里人没埋在那里。"听男孩这样一说,赤鲁皱着的眉头瞬间挑了起来,面色悻悻,心道:这么说来好像有点道理。"切!少瞧不起人!我今天是大意了!"男孩看出赤鲁小看他灵力的样子,逞强道。

唐西和白泽带着士兵们赶往坟场。梵音和赤鲁在村口焦急地等待着。原本安静的村子,因为梵音刚才的打斗,有几户离得近的人家亮起灯来,可没一会儿就又熄灭了。

"赤鲁,先带这个孩子回家去。"

"你呢?"男孩开口问道。

"我要在这里等军政部其他指挥官的消息。"

男孩看着梵音,转过身去,捡起了自己早就丢在地上的大衣,搭在手臂上,漫不经心道:"倒霉! 猪还死了一只! 该死的混蛋!"赤鲁跟在他身后,男孩道:"不用你跟着,我家就在前面。"

"你家里人呢,怎么就你自己出来?"梵音在他身后问道。

"都死光了。"男孩道。

"你自己住在这么远的地方?"赤鲁道。

"是啊,怎么了?"男孩不以为意。

"附近有相熟的人吗?"梵音道。

"没有。"

"看出来了。"赤鲁道。

"你什么意思?"男孩看向赤鲁。

"刚才那么大动静,你远处那几户人家都没出来看看你,就知道了。"

"切。"男孩瞥了一眼赤鲁。

"快回去吧。"梵音道。男孩转过头又看向梵音,她正背对着自己,看着北面的方向。

"坟场离这里远着呢,你能看见什么?出了事你也赶不过去。"男孩似说着风凉话。

"哪儿来的那么多话?赶紧回去!"赤鲁冲着男孩道。男孩盯着梵音,见她没回身,便要转身离开。

只见梵音蹲下身去,用手轻轻扶着地面,屏息凝视道:"赤鲁,调你手下两百人过来。不,三百人。"

"是。"赤鲁立刻传令下去。

五分钟后,二分部三百人已列队在塔吉村村外最北侧。又过片刻,梵音缓步来到队伍中间。夜寒露重,梵音面如止水,道:"没我的命令,你们一个人也不能离开塔吉村。"

"是!"众人道。

"赤鲁,守在这里,一个村民也不能有事!"

"老大,等等。"赤鲁忽然低声耳语道,怕周围战士听到。梵音随着他侧过头去。"刚才听那小子吹牛一时没在意,可我又琢磨了那么一下……觉得……有点不妥。"赤鲁说话难得吞吐。"怎么?"梵音问。

"那小子刚才说什么麟龙山是养人的好地方……你不觉得……怪吗……"赤鲁脸色越发难看,"到底是养人,还是……养尸啊……"说着,赤鲁吞了一口口水。

"别瞎说!"梵音嘴上说着,心里听完赤鲁的话也是一个激灵。

"老大!都什么时候了,我哪敢瞎说!你见的灵魅比我们多,你说那东西,到底……到底是不是……鬼啊……"

"呸!你再这么说小心被南部长听见,拧你的脑袋。"

"那你到底知不知道啊!"赤鲁恨不得挨着梵音,神情有些紧张。

"怎么?临了了,胆子还小了?几个灵魅你怕什么?"

"我怕灵魅干什么!我是怕鬼!"赤鲁自己说完,吓得一个哆嗦。

"没事!你这大块头,阳气壮,鬼见了你更怕你。"

"是吗?"

"肯定!"

经梵音这么一鼓励,赤鲁这粗线条神经瞬间感觉好多了,神清气爽起来。

"我先去麟龙山看看,你留守。"梵音道。

"我陪你。"

"不用。"

"那你自己小心!"赤鲁洪亮地应道。

只听一个声音传来:"嗯。"算是梵音回了赤鲁,人已不在原地,消失在夜幕中。赤鲁眼睛追随着她的背影,直到她的灵力彻底淡去。

第四十九章
蛇藤

此时麟龙山脚下,数百名官兵留守,唐酉和白泽率部分人马往山中探去。第三梯队一番组组长牙吉在山下安插哨兵,注意周遭动向。

夜色茫茫,天寒地冻,麟龙山下也有不少墓地。这里的土地相对山中略显贫瘠,偶有一两棵树木却不成荫,不过这正有利于派兵布防,一目了然。忽而,一个士兵眼前一晃,好似看到不远处的黄土坟包鼓动了一下。士兵瞬间惊醒,却不敢张扬,以为自己眼花。突然,一道微弱涌动从那坟下蹿了过来,好像游蛇,士兵定睛看得清清楚楚,忙对一旁的同伴道:"嗨!你快看!前面那个坟地是不是不对劲!"士兵回头,一愣,刚才还在他身边的战友此刻不见了。只听一声轻呼,说话的士兵也消失在了原地。这时离他们不远处的坟包再一次鼓动了一下。

组长牙吉在周遭视察,忽觉不对,回头望去:"那边的岗哨谁负责的,怎么没人了!"他随即派人过去查看。士兵刚走到跟前,人再一次消失了。众人乍醒,牙吉顿时下令:"点火信!"整个麟龙山下灯火通明。距离近的几个士兵已经往出事的方向跑去。

"啊!"一声尖叫响起,一个士兵半身没入冻土,战友眼疾手快,一把拉住了他,然而地下那股劲力甚大,两人一起被拽去地里。一道灵剑砍来,冻土上被划出一道口子,士兵二人停止下陷。牙吉紧忙转身,只见又一个战士全身已进入地下,只露头皮掩在外面。"快救人!"牙吉大声道,众士兵的灵剑纷纷向土中扎去。头皮露在外面的士兵停止了下陷,人们急忙冲上去预备刨开冻土,然而刚碰到土地的那一刻,倏的一下,士兵被彻底拉了进去。

"妈的!快把土给我刨开!"牙吉怒声道。

只听"噗"的一声,一大口鲜血从半身没入土中的士兵口里喷了出来,没等大伙把他拉出来,他已经血尽而亡,温热的鲜血染红了冻土。

牙吉看到,咬牙道:"别愣着!快把失踪的人给我挖出来!灵枢,赶紧过来!"

先前失踪的三人在这片土地上早已了无痕迹,甚至连个坑洞都没有。大家拼命挖出最后一个进入土中的战士,当他被挖出时,众人惊呆了,难以置信地看着身前的"战友",像一摊肉泥般瘫在地上,浑身上下的骨头都没了。

"组长!张焕好像是中毒而亡的!"前来诊治的灵枢道。

"中毒?"牙吉道,"什么毒?"

"属下还没查清,您看这里。"灵枢给牙吉指道。只见牺牲的战士腿上有数个钻洞,打穿了腿骨。"那他呢?"牙吉指向另一具已经没有骨头的战士遗体道。灵枢前去查看,眉头紧锁。同样,在士兵腿骨的地方,他再次发现了几个血窟窿,不仅如此,在士兵的脊椎和大臂处也有相同的钻洞。不同的是,这具遗体上已经没有了骨骼。

"组长,他不是中毒而亡的。"灵枢蹙眉道,"我要赶紧联系我们白部长,这里的状况我也不太明了。"

"组长,您看张焕身上的伤口像不像手指?"一个士兵道。牙吉俯下身去,只见战士们腿上的血窟窿狰狞无比,让人不忍翻看,然而那些个参差不齐的伤口正如士兵所说,似乎都有迹可循,一个个并排的柱状窟窿像极了手指穿出的伤口。这时,只见又一个悚动从方才那个坟包中沿着地底涌了过来。牙吉挥剑砍去,冻土飞溅。

"把那个坟地给我刨了!我倒要看看什么鬼祟在里面作祟!"看着自己手下惨死,牙吉顿时发狂暴怒起来。

黄土纷飞,棺椁外露,牙吉不管三七二十一挥剑劈开。棺椁木片四溅,众人定睛看去,只见棺椁内空无一物!牙吉顿时发狠,一剑砍碎了棺椁:"鬼祟灵魅!定是他们在作怪!把这附近的坟地都给我刨了,我就不信找不出他们!"

战士们一连挖出十几副棺椁,劈开后均无所获,牙吉此时越来越急,先前几名战士的遗体也没找到。他发怒一剑往空地劈去,一株大树顿时被他刨开。忽而,大地晃动,只听砰砰数声,大地间蹿出数条"长蛇",向战士们袭来。长蛇速度极快,顷刻捉住数十名战士,战士们慌乱之下胡乱挥砍。

"树,树根,是树根!"有人大喊道。

"什么?"牙吉一怔,自己也被卷了起来拎到半空。他低头望去,捆住他腰身的正是一条树根,那树根从地底蹿出,好像阴邪的毒蛇。他顾不得害怕,一剑砍断树根,掉了下来。谁知捆着他的那条树根粗壮异常,落地后还没松开,牙吉忽感惊恐,抬头一望,只见树根被他砍断的地方又激增出数条根系,瞬间往他身上扎来。

他大叫一声,脸色煞白。忽然远处飞来利刃,尽数斩断根茎,战士们只觉身间一松,砰砰坠地。梵音凌眉一展,一个箭步冲到茂树前,跟着挥剑一劈。大树顷刻断裂,大地上顿时蹿出无数藤条根茎冲梵音袭来。梵音重剑挥动,瞬息间砍伐殆尽。无数断枝在地上扭曲盘animations,仿佛人的残肢断骨,令人毛骨悚然。梵音掌力一出,那些妖异枝干瞬间崩碎化无。

梵音转身赶到几名负伤的战士身前,俯下身去:"怎么样了?"灵枢摇了摇头。战士们大口地吐着鲜血,梵音想要扶起一名重伤的战士却被灵枢阻止了。"部长,您小心,他们流出的血液全都沾有剧毒。"

"你的手没事吧?"梵音转而看向这名灵枢的手指。为了救治战友,他的双手浸满血污,被严重灼伤。

"没事。"灵枢不以为意,继续观察着战友的伤情,想从中找到破解之法。不一会儿,伤员们便离世了。梵音蹙眉,心下难过。

"你们这一组的组长是谁?"梵音道。

"部长,是我,属下牙吉。"经过连番变故,牙吉由怒转惊,由惊转吓,一时间不知所措。

"这片坟地是你让战士们刨开的?"梵音问道。

"是,第五部长。"

"发现什么了?"

"没有任何发现,部长。啊,不,报告部长,灵魅均不在坟地里。"

"灵魅……谁告诉你灵魅在坟地里?"梵音话音逐渐沉了下去。

"灵魅鬼祟,不在坟地里,又能在何处?"牙吉反问道,他年纪比梵音长,又是主将麾下一纵队队长韩战新提拔上来的组长,面对梵音的质问此时竟有些不耐烦。他自认灵魅就是冤魂一类,绝无差错。

梵音向牙吉看去,一道犀利目光顿时看得牙吉不敢造次。梵音翻手一取,从卷袋里拿出方才从鬼徒身上搜来的赤金粉末。梵音使出一招探灵追踪术,只见她掌心凝出一股灵力,赤金粉末倏地蹿了出去,稍等片刻,又尽数回到她掌心中。梵音用自己的灵力携带残留暗黑灵力的金沙绕场一周,寻找相同的暗黑介质,并无发现异样。

"这里没有灵魅,通知下去,让大家提高警惕,继续防守。"梵音下令道。

"不是灵魅做鬼,那些个妖异树枝怎么会无缘无故变化出来,伤人性命?难不成自己成精了?"牙吉方才被树根缠绕险些失了性命,现在又被梵音这个外部"女人"领导,觉得有失颜面,不禁回嘴道。

"好了!"梵音听出他一再挑衅找茬,厉声喝止道,"你身为一番组组长,在没有查明状况的情况下擅自出击,全无防备部署,导致进攻一团乱麻,死伤数名官兵,你要对此负责的。难道你不明白吗,牙吉!"众人听到梵音的严厉呵斥,半分余地不留,均是一震,各个打起精神站好。

"现在是战时,不要净想那些无稽之谈!一切战况都要审时度势,不能凭一己认知就妄下判断,乱了方寸,听清楚了吗?"梵音高声道。

"听清楚了!"战士们齐声道。牙吉站在一旁,脸色时青时白,梵音越是严厉他越是不服!

"牙吉,你还想说什么?"梵音看出他的态度不满,缓了几分颜色道。

"凭什么说我是一己认知,妄下判断!当今这世上有谁不知灵魅就是冤魂鬼祟,你凭什么这么说我一人!"牙吉不服道。

梵音突然冷笑了一声道:"若是冤魂野鬼,我爹妈早来看我了。"

"什么……"牙吉听罢,顿时一愣。

"我说,如果你认为灵魅是冤魂野鬼的化身,那我以前住着的游人村早就灵魅怨鬼遍地了!我爹妈早就变成灵魅来看我了!"梵音洪亮地说,为的是让在场官兵都听得清楚,"我不管你们以前是从哪里听来的道理,现在都给我听清楚,没有确凿的证据就不要妄下定论,扰乱心神,自乱阵脚!你们给我打起十二万分精神守在这里,不要再有闪失!听清楚了吗?"

"听清楚了!"战士们齐声道。

梵音瞥了一眼牙吉。在他听到梵音毫不忌讳地提及自己父母后,牙吉忽感自惭形秽,不好面对。明明是他心急乱事,却又不肯低头。

"你叫什么名字?"梵音转身问向一旁的灵枢。

"我叫荀芷。"年纪轻轻的灵枢道。

"之后由你来当这一组的组长。"

"什么?"荀芷一怔,牙吉也猛然抬起头来。荀芷又道:"第五部长,我不是作战部的人,我怎么能当作战部的组长呢?"

"白泽留你下来真是没错,方才我看所有人都在惊慌之时,只有你镇定自若,不忘救人。即便剧毒侵入你手,你也片刻就能制止,说明你灵法不俗。你当这个组组长没有问题。"梵音看着他道,"可以吗?"

荀芷略想,道:"是!第五部长!"

"部长,其实荀芷就是我们灵枢部白部长手下的组长。"一旁一个跟随灵枢道,手中还提着药箱。梵音微笑着点了点头。牙吉一时汗颜,不再多话。

梵音望向麟龙山高处总觉透着妖异,她指尖一挥,幻出数枚凌镜直奔麟龙山而去。忽而,梵音眸光一闪,因为凌镜中显出慌乱摇曳的景象。

"白泽!你那边怎么样了?"一片信卡传出,梵音询问道。

"麟龙山上藏着一股巨大的暗黑灵力!我和唐酉还在探!"白泽的信卡传了过来,话已成字。待梵音刚想询问是否需要支援时,只见不远处的麟龙山忽然整座摇荡起来。星光之下,贝斯山南脉之上的麟龙山好像一个攒动的蛇巢,不停扭动。

山下的战士们忽觉脚下一涌,似要被这大地抛起来一般。

"荀芷!牙吉!守好这里,等贺拔前来支援!你们全体戒备,注意地面动向!"梵音下令道。

"是!部长!"

梵音即刻奔往麟龙山。

一路潜行,越往山中奔,梵音越感脚下起伏不定。突然,她整个人被猛然抛向空中,四面八方蹿出黑影,向她扎来。梵音挥剑一斩,黑影迅速蹿回地下。

"到底怎么回事?"向她袭击而来的竟也是树脉根枝,梵音心下亦是大惑不解。她加快步伐,那些东西随即不再向她袭来,梵音心念,大约是因为无法感知她的到来。越向山中,林间越密,刺刺啦啦的声音在林间响起,越响越大,越响越急。忽然,一条黑影从梵音身后袭来,梵音侧身猛躲,那东西摇尾一扫,搓过梵音手背,一道荧亮绿痕划在了她的寒冰防御层上。梵音皱眉,发丝凝霜。"蛇吗?"攻击她的东西上面长着密密麻麻的鳞片,泛着棕亮的光。

不多时,只见漫山的战士们挥舞着兵器冲着漫天飞舞的"妖枝"挥斩着,那些妖枝好像无数粗密的巨型蜘蛛腿从地上天上杂乱无章地攻击而来。梵音抵达战场,重剑仰天一挥,顷刻斩断一众攻击,跟着脚下一跺,一股劲烈灵力直捣下土,无数粗壮根脉尽数断裂。

"你们部长呢!"梵音疾步来到一个战士身旁。自从进了麟龙山深处,梵音便不能再取得和白泽的联络。小战士忽见梵音到来,满头大汗,面色一喜,好像心中落下一块大石。

"部长!"他惊喜道。

"嗯,"梵音应道,"你们部长呢?"

小战士睁大眼睛看着梵音,眨了眨。

梵音看他呆头呆脑,又问:"你们部长呢?白泽呢?唐酉呢?"

小战士忽然一怔,忙道:"部长您在和我说话吗?您大点声!我听不见!"

"什么?"梵音道。

"这里杂声太大啦!我听不到您说话!您大点声!"小战士扯着嗓子道。

"怎么回事！我问你们部长呢？白泽呢？"梵音大声道，不知所以。

"部长去那里了！"战士抬手一指，只见山中高处，树枝顶端隐约发着熠熠红光，"他让我们先留在这里！"

"你怎么回事？听不到声音了吗？这里有什么杂声？"梵音道。

小战士这才想起梵音失聪，不明状况："部长！这里窸窸窣窣，响声震天！我们的耳朵已经麻了！"

"什么声音？"

"大约是响尾蛇的声音！"

"响尾蛇？"

"对！好像有成千上万条的响尾蛇在响！整个林子都快碎了！白部长冲到上面去了！上面的声音更大！"

"知道了！你们在这里注意安全！我这就上去！"

"您小心点！"

梵音一路向上，霍地冲出密林，眼前一幕顿时让她惊呆了。只见一棵苍天巨木冲天而起，人在其下只如蜂蝶，而那巨木还在不断生长、不断加粗，它的树鳞好似棕红色的蛇皮一般，层层加深。巨木之下，根藤翻涌，好似狂蟒乱舞。白泽和唐西正率领一众士兵往巨木根上砍伐。

上百道木刺扎来，战士们奋力抵挡，目不暇接，噌的一下，一个士兵额头被掀去大块皮肉。接着，又一木楔朝旁边士兵的脖颈扎去，皮肉已破，士兵来不及防御，只觉刺痛。忽地，一道灵力击来，木楔碎了。

士兵捂着自己的头皮，鲜血呲呲往外冒着。白泽不知何时已经来到他的身边，银针游走，还未等士兵觉着疼痛，他的伤口已经缝合完毕。一抹草药顺着白泽指尖划过缝合线，伤口愈合，只剩下一道浅痕。

"注意防范！"白泽道。

"是！部长！"士兵再次回到阵地坚守。

一丝清凉落在白泽身边。他回过头去，方才发现梵音赶到了。"你来了。"白泽道。梵音看着巨木周遭的蔓条尖刺，想必白泽之前也无暇回复她。

"你在找什么？这树下有东西？"梵音道。只见白泽皱眉，侧耳听来。梵音立刻提高了嗓门，又大声说了一遍。

"你有没有发现这周围有暗黑灵力的迹象？"白泽道。

梵音脑筋一转，立刻拿出金沙。谁知，还没等她发力，那金沙倏的一下钻到地底不见了！

"糟糕!"梵音呼道,挥着重剑砍去。树根瞬间断裂,整棵巨木骤然间倒了下来,下一刻千万根藤向梵音夺命而来。为保白泽等人不受波及,梵音一个纵身对着攻击而来的蔓条尖刺向上跃去。

"梵音!"白泽吓得顿时大喊!

梵音周身刀光弧线不断,快手连杀,顷刻间已灭去所有,腾空落下。白泽大呼一口气,吓得不轻。唐西也赶了过来。

"这到底是个什么鬼东西?难不成真成精了?"梵音道。

"我的灵知草一早便有了感应。"说着,白泽从衣兜里拿出一棵草药,草药通体发着诡异的暗红色微光,歪七扭八地长着,"它之前是淡绿色的,只有在遇到灵魅时才会变换颜色。它对灵魅的暗黑灵力极其敏感,方圆数十里外都能感应到。我随着它的变化一路追踪而来,到达这巨木时便是它感应最强的时候。"

"你的意思是这棵大树体内有暗黑灵力?"梵音问道。

"我还不能确定,所以必须刨开这棵巨木看看。"白泽道。

忽而,山下那个小男孩的话浮现在梵音脑中。"他们当地人说这麟龙山是个风水宝地,这麟龙树也是个吉祥兆头,怎么变得这么诡异?"梵音纳闷道。

"等等,你说这树叫什么名字?"白泽道。

"麟龙树。"

"麟龙树……"白泽的脑袋飞快思索着,这样奇特的名字他作为灵枢不可能没听说过,这东西明显是个灵植,不是普通草木。"麟龙树……麟……鳞蛇草!"白泽忽然大声道,"这东西是鳞蛇草!"

"什么?"梵音和唐西对此均一无所知。明明是一棵树,怎么变成草了?

"这东西在北境竟然长成了这个样子,怪不得我认不出它来!"白泽大喜,眉宇间闪着金光,"通知各部!中毒的伤员即刻服食这种树木的叶片,当下便能解毒!快……"白泽话音未落,身形一晃。大地再次撼动起来,只见这眼前的麟龙树又开始蹿高。

灵知草在白泽手中疯狂舞动起来,像个即将盛放的妖姬,暗红色的支脉里仿佛涌动着血液,随时准备喷放而出。

"梵音!那聚集的暗黑灵力随着麟龙树的生长破土而出,往上去了!就在巨木中央的树干里!"白泽大声道,"小心它的响尾树鳞,含有剧毒!"

梵音腾跃而起,踏着交织而来犹如乱蟒的树刺,左闪右躲,向树干中央冲去。待到跟前,梵音挥起重剑,大喝一声,冷冽灵芒聚集在她刀锋之上,一剑劈下。只听咔嚓一声裂响,震得人心胆寒,麟龙巨树被梵音从天到地一分为二!一道赤金红光霍然间从树干中迸发而出，耀得暗夜森林诡异灿灿。霎时间，山摇地动，山上山下有无数麟龙树野蛮生长起来，鳞蛇蟒根破土而出，缠绕鞭挞追击士兵而去，整片幽山净土就像是被蛆虫蛀满窟窿的烂果子，让人翻江倒海。

"全体听令！斩根伐木，火焰术士助攻！"唐西高声下令。

"麟龙树专食人骨骼，取人脊髓！大家相互依傍，不要把背脊留下空当，严防脚下！"白泽传道，"即刻搜取叶片！以防中毒！"

眼下这东西哪里是什么麟龙树，而是灵植鳞蛇草。它在东菱各处不易寻得，谁知在极北的贝斯山脉中竟长成这般模样。鳞蛇草以磷为食，根部含有剧毒，然而叶片却有解毒之效。磷毒猛烈，灵枢为解磷毒常常培育鳞蛇草以备不时之需。这东西原本不伤人，可谁知在这麟龙山上受到暗黑灵力的影响，灵性张狂发作起来，又因人体骨骼中含有大量磷物质，为取得磷食竟直接抽人筋骨伤人性命。

梵音的凌镜追击而出，直奔赤金红光而去，只见一个男人拳头般大小的赤金色晶石向地面落去，那耀眼的赤金红光正是这块晶石发出的。梵音跟着急速落下，唐西和白泽一起赶来，还没靠近晶石便感到一阵棘手的刺痛。梵音掌心一道寒冰灵力击出，霎时间镇住了晶石的灵力，麟龙山顿时安静了下来，众人得以喘息。

梵音定睛看去，这块晶石通体赤金色，棱角切割分明，里面涌动着浓烈的暗黑灵力，和她之前收集的带有暗黑灵力的赤金粉末如出一辙。

"白泽，你说的暗黑灵力应该就是这个东西了！"梵音道。

"就是它！"此时白泽手里攥着的灵知草已经爆裂，血红的草浆染了白泽满手。就在这晶石破木而出的时候，灵知草疯狂地摆动起来，瞬间崩碎。

忽然，梵音手心一痛，喷了一声，几道暗黑灵力蹿了出来，刺破了她的手心。

"帮第五部长封住这晶石！快！"唐西一边下令，一边帮忙。几十个士兵齐齐冲晶石放出灵力，勉强镇住，然而晶石越发不稳，猛烈抖动着，山中的麟龙树再次躁动起来。"得把它毁了！"唐西大声道。

"我试试！"梵音大声道。说罢，她挥剑向晶石砍去。只听砰的一声，晶石纹丝未动，梵音反倒身形一晃，虎口发麻。"这东西这么厉害！"梵音心下说道。

"听我口令！大家一起撤掌，小心掩护！"梵音道。她双足发力，倏地向上一跃，凌眉俊挑，一个寒芒轮回，顺势把重剑挥过头顶，大喝一声："撤掌！"梵音双手持刃，全力劈了下去。只听轰然一声巨响，梵音整个人被炸飞了出去！方圆百米被她劈出一个巨大的深坑，石块飞溅。

飞出数十米后，梵音骤然坠落，刀刃掠地，双脚齐撑，在地面足足滑出数丈远才堪堪停下。她秀眼掠过重剑尖锋，只见一个细小的缺口出现在重剑剑刃上。梵音深吸一口气,急跃返回。

"你没事吧?"白泽担忧道。

"没事。"梵音凝眉,"可是这块晶石太坚硬了,我的重剑也劈不开它!"

唐酉凝思着,转身看向周围的战士们。麟龙树本就是灵植,在暗黑灵力的催动下越发张狂,汲取养分的本能越发强烈,不出半刻,整片麟龙山将要崩塌,到时候不要说战士们应对不及,就连山下的居民也难逃一劫。

"还有一个人能办到,"唐酉思忖片刻道,"如果他也不行,恐怕就没希望了。"

"谁?"梵音和白泽齐道。

"佐领木沧。"唐酉道,"他是东菱国最强的铸灵师,如果他都化不了这块晶石,那就没人能毁了它了!"

"佐领!"梵音说道,"好!我这就联络他!"

"等等,我要请示一下参谋长。"唐酉道。战事期间,将在外,梵音等人虽然有影画屏追身,又有信卡可以随时联络军政部,但战事紧急,行军中无法时刻商讨。

"好。"梵音道。

唐酉顺手一挥,高空中一块影画屏落了下来,延展放大。影画屏那边,军政部会议室中所有人都严阵以待。显然,如今状况让在座指挥官都倍感棘手。唐酉迅速地和北唐穆西汇报了自己的想法,结果对方想法一致。

"我已经和木沧联络过了,他要全力一搏。"北唐穆西在作战中心回复道。

"好。"唐酉答。

"他现在赶过来,你们再撑一会儿!"穆西道。

"不行,参谋长。"梵音斩钉截铁地否定道,"如果佐领现在赶过来,那我们和主将的距离又将拉开得更大。"因麟龙山一役,唐酉的第三梯队和梵音的二分部足足落后木沧五个小时,这对于急行军的他们来说已经是极难追赶弥补的了。"没了佐领的指挥,第二梯队也会慢下来,我们不能冒这个险。"

就在梵音和穆西对话的同时,木沧也开始联络军政部。此时他已经率军进入贝斯山南部山脉,紧随主将身后。木沧准备派回一千人马支援唐酉军队。此话一出,即刻被唐酉否决。兵力折返,劳师动众,绝不是上策。

"副将,我即刻让贺拔前来支援。二分部的一半兵力和副参谋长的军队可以拿下这一战。只要我们能尽快送出晶石,战况即刻可以得到控制。"梵音道。

"第五部长说的没错,副将。"唐酉道,"不能让佐领他们折损兵力。只要控制住晶石,我们的状况就可以缓解。"

"那你们准备怎么办?"穆西凝眉道。他知道晶石内积蓄的暗黑灵力强大无比,常人根本无法靠近它,更不用说毁了它。

"我把它带出去。"梵音道。一旁的唐酉默许,他早在和军政部通话之前就和梵音一起做了这个决定。他想着,一旦北唐穆西也认同木沧可以融了这石头,他就和梵音按计划进行。

此话一出,军政部内嘈杂声四起,指挥官开始紧急商讨。在刚才的战斗中,他们早就看出这个诡异的晶石根本不是常物,单单靠近都能使人重伤,更何况携带它于左右。

"你要怎么做,梵音?"穆西话音低沉。

"让我试着把它封住。"梵音镇定道。

"如果你失败了,我即刻派木沧撤兵回来支援。"

"我不会失败的!"

说罢,梵音反手一挥,双掌交叠,对准晶石。顷刻间一股至寒冰力从梵音掌心击出,直射晶石。无数暗黑灵力应激而出,梵音不断加力,渐渐地,晶石被寒冰封住了。军政部的指挥官见状松了一口气,然而身在梵音旁边的唐酉面色凝重。时间一分一秒过去了,晶石内再无暗黑灵力激放出来。

"成了?"有的指挥官忍不住道。

此时坐在首席指挥官座位上的北唐北冥一言不发,凌厉的双眸没离开梵音半寸。只见豆大的汗珠从梵音额角流下,她的灵力从放出那刻起便半分未减,更有越来越厉害之势。晶石变得安然无恙,而梵音的呼吸变得越发沉重。慢慢地,不只晶石被寒冰包裹,就连它周围的土壤树冠也开始结上冰霜。

北冥暗道:"不好。"

忽而,整座山林变得安静下来,灵树树根悉数退去,钻回土壤里。士兵们手下一顿,目光随着根脉退却的方向看去。

几个士兵长大声喊道。只见漫山遍野的麟龙树蜂拥向梵音攻击而来,战士们全力追讨,拼死一搏。

"砰!砰!砰!"巨大的震响连续不断地撞到防御结界上。就在梵音封锁晶石之时,唐酉下令在他们周围布下防御结界。战士们正持续向外输送灵力全力布防,阻止蟒根冲刺进来。

梵音掌心加力,孤注一掷,地上凝结的冰霜面积还在逐渐扩大。穆西和北冥的面色越发深沉。

"还是太勉强吗?"唐酉心中暗道。

忽听梵音呼喝一声,一股强烈的至纯灵力怒放而出,直击晶石。骤然间,地上的冰霜急收,倏地聚于晶石之内。梵音一个箭步,来到晶石之前,从腰间抽出卷袋,手腕一抖,晶石已被梵音装进卷袋之内。梵音勒紧袋口,别在腰间,片刻不停,已冲出防御结界,全速奔往贝斯山脉。

"全速打开防御盾甲,阻挡树灵,让第五部长冲出去!"白泽厉声下令。

"铮!铮!铮!"无数防御盾甲打开,接连相加,速度一个快过一个,从天上到地下横空而出,碾压着蟒根的脚步。数万蟒根撞击在防御盾甲上,奋力蹿出,树鳞嚓嚓,嗡鸣四起,逐渐与梵音拉开距离。它们转而掉头猛地攻向人群。

"给我拼死守住了!不能让它们出了麟龙山攻击塔吉村!"唐西大喊道。

梵音一路向前,从凌镜里看到战况。麟龙山已经被织成了一张铺天盖地的网,沙沙作响,梵音心中一紧,对着信卡道:"赤鲁!快点支援副参谋长!"再对白泽传话:"白泽!撑住了!"

"你路上小心!"白泽一边缠斗,一边不忘嘱咐梵音。

"北麓见!"梵音道。

"好!"白泽应道。

在这之后,梵音一路再无音讯。她早把传送战况的影画屏留给了赤鲁,自己消失在了茫茫的贝斯山脉中。

北唐穆西观测着木沧和主将各自的行军速度。夜色将过,微光渐起。主将的先行军已经越过贝斯山脉南部,正往北麓前进。由于夜色难行,木沧后备的五千兵马与主将又拉远了些,加之第二梯队士兵众多,无法同时快速行进,他们仍在贝斯山脉南面。

北唐穆西初步算来,第二梯队已经和主将落下小半日行程。贝斯山脉幅员千里,地貌复杂,无论他再怎样计算路线,时间都是无法进一步缩短了。而唐西和赤鲁的第三梯队想追上大军步伐,恐怕要一日以后了。北唐穆西攥着手中的信卡,感到有些头痛。

北唐天阔坐在副参谋长的位置上,看着父亲和北冥,还有行军的昔日战友同伴们,心中思绪复杂难言。他此刻才知道,平日的自己太过无所谓,以至于此刻,帮不上父亲和大伯什么忙。他总是念着有大哥北冥在,军政部用不着他操心,可现在,他大哥北冥就坐在离他不远处,面色青黑,难掩伤病。天阔的心中越发焦躁不安起来。

这一夜,军政部没有一人入眠。

天光初亮。

"木沧,你那边状况如何?"北唐穆西道。

"现在视线更好了些,我会提速追上主将,把夜晚落下的距离补回来。"

穆西停顿一下,刚要开口,木沧又道:"副将,第五部长到哪里了?"

"她还没有联络我。"

"什么?"木沧道。

距离梵音带着晶石追赶木沧已经过去四个小时了。山路难行,冰霜湿滑,梵音既要用灵力压制晶石,又要全力追赶,换作任何一人都不敢轻易接下这个任务。然而此刻木沧又已经落下主将多时,如果梵音不坚持这样做,军政部的主力军将彻底被牵制押后,无法按时接应主将。

"梵音还没有传信回军政部。"穆西道。

木沧面色稍沉,却也不再多说。忽然,木沧觉得自己口袋一动,他伸手摸去,拿出信卡。信卡一扭,变成一个小喇叭形状,里面传出一个清朗的女孩音色,话语却掷地有声、干净利落:"佐领,我是梵音,告诉我您的具体位置。"

众人听到梵音的声音均是精神一振,一夜的疲惫一扫而空,都端坐起来。木沧也是一醒,随即告诉了梵音他的行军路线和具体坐标。

"好!我一个小时后到。"梵音道。

"我会放慢行军速度等你过来。"木沧道。

"不用,您全速前进即可。"

木沧想了想道:"晶石的状况现在怎么样?"

"还算稳定,"梵音道,听上去没有不妥,紧接着她又道,"我想,到时候需要您略费一些时间处理。"

"好,你路上小心,我随时接应你。"两人简短通话完毕。

军政部会议室内,北冥从座位上站了起来。他面色苍白,眼眶泛红,看上去非常不好。白槐道:"北冥,你需要休息。"

崖青山和崖雅都坐在会议室旁席。父女俩也是一刻都没离开过,崖雅甚至没怎么吃过东西。就在梵音与蛇树交手之后,崖雅偷偷跑回房间,把刚才勉强自己吃的一点粥全部吐了出来。现在她坐在父亲旁边,整个人消瘦了两圈,却依然坚强地挺直了身板。

北冥看向白槐,又往崖青山的方向望去,开口道:"白部长,青山叔,我有事情和你们商量,麻烦和我到旁边会议室一下。"北冥随即向北唐穆西示意,离开了会议室。

第五十章
以命抵命

北唐北冥走出会议室后便攥紧了拳头。方才听梵音轻描淡写地说晶石状况依然可控,如果事实真如她所说,那么在过去的四个多小时内,她就不可能对军政部只字不回。原因只有一个,就是梵音根本无法回复军政部,她的精神和灵力全部集中在压制晶石和追赶木沧的行程上。原本落下将近半日的行程,梵音仅用了四个小时就赶上了,速度提高了三倍不止。可想而知,此刻梵音的灵力和体能有多大的耗损,北冥又如何坐得住。

北冥和白槐、崖青山来到了隔壁房间,颜童也跟了过来。

"怎么,北冥,你现在难受得厉害,是吗?"白槐道。

北冥摇了摇头。

崖青山开口道:"北冥,恕我直言,你强撑着用灵力压制狼毒是不可能持久的,而饮用胡轻轻的血液确实能解你燃眉之急。"

"北冥,这个时候,"白槐顿了一下,继续道,"你确实不能再拖了,战事紧急,你的安危至关重要。"对于白槐这种温雅儒正的灵枢,让他做出某些出格的事,是很难办到的。反而性情孤僻的药痴崖青山更容易做决定。

"不仅胡轻轻,莫多莉的血也能克制狼毒。她服下的解毒丸可不是一般的东西。"崖青山此话一出,正戳北冥心间。北冥想着,果然,崖青山也对莫多莉服下解毒丸的事耿耿于怀。

北冥知道,别人的死活崖青山从没在意过。什么医者仁心,崖青山的心早就随着故去的妻子一起死了。他现在只是为着他的两个女儿活着,崖雅和梵音。只因当初药丸是梵音自愿给北冥的,崖青山才忍了下去。但他得知北冥把药丸给了莫多莉,当下气得火冒三丈。

崖青山对狼毒的执着已经到了执拗的地步,只是这些年硬生生压制了下去。自从在东菱遇到狼族袭击梵音和崖雅,崖青山掩饰多年的紧张神经就再次绷了起来。解毒丸是他留给女儿保命的,也是他的定心丸。此刻被全不相干的人随便吃了,他差点要提刀来见北冥。但梵音临行前让崖青山照顾北冥,他按捺住自己照办。只不过,北冥这条命终归是他自己的,他爱要不要,崖青山根本不在意。

"青山叔,抱歉。我知道现在说什么也于事无补了。您现在担心梵音,我也一样,所以我想请您二位帮帮我。"北冥对着崖青山和白槐鞠了一躬。

"拜托两位了!"颜童也跟着北冥一起弯下腰去。

"北冥,你这是干什么!"白槐赶忙扶起他。"青山兄,当务之急是解了北冥的狼毒,这样他对战事才有益啊。"白槐劝着若无其事的崖青山。

崖青山冷面一瞧,说道:"解毒?"跟着嗤笑一声,"这毒要真是三两颗药丸就能治好的,我还至于动这么大的气吗?你问问,普天之下,谁不怕狼毒?我闺女的药都被你送人了,我还,"崖青山说到气头上,却还是忍住了最后四字"管你死活"没说,转而道,"能怎么办!"

北冥听到他提及梵音,心头一紧,猛地吸了一大口气,险些站立不稳。颜童赶紧扶住了他。

"过来!"崖青山愤声道,一把把北冥拽到椅子上坐下,自己起身替他诊脉。北冥心中一颤,说道:"抱歉,青山叔,我……"

"闭嘴!"崖青山皱起眉头,呵斥道,"你这孩子也是,只管别人不管自己,现在才来着急有什么用!"北冥闷声不再言语。

"我……"北冥看着崖青山。

"别吵。"崖青山看似严厉,可又何尝不知北冥这孩子的不容易。父亲身在前线,自己又中了狼毒,心里还惦记着梵音。这些年北冥对梵音的照顾,崖青山是看在眼里的。北冥刚才说担心梵音,崖青山这个做父亲的自然能看出他的情真意切。刚刚发了一顿邪火,崖青山也总算是冷静下来了。

崖青山诊脉良久,放开手指,愁眉不展,开口道:"白大哥,您再看看。"白槐年纪稍长崖青山几岁,崖青山平日对他也是尊重有加。白槐接过北冥手腕,诊了起来。过了须臾,两人相视,也是叹了口气。

"北冥,你中毒之后强行调用灵力,毒素确实发展太快了。"白槐放缓语气道。

"还有什么办法吗,哪怕只能暂时镇住我的毒性呢?"

白槐叹了口气道:"就像青山说的,饮血能暂时镇住你的毒性。"

北冥听罢心里一沉，以白槐的性格都这样说了，证明真的别无他法了。不然伤人救己这种事，白槐是绝不愿意干的。

"你要活命，还在乎那许多干吗？"崖青山开口道，北冥抬头看着他。"抽血救命，饮血解毒，在我这里根本算不得什么！既没伤天害理，也不损人性命。我的医道就是：救命。北冥，你想清楚。"

白槐呆了半晌，仿佛被崖青山几语点透了，说道："北冥，青山说的没错，你不妨一试。"

"青山叔，照您所说，我服用胡轻轻的血就能解毒吗？喝多少？"北冥不再犹豫。

"每日取一杯饮，能让你在一年后缓解大部分痛苦，但要解全毒是不可能的。"崖青山道。

"每日一杯？这不是要人命吗？"北冥惊道。

"不是还有一个莫多莉吗？她的血对你同样有效，她二人可以交替帮你解毒，死不了。"

"如果我现在取一杯饮，能坚持几天？"

"一天。"崖青山的话没有丝毫反驳的余地。

"一天！"北冥诧道，"我至少需要三天！"

"什么？你要干什么？"崖青山问道。

"我要去北境。"北冥道。

崖青山眸光一沉，叹道："北冥，我想你想错了。即便你现在喝了她们的血，你也去不了北境。"

"为什么！"

"她们的血只能暂时镇住你的毒性，但不能驱毒。如果这个时候你再调动灵力，那神仙也救不回你了！不要说三天，就算你一口气饮下十杯血，也撑不住半日，必定丧命。"白槐严正道。

"什么！"北冥听罢只觉一身颓然，一阵绝望。

崖青山在一旁闭目冥想，他想找出其他的法子。虽然他知道这不可能，可哪怕有一线希望，他也要去试。因为只有北冥好了，梵音才会安全一分。北冥会去北境帮她，崖青山一心这么盼望。

片刻，北冥猛地直起身子对崖青山道："青山叔，当年您怎么救的胡轻轻，我身上有救她的方法吗？"

"不能。"崖青山一口否决。

"为什么？"北冥道。

"因为那需要以命抵命。"崖青山此话一出,在场三人无不愕然,"当年我能救下胡轻轻最重要的一个因素就是因为有人自愿为她换命。"崖青山面色清冷。他以前从不提及胡轻轻的事,是因为他认为损命救人是件极其挫败无奈的事情。

北冥心中一凉,以命抵命,这种事是行不通的。可他仍不能放弃,想了半刻急道:"服用蚀髓草也不行吗?"

崖青山和白槐都摇着头。祛除狼毒,下药需万分精准,分毫差池都能要了人命,蚀髓草同样是剧毒无比。更何况祛毒之药根本不止这一种,这也是狼毒无解最重要的一个原因。胡轻轻当年能保住一命,不仅是因为有她母亲舍命救女,也是崖青山和胡轻轻共同的幸运。在配制和尝试无数种药引之后,那个孩子最终活了下来。

"如果我从狱司里找个死刑犯出来,替我们部长换命呢?"颜童突然开口道。

"颜童。"北冥制止道。

"可以吗,两位?"

"颜童!"北冥再次厉声道。颜童第一次忽略了北冥的话,这在以往是从没有过的。此时颜童的眼中早就没了平时的随和欢悦,一丝强烈的不满暗藏在他的眼底。

"可以吗,两位!我从狱司抓人过来!"颜童情绪激动地重复着。

"颜童!你住口!"北冥大声呵斥道。

"那就用我的!"颜童的声音陡然升高,竟压过了北冥,晶亮的双眸坚定无比!

颜童自认识北冥起,就没见过他如此狼狈无措的样子。在北冥没有接管一分部以前,颜童就跟着老部长手下当差。他在军政部从来就以脾气好著称,面对手下和同僚常笑得很开朗。但颜童这些年在军政部却没交到什么知心朋友,和他聊天最多的反而是年龄相差五十岁的老部长。

颜童在二十一岁时,就被老部长提拔为一分部一纵队队长。能守在一分部担任一纵队队长的颜童与其他纵队长相比,早就不是一个量级的指挥官。然而颜童从来就是个喜怒不形于色的人,处理军内大小事务从没见他红过脸。不仅如此,就连军人最看重的灵法,在他眼里似乎也不那般重要。

军政部新秀辈出,贺拔赤鲁、冷羿等人很快崭露头角,灵能力直逼颜童,可就算如此,老部长也从没见颜童着过急、红过脸。他稳妥豁达、随遇而安的性情受到老部长的赞誉。

三年后,老部长离任,想留下颜童在军政部有所作为。可谁知,这时颜童找到了老部长,说明自己想离开军政部。老部长不明此意,颜童随即表示,自己不是个逞强好胜的人,也并无太多统帅能力。以前是跟着老部长办差,现在老部长都要离任,那他也就不想再待下去了。

老部长不解,问他不想在军政部有所作为吗,颜童笑言:不了。

此后不久,北冥就接管了一分部,那时北冥才刚满十二岁。老部长离开前,颜童答应老部长,等帮助北冥理顺一分部的事务后,他再辞去队长一职。

北冥刚上任的第一天便找到了颜童,请他到自己的办公室说话。虽说颜童是个不看重名利、不在乎等级的人,可初来乍到被如此年轻甚至年幼的部长叫去谈话,心中还是不免有些莫名,但这情绪很快就被他自己看淡了。

颜童一如既往地来到本部长办公室,在门外恭敬等候,北冥便叫了他进去。平日在军政部,颜童和北冥也会有照面的机会,可两人几乎少有交流。此时北冥正在房间里等着颜童。

"进来。"北冥开口道。

"是,部长。"颜童道。两个年龄相差十三岁的人,初次对话,又是以上对下,以少对长,颜童的情绪少有地波动些许,随即隐去。

"听说你想离开军政部。"北冥开门见山。

见状如此,颜童也就坦言了:"是,部长。"

"就因为军政部没有你适合的位置,或者说没有你喜欢的位置?"

北冥此话一出,颜童一愣,不知所以:"什么?"

"在我看来,军政部不是没有你喜欢的位置,而是没有你适合的位置。"北冥继续道,他没理会颜童此时的表情。

"什么?"颜童满脸疑惑,不禁又追问一句,"你说什么?"

"一分部一纵队队长颜童,我从来没有把你当纵队长看过。你不用这么看着我,你自己的实力,你比谁都清楚。菱都城现有的三大作战部,一、二、三分部,任何一个部长职务你都可胜任。不过,你太低估你自己了。"北冥继续着他的话,对面颜童的表情从先前的困惑已变成愕然。

"在你自己看来,就算以后你当上了二分部或三分部的部长,与你现在的位置也没什么不同。我想你大概看清了自己未来三十年的样子,无非是在一分部一纵队队长,二分部部长和三分部部长之间徘徊,并无突破。你这个人就是脑子太清楚了,所以在男人二十五岁的这个年纪,却已经没什么欲望了。不过这在我看来很好,军政部的指挥官不需要野心和欲望,只需要强大和责任。而后者,你稍微看轻了些,你觉得这事你不做,别人也可以。"北冥看到颜童的表情已从惊愕变成了木然。

"哦,我有一点没说清楚。那就是你低估你自己了。也许现在对你来说,一分部部长的职务还有些勉强,副将和主将的职位,你当然也没有考虑过。但是,在我看来,一分部部长这个职位,你在十年之内绝对可以胜任。你的步伐可以不用只停留在二分部和三部分部长之间。我想这样对你来说,还是有些动力的。不然,你这么年轻,也太无聊了些。"北冥话落,看着颜童,等待他的回应。

颜童听完北冥的话,只觉自己头皮发麻。他平时那些无聊啰唆的想法,例如什么在军政部也没什么大发展啦,干来干去也就是个部长啦,即便当了部长又和现在有什么不同呢,竟然都被北冥看透了。他难以置信地盯着北冥,像是看着一个奇怪的东西,那感觉说不上好。

"你不要这么盯着我看,我又不是怪胎。我认为你大概是这么想的,所以才要离开军政部。你的能力你从不需要别人认可,因为你足够自信;你也没什么野心,因为你性格真的很好。但有一点,你自己可以不和别人比较,可如果有些不知分寸的人稍微对你的能力有所质疑,你大概会让那个人立刻消失。这也是你四年来一直稳坐一分部一纵队队长这把交椅最重要的原因。你人善,但绝惹不得。"北冥话到一半,看看颜童的状态,继续道,"不过,你大概不喜欢和你层次落得太远的人说话,我是指灵能力方面。你当然没有瞧不起别人的意思,只是觉得少了点共同话题,大概吧。所以你只喜欢和老部长这样睿智的长辈聊天。"北冥努力想着自己的措辞,他以前从没说过这么多话,不过上任前,北唐穆西就已经教导过他了。他是一个部长,要学会和手下讲话:"还有,让你离开的一个理由就是,老部长退休了,你彻底没有说得上话的人了。对吗?"

颜童愣在那里半晌,哑口无言,他平时冷静、平和、睿智的脑袋现在突然不那么灵光了。他甚至觉得平时高估自己了,他完全被一个"小孩子"看透了。

"你不用把我当成小孩子,当然,让你相信我的能力是件很意外的事情,但不是难事。如果你想,我随时可以和你较量。好了,说了这么多,我只是想让你留下。也许我说的不对,如果是那样,你大可不必理会,按你想做的去做,我从不强求别人。"

颜童听完北冥一席话,面色变得怪异,张大了嘴巴,下巴都快要掉了!过了半晌,他强装镇定道:"其实你大可找别人来接替我的位置,军政部人才众多,我不是合适的人选。"

"哪里不合适?"

"我不适合当领导者。"颜童回答道。

北冥听后,爽朗地笑了起来。颜童嘴角一抽,瞬间尴尬:"你笑什么?"

"还说自己不适合当领导者,明明已经把位置摆得很明确了。"

"哎,我不是那个意思。"颜童慌忙解释道。

"知道知道。"北冥一边摆手,一边笑道。颜童在旁边脸上红一阵、白一阵,感觉很丢脸,怎么说出什么领导者不领导者这种话了,真不像自己的风格。北冥道:"我想让你留下来帮我,一是因为你够强,二是因为你目标够明确,三是因为我以后会让你的目标更明确!"

"你怎样让我的目标更明确?"颜童正色道。

"我的能力足够让我支撑起整个一分部!我会让你看到一分部不同于以往的生机,我不会像老部长那样只和你悠闲地饮茶。我会用我的能力再次拓宽灵能者这条路!如果你闲来无事找不到目标,我可以成为你的目标!我的这条路上装得下你的野心!"北唐北冥刚刚年满十二,却已气势浩瀚,锋芒毕现。颜童看着面前无比坚定的北冥,北冥的眼里没有炫耀,北冥的眼睛里充满光辉!颜童竟被那无形的力量震撼了。

"有你在,我如虎添翼!"北唐北冥少年狂莽,鲜少与外人显,却在颜童面前推心置腹。

那一刻,动荡在颜童心中多时的彷徨被打破了。他似乎终于找到能让自己提得起精神,鼓得起动力的事情了,心中那种说不出的乏味和平庸一扫而光。

"我留下!"颜童爽利道。

"我会给你证明。"北唐北冥双眸熠熠。

"不用。"颜童坦然道。

"应该的。"北冥平静道。

颜童看向北冥,最终笑了出来,笑容中比往常的随和里多了一分坚定。颜童终于在听过北冥的叙述后,醒悟过来。他留下的原因并不是北冥强有力的说辞,而是北冥那近乎与生俱来、浑然天成的能力者气质。他面对的早不是一个十二岁的孩子,而是和自己平等的指挥者。

在那不久后,北冥如他所说,向颜童证明了自己的能力。而那件事,也只有北冥和颜童两个人知道。即便颜童说过,不需要北冥那样做,可北冥还是坚持。

"我这个年纪,在面对你这样优秀的指挥官时,总还是需要一些证明。当然,只有你一个纵队长知道就足够了。"

"您太抬举我了。"颜童自谦道,心中早已赞服。

"这么说有些见外,毕竟我不是老部长。我想多个意气相投的兄弟。"

"你说话的样子怕是比老部长也不差了。"

"啊?"

"真的有点老气横秋,不过非常符合你的气质,部长。"颜童打趣着北冥,北冥默不作声,不以为然。

"我觉得你这个人,看着是个好相处的人,其实性格无聊得很。"在颜童成为北冥手下不久后,他二人聊天时北冥说道。

"怎么突然这么说?"颜童在海船上优哉地钓着鱼。本来北冥是不喜欢这么无聊的游戏的,可他见颜童很是钟爱,自己也就时不时陪他出海转转。

"除了喜欢和以前的老部长聊天,你好像没什么朋友。"北冥单刀直入。颜童只觉扎心,心想:这小子说话就不能委婉动听点吗?

"我和大家关系都很好啊。"颜童嘴硬道。

"别胡扯了,你总觉得现在的年轻人没两把刷子,面上嘻嘻哈哈,心里觉得无聊得很。"

颜童听过,嘴角一抽,心想:我表现得那么明显吗?我平时那么和善的。

"做你的手下真是惨。"北冥悠悠道。

"我对他们很好的!"颜童立刻反驳道,这点他自认为做得很到位,虽然那些士兵在他眼里真的是有些幼稚。

"好归好,可是你少给了他们一个得到你赏识的机会。"北冥平和道。颜童手中的钓鱼竿颤了一下。"这个机会对他们来说很珍贵,对你来说也是一样。"

颜童盯着鱼漂上上下下,思绪也跟着摇动起来。前些年,他过得似乎有些麻木,他对每个人都很好,可是对每个似乎又都很淡。这也是他当时准备离开军政部的原因。一个太聪明的人,时间久了,优秀惯了,最后往往都会变得有些麻木,对周遭的事情都提不起太大的兴趣,因为所有的事情早就被他看透了,看穿了。他本身不再需要得到关注,也无须证明。可是他忘了,如此优秀的他,是可以带领着别人和自己一起优秀起来的。他所能引领的和前进的,绝不仅限于他自己。

"我觉得贺拔这个家伙很有趣。"北冥突然道。

"啊?"

"你不觉得吗?他最近灵法提升得相当快,喜欢抓着各种人讨教问题。"

"他只喜欢麻烦你,那个壮实的家伙。"

"简单直接。"

"横冲直撞的。"颜童补充道。

"是个讲义气的人。"

"那倒是。"

"那个二分部的冷羿,你注意过没有?"北冥继续道。

"注意过。"

"灵法不简单。"

"确实。"颜童若有所思。

"二分部的老部长今年也要退休了。"北冥抬了抬自己的鱼竿,没什么东西。

颜童在一旁默不作声了。"部长。"他半天吭哧出一句。

"嗯?"

"你是不是有点太关注二分部了,还有什么什么别人家的队长?"颜童一脸不屑。

"没有啊。我只是觉得他们的分部有趣的人很多。"

"你的意思是我很无聊喽。"颜童挑着眉毛说道。

"会变好的。"北冥诚实地看着颜童,语重心长。

颜童被北冥噎得半天讲不出话。那一天,他足足钓上来一百筐鱼,分给一分部的大小指挥官们吃了十天,热情饱满,还不停地询问大家好不好吃。

这些年,颜童的性情在北冥的影响下改变了许多。他不再只活在自己早已满足又百无聊赖的世界里。他看到了自己更多的可能性,他变得比从前更加积极向上。这是在他认识北冥前从未想过的,一个十几岁的"男人"会给他这般大的触动。从此,这二人除了年龄和身高上的差别,在职务上的领导级别变得毫无违和,顺理成章。颜童名副其实、意气相投地成为北冥最得力的左右手。

那一日,颜童见北冥中毒回来,心中便已暗运怒火。几日过后,颜童知道北冥体内的狼毒越发不能克制,更是情绪急躁。他看不得自己追随多年的最优秀的领导者这般无力的样子,这直接挑战了颜童的底线。现在军政部战况紧急,以北冥现在的状况,他和颜童根本无法采取任何客观的行动。这无疑让颜童情绪更加不平。

与颜童搭档多年,北冥怎会不知颜童性情。他二人早就亦师亦友,亲如兄弟。刚回部里时,北冥便看出颜童情绪的异样。他在面对莫多莉这个比自己官阶高出许多的指挥官时全无尊敬之意,直接把因北冥中毒而生的怒火撒到了莫多莉身上,认为她是个碍事之人。颜童以往哪会如此有失风度。

颜童打算赌上自己的命,也要救回北唐北冥。北冥虽绝不可能接受此法,但心中早已无上感激,铭感五内。

谁料,崖青山无力地摇了摇头,说道:"没用的。"他看着眼前的年轻人,心中也为之一振,不是兄弟亲如兄弟。当年的第五逍遥又何尝不是这样对自己出手相助的呢。

"为什么!"颜童大惊。

"因为当年为胡轻轻换命的是她的亲生母亲。"崖青山终于说出了口。

"什么……"在听到答案后,颜童只觉犹如五雷轰顶,一阵胆寒,"母亲……"

"对,是她的母亲。"崖青山再次证实道。

当年胡轻轻妈妈跪求救女儿一命,几乎磕得头破血流,崖青山夫妻二人无法,最终答应了。自那以后,崖青山名声大噪,诸多名人智士前来向他讨教,他却极力掩饰治疗的真相。他之后曾尝试过千百种解毒的办法,但最终都失败了。崖青山从没认为那是件荣耀的事,即便他成功解了狼毒。他只觉得那是一件让他倍感无力和无法挽回的憾事。

"而且,即便是晓风过来,北冥也没得救。"北冥在听到母亲的名字后,身形猛烈一晃,惊出一身冷汗。他的母亲,他自己舍命保护都来不及,哪能去伤害!崖青山却像叙述一件诊疗报告一样,平铺直叙地继续说了下去:"胡轻轻当年全身换了三遍血。现在无论你从狱司找出多少人,或者你赌上自己的性命都是于事无补的。"崖青山看了看颜童,又看了看北冥,叹气道:"要给中了狼毒之人换血,必须用至亲的血,而且必须是出自同一人身上的血。换言之,照目前的状况,如果想解北冥身上的狼毒,就必须用他母亲或者父亲其中一人的血液,而且需要连续替换三遍。现在别说三遍,就算一遍,他父母也要没命的。胡轻轻换血之所以成功,是因为她当时年幼,母亲的血刚好够她换过三遍。"崖青山话落,北冥的脸死灰一片,颜童也彻底呆在那里。

待过半晌,北冥从座椅上缓缓站了起来,对二位灵枢说道:"既然如此,我就不麻烦二位了。"话语间,听不出悲喜。他转身准备离开房间。

"北冥,无论如何你都要先保住这条命再说,我去请那位胡小姐过来商议如何?"白棍道。

"不必了。"北冥漠然道,"饮不饮血,我现在都无法使用灵法,那对我来说根本毫无意义。"

"你有什么打算,部长?"颜童站在北冥身后,随时等他下令。

"拼一把。"北冥道。谁知他刚迈出一步,一阵刮骨抽筋的疼痛瞬间蹿遍他全身上下,让他支撑不住,倒了下去。他单膝跪地,噗的一口黑血喷了出来。

"部长!"颜童大惊,连忙跪下,扶住北冥。北冥疼得浑身发抖,嘴唇黑紫,全身皮肉像被用力撕扯,骨头像被啃食。北冥眼前一黑,拼尽全力猛吸一口气,这才又看见了光亮,瞳孔里的黑丝却不能再完全褪去。

"北冥!你再这样下去不行!颜童,你这就去拜托胡小姐过来!"白棍焦急道。

崖青山看着北冥吐在地上的一摊黑血,眉头紧锁。突然,他双眸一亮,提声道:"有个方法可以一试!"三人听到崖青山的话,齐齐回头。

"怎么说,青山?"白棍立刻道。

"我想到了!有个方法确实可以一试!只不过这法子,百死一生。"崖青山向北冥看去,"北冥,你未必抗得过。"

"我现在这个样子,和死了没什么两样。"

"喝血,我至少能保你性命无虞。"崖青山道。

北冥听罢,森森笑道:"他们在前线若是有事,我还要这条命干什么?"

崖青山沉思半晌,看向白槭道:"白槭,你我都看到北冥现在的状况。我认为他凭着一己灵力,把狼毒压制在了血液之内,没有向皮肉逸散。不然,就凭他帮人吸毒,毒至胃腹,早就应该肠穿肚烂而亡。不知道你是不是这么看?"

凭着崖青山的医术,不用北冥自述,他也知道,北冥定是情急用嘴帮人吸毒排毒,才导致现在毒性扩散极快。狼毒乃第一毒,毒性扩散能力迅猛,只分毫入口,便能随唾液直至胃腹,要人性命。

"你说得没错,北冥的狼毒确实只在血液,不及皮肉,但是这对他解毒又有什么帮助呢?以他现在的状况,狼毒早已遍及全身血液。依我看,要再不饮血,到达皮肉也只是半日工夫。"

"你既然也这么诊断,那就没错了。"崖青山眉头微展,"他的狼毒却还在血液中,那就还有一线生机。"

"怎样?"白槭道。

"放血。"

"放血?"白槭凝起眉头,"他现在全身血液都已经布满狼毒了,放血又有什么用,得放多少血呢?"

"既然全身血液都有毒,那就都放掉!"崖青山道。

"青山!你疯了,那北冥还有命吗!"

"我会留他十分之一的血液在身上。"

"十分之一!"白槭惊道,"不要说只留下十分之一,就算放掉他一半血液,他这条命也就废了!再强大的心脏也会因为回血不足,崩溃掉!"

"所以我说百死一生。"崖青山回头看向已经坐在座位上的北冥,他身形虚脱不已。"北冥,驱你身上的狼毒,我唯有这一个办法了,放掉你周身十分之九的血液。说实话,我以前从没这么干过,说是百死一生,其实我连这一点的把握都没有。我现在只能单凭医理,觉得这是一条路,你愿意试吗?"

"不可能的,青山,这必死无疑啊。"白槭极力制止道。

崖青山看着北冥,即便他此刻已经虚弱不堪,那双精光的眸子却仍坚韧无比。

"来!"北冥无畏无惧,凛然道。

崖青山内心纠结复杂地看着面色如鬼的北冥。从北冥眼睛里,他看到了当年的第五逍遥,同样无畏无惧,视死如归,潇洒狂妄。

也正因为如此,梵音虽习惯了压抑自己的感情,却对北冥十分依赖。即便那孩子不曾说什么,可只要北冥在菱都的日子,梵音整个人就会不自觉地轻快起来,连走路的步子都和以往不同。而眼前这个小男孩自从十二岁接回梵音起,就几乎没离开过梵音身边。原本直来直去少年心性的北冥,也因为梵音的出现才有了一丝柔软。所以,无论如何崖青山也要抛弃顾虑,全力一搏,帮北冥一次,哪怕再负一条人命债,也心甘情愿。他们这种人,要么生,要么死,绝不苟延残喘。

"青山叔!谢谢你!"北冥挣扎着站起身,正色道,他知道崖青山明白自己,也知道这对崖青山意味着什么。

崖青山笑道:"好小子!"

"白部长,帮我这一次。"北冥看向白槐,露出无所畏惧的笑容。白槐无语,心中却极为震撼,终于点下头去。

"北冥,"在几人准备去往白槐的诊疗室时,崖青山道,"这事,你需要和你母亲说一声。"

北冥定在那里,之后,大步走出门去。

"妈妈。"北冥在门外,敲响了北唐晓风的房门。房门打开,一个面容困顿却精神坚毅的女人站在那里。

时间很短,北冥从母亲房间出来。晓风拂着北冥额前的头发,笑道:"妈妈不陪你了,待会儿等你回来。"

"好。"北冥道,转身离开。

"儿子!"晓风忍不住轻声道,"你撑得住!你得把他们给妈妈带回来!"

"放心吧,妈。"北冥头也不回地走了。晓风关上了门,仲夏陪她待在房间里,她坐在沙发上,合上了眼睛。

诊疗室内,崖青山和白槐很快准备好了手术用的器械。北冥躺在铺着白色床单的手术床上,颜童陪在旁边。

"准备好了吗?"崖青山道。

"好了。"北冥淡然道。崖青山看着北冥,一切关于无所畏惧的形容词放在北冥身上都是恰如其分的。现在他也要成为这样的勇士,一个身经百战的、见过无数生死的灵枢。

今天的手术没有半点麻药。

手术刀划过北冥脖颈,他的颈动脉被崖青山切破了。骤然间,北冥的鲜血喷射出来,瞬间染红了地面,他猛地提了一口气。崖青山跟着手掌加力,大力下压,按在北冥的心脏上,一股超大压强瞬间挤爆北冥的血管。鲜血肆意喷溅,像坏掉的水管子止不住地往外涌着。

北冥大口地呼吸着,然而空气对他来说越来越稀薄。十几秒后,北冥的视线便开始模糊,这速度超过了他自己的预判。他用力抓紧床单,可谁想这力道刚刚用出,他就觉得自己已经双手无力,指尖随即松了开来。

一旁的崖青山还在不停按压北冥的心口,血液飞溅,还不够!半分钟过后,北冥的目光开始涣散,他的呼吸从急促变得吃力。渐渐地,北冥的动作越来越小,张着口,可已经停止了进气。

"青山叔!可以了吗?"颜童在一旁焦急道。此时,北冥的鲜血还没有停止喷出的迹象,整个诊疗室大半被染成了红色,喷溅到屋顶上的鲜血又一串串不停地淌了下来。

"还不行!"崖青山凝眉道,他的手一直按压在北冥的心脏之上,这让原本就剧烈喷出的鲜血更加狂涌,一刻不停。渐渐地,北冥的心跳开始虚弱下去。"北冥!听得到我说话吗!"崖青山突然大声道。时间已经过去了两分钟,崖青山浑身是汗,浸透了他的衣衫。"北冥!"崖青山大吼道。

"青山!"白槐在一旁急声道,"北冥的瞳孔已经开始扩散了,停下!他已经没有心脏动力了!"

"还不够!还不够!"崖青山不停地默念道。北冥颈间的血柱开始变细,喷射的高度也降了下来。崖青山还是没有松手,北冥的心脏已经停了。"还不够!还不够!"崖青山还在叫着。

时间又过了十秒,白槐再道:"青山!不能再等了!北冥的毒解不了,命得保住!"

崖青山的眼睛像个漩涡,病人早就被他吸了进去,拔都拔不出来。

"白部长!青山叔怎么回事?我们部长撑不住了!快点让他停下!"颜童大声道。

"青山!松开手!"白槐冲了上去,拔开了崖青山死死压在北冥心口上的双手。

"还不够!还不够!"崖青山痴魔道,眼睛死死盯着北冥由于中了狼毒而早已变得青黑的脸,他的手也变得软弱无力。白槐不再听崖青山的絮言,立刻上手起压北冥的心脏,一边给他止血。"我说了还不够!不许止血!"崖青山猛然大声道,抬手制止。

"已经流了百分之八十了!可以了!停下来!以后的毒,以后再解!不然他的命保不住了!"白榥力争道。崖青山死死拽着他要止血的手。

忽然,一双手猛地按住北冥的脖颈。颜童的双眼已满是血丝。

"颜童!"崖青山大叫道。

"我们部长不能死!"颜童怒声道。

"他用不了灵力,到时候醒过来还是和死了一样!他帮不了他父亲,也帮不了梵音!你现在给他止了血,他就没有第二次机会了!他的灵力和血力都耗尽了,撑不过第二回!"崖青山说着。颜童双手一滞,呆呆地望着北冥,鲜血早就浸透了他的衣衫。"部长……"他默念着,终是停了下来。北冥的血越流越缓,嘴巴不再喘息,眼睛没了生气。颜童咬紧牙关守着北冥。

崖青山每分每秒都盯着北冥,所有人屏住呼吸,挨秒如年。四分钟过去了,崖青山的眼睛突然瞪大,猛地凑近北冥身旁,看了一周,道:"成了!成了!""什么?"白榥道。"毒血退了!毒血退了!"崖青山兴奋道。

白榥看着北冥的脸面,原本青黑的面色此时变得煞白一片,由于失血过量的原因,他的嘴唇变得惨白无色。狼毒随着北冥的血液被排了出去,青黑褪去。可这并没让白榥有一丝放松,因为北冥由于彻底失血,也变得面无人色,形容枯槁,毫无活气了。

一丝冰凉滑过北冥脖颈,他动脉上的切口被封住了。"北冥,用灵力护住心脉!快点!快点!"崖青山在一旁大声道。北冥睁着眼睛,瞳孔里已失去了光亮,漆黑一片。崖青山俯身过去,双指并拢,连点北冥额、颈、腋、心、肺、腕。忽地,一身冷汗激得崖青山一个寒战。没有温度,没有跳动。

"北冥!快醒醒!北冥!"崖青山焦躁起来。

"部长!"

一记重锤落在北冥心口,崖青山拼命击打着北冥胸口,三两下下去,他的手背已经被自己凿青了。"北冥!醒醒!北冥!醒醒!"他大喊着。

几剂猛药被连续灌入北冥口中,白榥扶起北冥肩膀,掐着他的人中。"北冥!"他掐着北冥腕、颈,试图帮他回血到心脏。可现在北冥浑身上下少得可怜的血液根本无法集中起来,更不要说回流。

北冥的体温一点点降了下去。崖青山和白榥拼命地帮他回血,试图让他的心脏再次跳动起来。北冥的身体开始变得僵硬。

他的大脑里一片空白。忽然,一个蚊蝇之声传了进来:"儿子!你撑得住!你得帮妈妈把他们带回来!"那声音像细弱的电流在北冥脑间流转,很快便消失了。

"小子！陪我喝两杯！"一个粗犷的声音。接着又一个声音出现在北冥脑海："你太厉害了吧，哥！水腥草也能被你找到！"北冥空洞的大脑里不断传来稀碎的声音，然后又消失。

空间里一片茫然，远处又有一个声音响了起来："你回来了！"含蓄又喜出望外的声音，梵音的脚尖不觉点在地上，立了起来，"怎么突然从北境回来了？""想回来过年。"一问一答。声音又落了下去，再也响不起来了。

淅淅沥沥，断续的，还没有放弃，稀薄中挣扎着又响了起来："我叫第五梵音，今年十九岁，你呢？""我叫北唐北冥，今年十七岁。"两个声音都笑了起来，没太大声，但都好开心。

"小子！你才十七！快醒醒！"霍地，一个尖牙利齿、张牙舞爪的龙吟突然响彻整个军政部，霎时间让人不寒而栗。北冥身上存在大脑意识中的最后一丝生气，被这一声振聋发聩的龙吟传响激得一阵激动！

"呃！"一口干枯力竭又贯彻心肺的呼吸声从北冥嘴里猛地发了出来。他弓起胸膛，很快又沉了下去，重重地落在病床上。

"北冥！"崖青山和白槐齐齐吼道。"部长！"颜童大叫道。"用灵力护住心脉，北冥！用灵力护住心脉！让心脏再次跳动起来！"崖青山大声道。

一个乏力难耐的声音从北冥将死的身体里发了出来，他拼尽全身力气，调动着他仅剩的一点灵力。灵力渐渐聚集在他的心口处，一下，两下，北冥的心脏缓缓跳动起来。血液被重新压回北冥的心脏，再一点点流动出来。

"部长！部长！你醒了是不是，部长！"颜童在旁边激动地大声叫道。白槐和崖青山也兴奋起来："北冥！"

"别吵！"一个凶狠低沉的声音在三人耳边响起。他们回过头去，只见聆龙浮在半空，目光炯炯，面色不善。它银翼般的耳朵在空中闪动两下，随即皱起眉头："不对！我怎么听不到北冥的呼吸声。灵枢，快看看北冥怎么回事。"

崖青山和白槐赶忙点住北冥脉搏，一秒、两秒，时间一点点过去，北冥的脉搏仍旧没有跳动。崖青山摁着北冥的心脏，焦急地等待着，没有反应。

"刚才明明跳动了两下。"崖青山道，"北冥，北冥！"他还在唤着。

"跳了！又跳了！我听见了！"聆龙突然道，"只是心跳间隔的时间太长了，一分钟才一下！"聆龙刚刚喜庆一些的表情突然又沉了下去，"可是，怎么还是没有呼吸呢？"

"这样下去不行！"白槐道。"北冥缺血太多，身体一时间根本补充不回来，即便心脏有微弱的跳动也于事无补，没有呼吸他的大脑很快就会死亡！"

"白槐,用溶剂,让北冥身体里的血液流动起来!"崖青山道。两人即刻给北冥注入了大量修复身体时需要的溶剂,然而这种溶剂只是一种帮人恢复元气的营养液,并不能替代血液。可北冥此时的身体里无法再注入别人的血液,已经含有狼毒的血液,与外界任何血液都是排斥的,除非大换血。

大量溶剂注入北冥身体,他的血管开始流动。可白槐和崖青山都知道,这一招是死马当活马医了。一剂猛地助推,北冥的心脏强烈地震动了两下。

"他还没放弃!"聆龙大声道,"快点!快点!再打!再打!"聆龙拼命地扑扇着翅膀连带耳朵。一瓶一瓶的溶剂被灌入北冥体内。

半个小时过去了,所有人的心脏仿佛都跟着北冥一起停止了跳动,血液也凝结了。忽然,一个艰难的呼吸声再次从北冥口中发了出来,像是溺水深潭的人终于把头仰了起来,浮在水面。

随着第一口空气的灌入,北冥的身体渐渐开始复苏,他的胸口终于起伏起来。站在一旁的颜童,指甲早已陷进了手心里,眼眶一阵酸涩。

"我们部长,活了吗?"

"嗯。"白槐道,他也早已大汗淋漓。

"什么时候能醒?"

"十多天吧。"崖青山道。

颜童一怔,不可思议地看向崖青山:"您说什么?"

"我说他大概十多天后会醒。"崖青山淡淡道。

"十多天,十多天!"颜童不能相信地说着,"十多天!"紧接着,他又发愁,"十几天后主将和第五部长那边的战况早就结束了!我们部长怎么能赶得到?"

崖青山帮北冥掖了掖被角,疲惫地站起身来,看着虚弱的北冥道:"自己的命都保不住了,还管什么别人。"说着,他抬手向北冥的周身大穴点去,封住了他所有可以调动的灵力,以防毒发。做完这一切,崖青山转身离开房间,背影说不出的落寞疲惫。

白槐从一旁的柜子中拿出一床干净的被子给北冥换上,颜童茫然地回头看向白槐。白槐道:"青山知道北冥不会这么快痊愈,他是真的想救北冥才这样拼死一搏的,不惜背上北冥这条命!"

"为什么?"颜童喃喃道。

"你们部长你还不了解吗?"白槐看向颜童,又看看北冥,"即使不帮他解毒,你以为他就不会干出不要命的事吗?"颜童猛然一震。"假使我们只帮他解了一半的毒,保全了他的性命,你以为他就不会豁出性命全力一搏吗?到时候他再使出全部灵力,毒素依旧会全面复发,他仍旧保不住性命。青山是要帮他保住这条命啊。"

颜童听罢,呆呆地站在一旁,半天说出一句:"那,第五部长……"

"青山既然让梵音走了,他就不会拦。他大概没指望过任何人能保护梵音,他只信他自己,才把那粒解药给了梵音而不是崖雅。对他来说,两个女儿一样重要。北冥把药给了莫多莉,就相当于要了青山的命,他唯一的寄托也没了。"

"青山叔今天只是想帮我们部长,不为其他。"颜童自言自语道。

"是,他也舍不得这个孩子。"白槭淡淡道。

突然,颜童意识到了什么,提了一口气,振作起精神道:"白部长,谢谢您。"他向白槭深深地鞠了一躬,"还有,部长,白泽他们一定会平安回来的。"白槭看着颜童,脸上终于露出一抹笑容,说道:"谢谢。接下来,你就看着你们部长吧。"

"是。"颜童颔首应道,侧睨了一眼北冥。

图书在版编目(CIP)数据

弥天记2 / 夜行仙著. —杭州：浙江文艺出版社，2021.9
ISBN 978-7-5339-6589-1

Ⅰ.①弥…　Ⅱ.①夜…　Ⅲ.①长篇小说—中国—当代　Ⅳ.①I247.5

中国版本图书馆CIP数据核字（2021）第144404号

选题策划	柳明晔
责任编辑	张　可　张　雯
营销编辑	宋佳音
装帧设计	仙境 WONDERLAND Book design
版式设计	吕翡翠
责任印制	张丽敏

弥天记2
夜行仙 著

出版	浙江文艺出版社
地址	杭州市体育场路347号
邮编	310006
电话	0571-85176953（总编办）
	0571-85152727（市场部）
制版	浙江新华图文制作有限公司
印刷	浙江超能印业有限公司
开本	710毫米×1000毫米　1/16
字数	347千字
印张	18.25
插页	1
版次	2021年9月第1版
印次	2021年9月第1次印刷
书号	ISBN 978-7-5339-6589-1
定价	49.00元

版权所有　侵权必究
（如有印装质量问题，影响阅读，请与市场部联系调换）